OBRAS DA AUTORA PUBLICADAS PELA EDITORA RECORD

Como Sophie Kinsella

Amar é relativo
O burnout
Fiquei com o seu número
Lembra de mim?
A lua de mel
Mas tem que ser mesmo para sempre?
Menina de vinte
Minha vida (não tão) perfeita
A penetra
Samantha Sweet, executiva do lar
O segredo de Emma Corrigan
Te devo uma

Juvenil
À procura de Audrey

Infantil
Fada Mamãe e eu

Da série Becky Bloom:
Becky Bloom – Delírios de consumo na 5ª Avenida
O chá de bebê de Becky Bloom
Os delírios de consumo de Becky Bloom
A irmã de Becky Bloom
As listas de casamento de Becky Bloom
Mini Becky Bloom
Becky Bloom em Hollywood
Becky Bloom ao resgate
Os delírios de Natal de Becky Bloom

Como Madeleine Wickham

Drinques para três
Louca para casar
Quem vai dormir com quem?
A rainha dos funerais

SOPHIE KINSELLA
O Burnout

**Tradução de
Juliana Romeiro**

1ª edição

EDITORA RECORD
RIO DE JANEIRO • SÃO PAULO
2024

CIP-BRASIL. CATALOGAÇÃO NA PUBLICAÇÃO
SINDICATO NACIONAL DOS EDITORES DE LIVROS, RJ

K64b   Kinsella, Sophie, 1969-
           O burnout / Sophie Kinsella ; tradução Juliana Romeiro. - 1. ed. - Rio de Janeiro : Record, 2024.

           Tradução de: The burnout
           ISBN 978-85-01-92236-6

           1. Romance. inglês. I. Romeiro, Juliana. II. Título.

24-93569   CDD: 823
                     CDU: 82-3(410.1)

Meri Gleice Rodrigues de Souza - Bibliotecária - CRB-7/6439

Título original:
The Burnout

Copyright © Madhen Media Ltd 2023

Texto revisado segundo o Acordo Ortográfico da Língua Portuguesa de 1990.

Todos os direitos reservados. Proibida a reprodução, no todo ou em parte, através de quaisquer meios. Os direitos morais da autora foram assegurados.

Direitos exclusivos de publicação em língua portuguesa somente para o Brasil adquiridos pela
EDITORA RECORD LTDA.
Rua Argentina, 171 – Rio de Janeiro, RJ – 20921-380 – Tel.: (21) 2585-2000,
que se reserva a propriedade literária desta tradução.

Impresso no Brasil

ISBN 978-85-01-92236-6

Seja um leitor preferencial Record.
Cadastre-se no site www.record.com.br e receba informações sobre nossos lançamentos e nossas promoções.

Atendimento e venda direta ao leitor:
sac@record.com.br

Para os meus filhos:

Freddy, Hugo, Oscar, Rex e Sybella

UM

Não são os e-mails que me causam pânico.

Nem os e-mails de cobrança. ("Só estou escrevendo para saber se você recebeu meu último e-mail, já que não tive resposta...")

São os e-mails de "cobrança da cobrança". Aqueles que chegam com dois pontos de exclamação vermelhos. Os irritados — "Conforme mencionado nos DOIS e-mails anteriores..." — ou então os falsos e sarcásticos — "Você por acaso caiu num poço ou aconteceu alguma tragédia do tipo na sua vida???"

São esses que fazem o meu coração disparar e a pálpebra do meu olho esquerdo tremer. Principalmente quando percebo que me esqueci de sinalizar o e-mail como pendente. A minha vida é regida pelas bandeirinhas nos e-mails, a minha vida *todinha*. Mas me esqueci de sinalizar a pendência do último, e já tem dias que ele chegou, e agora parece que o meu colega de trabalho está bem irritado, embora esteja sendo gentil: "É sério, está tudo bem com você, Sasha?" O que faz com que eu me sinta ainda mais culpada. Ele é um cara legal. Uma pessoa sensata. Não é culpa dele que eu esteja fazendo o trabalho de três pessoas e deixando a peteca cair.

Trabalho no Zoose, o aplicativo de viagens que tem andado na boca de todo mundo ultimamente. "Você não usou o Zoose?" Essa é a nossa campanha publicitária mais recente, e o aplicativo é mesmo muito bom. Não importa aonde no mundo se queira ir, o Zoose encontra na mesma hora itinerários, passagens baratas e um ótimo programa de fidelidade. Sou diretora de promoções especiais de uma área que cobre quatorze territórios. Para ser sincera, esse título chique do cargo foi o que me atraiu para o emprego. Isso e o fato de o Zoose ser uma startup tão badalada. Quando conto para as pessoas onde trabalho, elas dizem: "Ah! Já vi propaganda no metrô!" Então acrescentam: "Que trabalho legal!"

E *é* um trabalho legal. Na teoria. O Zoose é uma empresa nova, que está crescendo depressa; o escritório em plano aberto tem uma parede inteirinha coberta de plantas e oferece chá de graça para os funcionários. Quando comecei aqui, há alguns anos, me senti sortuda. Todo dia eu acordava e pensava: "Que sorte a minha!" Mas em algum momento passei a acordar e pensar: "Meu Deus, por favor, não aguento mais, quantos e-mails chegaram, quantas reuniões, o que eu perdi, como vou dar conta, o que eu faço?"

Não sei direito quando isso aconteceu. Acho que há uns seis meses, talvez... Ou sete? Mas parece que sempre foi assim. Como se eu estivesse num túnel e só me restasse seguir em frente. Sempre em frente.

Anoto mais um lembrete para mim mesma num Post-it — "SINALIZAR E-MAILS!!!" — e colo no alto da tela do computador, ao lado do Post-it escrito "APP???", que está ali tem meses.

A minha mãe adora um aplicativo. Ela tem um aplicativo para planejar o Natal, um para planejar as férias e um relógio falante que encontrou num catálogo de produtos eletrônicos que avisa todo dia, às sete e meia da manhã, que está na hora de tomar as vitaminas. (Ele também lembra toda noite de fazer exercícios de fortalecimento pélvico e diz "frases inspiradoras" aleatórias ao longo do dia. Acho muito estranho e controlador, mas nunca falei isso para ela.)

Mas acho que ela tem razão: se eu encontrasse o aplicativo certo, a minha vida entraria nos eixos. O problema é que existem opções demais, e, meu Deus, todas elas exigem *tanto trabalho* para começar... Tenho um *bullet journal*, uma caderneta para anotar as minhas tarefas, que veio com canetas coloridas. É preciso listar tudo, organizar por cor e ir marcando à medida que as coisas vão sendo concluídas. Mas quem tem tempo para isso? Quem tem tempo para pegar uma caneta azul-turquesa e escrever "Responder os 34 e-mails furiosos na caixa de entrada" e depois procurar um adesivo de carinha triste condizente com o item? Eu tenho um único item no meu *bullet journal*, que coloquei lá há um ano. Diz assim: "Tarefa: trabalhar." E nunca foi concluído.

Olho para o relógio e sinto um frio na barriga. Como assim já são onze e vinte e sete? Preciso trabalhar. Anda, Sasha, trabalha.

"Prezado Rob, peço desculpas por não ter respondido antes." Tenho que digitar isso o quê? Umas vinte vezes por dia? "Neste momento, estamos trabalhando com o dia 12 de abril. Entrarei em contato se houver alguma mudança. Quanto ao lançamento (Holanda), ficou decidido que..."

— Sasha!

Estou tão tensa que, quando uma voz estridente que conheço bem interrompe os meus pensamentos, chego a dar um pulo na cadeira.

— Tem um minuto?

O meu corpo inteiro enrijece. Um minuto? Um minuto? Não. Eu não tenho um minuto. Estou com a camisa toda suada. Com os dedos pegando fogo. Tenho um milhão de outros e-mails urgentes depois desse para responder, preciso trabalhar, não tenho um minuto...

Mas Joanne, a nossa diretora de empoderamento e bem-estar, está vindo na minha direção. Joanne tem quarenta e poucos anos, talvez seja uns dez anos mais velha que eu, embora diga "mulheres da *nossa* idade" com frequência durante as reuniões, olhando para mim. Ela está com uma das suas calças esportivas elegantes, uma camiseta cara e discreta e um olhar de desaprovação que conheço muito bem. Fiz merda. Mas o quê? Penso depressa nos possíveis crimes que poderia ter cometido, mas não consigo me lembrar de nada. Com um suspiro, paro de digitar e viro a cadeira um tantinho para ela. Só o suficiente para manter a educação.

— Sasha — diz ela bruscamente, jogando o cabelo escovado para trás. — Estou um *pouco* decepcionada com o seu nível de engajamento no nosso programa de felicidade corporativa.

Merda. A felicidade. Sabia que estava esquecendo alguma coisa. Achei que tinha escrito "FELICIDADE!" num Post-it, mas vai ver caiu do computador. Corro os olhos ao redor e, como esperado, vejo dois Post-its grudados no aquecedor: "FELICIDADE!" e "CONTA DE GÁS".

— Desculpa — digo, tentando parecer solícita e humilde. — Desculpa, Joanne. Mil desculpas.

Às vezes, se você fala "desculpa" várias vezes para Joanne, ela te deixa em paz. Mas hoje não é o caso. Ela se debruça sobre a minha mesa, e sinto o estômago revirar. Vou ter que ouvir o sermão completo.

— O Asher também notou a sua falta de participação, Sasha. — Ela me encara mais de perto. — Como você sabe, o Asher é *muito* comprometido com a felicidade dos funcionários.

Asher é o diretor de marketing e, portanto, o meu chefe. Também é irmão de Lev, o famoso fundador do Zoose. Foi Lev que teve a ideia do Zoose. Ele teve um estalo chegando a um aeroporto, então passou o dia num café no próprio terminal e perdeu seis voos para Luxemburgo preparando um primeiro esboço do projeto. Bem, é o que reza a lenda. Vi o TED Talk em que ele contou essa história.

Lev é magro, carismático, gentil e vive fazendo perguntas para todo mundo. Sempre que aparece no escritório, fica andando de um lado para o outro, uma figura notável, com aquele cabelo rebelde, interpelando as pessoas com "Por que isso?", "Por que aquilo?", "O que você está fazendo?", "Por que não tenta fazer assim?". Na minha entrevista, ele me perguntou do meu casaco, dos meus professores da faculdade e o que eu achava dos postos de serviço das estradas. Foi aleatório, divertido e instigante.

Mas ele quase não aparece mais, e só vejo Asher, que parece ter saído de um planeta completamente diferente do de Lev. Asher tem uma fachada de charme refinado que no começo impressiona. Mas aí você percebe como ele é narcisista e melindroso com a fama do irmão e sensível a tudo que enxerga como crítica. O que inclui quase qualquer resposta que não seja: "Que ideia inovadora, Asher, você é um gênio!"

(Em toda reunião, Joanne exclama "Que ideia inovadora, Asher, você é um gênio!", para todo comentário idiota que ele faz.)

Enfim. Todo cuidado com Asher é pouco, assim como com Joanne, que é amiga dele do tempo da faculdade e anda por aí como se fosse capanga dele, procurando hereges.

— Eu apoio totalmente o programa de felicidade do Asher — digo, depressa, tentando parecer sincera. — Assisti ontem à palestra da Dra. Sussman por Zoom. Foi inspiradora.

A palestra da Dra. Sussman por Zoom ("Para subir, às vezes é preciso descer! Uma jornada de realização pessoal") foi obrigatória para todos os funcionários. Foram duas horas em que a Dra. Sussman basicamente contou do divórcio dela e do subsequente despertar sexual que ela experimentou numa comunidade em Croydon. Não tenho a *menor* ideia de qual deveria ser a lição da palestra, mas, como era por Zoom, pelo menos consegui trabalhar um pouco enquanto assistia.

— Estou falando do mural on-line de aspirações, Sasha — explica Joanne, cruzando os braços musculosos como uma professora de ginástica severa prestes a te colocar para fazer vinte flexões. (Será que ela *vai* me colocar para fazer vinte flexões?) — Nós percebemos que tem dez dias que você não faz login. Você não tem *nenhuma* aspiração?

Ai, droga. A merda do mural on-line de aspirações. Esqueci por completo.

— Desculpa — digo. — Vou entrar lá.

— O Asher é um diretor que se preocupa com o bem-estar dos funcionários — continua Joanne, ainda de olhos semicerrados. — Ele faz questão de que todo mundo tire um tempo para refletir sobre os próprios objetivos e registrar os momentos felizes do dia. Você registra os momentos felizes do seu dia?

Fico boquiaberta. Momentos felizes do dia? O que é isso?

— Isso é para o seu próprio empoderamento, Sasha — insiste Joanne. — No Zoose, nós nos *preocupamos* com você. — Ela faz isso parecer uma acusação. — Mas você também tem que se preocupar consigo mesma.

De canto de olho, vejo que, durante essa conversa, chegaram mais seis e-mails urgentes na minha caixa de entrada. Só de ver tanto ponto de exclamação vermelho sinto uma náusea surgindo. Como vou ter tempo para refletir? Como posso me sentir feliz, quando vivo em constante estado de pânico? Como vou escrever as minhas aspirações, quando a minha única aspiração é "dar conta da vida" e não estou conseguindo nem isso?

— Na verdade, Joanne... — Respiro fundo. — O que mais está me incomodando é não saber quando vai entrar alguém no lugar do Seamus e da Chloe. Eu perguntei isso no mural de aspirações, mas ninguém respondeu.

Esse é o maior problema. É a questão fundamental. A gente não tem pessoal suficiente por aqui, simples assim. Chloe veio cobrir uma licença-maternidade e ficou só por uma semana, e Seamus ficou um mês, bateu boca com Asher e foi embora. O resultado é que está todo mundo sobrecarregado e ninguém diz nada sobre contratar mais gente.

— Sasha — responde Joanne num tom arrogante —, acho que você não entendeu a função do mural de aspirações. Ele não é um lugar para falar de questões técnicas de RH, é para os seus objetivos e sonhos pessoais.

— Bom, o meu objetivo e sonho pessoal é ter colegas suficientes para trabalhar! — retruco. — A gente está sobrecarregado, e já falei com o Asher *várias* vezes, mas ele sempre desconversa, você sabe como ele...

Me interrompo antes de falar qualquer coisa negativa sobre Asher que ela possa relatar a ele, para depois não ter que pedir desculpas numa reunião excruciante.

— O seu rosto está tremendo? — pergunta Joanne, me observando.

— Não. Como assim? Tremendo? — Levo a mão ao rosto. — Talvez.

Percebo que ela não respondeu à minha pergunta. Como as pessoas conseguem fazer isso? Olho de relance para o meu monitor, e Rob Wilson acaba de mandar outro e-mail, dessa vez com quatro pontos de exclamação.

— Joanne, preciso trabalhar — digo, desesperada. — Mas obrigada pelo empoderamento. Me sinto muito mais... empoderada.

"Preciso fazer alguma coisa", penso freneticamente, enquanto ela enfim se afasta e eu volto a digitar. "Preciso fazer alguma coisa." Esse trabalho não era para ser assim. Longe disso. Eu estava tão empolgada quando comecei, há dois anos. Diretora de promoções especiais do Zoose! Comecei animada, dando tudo de mim, achando que estava num caminho firme em direção a um futuro emocionante. Mas o caminho não está mais firme. É só lama. Uma lama funda e pegajosa.

Clico em "Enviar", solto o ar e esfrego o rosto. Preciso de um café. Levanto, alongo os braços e vou até a janela para respirar. O escritório está silencioso e concentrado; metade da minha equipe está trabalhando de casa hoje. Lina veio, mas está digitando furiosamente na mesa, headphone na cabeça e uma expressão assassina no rosto. Não à toa Joanne nem chegou perto dela.

Será que peço demissão? Mudo de emprego? Mas, Deus do céu, mudar de emprego exige *tanta energia...* É preciso ler anúncios de vagas, falar com *headhunters*, ter uma estratégia de carreira. É preciso atualizar o currículo, lembrar as coisas que fez, escolher a roupa para as entrevistas e aí dar um jeito de encaixar as entrevistas na rotina de trabalho em segredo. É preciso parecer inteligente e dinâmica enquanto se é sabatinada por um comitê assustador. Dar um sorriso animado quando te deixam esperando quarenta minutos ao mesmo tempo que se estressa com o trabalho acumulado do emprego que *ainda* tem.

E isso é só para concorrer a uma vaga. Aí não se é contratada e tem que começar tudo de novo. Só de pensar dá vontade de me esconder debaixo do edredom. Não consigo nem dar conta de renovar o passaporte hoje em dia. Quanto mais da minha vida.

Me apoio na janela e olho lá para baixo. O nosso escritório fica numa rua comercial larga, na zona norte de Londres, cheia de prédios de escritórios feios dos anos oitenta, um shopping center sem graça e, do nada, um convento, bem na nossa frente. Se não fosse pelas freiras que entram e saem da construção vitoriana, nem daria para saber que se trata de um convento. São freiras modernas, que usam calça jeans e véu e pegam ônibus para sabe Deus onde. Talvez para abrigos de sem-teto ou para fazer caridade.

Enquanto observo, aparecem umas freiras, conversando animadas, e se sentam no banco do ponto de ônibus. Quer dizer, olha só para elas. Levam uma vida completamente diferente da minha. Freira tem e-mail? Aposto que não. Aposto que elas nem têm *permissão* de mandar e-mails. Nem precisam responder a cento e três mensagens por noite no WhatsApp. Não precisam pedir desculpa para pessoas irritadas o dia inteiro. Não precisam preencher murais on-line de aspirações. Os valores delas são totalmente diferentes.

Talvez eu também pudesse ter uma vida diferente. Arrumar outro emprego, mudar de apartamento, mudar tudo. Só preciso de um empurrãozinho. Preciso de um *empurrãozinho*. Um sinal do universo, quem sabe.

Com um suspiro, me afasto da janela e sigo para a cafeteira. Até lá, vou ter que continuar à base de cafeína.

Às seis, saio do prédio e respiro fundo o ar frio da noite, como se tivesse passado o dia sufocada. O escritório fica em cima de um Pret A Manger, e, como sempre, vou direto para a lanchonete.

O bom do Pret A Manger é que dá para comprar *todas* as refeições nele, não só o almoço. É permitido. E, uma vez que se descobre isso, a vida fica mais fácil. Quer dizer, menos difícil.

Não sei em que momento cozinhar se tornou uma tarefa tão assustadora. Meio que aconteceu. E agora não consigo nem encarar a ideia. Não me vejo comprando uma peça de... sei lá... comida, tipo, no supermercado. Para então descascar ou sei lá o quê, cortar, tirar as panelas do armário e procurar uma receita, e depois ter que lavar a louça. Só de pensar fico esgotada. Como as pessoas fazem isso todo dia?

Por outro lado, o wrap de falafel com queijo halloumi é uma refeição quentinha, gostosa e reconfortante, combina bem com uma taça de vinho e depois basta jogar a embalagem no lixo.

Pego o wrap, uma barrinha de chocolate, uma bebida "saudável" em lata, um muesli — que vai ser o meu café da manhã de amanhã — e uma maçã. As minhas cinco refeições do dia. (Tá bom, não tem uma refeição completa de verdade, se você for analisar bem.)

No caixa, pego o cartão de crédito. Estava esperando a mesma transação eletrônica em silêncio de sempre, mas, quando encosto o cartão na maquininha, nada acontece. Ergo o rosto e vejo o cara do Pret sorrindo para mim com os olhos escuros calorosos e simpáticos.

— Você sempre compra a mesma coisa — comenta ele. — Um wrap, um muesli, uma maçã, uma bebida e uma barrinha de chocolate. Sempre a mesma coisa.

— É — digo, surpresa.

— Você não cozinha? Não vai num restaurante?

Fico imediatamente tensa. Quem ele acha que é, a polícia alimentar?

— Em geral tenho trabalho para colocar em dia. — Ofereço um sorrisinho. — Então...

— Estou estudando para ser chef de cozinha — responde ele, descontraído. — Gosto muito de comida. Parece um desperdício comer a mesma coisa todo dia.

— Bom. Por mim, tudo bem. Eu gosto. Obrigada.

Lanço um olhar significativo para a maquininha do cartão, mas ele não parece estar com a menor pressa de finalizar a transação.

— Sabe o que seria uma noite perfeita para mim? — pergunta. — Aliás, tem a ver com você.

A voz dele está baixa e meio sedutora. Ele mantém os olhos fixos nos meus durante toda a conversa. Pisco para ele, desconcertada. O que está acontecendo aqui? Espera, ele está dando em cima de mim? Ele está *flertando* comigo?

Tá, ele está flertando comigo. Merda!

Certo. O que eu faço?

Quero flertar também? *Como* eu flerto com ele? Como se faz isso mesmo? Tento procurar as táticas de flerte dentro de mim. A Sasha Worth leve e descontraída, que iria sorrir ou ter alguma sacada inteligente. Mas não a encontro. Me sinto vazia por dentro. Não sei o que dizer.

— A gente podia passear pelo Borough Market — continua ele, sem se importar com a minha falta de resposta. — Comprar uns legumes, umas ervas, queijo... E depois voltar para casa, passar algumas horas cozinhando, jantar alguma coisa gostosa... e quem sabe aonde isso pode levar. O que acha?

Os olhos dele brilham de um jeito muito fofo. Sei o que ele quer que eu diga. Como explico o que estou pensando de verdade?

— Sinceramente? — pergunto, para ganhar tempo.

— Sinceramente. — Ele abre um sorriso contagiante. — Pode falar com toda a sinceridade. Não tenho medo.

— A verdade é que parece meio cansativo — digo sem rodeios. — Esse tempo todo cozinhando. Cortando legumes. Limpando a cozinha. Casca de batata para todo lado, sabe? E sempre cai uma no chão, aí tem que varrer... — Deixo a frase no ar. — Não é para mim.

Dá para ver que ele foi pego de surpresa pela minha resposta, mas contorna a situação depressa.

— A gente pode pular a parte em que tem que cozinhar — sugere.

— E ir direto para o sexo?

— Bem. — Ele ri com os olhos brilhando. — Pode ser que acabe acontecendo.

Ai, ele parece um cara bem legal. Preciso ser absolutamente honesta.

— Certo, o lance do sexo é que eu não estou mesmo interessada nisso agora. Entendo que *você* possa estar interessado — acrescento, com educação. — Mas, para mim, acho que não. Mas obrigada pelo convite.

Ouço uma pessoa arfando atrás de mim e, quando me viro, vejo uma mulher de casaco roxo me encarando.

— Você está doida?! — exclama ela. — Eu aceito — diz a moça com uma voz sensual. — Eu cozinho com você. *E* faço as outras coisas. Quando quiser. É só avisar.

— Eu também! — intromete-se um homem bonito na fila do lado. — Você é bi, né? — pergunta ele ao cara do Pret, que parece assustado e ignora os dois.

16

— Você não gosta de sexo? — pergunta o cara do Pret, me observando, curioso. — É religiosa?

— Não, só perdi o interesse. Terminei com uma pessoa há um ano e... — Dou de ombros. — Sei lá. Não vejo muita graça na coisa.

— Você *não vê muita graça*? — Ele dá uma gargalhada alta e incrédula. — Não. Eu não acredito nisso.

Me sinto um pouco aborrecida. Quem esse estranho acha que é para me dizer no que eu posso ou não ver graça?

— Estou falando sério! — retruco, com mais veemência do que pretendia. — O que é que tem de mais? Quer dizer, se você pensar de verdade, sexo é *o quê*? É... É... — Olho ao redor com certo exagero. — São genitais se esfregando. Quer dizer, fala *sério*! Isso é para ser uma coisa boa? Genitais se esfregando?

A loja inteirinha fica em silêncio, e percebo que tem umas vinte pessoas me olhando.

Certo, vou precisar arrumar outro Pret.

— Acho melhor eu pagar isso aqui — digo, sentindo o rosto queimar. — Obrigada.

O cara do Pret recebe o pagamento em silêncio, em seguida coloca os itens numa sacola e me entrega. Então ele volta a olhar nos meus olhos.

— Que coisa triste — comenta. — Uma pessoa que nem você. É muito triste.

As palavras dele me atingem num ponto sensível lá no fundo. Uma pessoa que nem eu. Quem é essa pessoa? Eu já fui alguém que sabia flertar, me divertir, aproveitar a vida. Essa pessoa que sou agora não sou eu. Mas não sei se consigo ser mais ninguém.

— É. — Faço que sim. — É triste.

Em geral, levo o jantar do Pret para a mesa do trabalho, mas estou tão desanimada que resolvo ir direto para casa. Assim que entro no apartamento, desabo numa cadeira, de casaco e tudo, e fecho os olhos. Toda noite, entro em casa e me sinto como se tivesse acabado de correr uma maratona arrastando um elefante.

Depois de um bom tempo, abro os olhos e me pego observando as plantas mortas no parapeito da janela que eu queria ter jogado fora há uns seis meses.

Um dia eu faço isso. De verdade. Mas... agora não.

Por fim, consigo tirar o casaco, sirvo uma taça de vinho e me acomodo no sofá com a sacola do Pret aos meus pés. O meu celular pisca com mensagens novas no WhatsApp, e vejo que os meus amigos da época da faculdade estão conversando sobre um plano de nos revezarmos na organização de jantares temáticos de filmes, não ia ser divertido?

Não vou oferecer um jantar aqui de jeito nenhum. Ia morrer de vergonha. O meu apartamento é uma bagunça. Para onde quer que eu olhe, vejo os vestígios de alguma tarefa que eu pretendia fazer: das amostras de tinta ainda fechadas às faixas elásticas de exercício que eu ia usar, passando pelas plantas mortas e pelas revistas que não li. Foi a minha mãe que assinou a *Women's Health* para mim. A minha mãe, que trabalha numa imobiliária, faz Pilates e já está toda maquiada antes das sete da manhã, todo dia.

Ela faz com que eu me sinta um completo fracasso. Como ela consegue? Na minha idade, ela já era casada e fazia lasanha toda noite para o meu pai. Eu tenho um emprego. Um apartamento. Não tenho filhos. Ainda assim, a vida parece impossível.

O grupo do WhatsApp agora está falando da mais recente série de TV, e me sinto na obrigação de participar da conversa.

"Parece excelente!", digito. "Vou ver com certeza!!!"

É mentira. Não vou ver. Não sei o que aconteceu comigo... Talvez esteja com "fadiga de série"? Ou "fadiga de falar de série"? Esse assunto não para de pipocar no trabalho, e de repente parece que todo mundo faz parte de um clube secreto, superando uns aos outros com as suas análises de especialista. "Ah, essa é muito subestimada. É *shakespeariana*. Você não viu? Você *tem* que ver." Quem já avançou mais na série se comporta como se fosse Jed Mercurio, só por saber o que acontece no sexto episódio. Stuart, o meu ex-namorado, era assim. "Espera só até você ver", dizia ele, cheio de si, como se fosse o próprio roteirista. "Está achando boa até agora? Espera só até você ver."

Eu costumava assistir a séries. E gostava. Mas o meu cérebro entrou em greve; não consigo lidar com nenhuma novidade. Em vez disso, depois de terminar o wrap, ligo a televisão, abro o guia de canais, vou até *Legalmente loira* e aperto "Assistir de novo", acho que pela centésima vez.

Vejo *Legalmente loira* todo dia, e ninguém pode me impedir. Quando a música de abertura começa, desabo no sofá e dou uma mordida na barrinha de chocolate, olhando para as cenas já conhecidas num transe hipnótico. Essa sequência de abertura é o meu momento de descanso. São uns poucos minutos em que não faço nada, fico só olhando para um mundo cor-de-rosa e feito de marshmallow.

Quando Reese Witherspoon aparece na tela, é a minha deixa para fazer alguma coisa. Pego o laptop. Abro os e-mails, respiro fundo como se estivesse encarando o monte Everest e clico no primeiro e-mail com uma pendência sinalizada.

"Prezada Karina, lamento não ter respondido antes." Dou um gole no vinho. "Peço desculpas."

DOIS

Na manhã seguinte, acordo no sofá. Ainda estou de cabelo preso, a televisão continua ligada, e tem uma taça de vinho tinto pela metade no chão. Sinto o cheiro de bebida velha no ambiente, como um aromatizador de ambiente nocivo. Devo ter pegado no sono enquanto trabalhava.

Me ajeito desconfortavelmente e tiro o celular de baixo do meu ombro esquerdo, e o aparelho se acende com mais mensagens, avisos e e-mails. Dessa vez, no entanto, não leio as notificações, o coração acelerado de ansiedade, me perguntando que bomba me aguarda. Em vez disso, viro de barriga para cima no sofá e encaro o teto, enquanto o meu cérebro toma uma decisão. Hoje eu vou fazer alguma coisa. Uma coisa grande. Uma coisa séria.

Mesmo tarde para isso, passo um pouco do creme noturno Olay Total Effects e, ao notar o meu reflexo no espelho, estremeço. A minha pele branca e cheia de sardas está igual papelão. O meu cabelo liso e escuro, sem vida. Os meus olhos azuis, injetados. Estou *um trapo*.

Mas, estranhamente, a imagem me fortalece. Talvez o comentário do cara do Pret tenha me afetado mais do que eu imaginava. Ele tem razão. É triste. Eu *não* devia ser essa pessoa. Eu *não* devia estar nessa situação. Eu *não* devia estar tão estressada e destruída. E eu *não* devia ter que largar o emprego porque o meu departamento é mal administrado.

Avalio as minhas opções de forma racional. Já tentei falar com Asher. Não consegui nada. Tentei abordar várias outras pessoas com cargos sêniores e todo mundo disse: "Fale com o Asher." Então preciso ir acima dele. Preciso falar com Lev. Não tenho o e-mail dele, só o da assistente. Mas vou dar um jeito de falar com ele. Ah, vou!

Chego cedo ao escritório, me sentindo elétrica, e pego o elevador direto para o último andar, onde fica o escritório de Lev. Ruby, a assistente dele, está sentada à mesa de vidro, diante de um painel gigante com o famoso ícone laranja do Zoose, e o meu cérebro profissional nota como a sala é impressionante e muito bem projetada. Essa empresa tem muitos aspectos geniais, o que torna as partes ruins ainda mais frustrantes.

Há uma foto imensa de Lev, com uma aparência bem carismática, o cabelo despenteado e olhos atentos. A gente usa bastante a foto dele no material de marketing, porque Lev é uma figura muito distinta. E tem um jeito descontraído. Está namorando um estilista chamado Damian, e os dois parecem ter saído de uma sessão de fotos da *Vogue*.

Mas só o carisma não me basta. Preciso da coisa de verdade. Do homem de fato. Preciso de respostas concretas.

— Oi, eu queria falar com o Lev, por favor — anuncio ao me aproximar de Ruby, tentando soar objetiva. — Ele está?

— Você marcou hora? — Ela olha para o computador.

— Não.

De alguma forma, me mantenho curta e direta. É preciso ser assim na vida: basta dizer "não", sem dar explicações. Não estou dizendo que me sinto confortável fazendo isso, mas já vi no Instagram. É o que as pessoas de sucesso fazem.

— Sem hora marcada? — Ela arqueia as sobrancelhas feitas para mim.

— Isso.

— Bom, você devia marcar um horário primeiro.

— É urgente. — Tento soar educada. — Então será que esse horário pode ser agora?

— Infelizmente ele não está. — Ruby me oferece a informação como se fosse um ás guardado na manga. — *Então*...

Os olhos dela têm um brilho de malícia, e sinto um quê de antagonismo. Desde quando todo mundo nessa empresa virou um filho da puta?

— Bom, talvez você pudesse entrar em contato com ele — peço com o máximo de gentileza que sou capaz de reunir. — É sobre uma crise na empresa dele, então acho que ele pode querer me ouvir. Saber o que está acontecendo, porque não é uma coisa muito boa. Não tem nada de bom, na verdade. E, se fosse a *minha* empresa, sabe, que eu comecei do zero, eu ia querer saber. Então... Talvez você devesse dar uma ligada para ele.

Percebo que perdi a fachada de gentileza. Na verdade, isso foi estranhamente intenso. Mas tudo bem. É bom. Demonstra que estou falando sério.

Ruby me examina com frieza por alguns segundos e suspira.

— E você é...?

Começo a ficar com raiva. Ela sabe muito bem quem eu sou.

— Sasha Worth — respondo com educação. — Diretora de promoções especiais.

— Promoções es-pe-ci-ais. — Ela alonga a palavra exageradamente, franzindo a sobrancelha e mordiscando uma caneta com o logo do Zoose. — Você já tentou conversar com o Asher?

— Já — respondo, seca. — Várias vezes. Não funcionou.

— Já falou com mais alguém?

— Com um monte de gente. Todo mundo me diz para falar com o Asher. Mas acontece que falar com o Asher não está resolvendo. Então quero falar com o Lev.

— Bom, infelizmente ele não está disponível.

Como ela sabe disso? Ela está só sentada aqui, nem tentou falar com ele.

— Bom, você já *tentou*? Você *ligou* para ele?

Ruby revira os olhos sem nem tentar disfarçar o desprezo.

— Não adianta ligar — devolve ela num tom bem lento e arrogante —, porque ele não está *disponível*.

Tem alguma coisa estranha acontecendo comigo. Todos os barulhos vindos das salas à minha volta estão ficando mais altos. Estou respirando cada vez mais depressa. Não me sinto no controle de mim mesma.

— Bom, tem que ter alguém — digo, dando um passo à frente —, não é? Nessa empresa inteirinha, tem que ter alguém. Então, por favor, encontra essa pessoa. Agora. Porque estou com um problema, e o Asher não resolveu, e ninguém parece capaz de resolver, e eu estou ficando maluca. Eu. Estou. Ficando. Maluca. Perdi o interesse em sexo, você sabe o que é isso? — A minha voz começa a soar estridente. — Isso não é normal, né? Ficar sem vontade de transar? Eu tenho 33 anos!

Ruby arregala bem os olhos, e já consigo até vê-la contando tudo isso para os amigos no bar mais tarde, mas não estou nem aí. Não estou nem aí.

— Ceeeeerto — devolve ela. — Deixa eu ver o que posso fazer.

Ela digita depressa, então faz uma pausa, e a vejo assimilar alguma informação nova que apareceu na tela. Por fim, Ruby ergue o rosto e me oferece um sorriso frio.

— Tem uma pessoa vindo falar com você. Não quer se sentar um pouco?

Com a cabeça girando, me sento no sofá de estampa retrô laranja e verde. Tem uma tigela de lanches veganos na mesa de centro, várias revistas sobre tecnologia e uma marca nova de água filtrada em saco de papel ecológico. Me lembro de esperar pela minha entrevista de emprego sentada aqui. Conferindo a roupa uma última vez. Repassando todas as razões pelas quais eu *adoraria* entrar numa empresa tão empolgante e dinâmica.

— Sasha. O que foi?

Sinto um aperto no peito ao ouvir essa voz estridente e familiar. Foi *ela* que Ruby chamou? *Joanne*? Ela se senta ao meu lado no sofá, com um blazer descontraído e calça jeans de boca larga, balançando a cabeça com reprovação, e mal consigo olhar para a sua cara.

— A Ruby disse que você está meio emotiva? — começa ela. — Que andou falando demais? E perdeu a paciência? Sasha, você sabe que eu te avisei sobre as consequências de negligenciar as suas reflexões pessoais. Você precisa cuidar de si mesma.

Fico incapaz de falar por alguns segundos. A raiva entalada na garganta. Ela está querendo dizer que a culpa é *minha*?

— Não é uma questão de reflexão pessoal — consigo dizer por fim com a voz trêmula. — É uma questão de recrutamento de funcionários, de falha de gestão…

— Sugiro que você levante quaisquer problemas específicos com o Asher, que é o chefe do seu departamento — interrompe Joanne rispidamente. — Mas, enquanto isso, eu *tenho* uma notícia para te dar, e que o Asher vai comunicar hoje mais tarde: a Lina não está mais trabalhando na empresa. — Ela me lança um sorriso frio. — Então, o marketing todo vai ter que cooperar! Se você pudesse pegar os projetos que a Lina estava tocando, só por um tempo, ia ajudar. E é lógico que qualquer outro problema talvez tenha que esperar um pouco, porque agora o Asher está um pouco enrolado.

Olho para Joanne, incrédula.

— A Lina foi embora?

— Ela mandou um e-mail hoje de manhã dizendo que não volta mais.

— Ela simplesmente *foi embora*?

— O Asher ficou chocado. — Joanne abaixa a voz. — Cá entre nós, nunca vi tanto desrespeito. E foi um e-mail muito mal-educado, ah, se foi!

A minha cabeça está girando tão depressa que mal consigo ouvir Joanne. Lina foi embora. Ela se cansou e foi embora. E agora eu tenho que tocar os projetos dela? Junto com todo o resto? Vou entrar em colapso. Não vou dar conta. Não vou fazer isso. Mas com quem eu falo? Com quem? Esse lugar é um inferno. É um inferno circular sem saída…

Num lampejo de lucidez, percebo que preciso fazer a mesma coisa que Lina. Preciso fugir. Agora. Nesse minuto. Mas com cuidado. Com toda a cautela. Sem movimentos bruscos, ou então Joanne pode me derrubar no chão.

— Preciso dar um pulo no banheiro — anuncio numa voz forçada, pegando a minha bolsa. — Já volto. Volto daqui a uns... três minutos. Vou só dar um pulo no banheiro.

Sigo meio envergonhada para o banheiro feminino, tentando andar num ritmo controlado. Paro diante da porta e olho ao redor, para ver se tem alguém me vendo. Então desvio para a escada e desço os degraus de pedra feito um raio, com o coração disparado. Saio do prédio e paro na calçada por alguns segundos, piscando.

Eu saí.

Mas e agora, o que eu faço? Onde eu vou trabalhar? Será que eles me dão uma carta de referência? E se não derem? E se ninguém mais quiser me contratar?

O meu estômago se revira de medo. O que eu fiz? Será que volto? Não. Não posso voltar, de jeito nenhum.

Fico paralisada por um tempo. Não me sinto bem. Está tudo embaçado. Sinto o sangue pulsando nos ouvidos. Os carros e os ônibus soam todos como rolos compressores. Eu devia ir para casa, penso vagamente. Mas o que é a minha casa? Um apartamento desordenado, bagunçado e deprimente. O que é a minha vida? Um nada desordenado, bagunçado e deprimente.

"Eu não dou conta da vida." A dura verdade me atinge em cheio. "Eu não dou mais conta da vida." Se eu pelo menos reconhecesse esse simples fato, tudo seria mais fácil. A vida é muito dura. Quero desistir... do quê, exatamente? De trabalhar? De viver? Não, de viver, não. Gosto de estar viva. Acho. Só não posso viver assim.

O meu celular vibra, e, por força do hábito, olho e vejo que Joanne mandou uma mensagem:

Sasha, cadê você??

Num momento de pânico, ergo os olhos para as janelas do escritório e ando depressa pela rua, para sumir de vista. Eu devia ir para casa, mas não quero ir para casa. Não sei o que eu quero. Eu *não sei*.

De pé ali, tossindo com a fumaça dos ônibus, os meus olhos se fixam no convento do outro lado da rua e, em meio à névoa no meu cérebro, sinto algo estranho tomar conta de mim. Uma necessidade.

O que as freiras fazem o dia todo, afinal de contas? Qual é a descrição do cargo delas? Aposto que ficam só rezando, tricotando coletes para os pobres e vão dormir todo dia às seis em suas celas agradáveis e vazias. Elas têm que cantar hinos de louvor, mas eu sou capaz de aprender, não sou? E posso vestir um hábito.

Seria uma vida modesta e saudável. Uma vida que sou capaz de administrar. Por que não pensei nisso antes? Talvez seja esse o meu destino. Sinto algo se libertar de repente dentro de mim e uma felicidade tão intensa que quase fico tonta. Esse é o meu chamado. Até que enfim!

Atravesso a rua com uma serenidade e um propósito que não sentia havia anos. Vou até a grande porta de madeira, toco a campainha marcada como "Administração" e aguardo alguém atender.

— Oi — cumprimento a freira idosa que abre a porta. — Eu gostaria de entrar para o seu convento.

Certo. Sem querer criticar o convento nem nada, mas fiquei decepcionada com a recepção que tive. Seria de imaginar que elas iriam *querer* mais freiras. Seria de imaginar que me receberiam de braços abertos e um coro de "Aleluia!". Mas, em vez disso, a irmã Agnes, uma freira que parece mais importante, de suéter, véu azul e rosário pendurado, me levou para sentar na sala dela, me ofereceu um café instantâneo (eu estava esperando uma tintura de ervas medieval) e começou a fazer perguntas sobre a minha vida. Quem eu sou, onde eu trabalho e como fiquei sabendo do convento.

Que diferença isso faz? Tinha que ser igual à Legião Estrangeira Francesa. Ninguém te pergunta nada, basta colocar o véu e mãos à obra.

— Então a senhorita trabalha no Zoose — diz ela. — Não está feliz lá?

— Eu trabalhava no Zoose — corrijo. — Até meia hora atrás, mais ou menos.

— Meia hora! — exclama ela. — O que aconteceu há meia hora?

— Percebi que queria essa vida. — Gesticulo de forma contida, mas bem óbvia, para a saleta simples em que estamos. — Uma existência mais sóbria. Pobreza. Celibato. Sem e-mail, sem telefone, sem sexo. *Principalmente* sem sexo — ressalto. — Não precisa se preocupar com isso. A minha libido hoje em dia é zero. Aposto que é menor que a sua! — Dou uma risada estridente, até que percebo que a irmã Agnes não está rindo comigo. Aliás, não parece achar a menor graça.

Não deve ser muito educado falar do apetite sexual de uma freira, penso, um pouco tarde demais. Mas tudo bem. Essas coisas eu aprendo.

— Nós temos e-mail — diz a irmã Agnes, me olhando de um jeito estranho. — Também temos iPhone. Quem é o padre da sua paróquia?

— Vocês têm *iPhone*? — Eu a encaro, espantada. Freira tem iPhone? Não parece certo.

— Quem é o padre da sua paróquia? — repete ela. — A senhorita frequenta alguma igreja por aqui?

— Bom. — Pigarreio meio sem jeito. — Na verdade, eu não tenho uma paróquia, porque não sou católica. Ainda. Mas posso ser. *Vou ser* — corrijo-me. — Quando virar freira. Lógico.

A irmã Agnes me encara por tanto tempo que começo a me sentir desconfortável.

— Então, quando começo? — Tento dar sequência à conversa. — Qual é o procedimento?

A irmã Agnes suspira e pega o telefone fixo na mesa. Disca um número e murmura uma coisa que parece: "Chegou mais uma." Então se vira para mim.

— Se a senhorita quer embarcar numa vida religiosa, sugiro que comece frequentando a igreja. Dá para ver na internet qual é a igreja católica do seu bairro. Enquanto isso, obrigada pelo interesse, e que Deus a abençoe.

Levo um instante para entender que isso é uma rejeição. Ela está me dispensando? Sem nem um "Pode experimentar por um ou dois dias"? Nem um "Aqui o formulário de inscrição"?

— Por favor, me deixa entrar para o convento. — Para o meu horror, sinto uma lágrima escorrendo pelo rosto. — A minha vida está uma bagunça. Posso tricotar coletes. Cantar hinos. Varrer o chão. — Engulo em seco, esfregando o rosto. — Qualquer coisa. Por favor.

A irmã Agnes fica em silêncio por um minuto. Então suspira de novo, mas dessa vez com mais gentileza.

— Talvez a senhorita devesse se sentar um pouco no silêncio da capela — sugere ela. — E depois pedir a um amigo ou amiga que te busque e leve para casa. A senhorita parece um pouco... angustiada.

— Os meus amigos estão todos trabalhando — explico. — Não quero incomodar ninguém. Mas talvez eu devesse ir para a capela, só um pouquinho. Obrigada.

Desanimada, sigo a irmã Agnes até a capela, que é pequena, escura e silenciosa, com uma grande cruz de prata. Me sento num dos bancos e observo os vitrais, me sentindo meio surreal. Se eu não virar freira, o que que eu vou fazer?

"Tentar arrumar outro emprego, lógico", diz uma voz embotada na minha cabeça. "Dar um jeito na vida."

Mas eu estou tão cansada. *Tão* cansada. Sinto como se estivesse patinando na vida, porque os meus pés não têm tração. Se não estivesse tão cansada o tempo todo...

— ...muito estranho! — Uma voz estridente me faz enrijecer, e olho para trás, arrepiada. Não. Estou imaginando coisas. Não pode ser...

— Agradeço *muito* por entrar em contato com a gente, irmã Agnes.

Mas é. É Joanne. A voz dela está cada vez mais próxima, e ouço o som de passos se aproximando.

— Garanto que no Zoose nós priorizamos o bem-estar dos funcionários, então é uma surpresa que haja *alguém* na nossa equipe se sentindo angustiado.

Essa freira é uma *traidora*. Esse lugar era para ser um santuário! Me levanto na mesma hora, procurando desesperadamente uma saída, mas não tem para onde ir. Em pânico, me escondo atrás de uma estátua de madeira de Maria no exato instante em que a irmã Agnes aparece com Joanne na porta da capela, feito duas agentes penitenciárias.

A capela é bem escura. Talvez eu consiga me safar. Respiro fundo, encolhendo a barriga.

— Sasha — diz Joanne após uma pausa. — Estamos te vendo muito bem. Eu sei que você está meio nervosa. Mas por que não vem até o escritório para a gente conversar?

— Melhor não — respondo rispidamente, saindo de trás da estátua. — *Muito* obrigada, hein! — acrescento com sarcasmo para a irmã Agnes. Tento sair da capela, passando pelas duas, mas Joanne me segura pelo braço.

— Sasha, você *precisa* priorizar o seu bem-estar pessoal — diz ela com gentileza, os dedos me apertando com tanta força que sei que vai deixar marcas. — Você sabe que nós nos importamos muito com você, mas você precisa se cuidar! Sugiro que volte comigo agora e que a gente olhe junta o seu mural de aspirações...

— Me solta! — Puxo o braço e ando depressa pelo corredor revestido de lambris, então começo a correr, subitamente desesperada para sair desse lugar.

— Segura ela! Essa mulher está instável! — exclama Joanne para uma freira perto de nós que parece assustada e tenta agarrar a manga da minha camisa, sem sucesso.

É sério, isso? Tá bom, nunca mais tento me refugiar num convento. Num surto de adrenalina, abro a porta principal e saio correndo. Olho de relance para trás e vejo, para o meu horror, a irmã Agnes correndo atrás de mim de rosário e tênis, o véu azul esvoaçante atrás dela feito uma capinha de super-herói.

— Espere! — chama ela. — Só queremos ajudá-la, minha filha.

— Ajudar coisa nenhuma — grito em resposta.

No ponto de ônibus, há um grupo de pessoas atravancando a calçada, e tento passar, frenética.

— Licença — peço, sem fôlego, quase tropeçando em pés e bolsas. — Foi mal...

— Espere! — chama a irmã Agnes de novo com uma voz que parece uma trombeta. — Volte aqui!

Olho para trás de novo e sinto pânico. Ela está a poucos metros de mim agora e se aproximando cada vez mais.

— Por favor — peço, desesperada, tentando me esquivar da fila do ônibus. — Me deixa passar! Eu tenho que fugir dessa freira!

Um cara grandalhão de calça jeans olha para mim, depois para a irmã Agnes, então estende o braço para bloquear a passagem.

— Deixa ela em paz! — grita ele para a irmã Agnes. — Vai ver ela *não quer* virar freira, já pensou nisso? Bando de carola maluca! — Ele então olha para mim. — Foge, menina. Foge!

— Foge! — grita uma garota perto de nós, rindo. — Se salva!

Me salvar. A sensação é essa. Com o coração disparado, aperto o passo e abro caminho por entre as pessoas. Começo a correr pela calçada com um único objetivo: escapar. Fugir de... tudo. Não tenho a menor ideia de para onde estou indo, estou só fugindo... correndo para bem longe daqui...

E então, sem nenhum aviso, fica tudo preto.

TRÊS

A *humilhação*. A humilhação de saber que a sua mãe teve que sair no meio de uma visita a uma casa geminada de quatro quartos em Bracknell porque você teve um surto no trabalho e deu de cara com uma parede.

Juro que a parede surgiu do nada. Juro que aquela esquina não costumava existir. Em um minuto, eu estava correndo como se estivesse sendo perseguida por gnus, e no outro estava no chão, com as pessoas me olhando e um fiozinho de sangue escorrendo pelo olho.

Isso tem cinco horas. Já fui liberada da emergência e ainda estou com a testa dolorida. Também tive uma "conversa" com a minha médica, por telefone. Expliquei a história toda, e ela ouviu em silêncio, depois fez um monte de pergunta sobre o meu humor, o que ando pensando e como está o meu sono. Então falou:

— Acho que você está precisando parar um pouco. — E me deu um atestado de três semanas. Pelo menos tenho direito a uma semana de licença médica remunerada, o que não deixa de ser uma vantagem.

— Mas e depois? — Olho, desesperada, para a minha mãe, que veio me buscar no hospital e voltou comigo de Uber para casa. — Só tenho a perder nessa situação. Se eu voltar para o escritório, vai ser um pesadelo. Mas, se for embora, que nem a Lina, vou ficar desempregada. Um pesadelo.

— Você está esgotada, querida, com burnout. — A minha mãe pousa a mão fria na minha. — Você tem que focar em melhorar. Não toma nenhuma decisão importante sobre o trabalho por enquanto. Só descansa, relaxa. *Depois* você se preocupa com o resto.

Ela se senta, puxando as pernas da calça social e olhando para o Apple Watch. A minha mãe passou a trabalhar como agente imobiliária depois que o meu pai morreu, o que combina muito com ela, porque é meio como se tivesse licença para fazer fofoca. "Os donos gastaram mil libras num único painel de proteção atrás do fogão." "O casal queria uma suíte com isolamento acústico." Ela é paga para repassar essas preciosidades. Quer dizer, ela faria isso de graça.

— Conversei com aquela médica no hospital — continua a minha mãe. — Uma moça muito sensata. Ela disse que achava que você precisava descansar de verdade. Para mim, a culpa é das redes sociais — acrescenta, sombria.

— Das redes sociais? — Olho para ela. — Eu quase nunca entro em rede social nenhuma. Não tenho tempo para isso.

— Pressões da vida moderna — reitera a minha mãe, firme. — Instagram. TikTok.

— Vou dizer só uma palavrinha — anuncia a minha tia Pam, chegando com três canecas de chá. Ela faz uma pausa dramática. — *Menopausa*.

Meu Deus do céu. Me salva, agora. Tem pouco tempo que a minha tia Pam virou coach de menopausa e está obcecada com o assunto.

— Acho que não é menopausa — discordo com educação. — Eu só tenho 33 anos.

— Não sofre em negação, Sasha. — Pam olha para mim, muito séria. — Você pode estar na perimenopausa. Você tem sentido ondas de calor?

— Não — respondo, paciente. — Mas obrigada por perguntar sobre a minha temperatura corporal toda vez que a gente se encontra.

— A sua temperatura corporal é importante para mim! — exclama Pam fervorosamente —, porque ninguém fala de menopausa! Ninguém *fala* disso! — Ela olha ao redor, como se estivesse decepcionada com o sofá por não ter compartilhado os seus sintomas de menopausa.

— Pam, não acho que o problema seja menopausa — intervém a minha mãe com muito tato. — Não no caso da Sasha. — Ela se vira para mim. — A gente precisa dar um jeito de ajudar você a descansar de verdade. Bom, querida, você até *pode* ficar na minha casa, mas estou reformando o banheiro, e a obra tem andado meio barulhenta. A Pam falou que você podia ficar na casa dela, se não se importar com os papagaios. Não é, Pam?

Não me importo com os papagaios, mas não vou morar com uma coach de menopausa.

— Acho que os papagaios podem atrapalhar — respondo, depressa —, já que a ideia é descansar ou sei lá o quê.

— Tenho certeza de que a Kirsten podia...

— Não — interrompo. — Imagina, não precisa.

A minha irmã tem um bebê e uma criança pequena, e a sogra dela está morando no quarto de hóspedes enquanto termina o conserto do aquecimento na casa dela. Kirsten não pode receber mais ninguém.

— Eu não preciso ir para lugar nenhum. Está tudo bem. Posso ficar aqui. Relaxar. Descansar.

— Humm. — A minha mãe dá uma olhada no meu apartamento. — Mas esse lugar é bom para descansar?

Em silêncio, avaliamos a minha pequena e inóspita sala de estar. Como que para reforçar o argumento dela, passa um caminhão lá fora, e uma folha morta cai de uma planta. Sinto o celular vibrando no bolso e vejo que Kirsten está me ligando.

— Ah, oi — atendo, me levantando e indo até o corredor. — Tudo bem?

— Sasha, que merda foi essa? — exclama ela. — Você deu de cara com uma *parede*?

Dá para notar que ela está no viva-voz, e eu a imagino na cozinha pequena e bem iluminada, com o suéter de lã que dei de Natal, e o bebezinho Ben se remexendo no joelho dela, enquanto oferece fatias de maçã para Coco.

— Foi sem querer — explico, na defensiva. — Não foi como se eu tivesse tomado impulso e me jogado numa parede de propósito. Ela apareceu do nada.

— Paredes não aparecem do nada.

— Bom, essa apareceu.

— Você tinha *tomado* alguma coisa?

— Não! — retruco, ofendida, porque os médicos também ficaram perguntando isso. — Eu só estava... preocupada.

— A mamãe falou que a médica te deu uma licença por estresse. Bem que *achei* que você parecia estressada no Natal, e isso já tem semanas — acrescenta ela. — Eu falei que você precisava de férias.

— É, falou. Bom, agora tenho três semanas de folga. Então é isso. Como estão o Ben e a Coco?

— Olha, dar de cara com uma parede não é uma boa coisa — continua Kirsten, ignorando a minha tentativa de mudar de assunto. — Por que você estava correndo?

— Eu estava tentando escapar de uma freira.

— De uma *freira*? — Ela parece embasbacada. — Que tipo de freira?

— Ah, uma freia. Sabe como é. Véu. Cruz. O pacote completo. Pensei em entrar para um convento — continuo —, mas meio que deu tudo errado.

Tudo aquilo parece um sonho agora.

— Você pensou em entrar para um *convento*? — Kirsten gargalha alto, o riso explodindo no meu ouvido.

— Eu sei que parece ridículo. Mas na hora foi, tipo... o jeito mais fácil de fugir. De tudo.

Há um momento de silêncio, cortado apenas pelo som distante de Coco cantarolando desafinada uma musiquinha sem melodia.

— Sasha, agora eu estou ficando preocupada com você — diz Kirsten, mais baixo. — "O jeito mais fácil de fugir de tudo"?

— Não foi *isso* que eu quis dizer — rebato na mesma hora. — *Isso*, não. — Faço uma pausa, porque, do fundo do coração, não sei bem o que eu quis dizer. — Eu estava me sentindo sobrecarregada. A vida às vezes parece... impossível.

— Ai, Sasha. — De repente, a minha irmã mais velha soa mais gentil e carinhosa, como se estivesse me dando um abraço do outro lado da linha, e do nada sinto os olhos marejados.

— Desculpa. — Tento me recompor. — Olha, eu sei que virar freira não é a solução. Tenho três semanas de folga do trabalho.

— E vai fazer o quê? Ficar sentada em casa?

— Não sei ainda. A Pam me convidou para ficar na casa dela — digo, depressa, antes que Kirsten faça um convite corajoso de me encaixar em algum lugar na sua casa.

— A Pam está aí? Ela já te perguntou sobre as ondas de calor? — Sei que a minha irmã está tentando me animar.

— Lógico.

— Ela só fala disso, né? Na gravidez do Ben, toda vez que eu ficava enjoada ela dizia: "Pode ser menopausa, Kirsten, não descarta essa possibilidade."

Mesmo com uma lágrima escorrendo pelo rosto, tenho que rir. Meu Deus, eu sou um desastre.

— Sasha! Já sei! — A minha mãe me chama da sala com a voz alta e urgente. — É a solução perfeita!

— Eu ouvi isso — diz Kirsten no meu ouvido. — Me manda uma mensagem com a solução perfeita depois que a mamãe disser o que é. Mas *não é* comprar uma casa de dois quartos em Bracknell, se for essa a sugestão dela.

Não consigo conter o sorriso, porque a minha mãe está sempre tentando nos convencer a comprar imóveis baratos.

— E, Sasha, presta atenção — continua Kirsten com mais delicadeza. — Pensa nisso com cuidado, tá legal? Você precisa descansar direito. Nada de e-mails. Nada de estresse. Voltar para os eixos. Senão...

Ela deixa a frase no ar, numa espécie de silêncio carregado. Não sei exatamente aonde ela queria chegar com esse "senão" e acho que nem ela sabe. Mas coisa boa não é.

— Vou pensar direitinho. — Solto um longo suspiro. — Prometo.

— Porque eu não vou te visitar num convento. E você também não vai encontrar o capitão von Trapp lá dentro, se era isso que queria.

— Tenho certeza de que ele estava lá — devolvo. — Escondido no porão.

— Sasha! — chama a minha mãe de novo.

— Pode ir — diz Kirsten. — Vai ouvir o plano da mamãe. E se cuida.

Volto para a sala de estar, e a minha mãe está vendo alguma coisa no celular, com um sorrisinho na cara. Está com uma expressão mais tranquila, e olho para ela, meio intrigada. O que está pensando? Que solução perfeita ela arrumou?

— Você tem direito a quantos dias de férias? — pergunta ela.

— Um monte — admito. — Tenho vários dias sobrando do ano passado.

Quase não tirei férias no ano passado. De que adianta? Finalmente descobri o segredo que ninguém admite: esse negócio de "férias" é um mito. Férias é *pior* que a vida normal. Continua-se tendo que lidar com os e-mails, mas numa espreguiçadeira desconfortável, em vez de numa mesa de escritório. É preciso semicerrar os olhos para enxergar a tela por causa do sol. Tem que ficar procurando um lugar com sinal de celular e na sombra, para falar com o pessoal do escritório por uma linha instável.

A outra opção é quando se decide "parar de verdade". Coloca-se um aviso de ausência no e-mail, se diverte e deixa para resolver tudo quando voltar. E aí é recebido com uma quantidade absurda de trabalho e precisa ficar uma semana indo dormir às duas da manhã para colocar tudo em dia, se odiando por ter passado vinte e quatro horas que fossem longe do trabalho.

Pelo menos comigo é assim. Talvez as outras pessoas lidem melhor com isso.

— Sasha, é isso. Eu sei exatamente para onde você tem que ir. — A minha mãe parece muito satisfeita consigo mesma.

— Para onde?

— Já liguei e ainda tem vaga — continua ela, me ignorando. — Por que a gente não pensou nisso antes?

— Para *onde*?

A minha mãe ergue o rosto e deixa um instante passar antes de responder:

— Rilston Bay.

As palavras parecem mágica.

É como se de repente o sol tivesse aparecido no céu e aquecido a minha pele. O calor e a luz me acariciam, e sou tomada por uma espécie de euforia que quase esqueci que existia. Rilston Bay. O mar. Aquele céu imenso. A sensação da areia sob os pés descalços. Ver a praia do trem, naquele momento mágico. As gaivotas estridentes. As ondas quebrando, e o mar brilhando sob o sol escaldante do verão...

Espera aí.

— Mas a gente está em fevereiro — retruco, voltando do meu devaneio.

Rilston Bay no inverno? Não consigo nem imaginar. Mas agora que a minha mãe deu a ideia não consigo pensar em outra coisa. Rilston Bay. A possibilidade mexeu comigo. Eu posso mesmo ir para Rilston Bay?

— Tem vaga — repete ela. — Você pode ir de trem, como a gente sempre fez. Pode ir amanhã!

— Tem vaga na pousada da Sra. Heath? — pergunto, meio incerta.

A gente se hospedou todas as férias, por treze anos seguidos, na pousada da Sra. Heath. Ainda me lembro do cheiro do piso da escada, das fotos de conchas no quarto, das camas com manta de crochê. A cabaninha de madeira perto da praia, onde toda noite deixávamos baldes e pás. O jardinzinho com a gruta das fadas.

— A Sra. Heath morreu há alguns anos, querida — responde a minha mãe com gentileza. — Eu estava falando do hotel. O Rilston.

— O *Rilston*?

Ela está falando sério? Me hospedar no Rilston?

Nunca ficamos no Rilston. Não éramos esse tipo de gente. O hotel especificava o traje recomendado, e toda semana havia um baile e um jantar, e os hóspedes podiam usar o "táxi Rilston", e você ficava vendo aqueles carros circulando pela cidade. Era um prédio imponente, na beira da praia. Bem diferente da pousada da Sra. Heath, que ficava a uns quinze minutos de caminhada pelas ruas íngremes de paralelepípedos, que descíamos correndo, felizes, todo dia de manhã.

Mas, todo ano, sempre havia uma noite em que nos arrumávamos e íamos tomar uma bebida no Rilston, nos sentindo superadultas ao pisar naquele saguão com lustres e sofás de veludo. Os meus pais tomavam drinques no bar, enquanto Kirsten e eu bebíamos Coca-Cola com uma fatia de limão e ríamos do luxo absurdo que era servir batata chips em pratos de prata. Uma vez chegamos a jantar lá, mas todo prato era carne com um molho cremoso e "custava os olhos da cara", segundo o meu pai. Então, no ano seguinte, a gente voltou a só tomar uma bebida. Uma bebida bastava. Era mais que suficiente.

Por isso a ideia de me hospedar lá me causa um frisson estranho. Mas a minha mãe está com o celular na mão, e vejo as palavras "Hotel Rilston" na tela. Ela está falando sério.

— A diária está bem razoável — comenta ela. — Bom, é baixa temporada. E ouvi dizer que o Rilston deu uma caída. Anda meio decadente. Então vou arrumar um preço bom para você, querida. — Os olhos dela brilham diante da perspectiva de pechinchar. — Fica o máximo que você puder. Cuida da sua recuperação. E *depois* você decide o que vai fazer.

Abro a boca para argumentar, para dizer que é uma medida muito drástica, mas fecho de volta. Porque a verdade é que, de repente, estou desesperada para ir. Para ver aquele lugar de novo. Sentir a maresia. Rilston Bay parece uma parte fechada e quase esquecida da minha alma que não visito há... Quanto tempo? Desde que saiu o diagnóstico do meu pai, percebo. Quando isso aconteceu, muita coisa mudou. E uma delas foi que nunca mais voltamos a Rilston Bay. O que significa que tem o quê? Vinte anos que não vou lá?

— A brisa do mar vai te ajudar — continua a minha mãe, procurando alguma coisa no Google. — O ambiente de paz.

— O ozônio — acrescenta Pam com ar de quem entende das coisas. — O barulho das ondas.

— Fazer longas caminhadas, ioga, comer bem...

— Nadar no mar! — exclama Pam. — Não tem coisa melhor, tanto se você estiver na menopausa *quanto* na perimenopausa.

— Não vai estar um pouco frio? — pergunto, cautelosa. — Em fevereiro?

— Frio é bom — afirma Pam. — Dá um choque no sistema. Quanto mais frio, melhor!

— Não vai ter salva-vidas — intervém a minha mãe, erguendo o rosto. — Nada de nadar até a boia, ouviu, Sasha?

— Ela não vai nadar até a boia! — devolve Pam. — Vai entrar só um pouquinho. Você tem roupa de neoprene, querida?

— *Achei!* — exclama a minha mãe, interrompendo-a. — É isso aqui que você tem que fazer. Seguir esse programa, passo a passo.

Ela mostra a tela do celular para mim, e fico olhando para a imagem, hipnotizada. Uma mulher de roupa de neoprene preta me encara com um olhar confiante, braços fortes e um sorriso contagiante. Está com o cabelo molhado grudado nas bochechas úmidas. E os pés plantados com firmeza na areia de uma praia que podia muito bem ser em Rilston Bay. Numa das mãos tem uma prancha de bodyboard, e, na outra, um suco verde. Sob a foto, a frase: "Vinte passos para uma vida melhor."

— Tem um aplicativo para isso! — diz a minha mãe, triunfante. — É só baixar e comprar umas coisinhas... Você tem tapete de ioga?

Mal ouço o que ela está falando. Estou hipnotizada pela garota no celular. Ela parece radiante. Feliz. Bem-resolvida. Quero tanto ser ela que quase desmaio. Como eu faço isso? Como chego lá? Se tiver que mergulhar no mar gelado, eu mergulho. Os meus olhos percorrem o texto avidamente, absorvendo uma ou outra palavra aleatória.

"Suco de noni... manifestação e lei da atração... desafio dos cem agachamentos... técnicas de *grounding*..."

Tem coisa aí que eu não faço ideia do que significa. Suco de noni? *Grounding*? Mas posso aprender, não posso? Enfim uma lista que parece conter a resposta. Um itinerário para eu deixar de ser quem sou agora. Vou para Rilston Bay. Vou seguir os vinte passos. E vou ser uma versão melhor de mim.

QUATRO

Vinte passos. É só o que basta. E já estou dando o primeiro. "Passo 1: Pense positivo." As palavras passam pela minha cabeça, e vou respondendo mentalmente. "Isso! Vou ser positiva! Olha só para mim!"

Puxando a mala atrás de mim, corro pela plataforma da estação de Paddington, pensando tão alto que fico surpresa que as pessoas à minha volta não estejam ouvindo. "Eu consigo. É só seguir os passos. Eu sou capaz." As frases motivacionais vão surgindo na minha cabeça, cada uma mais inspiradora que a outra. Me sinto um post do Instagram ambulante. Baixei a lista de passos do aplicativo e trouxe o meu *bullet journal*, as canetas coloridas e os adesivos. Deixa *comigo*.

Tem só dois dias que bati a cabeça, mas já me sinto diferente. Não estou propriamente tranquila — não tem nada de tranquilo em se preparar para uma viagem de trem de seis horas —, mas não estou naquele estado frenético e elétrico em que vivia. Sinto como se houvesse uma frestinha de luz despontando no horizonte e que, se eu me concentrar bem nela, vou ficar bem.

O trem é enorme — doze vagões ao todo —, e vou nele até Campion Sands, onde vou ter que fazer baldeação para um trem menor e mais antigo, para o trecho final da viagem. Entre os milhões de coisas que adoro a respeito de Rilston Bay está a estação de trem minúscula. O trenzinho vai e volta até Campion, sacudindo ao longo do penhasco, como se estivesse prestes a cair. Dá para ver o trem da praia e acenar para os passageiros.

Só de pensar na praia sinto um arrepio de empolgação. Nem acredito que estou indo para a praia! Uma praia fria, no inverno... mas mesmo assim!

— Sasha! — Ouço a voz da minha mãe e me viro, surpresa ao vê-la correndo pela plataforma, com duas sacolas de supermercado na mão, um rolo azul de espuma e um bambolê cor-de-rosa. Ela disse que vinha se despedir de mim, mas achei que estava brincando.

— Mãe! Você veio!

— Lógico que vim! — responde ela. A minha mãe parece animada, mas, ao se aproximar para me abraçar, vejo que está com a ansiedade estampada no rosto. — Só queria ter certeza de que você não esqueceu nada. Pegou o tapete de ioga? A roupa de neoprene?

— Tudo aqui. — Dou um tapinha na mala.

— Aqui está o seu bambolê profissional pesado... — Ela joga o aro de plástico cor-de-rosa para mim. — Sei que você falou que não ia nem tentar, mas acho que vai se arrepender se não experimentar.

— Mãe... — Olho para o bambolê na dúvida. Sei que "bambolear" faz parte do programa de vinte passos, mas eu estava planejando pular essa parte.

— Se é para fazer o programa, faz direito, querida — afirma a minha mãe, taxativa. — E aqui está o rolo de espuma. É fundamental. — Ela me entrega o rolo, que tento equilibrar, desajeitada, com o bambolê. — Também trouxe um roupão de praia e umas amêndoas para você comer no trem. — Ela coloca uma sacola enorme na minha mão livre. — Ah, e isso aqui! — Ela acrescenta uma sacola de papel da lojinha da National Gallery. — Um conjunto de aquarela. Pincel, bloco para desenho, tudo que você precisa. Está lá no aplicativo, número quinze. "Conecte-se com o seu lado criativo." Botei também um livro de pinturas para dar inspiração, Rilston está bem na capa. Você pode pintar a praia!

Estou quase soterrada de tanta coisa. De repente, me imagino de roupa de neoprene, rodando bambolê ao mesmo tempo que pinto a praia e como amêndoas.

— Nossa... obrigada — digo, baixinho. — Quanta coisa. Não precisava ter se preocupado.

— Que é isso, querida! — Ela dispensa o meu agradecimento. — Não foi nada. Bom, eu liguei para o hotel, expliquei *toda* a sua situação.

— Você fez o quê?! — exclamo, espantada.

— Não se preocupa, fui discreta! Não falei que era a sua mãe, falei que era a sua assistente pessoal.

— A minha *assistente pessoal*? — Fico olhando para ela, boquiaberta.

— Por que você não pode ter uma assistente pessoal? — argumenta, decidida. — Você é uma mulher de sucesso, Sasha. Precisa de uma assistente pessoal! Todo mundo precisa de uma assistente pessoal! Você tinha uma assistente no Zoose, não tinha?

Me lembro da minha "assistente" no Zoose, uma moça chamada Tania que trabalhava remotamente da França para dois diretores e sempre respondia os meus e-mails com: "Pode explicar isso melhor?" Não era bem assistência o que ela me prestava.

— É... — digo, incerta. — E aí... o que você falou para eles?

— Falei que você estava tirando uma folga para cuidar do seu bem-estar — responde ela, muito séria. — Expliquei sobre a alimentação saudável, e eles disseram que podem fazer um suco verde todo dia para você. Mandei para eles a receita do aplicativo. Garantiram que iam encomendar couve só para isso. E confirmei que você vai ficar num quarto de frente para o mar — acrescenta antes que eu possa lembrar a ela quanto odeio couve. — Nada de ficar do lado errado do hotel. Você vai ficar num quarto de frente para o mar e *ponto-final*! — Ela levanta a voz, como se estivesse discutindo mentalmente com o hotel. — Não deixa eles te passarem para trás. Ah, e perguntei dos chalés na praia — continua. — Mas eles não abrem no inverno. De qualquer forma, vão ser demolidos.

— Demolidos? — pergunto, espantada.

— Parece que não são mais seguros. Vão construir novos.

Mal consigo acreditar. Os chalés na praia do Rilston eram famosos. Havia toda uma mística em torno deles. Agora, pensando em retrospecto, vejo que não tinham nada de especial — eram só oito chalés de madeira —, mas ficavam bem na areia. O que é um luxo. E, para nós, crianças, eram alvo de muitos rumores: "Alugar um chalé desses custa uma fortuna." "A fila de espera é de anos." "O primeiro-ministro já se hospedou num deles."

Quando éramos criança, Kirsten e eu às vezes nos aproximávamos da fila de chalés e ficávamos espiando os hóspedes relaxando nos deques caros, desfrutando da vista exorbitante de cara para o mar. Mas havia uma espécie de protocolo. As pessoas evitavam ficar na faixa de areia bem na frente dos chalés, então era como se eles tivessem o próprio trecho privado de praia. Eu sempre pensava: "Quando crescer, vou me hospedar num chalé desses." Mas é lógico que acabei esquecendo.

— Enfim — continua a minha mãe —, se você precisar que eu ligue como sua assistente pessoal de novo, é só me mandar uma mensagem. Falei que o meu nome era Erin — acrescenta. — Achei que parecia nome de assistente. Erin St. Clair.

A minha vontade é de dar uma gargalhada. *Erin?* Mas, em vez disso, preciso piscar para não chorar, porque foi muita gentileza da parte dela. Mesmo eu detestando couve.

— Obrigada — digo, engolindo em seco. — Por tudo, mãe.

— Ai, Sasha. — Ela leva a mão ao meu rosto com carinho. — Você não está legal, né? Você vai ficar bem? Porque eu *posso* ir com você...

— Não precisa — digo, determinada. — Você tem o seu congresso. Não pode perder isso.

Todo ano, ela vai ao mesmo congresso sobre imóveis, encontra os antigos colegas de trabalho e volta para casa cheia de fofoca e com um brilho novo no olhar. Não posso pedir a ela que não vá.

— Bom. — A minha mãe continua dividida. — Pelo menos você vai para um lugar que a gente conhece.

— Pois é. Rilston Bay. É praticamente a nossa casa!

— Não acredito que você vai voltar lá. — Ela faz aquela careta feliz de quando pensa no passado, o que não acontece com frequência. — A gente teve férias muito boas, não foi?

— As melhores. — Faço que sim, enfaticamente.

Chegamos a viajar de férias de novo, depois que o papai morreu. Mas não nos prendemos a um só lugar. Experimentamos ir a Norfolk, à Espanha, até para os Estados Unidos uma vez, depois que a minha mãe virou sócia na agência. Foram todas boas viagens, mas nenhum lugar substituiu Rilston Bay nos nossos corações.

Não queríamos voltar a Rilston Bay sem o papai. Sempre pareceu cedo demais. Até que, de repente, vinte anos se passaram.

— Divirta-se, querida. — A minha mãe me puxa para um abraço apertado. — Chega de se estressar, Sasha. Vai ter um pouco de paz.

E eu tenho um pouco de paz. Por aproximadamente meia hora. O trem parte na hora marcada, e me acomodo no assento com o meu café e o meu croissant. De alguma forma, consegui atravessar o vagão carregando mala, bambolê, rolo de espuma e as sacolas — embora tenha precisado fazer duas viagens —, e por sorte o trem está bem vazio. Estou sozinha a uma mesa de quatro lugares, vendo Londres se afastar, me sentindo como se estivesse deixando parte do estresse na cidade. A poluição, o barulho, a correria... tudo isso pode ficar para trás.

Olho pela janela e tento me concentrar no meu projeto de bem-estar. Mas, em vez disso, me pego pensando: *"Por que* o Asher encomendou aquela série de workshops de 'linguagem no trabalho'? Que perda de tempo."

E por que a gente tem que escrever dois relatórios mensais diferentes em dois formatos diferentes?

E alguém investigou aquele fiasco da equipe de Craig? Porque eu sei muito bem por que aquilo aconteceu, foi o...

— Prezados passageiros...

O anúncio nos alto-falantes me desperta dos meus pensamentos e me faz piscar. Merda. Está tudo errado. Por que eu estou pensando em trabalho? Preciso deixar o trabalho *para trás*. Mas tem uma voz intensa e alta que não cala a boca e parece que ela está vindo comigo.

Abro o aplicativo dos "Vinte passos" e vou rolando a tela, procurando conselhos, até que encontro a parte sobre meditação.

"Tente registrar numa folha de papel as preocupações que estiverem incomodando você. Não filtre nada, apenas escreva. Em seguida, agradeça ao seu cérebro pelos pensamentos e os deixe de lado por enquanto."

Certo. Boa ideia. Pego as canetas, abro o *bullet journal* nas últimas páginas e desato a escrever furiosamente.

Meia hora depois, ergo o rosto e percebo que estou com cãibra na mão. Minha *nossa*! Quase perplexa, folheio as páginas que preenchi. Não imaginava que pensava tanto no Zoose. Não fazia ideia de que tinha tanta... Bem... Raiva.

Esfrego o rosto e solto o ar. Talvez tenha sido bom fazer isso. Esvaziei o cérebro das coisas ruins e agora posso deixar as coisas positivas entrarem.

"Obrigada, cérebro, pelos pensamentos", digo a mim mesma, decidida. "Mas agora vamos em frente, tudo bem?"

Volto para o começo do *bullet journal* e escrevo um título bem grande — *Cura para o burnout: vinte passos* —, em seguida decoro com as canetas coloridas. Estou prestes a colar uns adesivos quando o trem chega a Reading e mais passageiros embarcam. A maioria deles vira para o outro lado assim que nota o meu bambolê rosa (não os culpo), mas um senhor idoso de colete amarelo parece destemido e toma o assento diante de mim, embora haja uma mesa vazia com quatro lugares do nosso lado.

— Vai entrar para o circo, é? — brinca ele, e o meu coração murcha um pouco, porque está na cara que ele gosta de papo. Como que para confirmar as minhas suspeitas, assim que o fiscal confere as nossas passagens e me explica que tenho que trocar de trem em Campion Sands, o senhor se debruça sobre a mesa, com os olhos fixos nos meus.

— A senhorita está indo para Rilston Bay, é? Vai precisar de ajuda para carregar as coisas e pegar a conexão em Campion Sands. Sorte a sua que estou indo para Campion Sands. Posso te ajudar a embarcar no outro trem, se quiser.

— Muito obrigada. — Ofereço um sorriso agradecido, torcendo para também estar transmitindo um "Agora dá para a gente parar de falar?", mas ele ignora essa parte.

— A senhorita mora em Rilston?

— Não, vou me hospedar lá.

— Bem que eu achei que não te conhecia. — Ele faz que sim com a cabeça, satisfeito. — Conhece a cidade?

— Quando eu era criança, passava as férias lá todo ano.

— Ah, então a senhorita vai se lembrar de mim! — exclama ele, animado. — O meu nome é Keith Hardy. Mas deve me conhecer pelo meu outro nome... Sr. Poppit! OLÁ, GAROTADA! — grita ele, de repente, para o meu horror, dando um susto em todo mundo no vagão. — O Sr. Poppit! Um fantoche vermelho grande, de chapéu listrado? Todo ano eu monto uma barraquinha na praia. A senhorita deve se lembrar do Sr. Poppit! Já deve ter visto a minha apresentação!

Tenho, sim, uma vaga lembrança. Mas sinto pavor de fantoches, então não existe a menor chance de eu ter assistido à apresentação dele.

— Acho que sim — respondo, cautelosa. — Me lembro do Terry, da Surf Shack.

— Ah, claro que lembra — devolve Keith, com uma expressão meio decepcionada. — Todo mundo se lembra do Terry. Quem não conhece o Terry?

Agora estou lembrando melhor. Havia duas lojinhas de surfe na praia, uma bem do lado da outra. Todo mundo presumia que os donos das lojas eram inimigos mortais e que era preciso escolher um lado, que nem os Montéquio e os Capuleto. Tinha a Surf Shack, de Terry, e a Surftime, de Pete, mas todo mundo que frequentava a praia com regularidade ia na Surf Shack, porque Terry era o professor de surfe mais incrível do mundo. Ele era a *pessoa* mais incrível do mundo. Tem gente que simplesmente está muito acima do restante. São superiores a nós. E todo mundo reconhece isso.

Terry era um grisalho prematuro, mas era forte feito um touro, tinha olhos azuis brincalhões e conhecia todo mundo. Pete era bem gentil, mas não era um Terry. Ainda ouço a voz intensa de Terry, rouca pelos anos gritando contra o vento. Na verdade, as palavras sábias dele me voltam com bastante frequência em momentos aleatórios. "Não esquenta!", exclamava ele sempre que alguma criança nervosa ficava muito ansiosa. "Por que se preocupar com o mar? O mar não está nem aí para você!"

Sou invadida pelas memórias da Surf Shack. A penumbra ao entrar na loja, depois de sair do sol da praia. O cheiro de neoprene. Os surfistas adultos de papo no pequeno deque, de short de praia colorido ou roupa de neoprene aberta até a cintura. Me lembro de entrar na fila para alugar uma prancha de bodyboard, quicando de impaciência, porque estávamos perdendo as melhores ondas a cada segundo que passava. Rilston é famosa pelo swell no inverno, mas as marolas de verão eram perfeitas para nós, crianças, ainda aprendendo a subir numa prancha. A mulher de Terry, Sandra, anotava os nossos nomes num livro de registro, sem jamais se apressar ou pular algum detalhe. "Nome?", ela sempre perguntava. Ela sabia o nome de todo mundo, mesmo assim tínhamos que soletrar para ela.

— O Terry continua na loja? — pergunto, animada de repente. — Ele ainda dá aula de surfe?

Será que ainda consigo subir numa prancha? Tem anos que não surfo, mas talvez esse pudesse ser o Passo 21.

— Não, não. — Keith balança a cabeça. — O Terry se aposentou. Vendeu a Surf Shack. Quer dizer então que a senhorita gosta de surfar, é? — Ele observa o meu bambolê, curioso.

— Na verdade, não — admito. — Estou só tirando umas férias. Quero um pouco de paz e sossego. Fazer ioga. Esse tipo de coisa.

— Paz e sossego! — O rosto dele se ilumina, bem-humorado. — Bom, isso você vai conseguir, sem dúvida, em fevereiro. Nessa época não tem ninguém lá. As pousadas fecham, a praia fica vazia, o lugar fica deserto.

— Não me importo com um pouco de solidão — digo, sincera. — Andei meio estressada recentemente. Quero só ter uma folga agradável e tranquila. Colocar a cabeça no lugar.

— Bom, não tem lugar mais tranquilo do que Rilston Bay. — Keith faz que sim, concordando. — Nem mais feliz. Vai um bolovo? — Ele me oferece um saco de papel, e nego com a cabeça educadamente. — A senhorita vinha muito, quando era criança?

— Vinha todo ano, até os 13. Isso já tem vinte anos.

Quando digo isso em voz alta, parece impossível. *Vinte anos?*

Keith parece interessado na informação.

— A senhorita estava lá no ano do acidente de caiaque? Isso foi há vinte anos.

— Estava — respondo, franzindo a testa diante da lembrança. — É, me lembro do acidente. Um menino quase se afogou.

— Um *senhor* escândalo — continua Keith, dando uma mordida no bolovo. — Não que tenha morrido alguém, mas podia ter morrido, é o que sempre digo.

— Certo. — Faço que sim. — Bom, já tem muito tempo.

Fico sem jeito de continuar escrevendo no *bullet journal*, então o guardo e pego o livro de pinturas de praia que a minha mãe me deu. Torço para que a nossa conversa tenha terminado aí, mas Keith se aproxima com ar de confidência.

— A senhorita sabia que foi tudo culpa do Pete?

— Não me lembro direito — admito. — Só sei que me falaram para sair do mar. A gente foi jogar boliche.

— Ah, bom. Teve toda uma investigação, e o Pete foi multado. Acabou com ele — acrescenta Keith com muito gosto. — Ele fechou a loja, se mudou. Quem comprou foi um casal novo. Mas nunca foi para a frente. Os Scully, se lembra deles?

— Depois daquele ano, a gente nunca mais voltou — respondo, sucinta.

O acidente de caiaque aconteceu na semana em que o meu pai foi diagnosticado. Na verdade, estávamos voltando das férias quando descobrimos. Os meus pais receberam uma ligação, e Kirsten ouviu os dois conversando, e aí...

Fecho os olhos diante da onda de dor antiga e entorpecente que me invade. Não foi culpa de ninguém. Mas descobrir que as nossas vidas mudariam para sempre num posto de gasolina na estrada foi...

menos que bom. Apaguei muitas lembranças daquela semana, e não preciso mesmo dessa conversa agora.

— Como eu estava dizendo, só quero descansar. Sabe como é. Um pouco de paz e sossego.

— Claro. — Keith faz que sim com a cabeça. — Paz e sossego. Não existe lugar como Rilston Bay para encontrar paz e sossego. — A expressão no rosto dele volta a se iluminar. — A senhorita estava lá no ano em que pegaram as águas-vivas venenosas? Nossa, aquilo, *sim*, foi feio. Tiveram que levar três crianças às pressas para o hospital. Colocaram a culpa nos salva-vidas, porque, verdade seja dita, onde estavam os avisos?

Agora é água-viva venenosa?

— Não — respondo, meio breve. — Não me lembro de nenhuma água-viva venenosa.

— E aquele escândalo terrível da intoxicação alimentar? — Ele me encara, ansioso. — Sabe quantas pessoas passaram mal naquela semana? No mínimo umas vinte e três, e não confie em quem disser outra coisa. Tentaram dizer que foram umas onze, abafar o caso, mas pergunta só para os médicos da cidade. — Ele balança o indicador para mim. — Sanduíche de camarão velho, parece que foi isso, mas tem gente que diz que a culpa foi da maionese. Comida fresca, né? Feita com ovo. Letal. — Ele aponta para o próprio bolovo e dá outra mordida.

Pronto, já chega. Não posso mais ouvir esse homem. Ele está fazendo mal à minha saúde. Na verdade, ele está fazendo mal ao vagão inteiro. Tem uma mulher à minha direita ouvindo a nossa conversa horrorizada.

— Na verdade, tenho que escutar um podcast para o trabalho — minto, pegando o celular. — Então acho que é melhor começar logo.

— Fique à vontade — responde Keith, animado, dando outra mordida no bolovo. — Bom conversar com você. Ah, amor jovem — acrescenta ele.

— O quê? — Eu o encaro, me sentindo um tanto na defensiva diante da menção a amor.

— *Amor jovem.* — Ele indica o meu livro com a cabeça. — O quadro. De Mavis Adler. Isso aí é em Rilston Bay, pode ter certeza.

— Certo. — Corro os olhos pelo quadro, no qual um casal de adolescentes se beija numa praia. É bem famoso, já o vi reproduzido em cartões-postais e cartazes. E acho até que eu sabia que era uma pintura de Rilston Bay, mas tinha esquecido.

— Quem sabe a senhorita não encontra um amor jovem! — brinca Keith. — Ou já é comprometida?

— Não — respondo com firmeza, procurando os fones de ouvido. — Não sou. E duvido que eu vá encontrar amor no litoral na baixa temporada.

— Nunca diga nunca! A senhorita vai ficar na casa de algum amigo? — continua ele, enquanto vasculho a bolsa com mais urgência.

— Não, no Rilston — respondo sem pensar e me arrependo na mesma hora de não ter sido mais cuidadosa.

— No Rilston! — Ele dá um assobio com uma espécie de incredulidade bem-humorada. — No Rilston!

A reação me irrita. O que ele quer dizer com isso?

— É — digo. — No Rilston.

— Não sabia que ainda estavam hospedando. Ainda mais nessa época. A senhorita já viu *O iluminado*? — Keith dá uma gargalhada, animado. — "Aqui está o Johnny!"

Ah, não enche.

— Bom, eu gosto de ficar sozinha — digo com educação. — Então vai ser perfeito.

Achei os meus fones. Aliviada, enfio no ouvido, mas ele continua falando, obstinado.

— Parece que vão demolir tudo, né? Reconstruir do zero.

— Não sei — digo, procurando no Spotify "músicas para relaxar".

— Sabe se eles continuam servindo comida?

Levanto a cabeça, preocupada.

— Claro que continuam servindo comida. Por que não continuariam?

— Porque ouvi dizer que teve um incêndio na cozinha do hotel. — Ele balança a cabeça, estalando a língua. — Uma história triste. Ficou sabendo?

— Não — digo com firmeza. — Desculpa. Olha, foi muito bom conversar, mas tenho que...

Para o meu alívio, paramos numa estação, e finjo estar absorta pelas pessoas embarcando no trem. Vejo uma mulher e uma menina de casaco de inverno cor-de-rosa combinando. Um senhor idoso. E então um cara com uma mochila nas costas e uma prancha de surfe.

Um cara bem interessante.

Bonito, tenho que acrescentar. Com um rosto que parece que ele leva toda semana na "academia de rosto" para malhar. Maçãs do rosto esculpidas e feições cinzeladas. Uma leve barba por fazer. Olhos escuros e intensos.

O trem segue viagem, e, dissimuladamente, eu o observo enquanto ele coloca a mochila no bagageiro do alto sem dificuldade e se senta, apoiando a prancha no banco da frente. A mulher e a menina se sentam lado a lado, e, na mesma hora, a garotinha se levanta para passear. Não costumo ser do tipo maternal, mas, *meu Deus*, que coisa fofa, de macacão acolchoado, galocha de joaninha e o cabelo loiro avermelhado dividido em duas marias-chiquinhas. Meio que torço para ela vir na minha direção, mas ela começa a bater de leve na prancha de surfe com as mãos cheias de covinhas, e a mãe sorri para o cara.

— Tão curiosas nessa fase — comenta ela. — Se interessam por tudo.

— Pois é — devolve o homem, seco, o que não parece ser a resposta certa. Era para ele falar alguma coisa simpática sobre a menina fofinha de dedos gordinhos.

Ele também não está com aquela cara de "que criança mais linda" que a mãe obviamente estava esperando. Ele parece tenso. Irritado, até.

A menina começa a bater na prancha com mais força e, a cada tapa, ela dá um grito, maravilhada. A mulher à minha direita ri e sorri para mim.

— Olha só para isso! — exclama Keith, que se virou para acompanhar as estripulias da menina. — Vai ser surfista quando crescer! Para onde vocês estão indo?

— A minha mãe mora perto de Campion Sands — diz a mãe da menina, sorrindo para Keith. — A Bryony vai ver o mar pela primeira vez, minha lindinha. Comprei um baldinho e uma pá só para isso. Não é bem a época certa, mas ela não vai ligar.

Agora todo mundo no vagão está admirando aquela fofura de criança com o mesmo sorriso bobo — todo mundo, menos o dono da prancha de surfe. Ele não parece estar achando a menor graça. Na verdade, está visivelmente tenso. Percebo que as mãos dele estão cerradas. Será que é algum maníaco?

— Ela precisa mesmo fazer isso? — explode ele, voltando-se para a mulher e me fazendo dar um pulo. — Você pode fazer ela parar? Pode afastar a sua filha de mim?

Afastar? Afastar uma criança linda que não está fazendo mal a ninguém?

— Afastar a minha filha? — A mulher fica logo eriçada. — *Afastar* a minha filha? Até onde eu sei, estamos num transporte público.

— Bom, até onde eu sei, a prancha é minha — rebate ele na mesma hora, com sarcasmo. — Então, por favor, você pode controlar essa criança?

Olho para Bryony, batendo na prancha com uma alegria inocente e contagiante. Como ele pode ver mal nisso?

— Ela não está fazendo nada de mais! — exclamo antes de conseguir me conter. — É uma prancha de surfe, não a *Mona Lisa*. Qual é o seu *problema*?

O homem me olha como se só agora tivesse notado a minha presença. Não sei se toquei num ponto sensível ou se ele simplesmente não gosta de ser confrontado em público, mas a expressão em seu rosto é tão intensa que acabo ficando nervosa.

De repente, um silêncio recai no vagão inteiro. Até Bryony percebe a mudança no clima e para com o batuque. O homem então se levanta de repente e pega a mochila no bagageiro.

— Com licença — diz ele para Bryony com excessiva educação e coloca a prancha debaixo do braço. Bryony choraminga na mesma hora, com os olhos cheios de água. Mas, em vez de comover o homem, a reação o faz estremecer, como quem está morrendo de nojo. — Agora é com você — diz ele para a mãe antes de mudar de vagão.

Por um instante, ninguém sabe muito bem como reagir, até que a mãe solta o ar, com as bochechas coradas.

— Nossa mãe! — exclama. — O que foi isso?! Bryony, vem cá, meu amorzinho, vem comer um biscoito. Que sujeito mais mal-educado!

Ela estende os braços para a menina aos prantos, que aponta, triste, para onde a prancha de surfe estava e então emite uma única palavra chorosa:

— A-bô!

— Eu sei que acabou — responde a mãe. — Já vai tarde. Você não precisa daquele brinquedo! Vem brincar com o Ted-Ted, querida.

Enquanto Bryony é consolada com um biscoito, vejo Keith respirando fundo, como se para transmitir o que achou do pequeno episódio. Ele com certeza seria capaz de falar por meia hora, contando os trinta e cinco casos que iria acabar acrescentando.

Aperto Play depressa e aponto para os ouvidos, como quem diz: "Desculpa, não estou ouvindo nada." Então recosto na cadeira, fecho os olhos com força e me deixo levar pela música de spa. Ao longe, ainda ouço a voz abafada de Keith, mas nem abro os olhos.

Depois de um tempo, percebo que estou de punhos cerrados e solto os dedos, respirando fundo e tentando relaxar. Ai, meu *Deus*. O que foi *isso*? O meu cérebro está uma bagunça.

E, para ser sincera, é um bom sinal. Não sou capaz de lidar com gente estranha nesse momento. Principalmente tagarelas e, *mais* especificamente, homens ignorantes com pranchas de surfe. Ainda bem que o hotel vai estar vazio.

Na verdade, estou torcendo muito para não encontrar nem uma alma viva enquanto estiver no Rilston.

CINCO

Por sorte, os fones de ouvido me ajudam a escapar de ter que conversar com Keith pelo restante da viagem. Ele não parece ofendido e, quando chega a hora de trocar de trem, em Campion Sands, se apressa em me ajudar. Uma vez que carregamos juntos mala, sacolas, rolo de espuma e bambolê para o trem seguinte, quase sinto simpatia por ele.

— Vou te procurar! — diz ele, feliz, ao saltar do trem para a plataforma. — Estou sempre em Rilston. Quem sabe a gente não toma alguma coisa um dia desses, aí eu te conto mais sobre o lugar, já que a senhorita está interessada.

— Legal! — De pé na porta do trem, tento soar entusiasmada. — Se bem que vou estar muito ocupada com o... — Dou um tapinha no rolo de espuma. — Então não sei se vou ter tempo.

— A senhorita está certa. — Ele faz que sim, aparentemente sem se ofender. — E o que vai fazer com essas coisas todas quando chegar? Vão mandar um carro?

— Não preciso de carro — digo, rindo. — Vou a pé. É só descida.

— A pé?! — exclama ele. — Com tudo isso? — Keith corre os olhos pelas minhas tralhas, e percebo que ele tem razão. — Deixa que eu ligo para o Herbert — continua, digitando no celular antes que eu possa dizer qualquer coisa. — O carregador do Rilston. Ele vai te ajudar. Eu conheço o pessoal do Rilston... Herbert! Oi, aqui é o Keith. Tem uma moça aqui, vai ficar hospedada aí com vocês. Ela está precisando de ajuda com as coisas dela... Isso, deve ser ela. Gosta de podcasts. Ioga. — Ele escuta por alguns instantes, depois olha para mim. — O Herbert está perguntando se foi a senhorita que pediu a couve.

Ai, meu *Deus*.

— Foi — respondo —, mas acho que não precisa...

— É ela! — interrompe Keith, triunfal. — Então você busca ela na estação, certo? Maravilha. Até mais, Herbert, vamos tomar uma cerveja. — Ele desliga e sorri para mim. — Ainda bem que liguei! O carro do hotel está enguiçado, mas o Herbert vai pessoalmente te encontrar, para ajudar com as coisas.

— É muita gentileza sua — digo com uma pontada de vergonha de ter passado as últimas cinco horas tentando evitá-lo. — Muito obrigada.

— Bom, divirta-se... Espera! Não peguei o seu nome! — Ele ri, incrédulo, como se isso tivesse acontecido por acaso, e não porque eu tenha de forma deliberada evitado dizer o meu nome para ele. Mas parece ridículo manter segredo agora.

— É Sasha.

— Bom, divirta-se, Sasha.

Keith anda pela plataforma, e, depois de alguns instantes, as portas se fecham. O trem começa a se mover, e eu me sento, notando que sou a única pessoa no vagão. O tempo virou, e o vidro fica encoberto por uma névoa e uma chuva fina. Ainda assim, pressiono a testa na janela e olho ao longe, para tentar ver a baía. Kirsten e eu sempre competíamos para ver quem iria enxergar a praia primeiro. Esperávamos impacientemente o ano inteiro por esse momento. Depois de tantas horas — de tantos anos —, não acredito que estou a minutos de Rilston Bay. Sinto um frio na barriga de expectativa e ansiedade. E se eu me decepcionar?

Rilston não pode me decepcionar. Não vai me decepcionar.

— "Estamos nos aproximando de Rilston Bay" — diz uma gravação, e prendo a respiração para olhar pela janela quando o trem faz a curva.

E lá está. Respiro fundo, fascinada, encarando a vista mais feliz da minha infância. A faixa larga de areia, as pedras, as ondas batendo, incessantes como sempre, está tudo igualzinho. Mesmo diante do mar cor de chumbo e do céu encoberto, sinto aquela familiar impaciência para estar lá embaixo, neste segundo, pisando na areia. As férias só começavam quando a gente chegava à praia.

O trem entra na pequena estação, e carrego as minhas coisas para fora do vagão sentindo uma leveza nova no corpo. Mando uma mensagem para Kirsten e para a minha mãe — Cheguei!!! Bjs —, em seguida guardo o celular e procuro o carregador do hotel. Parece que não tem ninguém, então dou um jeito de levar tudo para o saguão da estação e olho ao redor novamente. O estacionamento está vazio. A bilheteria está vazia. Lá no alto, vejo gaivotas rodopiando e gorjeando, e a brisa gelada bate no meu rosto.

Há uma estradinha de uma pista só que desce pela encosta até o hotel e, quando olho lá para baixo, vejo uma figura subindo na minha direção. É um homem magro, de cabeça branca e sobretudo azul-marinho, e ele vem andando devagar. *Bem* devagar. De vez em quando ele para e descansa um pouco, se apoiando num poste de luz, ou num muro, ou no que quer que tenha à disposição, então segue em frente. Percebo que parece estar com os olhos fixos em mim, e, ao se aproximar, ergue a mão para me cumprimentar.

Espera aí. *Esse* é o carregador?

Ligeiramente preocupada, me apresso até o senhor. Ele parece ter uns 103 anos. Tem o rosto todo enrugado, está ofegante e tão decrépito que mal consegue andar — ele avança praticamente cambaleando. Desço os olhos para o distintivo no sobretudo dele que diz: "Hotel Rilston. Herbert." Ai, meu Deus.

— O senhor está bem? — pergunto, ansiosa.

— Srta. Worth? — cumprimenta ele com uma voz rouca, quase inaudível sob a algazarra das gaivotas. — Bem-vinda ao Rilston. Meu nome é Herbert. — Ele faz uma pausa, durante a qual parece quase dormir em pé por um instante, então conclui: — Estou aqui para ajudá-la com as malas.

Ele acha que vai *me* ajudar?

— O senhor não quer descansar um pouco? — pergunto, preocupada. — Posso pegar... uma cadeira? Um conhaque?

— Não, não, obrigado — responde ele em sua voz sussurrada. — Deixe-me pegar essas sacolas para a senhorita. — Ele ensaia passar por mim e eu, um tanto horrorizada, corro de volta para junto da minha mala. De jeito nenhum ele vai carregar essa mala pesada. Ia acabar capotando.

— Por que eu não levo a mala e as sacolas — sugiro, segurando as alças — e o bambolê. E quem sabe o senhor não leva... o rolo de espuma?

O rolo de espuma não pesa nada. Ele vai ficar bem.

Herbert encara o rolo em silêncio, então faz que sim com a cabeça, enfia o rolo debaixo do braço e volta pela estradinha. Depois de uns poucos metros, ele tropeça. Eu o sustento pelo braço, e nós dois paramos.

— Está tudo bem, Herbert? — pergunto, e ele parece considerar a questão.

— A senhorita se importa se eu me apoiar em seu braço um pouco? — diz ele, por fim. — Só um pouquinho.

— Claro que não — digo, depressa. — Fica à vontade.

Coloco toda a minha bagagem em um dos braços e ofereço o outro para ele, e nós seguimos juntos morro abaixo, sem trocar mais uma palavra. À medida que o hotel surge ao longe, Herbert vai ficando cada vez mais pesado no meu braço, até que mal consigo avançar. Ele está com a cabeça pendida. Os olhos fechados. E está completamente calado. Será que dormiu? Que coisa surreal. Eu não estou carregando só as minhas malas, estou carregando o carregador também.

Mas tudo bem! A antiga fachada branca do Rilston aparece, e sinto uma onda de alegria. Me lembro direitinho dela: dos pilares, do cascalho e do jardim de pedras no gramado diante do hotel. Daqui a pouco vou chegar àquele saguão grande e familiar. Daqui a pouco vou entrar no meu quarto, com vista para o mar. Daqui a pouco vou estar na praia. *Mal* posso esperar.

— Herbert! — exclamo para trazê-lo de volta à vida. — Chegamos!

Herbert abre os olhos e ajeita as costas. Ele avança cambaleando e abre uma das grandes portas de vidro.

— Bem-vinda ao Rilston — anuncia outra vez.

— Obrigada! — Sorrio para ele, arrasto não sei como todas as minhas coisas até o saguão... e paro na mesma hora.

Ai, meu Deus.

O que...

O que *aconteceu* aqui?

— Bem-vinda ao Rilston! — Sou recebida por uma recepcionista bonita atrás do antiquado balcão de mogno que me cumprimenta com um sorriso animado. Mas não consigo retribuir o sorriso. Estou chocada demais com a visão que tenho diante de mim.

O saguão costumava ser o paraíso do luxo à moda antiga. Sofás de veludo, poltronas estampadas e funcionários por todo lado. Camareiros uniformizados, o recepcionista de terno, garçons levando bebidas para as pessoas e — eu me lembro muito bem — aquela senhora de terno azul-claro que ficava andando de um lado para o outro, perguntando a todo mundo se estava tudo bem. Consigo até vê-la, com as suas pérolas e o sorriso gentil. "Está tudo bem com os senhores? Aceitam mais uma bebida?" A grande mesa no centro do saguão estava sempre decorada com flores, os lustres reluzindo, e homens de paletós elegantes pediam gins-tônicas duplos. Mas agora...

Olho ao redor, assimilando tudo. O carpete azul estampado continua o mesmo, mas a mesa no centro do saguão sumiu. O lustre que ficava em cima dela parece empoeirado e com metade das lâmpadas faltando. As flores, os sofás de veludo, as poltronas... tudo sumiu. Em vez disso, tem um monte de móvel antigo espalhado pelo lugar. Cadeiras de jantar, um guarda-roupa, uma passadora de roupas antiga. Noto que a passadora está com uma etiqueta de preço, e há um antigo piano de cauda com um papel que diz "Grátis". Não vejo nenhum funcionário andando apressado, muito menos uma senhora de terno azul-claro. São só Herbert, que desabou numa cadeira perto da entrada e parece branco feito papel, e a recepcionista, que tem uma trança complicada no cabelo, sombra com purpurina nos olhos e parece ter uns 23 anos.

— Está tudo bem, Herbert? — pergunta ela, animada, enquanto digita no computador. — O Herbert tem um troço toda vez que carrega uma mala — explica em tom de confidência. — Mas ele adora.

— Ah, entendi — respondo, desconcertada. — Me desculpa. Mas eu ajudei. Carreguei quase tudo.

— Todo mundo ajuda. — A recepcionista sorri para mim e volta a digitar no teclado, enquanto observo uma plaquinha na parede que diz "Melhor hotel: categoria luxo, 1973". — Certo! — Ela enfim ergue os olhos para mim. — Foi você que pediu a couve, não foi? Sasha Worth. Tem um comentário aqui: "De férias para cuidar da saúde." Temos um campo para incluir observações sobre os hóspedes, sabe? — acrescenta com muito orgulho. — Para ajudar durante a sua estadia. O Simon, o nosso gerente, disse que falou com a sua assistente pessoal?

— Ah, é — confirmo, sem jeito. — Isso mesmo. Erin, a minha assistente.

— O Simon colocou cinco estrelinhas no seu nome! — Ela arregala os olhos. — É o máximo que o nosso sistema permite! Significa "total atenção a esse hóspede". Você é uma celebridade?

Ai, meu Deus. O que *será* que a minha mãe falou?

— Não — respondo, depressa. — Não sou uma celebridade.

— Então você é VIP?

— Não. E, sério, não preciso de atenção especial.

— Bom, você já ganhou as cinco estrelas — comenta ela, olhando para o computador, meio na dúvida. — Acho que não posso mais tirar. Então, aproveita! Aqui está a sua chave. Quarto 28, de frente para o mar.

A recepcionista me entrega um chaveiro pesado de madeira com uma chave pendurada na ponta.

— Precisa de ajuda com as malas? O Herbert pegou no sono, coitado. Vamos fazer o seguinte: você vai de escada e eu levo as suas coisas de elevador. Consegue passar pela passadora de roupas? — pergunta ela. — A gente está com uma feira de antiguidades. Se tiver alguma coisa para vender, pode deixar aqui!

Ela me encara com um olhar esperançoso, como se eu pudesse responder: "Que bom, eu trouxe um aparador."

— Hum... não — respondo. — Não trouxe nenhuma antiguidade.

— Certo. — Ela digita no computador, como se estivesse escrevendo "Sem antiguidades". — A maioria dos hóspedes não traz mesmo.

A *maioria* dos hóspedes?

— Aliás, o meu nome é Cassidy. — Ela aponta para o crachá, que diz "Hotel Rilston. Catherine". — Ainda não recebi o meu crachá, então uso esse — explica, animada. — Pelo menos começa com a mesma letra. Te encontro lá no quarto, tá bom? Ah, é muito fácil de achar — acrescenta, como se só então tivesse pensado nisso. — Sobe a escada, vira à esquerda no fim do corredor, passa a porta de madeira, aí é só voltar no outro sentido. Você vai ver.

— Certo. — Faço que sim com a cabeça, meio confusa. — Obrigada.

— Espera, não terminei! — Ela ri alegremente. — Aí você desce três degraus, *não* entra na primeira porta, é uma porta falsa, entra na segunda porta, passa direto pela biblioteca... e aí o quarto fica à esquerda.

Já me perdi. Escada... porta de madeira... voltar? Não tenho ideia do que tenho que fazer.

— Obrigada! — Sorrio para ela. — Vou encontrar, com certeza.

— Te vejo no quarto!

Cassidy passa com a minha mala do lado da passadora, e eu fico imóvel por um segundo. Não era bem o que esperava. Sobretudo a presença dessa passadora de roupas antiga.

Mas tudo bem. Eu cheguei!

Desesperada para ver as ondas, subo depressa a escada acarpetada, com os degraus rangendo, e sigo por um corredor infinito, notando o papel de parede desbotado e as aquarelas antigas, cada qual sob o seu próprio foco de luz. O carpete azul-marinho está gasto em alguns pontos e enrugado em outros, e todas as tábuas do piso parecem ranger sob os meus pés. Não há o menor sinal de vida. Nenhum som, exceto os meus próprios passos e o piso rangendo. Conforme sigo andando, me pego pensando em *O iluminado*, o que é culpa de Keith. Esse lugar não tem nada a ver com *O iluminado*, afirmo para mim mesma. E daqui a pouco vou admirar a minha vista para o mar. Só isso já vale a pena.

Depois de voltar no outro sentido, subir e descer escadas, abrir várias portas e passar pela biblioteca três vezes, enfim encontro o quarto 28. A porta está aberta, e Cassidy está de pé do lado da cama de casal. A colcha estampada com flores laranja parece saída da década de setenta e combina com as cortinas, que estão fechadas. O quarto é enorme, mas tem apenas outros dois móveis. Um guarda-roupa pesado de pinho com um verniz estranho num tom de terracota e uma penteadeira embutida. O papel de parede é texturizado. Talvez um dia tenha tido um tom creme. Hoje está mais para um bege amarelado e sem graça.

— E esse é o seu quarto! — anuncia Cassidy. — Suíte luxo, de frente para o mar. O banheiro fica ali. Tem banheira *e* chuveiro. — Ela hesita. — Bom, melhor não usar o chuveiro, não é muito confiável.

Dou uma olhada pela porta e vejo o banheiro verde antiquado. O chão e as paredes são cobertos de azulejos marrons e verdes, e cada azulejo tem o desenho de um bicho da floresta. Todos eles me fitam com os olhinhos arregalados — texugos, raposas, esquilos —, e desvio o rosto depressa.

— Uau. — Engulo em seco. — Esses azulejos são...

— É tudo original — afirma Cassidy, orgulhosa. — A chaleira está aqui... — Ela aponta para uma chaleira bege e arcaica na penteadeira, do lado da qual há uma xícara num pires e uma cesta de sachês. — Aqui tem chá, café, leite, ketchup...

— Ketchup? — repito, feito uma idiota.

— Todos os hóspedes adoram ketchup — responde Cassidy, descontraída. — Engraçado, né? E aqui está a sua penteadeira... — Ela tenta abrir a gaveta, mas está emperrada, parece inchada pela umidade. Depois de algumas tentativas, Cassidy desiste. — Você pode colocar as suas coisas em cima — sugere. — Tem bastante espaço. Se precisar de secador de cabelo, temos um na recepção exclusivo para uso dos hóspedes. É só ligar e pedir, pode ficar à vontade! — acrescenta, animada. — E você baixou o nosso aplicativo?

— Aplicativo? — pergunto, ainda perplexa com a história do secador de cabelo. — Não.

— Ah, você tem que baixar o aplicativo! O Simon falou que eu *preciso* me certificar de que você tenha o aplicativo instalado no celular... Me passa aqui o seu telefone...

Levemente atordoada, entrego o celular a ela. Esse lugar não faz o menor sentido. Eles têm um aplicativo, mas só um secador de cabelo para o hotel todo?

— Pronto! Já instalei. Você vai concorrer a um sorteio, agora — avisa ela, satisfeita. — Todo mês tem um sorteio, e o prêmio é um chá da tarde com dois scones incluídos, com passas *ou* puro.

Cassidy me devolve o celular, e vejo que já recebi três mensagens do Hotel Rilston.

> Bem-vindo ao Rilston! Esperamos que você aproveite a sua estadia conosco!
>
> Sucesso! Você foi inscrito no nosso sorteio para ganhar um chá da tarde!!
>
> Lembrete: o café da manhã é servido todo dia, das 7h às 10h.

— O que mais posso te dizer? — Cassidy parece matutar um pouco. — O café da manhã começa às oito... Se quiser croissant, avisa na recepção com antecedência...

— Espera aí. — Franzo a testa, confusa. — Segundo o aplicativo, o café começa às sete.

— Ah, é? — Cassidy revira os olhos com ironia. — Juro por Deus, esse aplicativo está sempre errado. Deixa eu dar uma olhada. — Ela confere a minha tela, depois faz que sim com a cabeça. — É, não se prende nisso, não.

Corro os olhos pelo quarto de novo, reparando no brilho amarelo do único lustre no teto, o carpete surrado perto da cama, a prensa de calças no canto. Não é o quarto mais animador do mundo.

Mas lembro a mim mesma que não vim até aqui por causa do quarto. Vim por causa da vista para o mar.

— Bom. — Me forço a soar mais otimista. — Dá para abrir as cortinas?

— É lógico! — Cassidy se aproxima da janela, sorri para mim, então, com um floreio, abre uma cortina e depois a outra. — Prontinho!

Como é que é?!

Paralisada, observo a vista, chocada demais para emitir qualquer som. As janelas estão cobertas por tapumes. Totalmente cobertas. Tudo o que vejo são tapumes de madeira. Passei seis horas num trem para olhar para uma janela coberta com tapumes de madeira?

— Isso não é... Isso não é vista para o mar — digo por fim.

— Não, é o andaime — explica Cassidy. — Você não viu quando chegou? Ah, não, você veio pelo outro lado! — Ela cai na gargalhada. — Por isso a sua surpresa! Você achou que ia ver o mar, aí eu abro as cortinas e você dá de cara com o andaime! — Ela parece achar muita graça. — Espera só até eu contar para o Herbert!

Estou começando a tremer da cabeça aos pés. Acho que vou perder o controle a qualquer momento. Estava contando com essa vista para o mar como resposta para tudo. Já tinha visualizado como ela iria me curar e me consertar. O céu. As gaivotas. A cadência relaxante das ondas. E agora *não posso mais ter isso*?

— Mas a minha mãe... quer dizer, a minha *assistente* — corrijo as minhas palavras —, a minha assistente reservou um quarto com vista para o mar. Com *vista para o mar* — enfatizo. — E isso não é vista para o mar.

— De frente para o mar — corrige Cassidy, prestativa. — E não vista para o mar. Você *está* de frente para o mar, só não consegue ver o mar. — Ela me espia, percebendo aos poucos que não estou satisfeita. — Você *achou* que ia ter vista para o mar?

— Achei! — exclamo, um pouco mais estridente do que pretendia. — Achei! Foi o que achei, sim!

— Ah. Entendi. — Cassidy morde a parte interna da bochecha e pega o telefone. — Espera só um pouquinho... — Ela digita um número e baixa um pouco a voz. — Simon? Estou com a sua hóspede VIP aqui. A moça saudável da couve? Pois é, ela queria ver o mar da janela do quarto. Ela está um pouco estressada com isso. Então pensei: será que tento tirar uma parte do andaime? — Ela ouve por um tempo, então faz cara de quem acaba de se lembrar de uma coisa. — Ah, é. Pode deixar! Esqueci completamente! É, deixa comigo. Tchau, Simon... Que burra! — exclama, desligando a chamada e levando a mão à testa com bom humor. — Era para eu ter te explicado uma coisa! — Ela repassa os e-mails, então respira fundo e começa a ler em voz alta e formal: — "Pedimos desculpas pela atual obstrução na vista de seu quarto. Para compensá-la, gostaríamos de oferecer, gratuitamente, acesso diurno a um dos chalés da praia, como meio de desfrutar da única e belíssima vista de Rilston Bay."

— Chalé da praia? — Olho para ela, cautelosa. — Achei que não desse mais para ficar neles.

— Bom, não dá mais para dormir neles — responde ela, fazendo careta. — Mas são perfeitamente seguros, por isso oferecemos a alguns hóspedes especiais para uso durante o dia. Você pode se sentar lá dentro, se proteger do tempo, apreciar a vista, o que quiser. "Temos apenas oito chalés disponíveis para esta oferta exclusiva" — acrescenta, voltando a recitar o e-mail —, "e eles estão à disposição apenas para um grupo seleto de hóspedes, a critério do hotel."

— Certo. — Assimilo a informação. — Quantos hóspedes vocês têm, nesse momento?

— Atualmente, os nossos números são *bem* pequenos — responde Cassidy, meio reticente.

— Quantos exatamente?

— Bom, só você e os Bergen — admite ela. — Um casal fofo da Suíça, mas eles não estão interessados na praia, só jogam golfe. Então a única pessoa nos chalés ia ser... bom... — Ela dá de ombros. — Só vai ter você.

Só eu.

Quinze minutos depois, quando piso na areia da praia, apertando a chave do chalé na mão, sinto quase como se não fosse verdade. Eu estou aqui. Com a areia de Rilston Bay enfim sob os meus pés. Depois de tantas horas, tantos anos... eu voltei. Não tem vivalma na praia, o que não é nenhuma surpresa — a luz do fim de tarde já quase desapareceu, e o tempo definitivamente virou. As ondas quebram com força, o vento joga o cabelo no meu rosto; as gotas de chuva parecem alfinetes na minha pele.

Não ligo. Eu estou aqui.

Abro os braços, sentindo os golpes do vento, então olho ao redor algumas vezes, saboreando a minha solidão, a amplidão da areia, o tempo, a vastidão do céu, o barulho das gaivotas... tudo. É tão diferente de Londres! Tão diferente do escritório. Tão diferente dos sessenta e cinco e-mails que vão chegar até amanhã.

Vou em direção ao mar, deixando marcas profundas na areia com os meus tênis, que se enchem de água à medida que me aproximo da arrebentação. As minhas meias já estão encharcadas, mas e daí? Eu estou aqui. *Eu estou aqui*. Respiro fundo o ar salgado, enchendo os pulmões, deixando os sons e as sensações tomarem conta de mim.

Achei que ia me sentir eufórica assim que chegasse à praia. E me sinto. Claro que sim. É tudo o que eu esperava. Mas logo percebo que também me sinto meio estranha. Um pouco tensa. Há uma sensação desconcertante no meu corpo que não sei bem o que é. A solidão parece libertadora, mas opressora. O barulho das ondas é quase alto demais. E agora parece que estou respirando mais rápido, o que é errado. Eu devia estar respirando mais devagar. Pelo *amor* de Deus. Eu não sei nem "relaxar na praia"?

Dou alguns passos rápidos pela areia, tentando deixar a confusão para trás, mas não consigo. É como se a minha cabeça estivesse se alternando entre a empolgação e as lágrimas, a euforia e o pânico. É como se eu estivesse enfim me livrando de um peso que nem sabia que estava carregando, mas do qual não consigo me desfazer com tanta facilidade. Relaxo um pouco, depois travo de novo. Parece que uma parte de mim fica pegando o peso de volta. Talvez por segurança? Ou porque não me lembro mais como é não carregar isso?

Ai, Deus. Basicamente, me sinto uma bagunça.

Mas o que eu estava esperando?

Observo a paisagem, tentando me distrair. As pedras, as falésias, os chalés, o hotel e, lá em cima, as fileiras de cabanas de madeira. Tudo praticamente igual ao que estava na minha memória. Aqui nesse canto da praia só tem isso. Mais para a frente tem as lojas de surfe, os cafés, as sorveterias, essas coisas todas. Mas essa ponta é mais simples. Mar, areia, pedras, chalés.

Me volto para os chalés, olhando com tristeza para as fachadas abandonadas. A tinta está descascando, a madeira está empenada, alguns estão com as janelas quebradas. O deque de um deles está completamente destruído. Os "chalés dos milionários" estão mais para cabanas de praia velhas. E daí? Uma rajada de chuva me atinge bem na cara, e decido que basta de ar fresco. Hora de conferir o chalé 1, que vai ser o meu.

Preciso empurrar a porta com força algumas vezes até conseguir abri-la. Na quarta tentativa, tropeço para dentro do chalé e quase caio no chão, então dou alguns passos, pisando nas tábuas barulhentas e olhando ao redor, sentindo o cheiro de madeira antiga.

Certo. Entendo o que Cassidy quis dizer. De fato não daria para dormir aqui. Mas também dá para ver que esse lugar um dia deve ter sido uma bela hospedagem. Restam alguns móveis: uma única cadeira de madeira, um sofá desbotado, dois abajures. Um aquecedor elétrico, que ligo na mesma hora. Tem uma cozinha pequena, mas sem eletrodomésticos. Uma escada para o segundo andar, mas com uma fita obstruindo a passagem e os dizeres ENTRADA PROIBIDA.

Vou com cuidado até o sofá e me sento lentamente. Estava esperando uma nuvem de poeira, mas ele parece bem limpo. Do sofá, vejo o mar perfeitamente emoldurado pela grande janela. Aí está a minha vista.

Aí está a minha vista.

E, de repente, sinto nos olhos lágrimas tão quentes, fortes e poderosas que não tenho a menor chance de impedir que caiam. Não dá para resistir. Preciso chorar. Não posso não chorar. Tenho que me entregar. É como se semanas, meses, anos de tensão estivessem se esvaindo. Não tem ninguém aqui para me ver, ninguém para me ouvir.

Me lembro da minha mãe depois que o meu pai morreu. Eu a encontrava na cozinha e, quando ela se virava, estava com um sorriso reluzente no rosto, mas com as faces molhadas. "Os meus olhos estão vazando", dizia ela. "É só isso, os meus olhos estão vazando."

Bom, agora sou eu que estou com os olhos vazando. Com o cérebro vazando. O corpo vazando. Esfrego o rosto várias vezes, mas as lágrimas não param. A cada soluço, sinto um aperto no estômago, um depois do outro.

Não tenho lenço, mas encontro um pacote de papel higiênico e abro a embalagem. Limpo o rosto e assoo o nariz — cinco, dez, quinze vezes —, jogando as bolinhas de papel numa caixa de papelão que faz as vezes de lixeira. Fico me perguntando, quase alheia a mim mesma, por quanto tempo um ser humano é capaz de chorar. E se eu não conseguir parar? *Mulher enlouquecida chora por um ano inteiro. Os médicos são incapazes de explicar o caso. A Kleenex se compadece e faz uma doação.*

Mas ninguém chora para sempre. Por fim, as lágrimas diminuem, e eu paro de ofegar e me deito, olhando fixamente para o teto de madeira. Sou tomada por uma exaustão avassaladora. Parece que nunca mais vou conseguir me mexer. É como se os meus membros estivessem grudados no sofá. Ou talvez eu seja uma estátua de mármore num túmulo.

Isso é choque tardio? Eu diria que foi uma semana bem intensa. Uma hora eu estava no trabalho, em Londres, funcionando. E agora estou aqui, num chalé abandonado e silencioso, numa praia vazia, sem saber direito se estou funcionando ou não.

Encaro o teto por um bom tempo, quase em transe. Até que ele enfim fica fora de foco, e percebo que já escureceu. Algum sistema de iluminação automatizado acionou as luzes lá fora, iluminando o deque. Certo. Hora de me mexer. Tento motivar as minhas pernas, que parecem relutantes.

Será que consigo me mexer?

Consigo. Vamos lá. Eu consigo.

Com um esforço colossal, me levanto do sofá e olho ao redor. Já me sinto melhor. Mais leve. Com a cabeça mais no lugar. E criei um vínculo com esse chalé, guardião dos meus segredos. Esse vai ser o meu refúgio. É aqui que vou me resolver. Vinte passos para uma vida melhor. Amanhã começo. Já me sinto decidida. Na verdade, mal posso esperar para começar.

SEIS

No dia seguinte, acordo, e o quarto está gelado. Me levanto da cama, ainda meio dormindo, vou até a janela, abro as cortinas para ver como está o tempo... e chego a estremecer. Deus. Tinha me esquecido dos tapumes de madeira.

Me afasto da janela deprimente e vou até o banheiro, então dou um grito de horror. Também tinha me esquecido dos bichos de olhos arregalados. Aquele texugo parece que quer me morder. Vou ter que escovar os dentes de olhos fechados.

Me visto, decidida a não olhar para a janela *nem* para o banheiro. Em vez disso, me concentro na foto da garota com a roupa de neoprene. Ontem à noite, quando desfiz as malas, descobri que a minha mãe imprimiu a tela do aplicativo para mim, e pendurei a foto num gancho vazio na parede. Não é como se eu estivesse obcecada... mas olho muito para essa garota. Acho inspiradora. Ela parece tão forte e enérgica. Tão viva. E *vou* ser como ela.

Ontem à noite, fiquei estudando o aplicativo dos "Vinte passos" enquanto jantava a comida que pedi pelo serviço de quarto, e o programa recomenda a meta de um passo por dia. Mas isso é para quem está fazendo só nas horas vagas, né? Eu estou fazendo uma imersão total. Então resolvi que hoje vou começar completando cinco passos, depois vejo como a coisa anda. Anotei tudo no meu *bullet journal*.

> *Dia 1: 1. Nadar no mar 2. Grounding 3. Manifestar meus desejos 4. Desafio dos cem agachamentos 5. Comunhão com a natureza.*

A minha vida nova começa hoje! Vamos lá!

Para ser sincera, não acordei *tão* empolgada quanto esperava. Ontem à noite, achei que ia acordar cheia de energia, pular da cama e correr para a praia. Mas agora, na hora do vamos ver, a minha vontade mesmo é…

"Voltar para a cama", diz uma voz dentro da minha cabeça, mas a ignoro. Não é assim que vou me tornar uma pessoa melhor, é? Acho que estou precisando de um café da manhã.

O meu telefone apita, e olho para ver se chegou alguma mensagem da minha mãe ou de Kirsten, mas é do Rilston. *Outra* mensagem do Rilston?

> **Temos o prazer de anunciar que nosso mágico Mike Strangeways vai apresentar alguns truques no saguão, na hora do almoço.**
> **Venha se juntar à diversão!**

Não consigo deixar de revirar os olhos. Primeiro, porque isso não parece divertido. E, segundo, é a quinta mensagem que recebo hoje. As outras foram:

> **Interessado em *sex on the beach*? Não se esqueça: drinques pela metade do preço toda quarta-feira.**

> **ATENÇÃO!!! Vamos fazer uma simulação de incêndio hoje, às 10h.**

> **Gostaria de avaliar sua experiência em nosso hotel? Por que não conversa com um de nossos simpáticos funcionários?**

> **Au-au! Cachorros são muito bem-vindos no Rilston. Por favor, disque 067 para mais detalhes.**

Enquanto estou olhando para o celular, ele apita de novo, e chega mais uma mensagem.

> Uma informação interessante para você: o Rilston foi a residência de campo da família Carroday até 1895.

Sinto uma pontada de irritação. Isso não tem nada de "interessante". É só uma informação. Uma informação muito da chata, que eu não precisava saber e que agora está entupindo o meu celular.

Enfim, não importa. *Pense positivo*. Enfio o celular no bolso, respiro fundo e desço a escada.

O café da manhã é servido no restaurante, que é enorme. O salão tem janelas imensas, colunas gigantescas e vários hectares de carpete estampado, mas apenas umas dez mesas aqui e ali, distribuídas de forma estranha. Sou recebida por um garçom magro e de rosto solene, que parece tão jovem que mal precisa fazer a barba. Ele me leva até uma mesinha no canto da sala, me serve um copo de água e desaparece depressa. Corro os olhos pelo restaurante e vejo que sou a única pessoa no salão. Então por que me colocar aqui nesse canto escuro? Eu podia me sentar onde quisesse. Eu *vou* me sentar onde quiser.

Pego o copo e escolho uma mesa grande, junto da janela que fica numa alcova. Eu me sento, pouso o copo na toalha de mesa, me debruço para a frente, para apreciar a vista... e a mesa desaba na mesma hora, e eu com ela.

— Ai! — grito, sem pensar, e, quando me dou conta, tanto o garçom quanto Cassidy estão correndo até mim.

— Nikolai! — repreende Cassidy, enquanto me desvencilha da toalha de mesa. — Por que você colocou ela numa das mesas ruins? Nem é uma mesa de verdade — acrescenta ela para mim, em tom de confidência. — Estamos com pouca mobília, então jogamos uma toalha de mesa em cima de qualquer coisa velha. Essa aqui é só uma tábua equilibrada em dois toalheiros — explica, rearranjando as coisas. — Ficou bom, né? Igualzinho a uma mesa.

— Mas e se vocês precisarem usar? — pergunto, perplexa.

— A gente nunca precisa — garante Cassidy. — Vem cá, o Simon veio falar com você? É que ele queria pedir desculpa por causa da couve... Ah, olha ele ali.

Um homem de uns 40 anos, com entradas no cabelo e uma expressão atormentada se aproxima de nós, esfregando as mãos no terno marrom.

— Srta. Worth, eu sou Simon Palmer, o gerente. Bem-vinda ao Rilston. — Ele me oferece a mão, e eu a aperto com cautela, me perguntando o que ele estava limpando no terno. — E, antes de mais nada, preciso pedir desculpas. — Ele exibe uma expressão muito condoída. — Fizemos de tudo, mas não foi possível encontrar a couve orgânica que sua assistente pediu tão especificamente. Estamos esperando uma entrega hoje, mas, como forma de compensá-la, gostaria de lhe oferecer este café da manhã como cortesia.

— Não tem problema — digo depressa. — Está tudo bem.

— Não está nada bem. — Ele balança a cabeça, tristonho. — Está longe de estar tudo bem. Este não é o padrão elevado que esperamos oferecer aqui no Rilston. Eu fiz uma promessa à sua assistente e não cumpri. Também estamos com dificuldade de localizar *goji berry* e... — Ele olha para Cassidy. — Qual era a outra coisa?

— O suco de noni — responde ela. — Parece coisa de sacanagem, né? — comenta com uma risadinha, depois cobre a boca com a mão. — Desculpa. Não foi profissional.

— Isso. O suco de noni. — Simon balança a cabeça, pesaroso. — Confie em mim, Srta. Worth, estou mortificado com nosso fracasso. Vou conseguir o suco de noni, nem que eu mesmo tenha que espremer o noni.

— Bom... obrigada — digo, meio envergonhada.

— Tirando isso, a senhorita está aproveitando a estadia conosco até agora? Pelo que entendi, a senhorita está tirando uma folga para cuidar da saúde, não é isso? Ah, aqui está o Nikolai com seu suco verde — acrescenta ele. — Na falta de couve orgânica, nosso chef usou ervilha congelada.

Ervilha congelada?

Horrorizada, observo o garçom se aproximar com um copo de uma gosma verde, que deve ser ervilha batida. Ele pousa o copo na mesinha do canto, enquanto Cassidy o observa, curiosa.

— Então você não vai querer bacon com ovos no café da manhã? — pergunta ela. — Nem panqueca?

— Claro que não! — devolve Simon, irritado, antes que eu possa dizer qualquer coisa. — Vê se pensa, Cassidy! Nossa hóspede está aqui para cuidar do bem-estar. Ela vai preferir o prato de melão. E um chá.

— É — digo, relutante. — Parece... ótimo.

Eu daria a *vida* por uma panqueca, mas não posso admitir isso agora.

— Um prato de melão e um chá — diz Cassidy, e o meu celular apita com mais uma mensagem. Clico nela por hábito e vejo que chegou mais uma do Rilston.

> Você gosta de dança de salão? Por favor, aceite uma aula gratuita de dança de salão de dez minutos com nossos especialistas Nigel e Debs!

— Obrigada pela sugestão da aula de dança — digo a Simon. — Mas acho que hoje não vou ter tempo. — Ele parece confuso, então olho para o celular de novo. — Dança de salão — explico. — Acabei de receber uma mensagem me oferecendo uma aula gratuita com Nigel e Debs.

Simon e Cassidy trocam um olhar de consternação.

— Esse aplicativo! — exclama Cassidy. — Está vendo, Simon? Eu te avisei! Ele ainda está convidando os hóspedes para dança de salão! A gente nunca teve aula de dança de salão — confidencia. — Não tem nenhum Nigel e Debs. O cara da informática colocou isso como exemplo e nunca apagou.

— Srta. Worth, que outras mensagens a senhorita recebeu? — pergunta Simon, parecendo preocupado.

— Hum... — Revejo as mensagens. — Parece que hoje Mike Strangeways vai apresentar alguns truques de mágica no saguão.

Cassidy dá um ganido e leva a palma da mão à boca, enquanto Simon parece ainda mais consternado.

— O Mike Strangeways foi demitido há um ano por... falta de decoro — diz ele, como que com dificuldade para falar.

— Ele encheu a cara — explica Cassidy, dando uma piscadela para mim. — Perdeu a linha com a varinha mágica, se é que você me entende. O Mike é uma figura.

— Cassidy! — sibila Simon, então olha para mim, respirando fundo. — Srta. Worth, peço desculpas pelo nome dele ter aparecido em seu telefone. Este não é o padrão elevado que esperamos oferecer aqui no Rilston. Nós a decepcionamos e sentimos muito pela falha. Cassidy, por favor, envie flores à Srta. Worth agora mesmo, como forma de compensação.

— Pode deixar. — Cassidy pega depressa um lápis e um bloquinho. — Que faixa de preço você está pensando? E o que escrevo no cartão? Coloco "Estamos terrivelmente arrasados por nosso erro", igual da última vez?

Simon me indica enfaticamente com o olhar várias vezes, até que Cassidy parece notar a gafe.

— Ah, é — exclama ela, escondendo depressa o bloquinho de mim, como se contivesse segredos de Estado. — Tá. Pode deixar que eu resolvo, Simon.

Mordo o lábio, tentando não rir.

— Não precisa me mandar flores — digo. — Está tudo bem. Mas talvez você devesse pensar em dar um jeito no aplicativo. — Enquanto falo, o meu celular apita com mais uma mensagem, que mostro em silêncio para Simon.

> Falta só uma semana para o Natal! Venha saborear um doce natalino conosco na recepção!!

Pela expressão estarrecida no rosto dele, sinto vontade de não ter mostrado nada.

Como o meu prato de melão sozinha, com Nikolai me observando em silêncio do outro lado do salão. Sabe Deus onde os Bergen estão; talvez tomem café da manhã no quarto. Ouço cada tilintar do meu garfo e o som da minha garganta toda vez que engulo a comida. Ao menor gole de água que dou, Nikolai se apressa para encher o meu copo novamente, murmurando "madame", até que não me atrevo a beber mais. Quando me levanto, depois de um último gole de chá de hortelã rançoso — há quanto tempo será que isso estava na gaveta? —, é um alívio.

Subo a escada para buscar as minhas coisas, não me sentindo nem de longe enérgica. Me sento na cama por alguns minutos, com as costas curvadas, tentando reunir forças, em seguida pego a roupa de neoprene, o tapete de ioga, o rolo de espuma, o bambolê, o iPad e o material de pintura. Desço com tudo e paro no saguão, observando o céu pela porta da frente do hotel, que está aberta. A paisagem está com um tom de cinza mal-humorado, e dá para sentir daqui o cheiro de chuva no ar.

— Oi! — Cassidy me cumprimenta do balcão da recepção, onde parece muito ocupada com uma máquina de costura e um retalho de tecido amarelo. — Vai à praia?

— Vou — digo. — Acho que vou passar a maior parte do dia lá — acrescento, resoluta. Se eu disser em voz alta, vou *ter* que ir.

— Fazendo ioga? — pergunta ela, olhando para o meu tapete.

— Ioga, meditação, *grounding*... — Tento soar experiente. — Atividades para o bem-estar.

— Uau. — Cassidy parece impressionada. — Então você não vai querer comer biscoito amanteigado e tomar café no salão às onze, né?

De repente, tudo o que quero na vida é biscoito amanteigado e café no salão às onze. Mas não posso desistir tão rápido.

— Não, obrigada. — Sorrio, decidida. — Vou estar muito ocupada com a minha agenda.

— Certo. — Ela olha para o bambolê, curiosa. — O que é isso? Parece um bambolê!

— É... um equipamento de exercício. — Aponto para a máquina de costura depressa para mudar de assunto. — O que você está fazendo?

— Eu tenho uma loja on-line — explica Cassidy. — Para ganhar um dinheirinho por fora. Faço lingerie personalizada por encomenda, quer ver? — Ela levanta o tecido amarelo, e vejo que é uma calcinha fio dental com um bordado cor-de-rosa na frente que diz "Sorte a sua". — Dá para botar a frase que você quiser — continua, animada. — Cinco palavras, no máximo. Eu faço uma para você, se gostar! A que tem escrito "Paraíso" com uma flecha apontando para baixo tem muita saída. Quer uma assim?

Tento me imaginar usando uma calcinha fio dental com "Paraíso" escrito e uma seta apontando para baixo. Mas parece uma piada de mau gosto. Paraíso? Está mais para um lugar morto e esquecido. Que foi trancado e depois jogaram a chave fora.

— Você parece bem ocupada — comento, evitando a pergunta.

— O negócio está indo bem! — diz ela, orgulhosa, levantando um punhado de calcinhas coloridas. — Mas não quero nem *falar* o que já tive que bordar para algumas clientes. — Ela abaixa a voz. — Teve coisa que eu tive que pesquisar para descobrir o que era! Não posso fazer isso em casa, a minha avó ia ter um troço. Ela é da igreja. Mas essa aqui ficou legal. — Ela vasculha as calcinhas até encontrar uma azul-turquesa, que diz "Me c...". — Eu achei bem elegante — continua, admirando o trabalho. — Discreta, sabe. Você não acha?

— Hum... — Antes que eu possa responder, o telefone toca e ela atende.

— Hotel Rilston, bom dia — diz Cassidy, animada, girando a calcinha com o "Me c..." no indicador. — Não, é o outro Rilston, em Perthshire. Isso. Aproveite a sua estadia!

Quando ela desliga, resolvo comentar uma coisa que tem me incomodado desde que cheguei.

— Cassidy, o Rilston... está indo bem? — arrisco. — É só que está bem vazio, e metade dos móveis sumiu, e... — Corro os olhos pelo saguão desbotado, me perguntando como descrever com tato o que estou vendo. — Está um pouco diferente do que era antes. O hotel não vai...?

Não suporto dizer "falir".

— *Bom*. — Cassidy se debruça sobre o balcão como se fosse contar uma boa fofoca. — O negócio é o seguinte. A grana *está* curta. Estamos funcionando só com a "equipe mínima". Quer dizer, não é como se tivesse uma "equipe máxima"! — acrescenta com uma risada repentina.

Equipe mínima. Certo. Explica muita coisa.

— Enfim, estão precisando de investidores para os novos chalés — continua Cassidy. — Vão fazer isso primeiro, depois consertar o prédio principal. Vão chamar de Skyspace Beach Studios — acrescenta com satisfação. — Tudo de vidro. Banheiras de hidromassagem nos deques.

— Uau — digo, surpresa. — Parece tão... diferente.

— Ah, é, você tem que ver o projeto. — Cassidy faz que sim com a cabeça. — Está incrível! Na verdade, o Simon está planejando uma festa para todos os investidores — continua, colocando outra calcinha na máquina de costura. — Quer dizer, possíveis investidores. É por isso que ele anda meio estressado.

— Certo. — Faço que sim, digerindo a informação. — Ele parece mesmo bem tenso.

— O Simon leva tudo *tão* a sério. — Cassidy balança a cabeça, triste. — Coitado. Teve um incêndio aqui, há pouco tempo. Eu estava meio: "Relaxa, Simon, foi só um incêndio." Mas ele ficou todo: "Não é para ter incêndio no hotel! É perigoso!" Perfeccionista, sabe? Ah, você está convidada para a festa — diz ela, voltando a bordar. — Depois vou imprimir os convites.

— *Eu?* — Fico olhando para ela, estarrecida. — Mas eu não sou investidora.

— Querem alguns hóspedes também — explica Cassidy. — Para animar um pouco. Ah, vai! Vai ter champanhe! Ih... espera. Você não vai querer champanhe, vai? — Ela pensa por um instante. — Aposto que o chef Leslie pode fazer um lindo drinque verde.

— Maravilha. — Engulo em seco. — Bom, quem sabe. Até mais tarde.

Quando chego à praia, ela está vazia de novo. Fico na areia um pouco, contemplando o vasto céu, então vou para o meu chalé. Largo a roupa de neoprene, o tapete, o rolo de espuma e a mochila no chão e desabo no sofá. Fico um tempo só olhando o mar pela janela, sem nem sequer tirar o casaco, deixando o meu cérebro agitado se acalmar.

Por fim, desperto e esfrego o rosto. Certo. Está na hora de começar. Endireito as costas, tiro a agenda da mochila e abro a minha lista para o dia de hoje.

Dia 1: 1. *Nadar no mar*

Nadar no mar. Maravilha. Mal posso esperar para mergulhar na água gelada.

Quer dizer, na água *revigorante*.

Deixo a agenda de lado e olho pela janela para o mar agitado, tentando imaginar como seria entrar na água. Entrar de verdade. Em fevereiro.

Olho para a minha roupa de neoprene preta e nova, intocada e seca, então olho pela janela de novo para o mar ameaçador. As ondas estão fustigando a costa. O trinado das gaivotas que mergulham lá do céu parece mais uma queixa ou um alerta. Está bem diferente do azul ensolarado da minha infância.

A roupa de neoprene está bem aqui, digo a mim mesma com firmeza. Posso vestir em cinco minutos. Eu devia vestir de uma vez. Levanta. Anda.

Vai em frente.

Os minutos passam, e não me mexo. O que é estranho, porque eu *quero* nadar no mar. De verdade. É lógico que quero.

Então tenho uma ideia. Vou precisar me aclimatar. Talvez eu devesse *sentir* a água primeiro. Antes de vestir a roupa de neoprene e entrar, o que eu tenho toda a intenção de fazer.

Ao seguir pela areia em direção ao mar, um vento cortante atinge o meu rosto, e eu tremo, fechando o casaco com força. Mas, ao chegar à água, o sol surge por trás de uma nuvem, e sinto uma explosão súbita de otimismo. O mar está brilhando aqui e ali. Vejo faixas em tons de azul. As ondas altas parecem mais convidativas.

Além do mais, vou estar de roupa de neoprene, lembro a mim mesma ao me aproximar para tocar a água. Então, no mínimo vai ser...

Não. *Não.*

Tiro a mão da água, contendo um grito. Só pode estar de brincadeira. A água está tão gelada que queima. Isso é maldade pura. É mortal. De *jeito nenhum* que eu vou entrar nisso, com ou sem roupa de neoprene. Dou uns passos para trás e olho para a espuma das ondas, amparando a mão gelada, um tanto indignada com o fato de que o mar pudesse ser traiçoeiro de tão congelante. Como posso "me aclimatar" quando três segundos poderiam me matar congelada? Como alguém é capaz de fazer isso? Como isso pode sequer existir?

Começo a sentir a mão de novo e percebo que no mínimo não estou completamente equipada. Eu devia ter comprado luvas de neoprene. E botas de neoprene. E um capuz de neoprene. E, de preferência, uns seis macacões de neoprene para colocar um por cima do outro. Ou, melhor ainda, uma passagem para o Caribe. Eu podia estar num lugar quente agora. Podia estar diante de um mar calmo, gentil e envolvente, e não de um mar emburrado, britânico e mal-educado.

Fico tão distraída que não percebo uma onda mais forte se aproximando. Tento me afastar, mas demoro demais, e ela cobre os meus tênis. Olho feio para a água, indignada. Agora os meus pés estão congelando.

— Ah, não *enche*! — Ouço a minha voz gritar com o mar. — Você está gelado pra *cacete*!

Me afasto da água e fico a uma distância segura, olhando as ondas quebrando sem parar. Quando se trata do mar, não existe resolução. Não existe quietude. Era para ser uma coisa relaxante, mas, nesse momento, não me sinto relaxada. Estou com frio e irritada e, lá no fundo, me sentindo um fracasso, porque aposto que a Garota da Roupa de Neoprene estaria naquelas ondas agora, brincando com as focas, rindo do frio como a deusa incrível que ela é.

Cruzo os braços e olho para a água, chateada. Nadar no mar. Humpf! Quando é que "nadar" virou "nadar no mar", hein? Por que tudo tem que ser um *evento*? Tudo parece um desafio. Tanto trabalho. Fico de cócoras lentamente, até que me sento direto na areia. Então fecho os olhos e me deito.

Estou tão cansada. Exausta mesmo. Me sinto muito pesada e derrotada e meio que vazia. As ondas e as gaivotas se misturam numa cacofonia de sons que o meu cérebro não consegue distinguir. Não estou tão confortável, mas também não tenho forças para ajeitar o corpo. Eles vão continuar do jeito que estão. Se der cãibra, que seja. Se o mar me levar, que leve.

Fico ali mais ou menos uma hora, não exatamente dormindo, mas incapaz de me mexer. Depois de um tempo, sinto lágrimas escorrendo pelo rosto, mas não consigo nem levantar a mão para secá-las. Não posso fazer nada. Estou sem energia, sem capacidade de tomar decisões. Sem nada.

Por fim, me movo e ajeito as pernas, me sentindo desorientada. Estou com a cabeça confusa e, quando percebo que até agora não fiz nada além "deitar na areia", sinto uma pontada de culpa. Esfrego o rosto algumas vezes até que me sinto um pouco mais humana, então me obrigo a levantar.

Volto para o chalé e abro o aplicativo dos "Vinte passos" no iPad. Vamos lá, Sasha. Eu não vou desistir depois da porcaria de um passo fracassado. Vamos em frente, *"grounding"*, seja lá o que isso for.

"Quando a sola do seu pé entra em contato direto com a terra, você se conecta com a energia elétrica natural do planeta. Seus níveis de estresse diminuem, sua circulação melhora, e você se sente mais equilibrado."

Certo. Parece simples.

Tiro o tênis e as meias molhadas e saio do chalé com cuidado. Com uma careta, vou até um trecho de areia molhada e fico ali um pouco, tentando canalizar os meus pensamentos para uma coisa positiva. Mas é como se o meu cérebro só conseguisse pensar: "Frio no pé. Frio no pé. Frio no pé." Não consigo sentir energia elétrica nenhuma. Os meus níveis de estresse estão aumentando, não diminuindo, e daqui a pouco os meus dedos vão ficar azuis.

Dane-se. Grandes coisas esse tal de *grounding*. Próximo passo.

Corro de volta para o chalé, consulto o *bullet journal*, então pego o tapete de ioga e calço um chinelo. Preciso de uma atividade enérgica. O desafio dos cem agachamentos. É um feito considerável. Algo de que posso me orgulhar. E que talvez me esquente.

Estendo o tapete na praia, visualizando a Garota da Roupa de Neoprene no aplicativo. No vídeo "cem agachamentos", ela está com um top esportivo azul-turquesa e uma legging bonita combinando e coloca o tapete numa faixa perfeita de areia seca. O sol ilumina o rabo de cavalo dela, e ela parece muito serena enquanto sobe e desce.

Eu, por outro lado, me sinto desajeitada e castigada pelo vento. A brisa forte não para de levantar as pontas do tapete, o que não ajuda *em nada*. Depois de cinco agachamentos, tenho que parar para desgrudar o tapete das minhas canelas. Prendo os cantos com pedras e consigo fazer mais cinco agachamentos, até que as pontas se soltam de novo. Isso é inútil, eu não devia nem ter trazido o tapete. Saio dele sem pensar, na intenção de guardá-lo, e na mesma hora ele sai voando pela areia. Que merda.

— Volta aqui! — grito, correndo atrás dele, tropeçando nos meus chinelos. — Filho da mãe... desgraçado...

Por fim, dou um mergulho desesperado e consigo segurar o tapete. Lutando contra o vento, que o sacode para todo lado, faço um rolinho e o enfio debaixo do braço, então olho para o mar. Certo. Vamos começar de novo.

Abraçando o tapete, faço mais três agachamentos, mais devagar dessa vez. Depois de uma pausa, faço um quarto. Aí paro. As minhas pernas já estão doendo. As minhas coxas não aguentam mais.

Ah, quem eu estou querendo enganar? Não vou fazer cem agachamentos. Também não consigo sentir a energia elétrica da Terra pela sola dos pés. Nem nadar no mar... Estremeço diante da possibilidade. Então já são três derrotas.

Desanimada, dou meia-volta, na intenção de retornar ao chalé, quando vejo uma figura distante vindo na minha direção pela areia. Uma figura solitária, que não consigo distinguir, avançando penosamente, feito um Lawrence da Arábia que se aproxima pelo deserto. Estreito ainda mais os olhos, observando o passo arrastado, a silhueta de um sobretudo. É o... É o Herbert?

É. Ele mesmo. E, no ritmo em que está se aproximando, vai levar seis semanas para chegar aonde estou.

Aperto o tapete com mais força e me apresso na direção dele, disparando quando noto que ele está bufando.

— Oi, Herbert! — cumprimento ao me aproximar. — Está tudo bem?

Ele faz uma pausa para recuperar o fôlego. Em seguida, entoa com uma voz que mal consigo ouvir com esse vento:

— A administração gostaria de informar que, infelizmente, o serviço de praia não está disponível no momento.

— Certo — digo, surpresa. — Eu não estava esperando serviço de praia.

Ele veio até aqui só para isso?

Herbert então tira um papel do bolso do sobretudo e o examina pelo que parecem ser uns dez minutos antes de olhar para mim.

— Além disso, infelizmente, a couve orgânica ainda não chegou. No entanto, o chef Leslie compôs uma salada para a senhorita que espera que seja de seu agrado.

— Ah, tá — digo, perplexa. — Obrigada.

Herbert faz que sim com a cabeça e dá meia-volta, como quem vai dar início à longa e penosa caminhada de volta pela areia, o que me deixa preocupada. E se ele tropeçar e cair? Ou se o vento o derrubar? Ele é tão frágil que isso poderia muito bem acontecer. Tenho uma súbita e terrível imagem dele caindo de cara na areia, sacudindo pernas e braços inutilmente, feito um besouro.

— Sabe de uma coisa, Herbert? — comento, depressa. — Acho que vou voltar com você e almoçar agora! Está meio cedo, mas estou com muita fome, então não tem problema. — Ofereço o braço para ele de forma encorajadora. — Vamos juntos!

— Bom, quem sabe se eu descansar no braço da senhorita só um pouquinho — responde Herbert em sua voz sussurrante. — Só um pouquinho.

Quando chegamos ao hotel, estou praticamente carregando Herbert outra vez. Eu o acompanho até o saguão e, com cuidado, o ajudo a se sentar numa poltrona grande, forrada com tecido marrom, que custa quarenta e cinco libras. Não tem ninguém na recepção, e por um instante me pergunto se tudo bem deixá-lo sozinho, então escuto um ronco baixinho que me diz que ele deve estar bem.

Não vou aguentar voltar para aquele quarto sem janelas, e a verdade é que estou mesmo com fome depois de comer só um prato de melão no café da manhã. Então vou direto para o restaurante, onde vejo uma única mesa posta para o almoço.

— Madame. — Nikolai, que estava de pé junto da janela feito uma pilastra, entra em ação. Ele puxa uma cadeira para mim, sacode um guardanapo engomado com muitos gestos elaborados e o pousa cuidadosamente no meu colo. Então serve água para mim, ajeita a minha faca e puxa a toalha de mesa várias vezes. Então hesita. — A madame prefere uma salada? — arrisca.

Ai, meu Deus. A madame não quer salada, a madame está com fome. Mas, depois de todo o trabalho que eles estão tendo comigo, não posso falar isso.

— Maravilha! — Sorrio alegremente para ele. — Obrigada.

Nikolai desaparece e, alguns minutos depois, volta com um prato cheio de círculos coloridos. São rodelas de cenoura e beterraba cozidas e fatias de tomate, todas espalhadas aleatoriamente. Na verdade, ficou bem bonito. Cubro as rodelas com o molho da minha molheira, então espeto uma com o garfo e começo a mastigar. E mastigar.

A questão é que eu gosto de salada. De verdade. Mas esses legumes estão molengos e ensopados, virando uma papa na minha boca que não consigo engolir. Eu mastigo e mastigo, engulo e bebo água. Enquanto isso, Nikolai não para de olhar para mim, pronto para se aproximar com um "madame" polido se eu sequer cruzar o olhar com o dele. Ele completa o meu copo de água onze vezes, e em todas elas ajeita a toalha de mesa. Não é a refeição mais descontraída que já tive.

Por fim, pouso o garfo e a faca e solto o ar. Nikolai também dá o seu próprio suspiro de alívio — suspeito que nós dois estamos achando isso uma provação.

Tirando isso, um detalhezinho: a refeição inteira devia conter cerca de vinte calorias, no máximo. Continuo morrendo de fome.

— Como estava a salada? — Cassidy entra no salão com um passo apressado. — Estava maravilhosa? Foi feita só com superalimentos — acrescenta, orgulhosa.

— Uma delícia, obrigada! — Forço um sorriso.

— Vou falar para o chef Leslie. — Cassidy sorri para mim. — Ele vai ficar muito feliz. A mãe dele caiu tem pouco tempo, quebrou o quadril, então ele está precisando de uma notícia boa. Certo, o que mais posso te oferecer? Você não vai querer sobremesa, né? Tem mais alguma coisa que o seu coração deseja?

Eu sei exatamente o que o meu coração deseja. Posso fazer uma lista. Um wrap de falafel com halloumi, uma barrinha de chocolate, uma maçã, muesli e uma bebida em lata.

— Não tem nenhum Pret A Manger aqui por perto, tem? — pergunto, como quem não quer nada. — Assim por acaso?

— Pret A Manger? — Cassidy parece confusa. — Não. O mais perto fica em... Exeter, acho? Mas você não está precisando de um Pret, está?

— Não! Claro que não — disfarço, depressa. — Só perguntei porque estava torcendo para *não* ter um. Torcendo muito para *não* ter um — enfatizo. — É tanta franquia. Uma coisa terrível.

— Também acho. — Cassidy faz que sim, concordando. — Ah, me lembrei de uma coisa! — Ela enfia a mão na bolsa e tira um panfleto. — Salvem as nossas cavernas! — exclama, sacudindo o panfleto. — As cavernas de Stenbottom vão fechar a menos que sejam salvas, então, por favor, apoie a nossa campanha.

— As cavernas de Stenbottom? — Pego o panfleto, sentindo uma onda de nostalgia. Todo ano nós íamos às cavernas. Lembro que eu colocava um capacete e ficava subindo e descendo as escadas de ferro, apontando uma lanterna para cantos escuros e subterrâneos, examinando estalagmites. (Ou eram estalactites? Tanto faz.) Todo ano, Kirsten e eu sofríamos para escolher qual pedra semipreciosa iríamos comprar de lembrança para acrescentar à nossa coleção de "joias". Acho que ainda tenho algumas em algum lugar.

— Eles estão com uma Experiência Mágica de Som e Luz agora — diz Cassidy. — Quer que eu compre um ingresso para você?

— Quero — respondo. — Pode comprar. Para qualquer horário.

— Maravilha! — Ela bate palmas. — Vou falar para o Neil, ele que está organizando. Vai ficar todo feliz. E como foi no chalé hoje?

— Excelente — digo, sorrindo para ela. — Perfeito.

— Era ioga, não é, que você estava fazendo lá na praia?

Ai, meu Deus. Espero que ela não tenha me visto deitada na praia aquele tempo todo.

— Ioga, meditação... — Aceno vagamente com as mãos. — Atividades... boas para o bem-estar.

— Que bom! Eu estava só pensando... Você vai voltar para lá hoje de tarde? — pergunta ela, esperançosa. — Porque vamos fazer uns consertos no andar em cima do seu, e pode ter um *pouquinho* de barulho entre duas e cinco da tarde. Barulho de martelo, sabe? E furadeira — acrescenta, olhando para o celular. — Martelo, furadeira e serra elétrica. Só para o caso de você estar planejando tirar um cochilo ou algo assim...

Martelo, furadeira e serra elétrica.

— Tudo bem — digo. — Vou voltar para a praia.

SETE

De tarde, volto para a praia, pronta para "manifestar meus desejos". Já li sobre isso antes e, para ser sincera, parece um monte de baboseira, mas posso muito bem tentar.

Pego uma caneta e um bloco de papel A4 na mochila e ando pela areia, determinada. O vento diminuiu um pouco, e o dia está ligeiramente mais quente, o que é um avanço. Também já sei *exatamente* onde vou me sentar. Kirsten e eu sempre ficávamos de olho numa pedra localizada no fim da fileira de chalés, para quem sabe tentarmos escalar. Mas sempre que nos aproximávamos ela já estava ocupada por alguma criança rica hospedada num dos chalés e, estranhamente, para nós era como se a pedra pertencesse a elas.

Mas agora ela é minha. Toda minha!

Escalo até a superfície plana principal — a mais ou menos um metro e meio do chão — e me acomodo numa depressão conveniente, me recostando numa parede sólida de rocha que foi polida com o passar dos anos. Logo percebo uma coisa: essa pedra é o máximo! Parece uma poltrona. Me ajeito, satisfeita, nos contornos lisos e suspiro feliz. Eu podia passar a tarde toda aqui. Eu *vou* passar a tarde toda aqui. Dá até para esticar as pernas.

Certo. Manifestar os meus desejos.

Pego o celular, procuro no aplicativo a parte sobre "manifestação e lei da atração" e repasso os detalhes. Ao que parece, a essência da coisa é dizer para o universo o que você quer, e o universo lhe concede o seu pedido. E me parece um bom negócio. "Seja específico em seus desejos", avisa o aplicativo. "Seja claro e detalhado. Faça uma descrição do que você quer trazer para sua vida e, em seguida, visualize isso."

O que eu quero trazer para a minha vida?

Ai, meu Deus. A minha mente vaga pela minha vida, passando de uma área dolorosa e vergonhosa para a outra. Será que posso escrever "Uma vida diferente"?

Não. Vago demais. E se me derem uma vida ainda pior? Me imagino presa numa ilha deserta, gritando com o universo: "Não foi *essa* vida que eu pedi!"

Percebo então que manifestar é um negócio arriscado. Não à toa é preciso ser específico. E se você pedisse tesouros, e o universo ouvisse errado e te desse agouros? Lembrete para mim mesma: escreva com clareza. Olho para o celular de novo, para ver se tem mais alguma ajuda, e vejo que tem uma seção sobre inspiração.

"Se você estiver se sentindo perdido, apenas deixe a alma falar. Leve a caneta ao papel e então escreva as primeiras palavras que lhe ocorrerem."

Levo a caneta à folha, olho para o mar e me pego escrevendo: "Um wrap de falafel com halloumi."

Não. Deixa de ser ridícula. Isso não é manifestar um desejo, é um pedido de almoço. Envergonhada, rasgo a folha, torcendo para o universo não ter visto nada. Certo. Vamos tentar de novo. Manifestar de verdade, agora.

Levo a caneta ao papel mais uma vez e olho fixamente para o mar, tentando esvaziar a mente de visões de barrinhas de chocolate e pensar numa coisa que eu queira de verdade, intensamente.

"Sexo", escrevo, então olho para o papel, surpresa. Eu não tinha a intenção de escrever isso. Por que a minha mente foi nessa direção? Será que eu quero mesmo transar?

Não. Não quero. Não quero sexo, e *esse* é o problema. Isso me incomoda, essa ausência. O que aconteceu comigo? Eu gostava de transar com Stuart. Quer dizer, por um tempo. Mas depois, aos poucos, fui passando a não gostar. Também, a gente não parava de brigar, aí também não ajuda muito. Ou será que a gente discutia *por causa* do sexo? As memórias ficaram tão embaralhadas, e só sei que estou vazia. É como se o meu corpo estivesse entorpecido. Não reajo a mais nada. Cara gostoso no metrô: nada. Levar uma cantada no Pret: nada. Cena de sexo na televisão: nada. O conceito todo parece meio estranho e sem propósito, embora eu me lembre de um dia achar que era a melhor coisa do mundo.

Então não é uma questão de querer sexo. Eu quero *querer* sexo. Quero *desejar* sexo. Quero despertar esse apetite.

É muito fácil Kirsten dizer que eu devia procurar um médico. Como se eu fosse entrar no consultório de um clínico sobrecarregado e dizer: "Você pode me receitar um comprimido para eu ter tesão pelas pessoas de novo, por favor?" E andei tão ocupada com reuniões e e-mails que foi quase um alívio não ter que conciliar namoro e trabalho. Então meio que deixei o problema de lado, pensando "vai passar".

Mas e se não passar? E se o universo pudesse me ajudar?

Pensando assim, o que tenho a perder?

Mudo "Sexo" para "Desejo sexual". E então, para deixar bem claro, acrescento "libido".

De que outra forma posso explicar para o universo? Porque, agora que estou fazendo isso, quero vender o meu peixe. Na verdade, quero pular para o início da fila, se possível. Depois de pensar um pouco, acrescento mais algumas palavras como forma de explicação:

"Apetite sexual. Fantasias sexuais. Desejo por sexo."

Então me ocorre que não adianta ter desejo por sexo se não houver ninguém com quem saciar esse apetite. É melhor eu deixar isso bem claro para o universo também.

"Um homem."

Não. Preciso ser mais específica.

"Um homem com pau."

Encaro as minhas palavras, mordendo a caneta, ainda na dúvida se isso é específico o suficiente para o universo. Acho que não existe detalhe pequeno demais para ser omitido com segurança. Na certa, o universo está só esperando para devolver: "Haha, você não falou que *tipo* de homem, falou? Não especificou que *tipo* de pau."

"Um homem gostoso com um pau que funcione", escrevo com mais convicção. "De preferência, grande."

Não, espera. Isso é querer demais? Será que o universo vai me punir? Além do mais, estou fazendo os meus pedidos com educação? Risco depressa o "De preferência, grande" e mudo para: "Pode ser de qualquer tamanho, obrigada."

Aí sinto uma pontada de culpa. É isso mesmo que eu quero? Sou uma pessoa horrível e egoísta. Eu devia estar manifestando uma coisa mais nobre, como a paz mundial. Então acrescento depressa.

"Paz mundial."

Olho para as minhas palavras e sinto uma onda de constrangimento. Que coisa ridícula. Dobro a folha e guardo no bolso do casaco. Pronto, já manifestei o meu desejo. Acho que agora posso meditar. Me concentro na costa, observando o ir e vir das ondas, e tento contemplar as belezas do mundo.

Nossa, que fome. Estou *morrendo* de fome. Como posso viver de melão e salada? O meu estômago está roncando tanto que está praticamente encobrindo o barulho das ondas.

Considero voltar para o hotel, pedir um chá da tarde com bolos e scones para quatro pessoas e devorar tudo. Mas não. Eu ia ter que comer com Nikolai observando cada mordida. E aturar Cassidy exclamando: "Chá da tarde? Mas a gente achava que você era saudável!" Além do mais, vai ter todo aquele barulho de martelo e furadeira, para não falar da serra elétrica...

Certo. Novo plano.

Determinada, desço da pedra e avanço pela areia até o chalé, onde pego a minha mochila. Eu estava mesmo com vontade de dar uma volta na cidade, e tenho duas notas de vinte libras aqui. Vou comprar um banquete.

Andar pela cidade é estranho. É o mesmo lugar de sempre, com as ruas estreitas, as casas rústicas com telhados triangulares, as lojas e os cafés... mas morto. Parece tão triste e vazio. Quando eu era criança, nas férias de verão, a cidade fervilhava de vida, música e gente. Havia turistas em todas as ruas. Brinquedos infláveis coloridos e redes de pesca à venda em toda esquina. Surfistas carregando a prancha de volta para as pousadas, crianças derrubando sorvete no chão e chorando e pais bebendo cerveja na varanda do bar. As ruas estreitas ficavam tão cheias de gente que os carros tinham que passar devagar, com o sol quente brilhando na lataria.

Hoje não tem sol quente, não tem gente, não tem nada. As lojas estão silenciosas, e a garoa enche o ar. Passo por uma fileira de pousadas e estremeço com as cortinas de *voile* nas janelas. Parecem meio sombrias sob a luz do inverno, e uma delas está com metade pendurada para fora do trilho.

O White Hart, o pub da cidade, está fechado, senão eu podia comer batata frita. É uma antiga hospedaria que o meu pai frequentava quando a gente vinha para cá, e, ao me aproximar, diminuo o passo e me lembro dele de pé no balcão, tomando cerveja daquele seu jeito cuidadoso. Fico parada por um instante, tomada pelas lembranças, depois estremeço de leve. Anda. Comida.

A antiquada loja de *fudge* continua aqui, mas, para a minha decepção, está com uma plaquinha que diz: FECHADA NO INVERNO. A loja de chá também está fechada por causa do inverno. Que coisa mais ridícula. Onde eu vou arrumar um banquete?

Entro numa rua cheia de galerias de arte e percebo que a cidade ficou mais afetada. Tem uma com uma vitrine de aquarelas do mar, outra com esculturas de vidro... e, ai meu Deus! Tem um café aberto! Aperto o passo e entro depressa, e o café está quentinho e cheirando a canela. Gulosa, examino a seleção de bolos da vitrine. Tem uma torta de amêndoas, pães doces, scones de queijo, donuts, brownies... *tudo*.

— Com licença? — Depois de um instante, percebo que a moça atrás do balcão está falando comigo.

— Ah. — Olho para ela. — Oi.

— Desculpa, mas tenho que perguntar. Você é a moça que está hospedada no Rilston? — Ela me observa com atenção, ansiosa. — A moça da couve?

A moça da couve?

— Me chamo Bea. Sou amiga da Cassidy, e ela me contou tudo de você — continua, animada. — Que você é muito saudável. Só come salada e bebe couve e faz ioga na praia o dia inteiro. Toma suco de noni... Isso para mim é novidade. A Cassidy me ligou e perguntou se a gente tinha. Eu respondi que nunca ouvi falar! Esse tal suco de noni é para quê?

Ai, meu Deus. A porcaria do suco de noni. Não tenho a menor ideia de para que ele serve.

— É muito bom — digo vagamente. — Tem vários... benefícios.

— É bom para a sua noni? — Ela dá uma risadinha e morde o lábio. — Foi mal. É só que era assim que a Cassidy e eu chamávamos a... você sabe... — Ela olha para a virilha. — Aquelas partes — acrescenta, para o caso de eu não ter entendido. — Lá embaixo. As partes íntimas.

— É. Sim. Entendi.

— Enfim, como posso ajudar? — pergunta ela. No mesmo instante, a sineta da porta toca, e entra outra menina, de casaco impermeável. — Paula, é a moça da couve! — Bea aponta para mim, empolgada, depois acrescenta: — Não somos a loja mais saudável do mundo... — Ela olha ao redor, meio incerta. — Não sei o que você pode comer.

— Os scones de espelta não têm glúten — sugere Paula, tirando o casaco.

— Têm, sim — rebate Bea.

— Bom, tem alguma coisa que eles não têm. Você é vegana? — Paula me observa.

— Ela é *saudável* — responde Bea, antes que eu consiga dizer qualquer coisa. — É diferente. Ah, já sei! — Ela abre um sorriso animado. — A gente tem umas guarnições de salada, para enfeitar os pratos. Você pode comer um pouco disso. Posso servir num prato, com uma toalhinha de papel rendado. Duas libras e cinquenta, pode ser?

Deus do céu. Como eu faço para pedir seis donuts e uma fatia de torta de amêndoas agora?

Não, não posso fazer isso. Não vou aguentar o vexame.

— Eu queria só uma água mineral, por favor — digo, depois de uma pausa, e Bea faz que sim, atenciosa.

— Claro. Não tinha pensado nisso. Água mineral. — Ela me entrega uma garrafa e pega o dinheiro. Quando chego à porta, ela grita: — Espero que encontre o suco de noni!

Do lado de fora, respiro fundo. Chega de enrolar. Preciso de *comida*. De algum bom estabelecimento anônimo. De ombros curvados, saio marchando pelas ruas até a outra ponta da cidade, onde as casinhas bonitas vão dando lugar a prédios e garagens de concreto não tão bonitos e edifícios antigos. Lembro vagamente que tinha um mercadinho para o lado de cá, e... Oba! Ele ainda existe.

É uma lojinha minúscula e imunda, e o único funcionário é um cara silencioso, de camiseta marrom. A loja não vende nada fresco, só embalagens e potes, mas por mim tudo bem. Pego três saquinhos de batata chips, uns biscoitos de chocolate, um pacote de amendoim, uma garrafa de vinho e um pote de sorvete. No caminho do caixa, acrescento uma *Heat*, uma *Grazia*, uma *Celebridades Mais Bem-Vestidas* e, enfim, um chocolate. O cara da camiseta marrom me olha muito sério por um instante, examina os meus itens, arregala os olhos, então dá de ombros e começa a passar as coisas no caixa. Enfio o que posso na mochila e coloco o restante numa sacola plástica. Se ninguém me pegar no flagra no caminho de volta, vai ficar tudo bem.

Pago com dinheiro e, ao me entregar o troco, o cara finge fechar um zíper na boca.

— Não vi nada — diz ele num tom sepulcral, apontando para a minha bolsa. — A minha boca é um túmulo. A vida é mais do que só couve.

Ai, meu Deus.

Todo mundo sabe?

Me sentindo absolutamente exposta, corro de volta em meio à garoa, com a sacola de guloseimas escondida debaixo do braço, na esperança de que ninguém veja. Entro no estacionamento o mais rápido que posso e sigo até as dunas de areia que separam o estacionamento da praia. São uns morros altos de areia com grama no topo e trilhas íngremes entre um e outro. Posso me esconder atrás delas.

Assim que chego às dunas, sou inundada por memórias de infância. Passávamos horas aqui, brincando de esconde-esconde, escorregando na areia, deitadas lá no alto, arrancando a grama do chão e falando da vida. Escolho uma trilha da qual me lembro bem e, ao subir um trecho conhecido, sinto a mesma expectativa de sempre, a consciência de que vou chegar à praia a qualquer momento e ver o mar...

Então uma voz masculina e grave me faz parar abruptamente.

— Caro Sir Edwin, gostaria de pedir desculpas pelo meu comportamento na semana passada.

Espera aí. Eu conheço essa voz, não conheço? Uma voz seca e com um quê de impaciência. Já ouvi antes.

Faço um esforço e então me lembro. É o cara do trem, aquele da prancha. E está tão tenso e sarcástico quanto naquele dia. Pode até estar pedindo desculpa, mas não parece sincero.

A voz continua:

— Eu não devia ter levantado a voz para o senhor na reunião de departamento, mesmo o senhor sendo *tão* arrogante, orgulhoso e um completo...

Ele para no meio da frase e respira fundo, e eu reviro os olhos. Está na cara que esse sujeito não é muito bom em pedir desculpas.

— Eu não devia ter levantado a voz para o senhor na reunião de departamento — retoma ele. — Também não devia ter batido a minha caneca na mesa de reunião, o que derramou café e estragou documentos. Tenho muito respeito pelo senhor e estou muito triste pelo que fiz. Tirei licença do trabalho para avaliar o meu comportamento. Espero poder encontrá-lo em breve no escritório para pedir desculpas pessoalmente. Atenciosamente, Finn Birchall.

Há um momento de silêncio. Não sei o que fazer. Percebo que estou respirando pesado, apertando a sacola de compras contra o corpo, espremida junto da encosta arenosa como se ela pudesse me esconder.

Não quero ter que falar com ninguém agora, muito menos com um sujeito que não sabe controlar a raiva. Quando penso em me afastar, a voz recomeça.

— Prezado Alan, gostaria de pedir desculpas pelo meu comportamento na semana passada. Eu não devia ter dado um soco na cafeteira na sua presença nem ter ameaçado abrir a máquina com uma marreta.

Ele fez *o quê?* Abafo uma risadinha.

— Sinto muito por ter assustado você. Tirei licença do trabalho para avaliar o meu comportamento. Espero poder encontrar você em breve no escritório para pedir desculpas pessoalmente. Atenciosamente, Finn Birchall.

Que tortura! Eu não devia estar ouvindo isso, mas agora não consigo parar.

Avanço de mansinho, em silêncio, me mantendo junto do banco de areia. Conheço essa trilha. Mais adiante tem uma curva e uma leve depressão onde a gente costumava sentar quando era criança — aposto que ele está lá dentro.

Como imaginava, logo o avisto, e estava certa. É o cara do trem. Alto, cabelo escuro, recostado na lateral da depressão, ditando para o celular. Está de costas para mim, então só dá para ver os ombros largos no casaco da North Face, um pedaço da orelha, as mãos segurando o celular e aquela mandíbula forte, com a barba por fazer. Fico observando-o editar a mensagem, até que ele começa a ditar mais uma, e eu me mantenho imóvel.

— Prezada Marjorie, gostaria de pedir desculpas pelo meu comportamento na semana passada. Eu não devia ter descontado a minha frustração na planta do escritório por derrubar folhas no meu almoço nem ameaçado passar uma motosserra nela.

Contenho outra risadinha, levando a mão à boca.

O sujeito esfrega a cabeça com força, como se estivesse organizando as ideias. Ele parece forte, e agora imagino essa mão batendo uma caneca de café numa mesa de reunião ou serrando uma planta de escritório. O que será que ele faz? Algo que envolve clientes. E colegas de trabalho. Que Deus os ajude.

— Entendo que você gosta daquela planta e ficou chateada com o meu destempero — continua ele. — Mais uma vez, peço desculpas. Tirei licença do trabalho para avaliar o meu comportamento. Espero poder encontrar você em breve no escritório para pedir desculpas pessoalmente. Atenciosamente, Finn Birchall.

Ele para e olha para o celular por um instante, então enfia o aparelho no bolso, expirando com força. Mesmo sem ver o rosto dele por inteiro, dá para notar que está de cara feia. Há um instante de silêncio, durante o qual nem ouso respirar. Ele então desencosta do banco de areia, como quem vai sair andando, e sinto uma onda de pânico. Merda. Merda! O que estou fazendo espiando esse cara? E se ele me pegar? Vai fazer mais do que jogar café em mim. Será que ele anda por aí com uma motosserra?

Com passos rápidos e silenciosos, corro de volta pela encosta, contornando as dunas na direção da depressão seguinte. Logo estou fora do campo de visão dele, escondida entre duas dunas altas, quase sem respirar. Não tenho a menor ideia de onde o cara está, mas não tem problema. O importante é que ele não me pegou escutando.

Espero uns segundos na segurança do meu esconderijo, então, com a minha cara mais "natural", desço um barranco íngreme e saio na praia. A maré está baixa; a faixa de areia está imensa e vazia. Os chalés estão na outra ponta da praia, e sigo para eles, fazendo um esforço de não olhar para trás para procurar o sujeito. Ia dar na cara.

Enfim, não importa mais. Ele deve ter ido para o outro lado, porque não há o menor sinal dele nem de ninguém enquanto ando pela areia.

Chego ao chalé sem encontrar mais ninguém, fecho a porta com firmeza, desabo no sofá e abro um pacote de batata chips. E, minha nossa, a primeira mordida crocante, salgadinha e gordurosa é divina. *Divina.* Devoro o primeiro pacote, saboreando cada mordida, então começo a enfiar amendoins na boca. São tão encorpados. Parecem comida. Percebo que eu estava faminta, morrendo de fome.

Depois de um tempo, a minha boca fica salgada demais e penso que eu também podia ter comprado uma maçã ou algo assim.

Mas tenho uma coisa bem melhor. Vinho.

Sirvo um pouco numa caneca do hotel, recosto no sofá, abro a revista *Heat*, dou um bom gole e expiro. Certo, agora sim. *Agora* sim.

No segundo gole, percebo que o vinho é bem rascante. Quase acre. O rótulo na garrafa só diz "Vinho branco", mais nada. Mas não estou nem aí. Quem precisa de fatos supérfluos e inúteis? É vinho. Ponto-final.

E agora já planejei tudinho que vou fazer no restante da tarde. *1. Beber vinho. 2. Comer batata chips. 3. Devorar sorvete. 4. Ler sobre celebridades até o cérebro ficar embaralhado. 5. Recomeçar.*

Não sei se esses passos vão me ajudar a alcançar uma "vida melhor", mas vão ajudar a tornar a minha "mais feliz". A "vida melhor" pode esperar um pouco. Na verdade, estou tentada a mandar a "vida melhor" para o espaço.

Às cinco da tarde, já devorei o sorvete todo, tomei metade do vinho e acabei com todas as revistas. Os meus dentes estão cobertos de açúcar, o meu cérebro está turvo com tanta celebridade e silicone, as minhas ideias estão embaralhadas pelo vinho, e sinto uma espécie de bem-estar geral, só ligeiramente atenuado pela sensação de que contaminei o corpo com o equivalente a um ano de porcaria.

Bom. Que seja.

Está ficando escuro lá fora, e não quero cochilar no sofá e acordar às três da manhã, então, relutante, me forço a me mexer. Amanhã retomo o programa, decido. Vou fazer uns agachamentos e comer broto de feijão. Mas agora o que mais quero é dormir umas setenta e duas horas.

No hotel, o saguão está agitado. Nikolai está arrastando umas cadeiras antigas, enquanto Cassidy dá ordens, e Herbert segura uma trompa que parece ser de 1843.

— Vamos dar um showzinho! — anuncia Cassidy ao me ver. — Para animar os hóspedes. Pensamos em fazer na semana que vem, só que vamos ensaiar hoje. O Herbert toca trompa, e o Nikolai falou que pode recitar poesia em polonês e que depois vai explicar o que falou. E você, teve um bom dia? — pergunta para mim. — Vai querer jantar no restaurante hoje?

— Vou pedir serviço de quarto — digo. — Obrigada.

— Bom, o chef Leslie fez um prato especial só para você — acrescenta ela, orgulhosa. — Peito de frango escalfado, espinafre no vapor e torrada de centeio. Sem manteiga, claro.

— Maravilha — digo com toda a sinceridade. Depois de passar a tarde me entupindo de açúcar, um franguinho com espinafre parece ótimo.

— E quem sabe a gente não te convence a tomar um sorvete — sugere Cassidy. — Só hoje, um mimo especial?

Penso no pote de sorvete de cookies'n'cream que acabei de engolir. Só de lembrar fico enjoada.

— Não, obrigada — digo. — Nada de sorvete.

— Nem uma bolinha?

— Nem uma bolinha — respondo, decidida.

— Que disciplina! — exclama Cassidy, admirada. — Você coloca a gente no chinelo, com essa dieta saudável. Ah, oi, Sr. Birchall — diz, erguendo o rosto.

Sr. Birchall? Espera. Eu conheço esse nome. Ai, não, por favor, não me diz que...

Acompanho o olhar dela e estremeço, horrorizada. O cara que soca cafeteiras, quer passar uma motosserra numa planta de escritório e reduz crianças às lágrimas vem descendo a escada do saguão. Aqui, exatamente neste hotel. Ele parece tão tranquilo e sociável quanto antes, ou seja, nem um pouco.

— Srta. Worth. — Simon entra no saguão, apressado, parecendo mais atormentado que nunca. — *Mil* desculpas. Estou mortificado. Arrasado.

— O que houve? — pergunto, surpresa.

— Ainda não conseguimos encontrar a sua couve orgânica. — Simon balança a cabeça, pesaroso. — Recebemos uma entrega hoje, mas infelizmente a couve veio danificada. O chef Leslie usou espinafre, mas é claro que não vou cobrar o seu jantar hoje.

Não sei se rio ou grito: "Acorda pra vida!" Como ele acha que vai fazer dinheiro se não parar de me dar comida de graça?

— Não precisa me dar um jantar de graça — digo, com firmeza. — Espinafre está bom.

— É muita gentileza sua, Srta. Worth — responde Simon, levantando o queixo com muita pompa. — Mas, no Rilston, nós temos um padrão que não estamos cumprindo. Sua assistente pessoal foi categórica quando nos avisou que a senhorita tem determinadas exigências específicas e personalizadas. Couve orgânica. *Goji berry*. Suco de noni.

— Uau — comenta Finn Birchall. — Parece bem divertido.

Ele está parado no pé da escada, esperando Nikolai sair da frente, tamborilando os dedos no corrimão. O que ele tem a ver com isso, afinal?

— Ah, a Srta. Worth não come nada de divertido — garante Cassidy. — Nem um biscoito! Ela é tão íntegra! A minha amiga Bea disse que você foi à padaria hoje e só comprou uma água mineral. Nikolai, sai da frente do Sr. Birchall! — grita ela para Nikolai, que está com uma cadeira na mão, na dúvida de para onde ir. — Coloca isso aí em qualquer lugar. Posso ajudar, Sr. Birchall?

— Tenho uma exigência específica e personalizada — diz Finn Birchall. — Não sei se você pode me ajudar. Um uísque duplo com gelo.

Esse cara está zombando de mim? Olho feio para ele, e ele me encara, impassível.

— É pra já! — responde Cassidy, sem perceber a alfinetada. — Pode se sentar no bar.

— Deixa que eu cuido disso — intervém Simon, praticamente dando um pulo. — Eu mesmo sirvo o uísque. Espero que esteja correndo tudo bem em sua estadia, Sr. Birchall, e permita-me pedir desculpas de novo por seu quarto estar sendo usado para armazenar queijo quando o senhor chegou. Este não é o padrão elevado que esperamos oferecer aqui no Rilston.

Contenho um sorriso e olho para Finn Birchall. O rosto dele acabou de demonstrar um lampejo mínimo de diversão?

Não, devo estar vendo coisas.

— *Preciso* apresentar vocês dois — diz Cassidy, enquanto Simon corre para o bar. — Sasha Worth, esse é Finn Birchall. Vocês dois estão usando os chalés da praia.

Olho para ela, espantada. O quê?

— Vocês são os únicos hóspedes que estão usando os chalés — continua Cassidy, animada. — Vai ser bom ter um pouco de companhia.

Bom? À medida que assimilo a notícia terrível vou ficando cada vez mais desanimada. Eu estava com o lugar todo só para mim. Estava perfeito. E agora o Sr. Nervosinho tem que se meter. Sei que estou com uma cara péssima, e ele também não parece nem um pouco empolgado.

— Será que coloco vocês um ao lado do outro? — sugere Cassidy, feliz. — Vocês podem ser vizinhos!

— Não! — exclamo com fervor antes de conseguir me conter.

— Não! — diz Finn Birchall junto comigo, e cruzamos o olhar, como se ao menos nisso concordássemos.

— Se não for problema — acrescento, meio sem jeito. — Acho que ia ser melhor se...

— Muito melhor. — Ele faz que sim com a cabeça.

— Bom, você vai estar fazendo ioga e tal — comenta Cassidy, como se estivesse entendendo o motivo. — A Srta. Worth está aqui para cuidar do bem-estar — explica para Finn Birchall. — É a hóspede mais saudável que já tivemos! Só come salada e passa o dia fazendo atividades de *mindfulness* na praia!

Finn Birchall parece completamente enojado.

— Deve ser muito divertido — comenta ele, mal escondendo o desprezo.

— É, sim — devolvo. — Bastante.

Nossa, que sujeito desagradável.

— Então, acho que faz sentido ter um pouco de espaço... — Cassidy faz uma pausa, pensando. — Vou colocar você no chalé 8, Sr. Birchall. Na outra ponta em relação à Srta. Worth, com seis chalés vazios no meio.

— Obrigado — diz Finn Birchall, seco. — Agradeço muito.

O tom dele me incomoda. Toda a postura dele, na verdade. Até parece que eu queria que ele ficasse do meu lado.

— Eu também — intervenho bruscamente. — Aliás, eu diria que quem tem que agradecer mesmo sou eu.

Cassidy acompanha a nossa interação com uma leve perplexidade e por fim entrega uma chave para o chalé a Finn Birchall.

— Aqui está — diz ela. — A chave do chalé 8. E sabe de uma coisa? — acrescenta com uma voz apaziguadora, olhando dele para mim e então de volta para ele. — A praia é grande. Acho que vocês não vão nem notar um ao outro.

OITO

No dia seguinte, acordo com a cabeça cheia. E não é de coisas boas. Não são pensamentos positivos e de *mindfulness*. Mas de estresse com o trabalho. Sem parar. O estresse não me larga.

Quanto mais me afasto do Zoose, mais percebo como o departamento de marketing é mal administrado. O Asher parece uma criança soltando fogos de artifício. Ele gosta de coisas chamativas e rápidas. Mas cadê a estratégia de longo prazo? Cadê a consistência? Os valores?

E cadê o Lev? Não dá para ficar simplesmente pedindo desculpas e esperar que a empresa prospere. É preciso ter uma visão, é preciso liderança, é preciso ter presença...

Percebo que estou ofegante. E com o coração disparado. Já estou imaginando voltar ao escritório daqui a três semanas; sentindo uma mistura de pavor e frustração. Estou fazendo o oposto de relaxar e me recuperar.

Fala sério.

Pego o meu *bullet journal*, abro no fim e acrescento umas anotações à lista que fiz no trem. É bem catártico. Igual escrever todos os motivos pelos quais você odeia o seu ex-namorado e então jogar no lixo.

Depois de desenhar um diagrama de como acho que o departamento de marketing deveria ser estruturado, me vejo escrevendo mais e mais.

A equipe está tão sobrecarregada que nada funciona do jeito que deveria. Parece que os departamentos não entendem que trabalham para a mesma empresa. A equipe de suporte não dá suporte. Os canais de atendimento não atendem.

Ainda respirando pesado, olho para as minhas palavras. Tá bom. Preciso me acalmar. "Obrigada, cérebro, pelos pensamentos. Agora já chega."

Mas o meu cérebro continua girando. Não quer parar. Ainda poderia escrever umas mil palavras. O que eu faço?

Olho para a Garota da Roupa de Neoprene, tentando encontrar inspiração. Ela tem emprego? Está irritada com o chefe? Tem problemas que nem eu? Vai ver ser linda e maravilhosa enquanto segura uma prancha de surfe numa praia *seja* o trabalho dela. Vai ver o único problema da vida dela seja: "Com qual roupa de neoprene vou cobrir o meu corpo escultural hoje?" Droga, tem gente que tem a vida ganha...

Não. Para. Percebo de repente que estou correndo o risco de passar o dia inteiro aqui cultivando pensamentos negativos. Ficar pensando mal da Garota da Roupa de Neoprene não vai ajudar em nada. Não é culpa dela ser linda e feliz. Decidida, volto para o início do *bullet journal*, me afastando de todas as anotações estressantes sobre o trabalho para me concentrar na parte positiva, com os adesivos e as resoluções.

Vou escrever cinco passos para hoje. Agora. Anda.

1. Meditação.

Isso. Um bom jeito de começar. Vou me sentar na pedra, olhar para o mar e deixar o barulho das ondas acalmar o meu cérebro.

2. Desafio dos cem agachamentos.

Não vou desistir disso. Posso fazer alguns agachamentos.

3. Comunhão com a natureza.

Parece que é bom para o sistema imunológico.

4. Dançar como se ninguém estivesse olhando.

Parece que isso também estimula o sistema imunológico. (O que não estimula o sistema imunológico? Resposta: meia garrafa de vinho branco e um pote de sorvete de cookies'n'cream.)

5. Caminhada à beira-mar.

A bem da verdade, eu caminhei ontem, mas não sei se "andar até o mercado para comprar besteira cheia de açúcar" é o que a Garota da Roupa de Neoprene tinha em mente. Então melhor tentar de novo.

Sublinho os itens com força, então, enquanto procuro um adesivo para colar do lado de cada um, o meu celular toca. É a minha mãe.

— Oi, mãe — atendo. — Estava preenchendo o meu *bullet journal*.

— Muito bem, querida! — comemora ela. — E você está se sentindo melhor? Menos estressada?

Penso nas minhas anotações frenéticas sobre o Zoose, no meu coração disparado, na sensação de que estou com vontade de gritar com alguém. Hum. Na verdade, não.

— Estou — respondo, com firmeza. — Muito melhor.

— Que bom! Você já entrou no mar? Está seguindo o aplicativo?

— Mais ou menos. — Cruzo os dedos. — Do meu jeito.

— Porque li um artigo hoje na minha revista de saúde — diz ela na voz ansiosa que usa para oferecer conhecimento. — Sabe qual é a coisa mais importante para o seu bem-estar? O intestino! — Ela enche a boca para dar a resposta. — Eles acham que noventa por cento dos casos de síndrome de burnout são causados por falta de saúde intestinal!

Olho para o celular duvidando disso. Quantos por cento? Quem eles estudaram? Parece bem improvável. Mas, antes que eu possa contestar a estatística, a minha mãe continua:

— Enfim, não se preocupa, já resolvi tudo. Eu liguei para a recepção e falei que você precisa urgentemente de um pouco de kefir e repolho fermentado.

Fico lívida. Repolho fermentado?

— Falei com uma moça muito prestativa — comenta a minha mãe. — Disse que era a sua assistente de novo, e ela me garantiu que iria providenciar. Também falei de reflexologia, e ela disse que ia pesquisar. Eles parecem bons aí no Rilston — acrescenta, satisfeita. — Sempre dispostos a ajudar. Estão cuidando bem de você? Ah, e nem perguntei, eles te colocaram de frente para o mar?

— Colocaram — digo, me voltando para a janela coberta de tábuas e então desviando o olhar. — É, colocaram. Está tudo bem. Até mandaram flores — acrescento, olhando para o buquê que chegou ontem à noite. A mensagem diz: "Mil desculpas pelo serviço inadequado, estamos profundamente mortificados."

— Maravilha! — diz a minha mãe. — Bom, é melhor eu ir, querida. Ah, falei com a Dinah.

— Com a *Dinah*? — Fico olhando para a tela, chocada.

Dinah é a minha amiga mais antiga. Mas faz séculos que não nos falamos. Ela é uma pessoa alegre e competente, uma advogada que resolveu virar doula, e eu a adoro, mas acho que ando evitando falar com ela. Não tenho energia para ser animada e alegre; também não quero me desfazer em lágrimas. Acho que é assim que as pessoas vão ficando reclusas aos poucos.

— Eu estava querendo te mandar uma surpresa — explica a minha mãe —, e pensei que ela podia ter uma ideia. Acabamos escolhendo um óleo de banho de lavanda. Pronto, agora não é mais surpresa. Mas, querida, a Dinah não fazia a menor ideia do que tinha acontecido! Tive que explicar para ela.

— Eu sei — consigo dizer. — Eu ia falar com ela.

— Querida, não precisa esconder. Os seus amigos querem ajudar!

— Eu sei — digo. — Tchau, mãe.

Ao desligar, sinto as lágrimas ardendo nos olhos. Não sei por que não entrei em contato com Dinah. Nem com nenhum dos meus amigos. Acho que é porque... Acho que é porque estou com vergonha. Eles sabem lidar com a vida. E eu não.

Enfim. Acho que é um objetivo no qual posso trabalhar. Mas agora preciso de comida.

Quando chego ao restaurante, fico tensa ao ver Finn Birchall a uma das mesas.

— Bom dia — diz ele, seco.

— Bom dia — respondo, igualmente seca.

— Bom dia! — Cassidy vem animada até mim. — Espero que tenha dormido bem! Bom, eu sei que querem manter o próprio espaço. Então, colocamos vocês em pontas opostas do salão. Srta. Worth, a sua mesa é essa aqui.

Ela me leva para o outro lado do restaurante e puxa uma cadeira para mim. Verdade seja dita, estou o mais longe possível de Finn Birchall. Para ser sincera, a cena chega a ser ridícula.

— Obrigada. — Sorrio para ela. — É muita gentileza.

— A sua assistente pessoal, Erin, ligou hoje de manhã — continua Cassidy num tom de ligeiro assombro. — Ela começa cedo, né? Você é muito exigente com ela!

— Ela... tem muita energia — consigo responder.

— Anotei tudo que ela pediu... — Cassidy confere uma lista com a sobrancelha franzida de ansiedade. — Só uma dúvida: de que tipo de kefir você precisa?

Ai, meu Deus. Eu sei que a minha mãe tem a melhor das intenções, mas estou morrendo de vergonha. Não sei nada de kefir. Não é só iogurte líquido?

— Qualquer um — digo, tentando parecer experiente. — Mas de preferência orgânico, lógico. Por causa dos benefícios orgânicos.

— Lógico — responde Cassidy, com reverência. — Agora, o repolho fermentado pode demorar um *pouquinho*. Mas a boa notícia é que a couve orgânica chegou! O chef Leslie está preparando o seu suco nesse instante! Parece bastante saudável — acrescenta, animada. — Bem verde e grosso.

— Ótimo! — Tento soar entusiasmada. — Mal posso esperar!

— A sua assistente também falou que você está precisando de um reflexologista — continua Cassidy, consultando o bloquinho —, e estou resolvendo isso. O hotel até *tem* uma reflexologista no verão, uma moça ótima, muito holística, mas infelizmente ela trabalha no Burger King de Exeter durante o inverno, então não está disponível no momento... — Cassidy vê que Finn Birchall está com a mão erguida e se vira para ele. — Sr. Birchall! — grita ela para o outro lado do salão. — Em que posso ajudar?

— Posso fazer um pedido direto com você? — pergunta ele, sério. — Ou tenho que mandar a minha assistente pessoal ligar para a recepção? É assim que funciona aqui?

Por mais que eu tente evitar, fico corada. Certo. Sei o que estou parecendo. Por um microssegundo, penso em explicar: "Não é a minha assistente que está ligando, é a minha mãe." Mas a ideia me incomoda. Por que eu teria que me explicar? Estamos num país livre. Posso ter uma assistente se quiser.

— Ah, não! — diz Cassidy, com gentileza, sem perceber a ironia. — Pode me pedir qualquer coisa, Sr. Birchall.

— Eu queria um café, por favor. — Ele olha para mim por um instante. — Mas, se eu tiver que mandar um e-mail para a sua equipe, a gente pode dar prosseguimento e depois fazer um follow-up. Quem sabe eu não encaminho para o meu chefe de departamento?

Haha. Muito engraçado.

— Ah, não! — exclama Cassidy, de olhos arregalados. — É só pedir para mim. — Ela sorri para ele. — Um café, é pra já... e o Nikolai já vem para anotar o pedido de comida.

Levanto o queixo, ignorando Finn Birchall o máximo que posso, bebericando a minha água. Logo em seguida, Nikolai chega perto de mim, trazendo o cardápio do café da manhã e um copo numa bandeja de prata. O copo contém uma substância verde-musgo com cheiro de alga.

— Suco verde com couve — diz ele, todo orgulhoso.

Sinto um embrulho no estômago. Parece intragável. Indescritível.

— Obrigada! — digo o mais animada que posso, e Nikolai me oferece o cardápio, apontando, solícito, para o item "prato de melão".

— Madame prefere prato de melão — diz ele, confiante. — Prato de melão, igual ontem.

Ai, meu Deus. É mais fácil dizer que sim.

— Sim, por favor. — Forço um sorriso. — Um prato de melão. Obrigada.

— Como está o suco verde? — Nikolai gesticula ansiosamente para o lodo verde, e sinto o coração murchar no peito. Não vai dar para escapar. Vou ter que experimentar.

Dou um gole e tento conter a ânsia de vômito. Tem gosto de pântano. Nunca provei água de pântano, mas de alguma forma lá no fundo sei que é igualzinha a esse suco.

— Uma delícia. — Forço outro sorriso. — Perfeita! Por favor, agradeça ao chef.

Nikolai parece satisfeito e se aproxima de Finn Birchall, do outro lado do salão.

— Senhor, aceita um café da manhã?

— Sim, por favor. — Ele faz que sim com a cabeça. — Dois ovos estrelados, bacon, torrada de pão de fermentação natural, manteiga, geleia, um suco de laranja e uma porção de panquecas. — Ele faz uma pausa ao perceber que Nikolai está rabiscando freneticamente, então acrescenta: — E xarope de bordo. E outro café.

Ouço a lista e meu estômago ronca desesperadamente, mas tento manter uma expressão agradável.

— Aceita um suco verde, senhor? — Nikolai gesticula para o meu copo. — Feito com couve orgânica, muito saudável.

Finn Birchall parece ficar enjoado.

— Não. Obrigado.

Meio na defensiva, dou outro gole e quase engasgo. O que tem nesse suco?

Nikolai se apressa para fora do salão, e esperamos a comida em silêncio. Tento relaxar, mas por algum motivo não consigo. Tem alguma coisa na presença de Finn Birchall que me deixa irritada. Será que é porque ele fica tamborilando os dedos na mesa? Ou é porque ele parece tão furioso? A minha vontade é de gritar: "É só um café da manhã! Qual é o problema?"

Percebo que ele está tenso. Ele está tenso e está me deixando tensa também. Eu preferia quando éramos só eu e o Nikolai falando "madame" ansiosamente a cada três segundos.

Por fim, Nikolai reaparece, e suspiro aliviada. Primeiro ele pousa um prato de melão na minha frente. Em seguida, volta para a cozinha e emerge com o banquete épico que é o café da manhã de Finn Birchall.

Quero desfalecer. Ver isso. Sentir esse *cheiro*. Bacon. Ovos. Panquecas. Uma pilha de torradas. Comida sólida, quente e deliciosa com xarope de bordo escorrendo por cima.

Não posso ficar olhando enquanto ele come tudo isso, vou desmaiar de fome. Engulo depressa as minhas fatias imateriais de melão, tomo o meu chá e examino o suco verde com um pavor infantil. Será que consigo simplesmente levantar e deixar o copo cheio? Não. Não depois do trabalho que deu para o pessoal do hotel.

Jogar num vaso de planta? Também não. Não tem uma planta sequer por perto.

Após ter uma ideia repentina, chamo Nikolai.

— Oi — digo. — Infelizmente, tenho que ir. Posso levar o suco para viagem, por favor?

De volta ao meu quarto, me sento na cama e olho para o papel de parede até me sentir mais calma. Então arrumo as coisas e ando pela grama do jardim até a praia, levando o suco num copo descartável. O ar está frio, mas o céu está claro, e botões de flor despontam por entre a grama. É um bom dia, digo a mim mesma. Vamos começar com vontade, com pensamentos positivos.

Enquanto ando, visualizo uma meditação bem-sucedida. Vou me sentar de pernas cruzadas na pedra. Isso. Vou olhar o mar. É. Vou ouvir as ondas e me sentir inspirada. *Isso aí*. Tenho uma imagem tão nítida de mim que, quando enfim vejo a pedra, paro onde estou, em choque.

Finn Birchall está na pedra. Na *minha* pedra.

Acelerando o passo, ando pela areia e sigo na direção do meu chalé, que é o mais próximo da pedra. Estou só dizendo. Sei que as pedras não são de ninguém, mas, se essa pedra fosse de alguém, seria minha. E como ele chegou aqui tão rápido?

Eu me aproximo, e ele nem move a cabeça. Está recostado na depressão da pedra, igual àquelas crianças riquinhas que ficavam hospedadas no chalé, e não consigo conter a indignação.

Tem uma voz dentro de mim dizendo: "É só uma pedra." E: "Calma, Sasha." Mas tem outra, menos racional, que diz: "Não é justo. A praia era MINHA."

Me aproximo da pedra pela lateral e olho para ele lá em cima. Finn está observando o mar, de cara amarrada, os dedos tamborilando sem parar. Ele está meditando? Não parece, a menos que o seu mantra seja: "Dane-se o mundo e todo o resto."

Ele não vai nem me cumprimentar?

— Oi — digo, mascarando uma sutil hostilidade com um tom educado.

(Tá bom, talvez não seja tão sutil assim. E acho que talvez eu não esteja mascarando nada.)

Por um momento, ele nem responde. Até que por fim vira a cabeça para me fitar com olhos escuros e impassíveis.

— Achei que a gente ia se ignorar.

— E vai. — Ofereço um sorriso ainda mais educado e repulsivo. — Com certeza. Estou só sendo civilizada. Pode esquecer que falei com você.

— Desculpa se não levantei correndo para apertar a sua mão e te convidar para um chá — devolve ele com o sarcasmo evidente na voz.

— Mas não vim para cá para ser sociável.

— Nem eu. — Cruzo os braços. — Vim para cá em busca de solidão. E estava muito feliz de encontrar a praia vazia. Até agora, lógico. — Volto os olhos para ele, e a expressão em seu rosto se altera por um instante ao entender o que quis dizer. Finn então volta a me encarar com o seu olhar furioso.

— Bom, desculpa estragar a sua festa — retruca ele, dando de ombros de um jeito que visivelmente diz "não estou nem aí".

— Não tem problema. Bela pedra. — Aceno com a cabeça para a pedra.

— Pois é.

— Ontem eu meditei aí.

— Bom para você.

Ele volta a encarar o mar; está na cara que a conversa acabou. Bom, ele que se dane. Não preciso da pedra mesmo. Vou continuar com o meu programa de bem-estar e ignorar Finn Birchall.

Só que ele está ali. *Bem* ali, e, de alguma forma, não consigo ignorá-lo.

Andando pela areia com o meu tapete de ioga e o bambolê, percebo que, do alto da pedra, ele consegue ver a praia toda. Tentando não prestar atenção nele, vou até o mar, solto o tapete na areia e me sento de pernas cruzadas, de frente para as ondas, para meditar. "Pensa em coisas relaxantes", digo a mim mesma com força, olhando as ondas quebrarem. "Pensa em coisas relaxantes. Se concentra no barulho das..."

Ele está olhando para mim?

Viro para trás como quem não quer nada, encontro os olhos dele sem querer e coro de vergonha, então desvio o olhar na mesma hora, voltando a observar o mar. Droga.

E daí que ele está olhando para mim?

Não ligo. Óbvio que não ligo. Mas ter outra presença na praia é uma distração indesejada. Dá para sentir os olhos dele queimando as minhas costas. Ou sou eu que estou imaginando coisas. Seja o que for, não estou mergulhando num transe de relaxamento, e isso não está funcionando.

Faço uns alongamentos aleatórios, depois me pergunto se devia começar o desafio dos cem agachamentos. Mas isso vai ser pior ainda. Se tem uma coisa que não preciso é de plateia para isso. E para que lado eu olho? Ou fico de costas para ele, mas aí ele vai ficar olhando para a minha bunda subindo e descendo. Ou fico de frente, e vai parecer que eu estou me curvando em reverência para ele.

Olho para trás casualmente, para ver se ele saiu... mas não. Finn continua na pedra. Maldito seja.

Constrangida, levanto, enrolo o tapete, carrego o bambolê no ombro e resolvo seguir para o "Passo 3: Comunhão com a natureza". Para lembrar o que tenho que fazer, abro o aplicativo e procuro a orientação, que é acompanhada por duas fotos da Garota da Roupa de Neoprene. Na primeira, ela está brincando com um golfinho, que parece sorrir feliz para ela. Na outra, parece estar numa floresta tropical, tocando o tronco de uma árvore enorme, com uma cara de admiração.

"O antigo mundo natural pode acalmar qualquer espírito perturbado. Instintivamente, os animais querem ajudar e nutrir. As plantas querem curar. Aproveite o poder da natureza. Entre em contato com ela e sinta sua mente e seu corpo responderem."

Não estou muito otimista, mas vou tentar. Enfio o celular de volta no bolso do casaco impermeável e olho ao redor, em busca de um pouco de natureza. As gaivotas estão trinando lá em cima, e eu as observo, mas estão longe demais para fazer uma conexão. E mais: gaivotas querem instintivamente ajudar e nutrir as pessoas? Pelo que me lembro, elas querem instintivamente roubar a sua comida e cagar no seu ombro.

Olho para as ondas, mas já tentei observar o mar. Certo. O que mais tem por aqui?

Alga? Meio na dúvida, vou até um trecho com algas e olho para ele. É marrom, gosmento e nem um pouco atraente. Não sei se está ajudando em nada. Tem um caranguejinho nas algas, e me agacho para ver mais de perto.

— Oi, caranguejo — murmuro, mas o caranguejo não responde.

— Oi, caranguejo — tento de novo, mas ele desaparece por entre dois filetes de algas.

Vejo um búzio e fico olhando para ele por um tempo, me perguntando se dá para entrar em comunhão com isso.

— Oi, búzio — experimento. Então penso em virá-lo, e vejo que não está nem vivo. É uma casca vazia.

Que coisa ridícula. Que *vergonha*. O que eu estou fazendo? Não estou nadando com golfinhos em águas cristalinas, estou numa praia fria na Inglaterra, agachada em cima das algas, tentando "me conectar" com um búzio morto. Dane-se isso. Qual o próximo item da lista?

Levanto, sacudindo as pernas, e quando me dou conta estou olhando para a pedra de novo. Argh! Para com isso. *Não* olha para ele, Sasha, ordeno a mim mesma, com severidade. Qual é o meu problema? Não estou aqui para ficar olhando para um garoto numa pedra. Não tenho mais 13 anos. Estou aqui para fazer um programa de bem-estar. Pego o celular depressa e consulto o passo seguinte no aplicativo: "Dançar como se não tivesse ninguém olhando."

É um item grande, com bastante informação. Tem alguns passos explicados, como o twist e o "floss dance". Tem um vídeo da Garota da Roupa de Neoprene dançando, feliz, num palco vazio. E alguns conselhos úteis:

"Seja a estrela do seu próprio videoclipe. Se estiver em um lugar cheio, é só ignorar as pessoas! Pule também e use o bambolê. Não se preocupe com as pessoas à sua volta, é só se divertir. Seja uma Beyoncé! Seja uma Shakira! Em pouco tempo, a euforia vai virar um vício."

Tem até uma playlist, então boto para tocar e coloco os fones no ouvido. Fico ouvindo a batida por um tempo, tentando entrar no clima. Depois vou me movendo no ritmo da música pela areia, balançado os quadris, esperando a euforia chegar.

Ela não chega, e eu continuo dançando, sacudindo os braços. Mas continuo sem conseguir sentir euforia nenhuma, só um constrangimento imenso. Com esses tênis enormes, os meus pés ficam prendendo na areia, e não me sinto nem um pouco como a Beyoncé ou a Shakira. (Estou de casaco impermeável. Como vou me sentir que nem a Shakira?) Vai ver dançar no improviso tenha sido um erro, penso, depois de um tempo. Quem sabe eu não preciso tentar algo mais específico, como o "floss dance"? Tento um floss meio desajeitado e me arrependo na mesma hora. Eu jamais seria capaz de fazer isso, é a dança mais ridícula do mundo.

Os meus olhos se voltam para a pedra... e ele está vendo tudo. Ai, *meu Deus*.

Acho que é melhor mudar para o bambolê. Ignorando-o deliberadamente, piso no centro do bambolê cor-de-rosa, levo-o até a cintura e giro, movendo o quadril para a frente e para trás. O bambolê vai direto para a areia. Tento mais uma vez. O bambolê cai de novo.

Viro para a pedra, e ele continua me olhando. Espera, ele está *rindo*?

Certo. O negócio é o seguinte. Eu não me importaria se tivesse um monte de gente. Se a praia estivesse entupida de gente, eu iria meditar, fazer os meus agachamentos, dançar, conversar com as gaivotas, tudo. Eu iria me sentir anônima e despreocupada.

Mas não tem um monte de gente. É só um cara sentado numa pedra olhando para mim. Não posso "dançar como se ninguém estivesse olhando" porque tem alguém olhando. Ele.

Numa explosão de frustração, atravesso a praia até a pedra. Ele agora está recostado, olhando para o céu, e não move um músculo quando me aproximo.

— Oi — digo. — Eu queria perguntar uma coisa. Quanto tempo você está pensando em ficar aqui?

— A praia não é grande o bastante para você? — devolve ele, sem nem virar a cabeça.

— Não foi isso que eu disse. Eu fiz uma pergunta.

— Não sei. — Ele dá de ombros. — Quanto tempo você está pensando em ficar aqui?

— Não sei — digo, antes de conseguir pensar.

Droga. Não foi exatamente um revide genial, o que fica bem óbvio quando ele nem se dá ao trabalho de me responder.

Um impasse.

— Bom, aproveite — digo num tom ao mesmo tempo educado e desagradável, e saio com passos pesados na direção do meu chalé.

Bato a porta, desabo no sofá, abro um saquinho de batata chips e devoro tudo numa névoa de prazer reconfortante, interrompida apenas aqui e ali por pontadas minúsculas de culpa. Sei que fazer exercícios na praia deveria me deixar eufórica. Mas, para ser sincera, essa batatinha sabor sal e vinagre está funcionando muito mais para mim. Isso devia estar na lista. Vai ver a Garota da Roupa de Neoprene só nunca experimentou esse sabor.

Depois de terminar o saquinho de batata e lamber todo o sal dos dedos, leio a seção de horóscopo das minhas revistas de celebridades, porque acabei esquecendo ontem. O suco verde não tomado jaz no chão, dentro do copo, e olho para ele com nojo. Talvez eu devesse jogar fora. Mas é tão grosso que, se eu jogar pelo ralo, vai entupir a pia. Por outro lado, se eu me aventurar com ele lá fora, o Sr. Antipático pode notar que não bebi e fazer algum comentário sarcástico.

Decido deixar aqui por enquanto. Ninguém vai ver. Esse chalé é o meu porto seguro. Tão seguro que me pego abrindo o último pacote de batata chips e engolindo tudo. Talvez eu não consiga entrar em comunhão com a natureza, mas consigo muito bem entrar em comunhão com os carboidratos.

Ao terminar de comer, fico sentada por um tempo, sem fazer nada, só olhando os ciscos de poeira flutuando no ar. Então, por fim, me obrigo a me mexer. Anda, eu não posso ficar aqui o dia inteiro. Passo a cabeça com cuidado pela porta do chalé e vejo que a pedra ainda está ocupada. Ele continua sentado lá em cima, olhando para o mar, e agora está bebendo... Aquilo é *uísque*?

Piso com cautela no deque, pronta para voltar para o chalé assim que ele se virar para cá. É. É uísque. Ele está com uma garrafa e um copo e... Aquilo é amendoim? Finn basicamente improvisou um bar para si, e me sinto ligeiramente indignada. De onde ele tirou aquele uísque? Ele deve ter descido da pedra, buscado a garrafa em algum lugar e depois voltado. Se eu estivesse prestando atenção, poderia ter ocupado o lugar dele.

Como se pudesse sentir os meus olhos nas suas costas, Finn se vira para mim e me pega olhando para ele. Droga. Finjo depressa que estou alongando a panturrilha no deque. E depois o quadríceps. Um monte de alongamento, lá-lá-lá, finge que não está o vendo...

— Algum problema? — pergunta Finn.

— Não, nenhum — respondo. — Aproveita a vista. Aproveita o uísque. — Enfatizo a palavra "uísque", nem sei bem por quê. Não sou contra uísque. Então por que falei assim? Não estou entendendo muito bem o jeito como tenho me comportado perto desse cara.

— Pode deixar, obrigado. — Ele dá um gole. — Quer um pouco?

— Não, obrigada — respondo, educada.

— Imaginei. — Ele me olha intensamente. — Era uma piada.

Ah. Haha. Enquanto penso numa resposta mordaz, ouço o ronco de um motor que me faz dar um pulo. Isso é uma moto? Na praia?

Incrédula, fico olhando uma moto avançar na nossa direção pela areia. É uma *moto de entrega de pizza*? O motoqueiro para ao lado da pedra e tira uma pizza do bagageiro, então olha para Finn.

— Finn Birchall, pedra perto dos chalés, praia de Rilston Bay?

— Sou eu. — Finn acena com a cabeça para o motoqueiro.

Fico de queixo caído, vendo Finn pegar a pizza e pagar por ela. Que coisa mais genial. Entrega de pizza. Por que não pensei nisso? O motor da moto volta a roncar, e Finn olha para mim abaixo dele e me vê ainda encarando-o embasbacada.

— Desculpa, você fica ofendida com a pizza? — pergunta ele, seco. — Não sei se é orgânica, deixa eu ver o sabor que pedi... — Ele finge olhar o interior da caixa. — Ah, é, pepperoni com toxina extra. Acho que não.

— Não fico ofendida com a pizza — digo com frieza. — Na verdade, não estou nem aí para o que você come.

— Ah, é? — rebate ele. — Então entendi errado. Porque toda vez que olho você está me encarando com ar de superioridade ou perguntando quanto tempo eu vou demorar ou me atazanando porque me sentei na sua pedra. — Ele fixa os olhos em mim. — Que não é sua. Será que não posso simplesmente ficar em paz numa praia?

Superioridade? Sinto a raiva crescendo. Eu não me acho superior!

— Não seja por isso, só estou seguindo o meu projeto de bem-estar — respondo num tom desinteressado. — É lógico que eu tinha pensado em usar essa pedra para meditar hoje de manhã, mas fica à vontade. Pode passar o dia na pedra.

— Obrigado. É o que vou fazer. Você não se importa se eu ouvir a partida de críquete, se importa? — Ele aponta para a caixinha de som ao lado.

— Claro que não. — Sorrio com gentileza. — Você não se importa se eu fizer terapia de gritos primais, se importa?

— Fica à vontade.

Ele pega uma fatia de pizza, e o cheiro do pepperoni faz o meu estômago se revirar de inveja. Tem cheiro de pizza boa de verdade. Quero perguntar onde ele pediu. É crocante, bem assada, coberta de cebola e ervas...

— Merda! — grita Finn, espantado, e eu arfo no mesmo instante. Uma gaivota enorme simplesmente mergulhou e roubou a pizza da mão dele, sem o menor aviso. — Gaivota filha da puta! — berra. — Devolve a minha comida! — Ele olha furioso para o pássaro ladrão, protegendo os olhos com uma das mãos. — Volta aqui, sua desgraçada! — Não consigo conter o riso, e ele direciona o olhar mordaz para mim. — O que foi? Está achando graça?

— Bastante. — Faço que sim com a cabeça. — Porque eu tenho senso de humor.

Por um instante Finn parece perturbado, e aproveito para sair enquanto estou na vantagem. Até porque vejo outras três gaivotas se aproximando decididas. Acho que não vai ser uma cena bonita.

— Ótimo lugar para um piquenique — comento, descontraída, ao dar meia-volta.

Não é uma cena bonita. Em pouco tempo, Finn está acertando as gaivotas com as duas mãos, enquanto elas circundam a cabeça dele, trinando, mergulhando e basicamente o atacando. Ele xinga e grita em vão, mas elas são muitas.

— Obrigada, gaivotas — murmuro, enquanto observo da janela do chalé. No fim das contas, elas entraram em comunhão comigo! Ouviram o que eu estava precisando e responderam.

Fico observando, até que Finn desiste. Ele desce da pedra, protegendo o que sobrou da pizza e o uísque do saque das gaivotas, enquanto xinga furiosamente. Logo em seguida, ouço passos no deque de madeira que passa diante dos chalés, seguidos pelo barulho de uma porta batendo. Ele foi embora. Arrá!

Não seria certo tomar o lugar dele imediatamente. Ia parecer que estou me gabando, sem o menor tato. Por isso, tenho a delicadeza de esperar dez segundos antes de sair do chalé e ir como quem não quer nada até o alto da pedra. Me acomodo na depressão e expiro de satisfação. Enfim. Paz. As gaivotas foram embora. Está calmo. Perfeito. Tranquilidade total. Só o barulho das ondas, e uma brisa agradável no ar, e...

Espera. Isso é chuva?

Olho para o céu e sinto um pingo no olho. Não. *Não*. Maldita natureza. Era para você estar do *meu* lado.

Bom, e daí? Não vou dar o braço a torcer. Sou mais forte que isso. Cubro a cabeça com o capuz do casaco e tento me afundar mais um pouco no buraco da pedra quando a chuva começa a cair de verdade. Está tudo bem, digo a mim mesma com firmeza, enquanto as gotas de chuva tamborilam no meu capuz. Não importa que a minha calça jeans esteja molhada e que as minhas mãos estejam congelando. Sou uma só com a natureza. É isso aí. Uma só com a pedra, uma só com a chuva, uma só...

Ouço um barulho e olho para o lado sem pensar, e a chuva escorre da beirada do capuz para o meu rosto. Cuspindo água, vejo Finn de pé, na porta do chalé dele, perfeitamente seco, com um guarda-chuva numa das mãos e a garrafa de uísque na outra. Ficamos em silêncio por um tempo. Eu o encaro enfurecida sob a chuva e sei que ele está se esforçando para não rir.

— E a terapia de gritos primais? — pergunta ele.

— Estou meditando — respondo, curta.

— Ah. Bom, divirta-se.

Ele anda pelo deque de madeira, e eu fico olhando, melindrada, até ele desaparecer, então passo a encarar o mar. "Anda, Sasha. *Medita*."

Me concentro nas ondas e respiro fundo o ar úmido e chuvoso, tentando estar presente e consciente e agradecer pelas coisas que tenho na vida.
Tem chuva na minha vida. E sou grata pela chuva, porque...
Uma brisa forte me deixa arrepiada, e olho ao redor para a praia deserta. Ah, quem estou tentando enganar? Preciso de um chá. Já chega.

NOVE

À tarde, depois de ter tomado um chá e um banho quente e de ter demorado na banheira e tirado uma soneca mais demorada ainda, estou me sentindo bem mais humana. A chuva continua forte, e sei disso porque consigo ouvir o barulho constante nas tábuas de madeira que cobrem a janela do meu quarto. No entanto, lá pelas três da tarde o batuque diminui e, de acordo com o meu aplicativo de previsão do tempo, nesse momento o céu está claro, com chances de sol.

Visto uma roupa seca, boto o casaco impermeável sobressalente e atravesso o saguão para emergir numa tarde linda e clara. A chuva parou, e um sol fraco reflete nas poças ao redor, o que me faz semicerrar os olhos depois de sair da escuridão do quarto.

Sem parar para refletir, ando depressa pela cidade com o mesmo objetivo de ontem. No mercadinho lúgubre, me abasteço de biscoito e amendoim e compro um bolo de passas e cereja cristalizada. No caixa, o mesmo cara me cumprimenta com um aceno de cabeça, como se fôssemos velhos amigos, enquanto pago.

— Daqui a pouco vou passar lá no atacadista — comenta ele em voz baixa, enquanto encho os bolsos internos do casaco de comida. — Posso comprar alguma coisa para você. É só dizer.

— Obrigada — respondo no mesmo tom que ele. — Pode ser.
Ele se debruça por cima do balcão e abaixa ainda mais a voz:
— Quem sabe uma caixa de Club Biscuits, vinte pratas?
Biscoitos com cobertura de chocolate da Club! Não como um desses desde... Desde quando? Acho que desde que vim de férias aqui. Terry costumava distribuir depois das aulas de surfe, e, só de lembrar, fico com água na boca.
— Eu quero, por favor — aceito, olhando instintivamente ao redor, para ver se tem alguém ouvindo. — De laranja, se tiver.
— Club Biscuits, sabor laranja. — Ele faz que sim e finge fechar um zíper na boca. — Pode deixar. Deixo no hotel para você?
— Não — digo, depressa. — Eu venho buscar.
— Você que manda. Pode vir em qualquer horário depois das cinco. — Entrego uma nota de vinte, e ele olha para a porta, por onde duas mulheres estão entrando na loja. — Bico fechado.
Assim que saio da loja, o meu celular toca e o pego para ver quem é. Na mesma hora sinto uma onda de alegria.
— Alô! — atendo. — Oi! Dinah. Como você está?
— Como eu estou? — O sotaque irlandês dela quase me arrebata de emoção. — Estou ótima. É com você que estou preocupada, Sasha. Está dando de cara com paredes agora, é?
Dou risada, relaxando instantaneamente. Nossa, como é bom ouvir a voz dela. Por que eu não liguei antes?
— Não sei o que aconteceu — admito. — Tive um troço. Foi a diretora de bem-estar que fez isso comigo. Ela queria que eu respondesse trezentos e setenta e cinco e-mails *e* continuasse feliz.
— Feliz! — bufa Dinah. — Quando estamos no escritório, precisamos funcionar igual uma mulher em trabalho de parto. É preciso se concentrar no que tem que ser feito. É necessário apoio e paz para aguentar as demandas sobre o corpo e a mente. Pro inferno os médicos! Quer dizer, as diretoras de bem-estar.
Desde que virou doula, Dinah vê tudo em termos de parto, e às vezes entra em modo "parteira motivacional", o que é bem instrutivo.

— E aí, o que você tem feito? — pergunta ela em seguida. — Ouvi dizer que foi para o litoral.

— Estou tentando relaxar. E me manter saudável. — Olho para a sacola de compras com batata chips e bolo de supermercado. — Digamos que ainda tenho um longo caminho pela frente.

— Você vai conseguir — afirma Dinah, decidida. — Você é mais forte do que imagina. Só precisa acreditar nisso. Como anda a libido?

Dinah sabe muito bem que perdi a libido e até já me deu um folheto sobre "Como retomar o sexo" para mulheres após o parto, que continha muitos conselhos sobre mamilos doloridos. (O que *não* foi muito útil.)

— Ainda não me animei — admito. — É que nem olhar para um prato de cheio salgadinho sem fome nenhuma.

— Salgadinho! — Dinah cai na gargalhada, e eu mesma não consigo conter uma risadinha. — Bom, se foi burnout, aí não é surpresa. Você está com exaustão sexual, só isso. Então quer dizer que nem vai rolar um namorico de férias, vai?

— Tem um cara aqui — solto. — Bem bonito. Mas *acho* que ele não ia querer se envolver com uma mulher que não está interessada em sexo.

— Provavelmente não — concorda Dinah.

— Além do mais, ele é uma pessoa horrível. Foi grosso com uma criança.

— Não! — exclama Dinah, indignada. — Certo. Bom, deixa ele fora disso. E não se desespera, as coisas vão voltar ao normal. Você é capaz de milagres com esse seu corpo, Sasha. O seu corpo foi projetado para o sucesso, sabia? Projetado para o sucesso.

— Dinah, eu não estou em trabalho de parto — lembro à minha amiga, rindo.

— Bom, talvez devesse! — responde ela, sem perder tempo. — Dar à luz uma nova Sasha.

Conversamos mais um pouco, mas, durante toda a chamada, aquela frase fica voltando à minha cabeça. "Dar à luz uma nova Sasha." Quem sabe. Pode ser que sim.

Meia hora depois, desligo o telefone me sentindo transformada. Bater um papo descontraído com uma amiga por si só fez maravilhas em mim. Me sinto leve. Energizada. Confiante. Forte. Preciso de um pouco de garra, me pego pensando. *Garra*.

Num impulso, entro no pequeno estacionamento vazio ao lado do mercadinho, pouso a sacola de compras no chão e ergo o queixo, me lembrando do conselho de Dinah. "Você é mais forte do que imagina. Você é capaz de milagres com esse seu corpo. O seu corpo foi projetado para o sucesso."

Sinto uma obstinação que nunca experimentei antes. O poder da mente sobre a matéria. Eu *posso* ser forte. Eu *não vou* ser derrotada por isso. Se o cenário da minha transformação não é uma praia paradisíaca, mas um estacionamento sujo, que seja. Nem sempre se pode ter epifanias pitorescas. Às vezes a epifania é só uma epifania. E a minha é que vou completar essa porcaria de desafio dos cem agachamentos. Aqui e agora.

Respiro fundo e começo os agachamentos. Vamos, Sasha, *vai*. Faço dez. Paro um pouco. Faço mais dez. Paro mais um pouco, por mais tempo... e faço mais dez. Depois dos cinquenta, faço um lanchinho motivacional e deixo os músculos descansarem um pouco, então retomo o desafio. Estou ofegante, e as minhas pernas estão queimando, mas nunca me senti melhor. Não que as minhas coxas não fossem capazes de fazer os agachamentos, era a minha cabeça que não conseguia.

Levo um tempo vergonhosamente longo para chegar aos cem, um pouquinho de cada vez, com muitos intervalos. Mas, enfim, bufando e com a cara ardendo, chego lá. Consegui! Fiz o desafio dos agachamentos!

Desabo no chão e fico só ofegando por um tempo, tentando evitar o olhar curioso de um entregador. Depois, com as pernas trêmulas, saio do estacionamento e vou até a praia. Aquele papo dos Club Biscuits na loja me deu uma saudade muito grande. Quero ver como está a Surf Shack.

Ver a construção de madeira faz o meu coração bater mais forte. A Surf Shack sempre teve uma aura festiva. Era o centro da praia, o lugar aonde todo mundo ia. Onde você encontrava os amigos e passava o tempo com a galera. E Terry era o rei.

Todo dia, as crianças faziam fila na areia, prontas para a aula. Ainda me lembro da sequência de aquecimento — correr sem sair do lugar, agachar, girar os braços. Os surfistas experientes — todos ex-alunos de Terry — muitas vezes se juntavam ao aquecimento, rindo e brincando com Terry, enquanto ele se fazia de bravo, dizendo que estavam "filando aula de graça".

Os surfistas adultos eram gente muito tranquila, muito atenciosos com as crianças. Eles comemoravam um sucesso, ou lamentavam quando alguém levava um caldo feio. O meu pai nunca surfou, mas observava e aplaudia a gente. E sempre conversava com Terry. Eles se davam bem, o meu pai e Terry. Talvez seja por isso também que me lembro desse lugar com tanto carinho.

Ao me aproximar, no entanto, vejo que a loja mudou. É uma estrutura de madeira parecida, mas mais resistente, e com outro letreiro. Bom, o que eu estava esperando? Quem comprou o negócio de Terry deve ter reconstruído o lugar. A placa na porta diz: "Fechado. Para aluguel de pranchas de surfe, ligue para o número abaixo." E um número de celular.

Instintivamente, olho para o mar, para conferir as ondas. Está bem *flat* hoje. Talvez quando subir o dono novo venha abrir a loja. Mas, por enquanto, é só uma construção silenciosa e sem vida numa praia vazia.

Quer dizer...

Ah, *maravilha*. A praia não está vazia. Finn vem se aproximando pela areia de casaco acolchoado e óculos escuros. E agora ele viu que percebi a presença dele, então não posso dar as costas, seria muito esquisito. Talvez ele passe direto por mim.

Mas não. Ele para a mais ou menos um metro de distância, levanta os óculos e fita a loja em silêncio por alguns segundos. Exatamente como acabei de fazer.

— Me desculpe por perturbar a sua solidão *de novo* — diz ele, por fim, com uma polidez exagerada que me deixa eriçada. — Eu fazia aula de surfe aqui, quando era criança. Só queria dar uma olhada.

— Ah, é? — comento, sem pensar. — Eu também.

— Você fazia aula com o Terry? — Ele parece cético, e o tom me irrita. O que está insinuando? Que está surpreso que eu sequer tenha feito aula de surfe, ou que eu tenha feito aula com o Terry?

— Bom, com o Pete Huston é que não foi — retruco com rispidez, e em troca ele me oferece um sorrisinho de aprovação.

— Ainda bem. Senão eu nunca mais ia poder falar com você.

A minha vontade é responder "O que não ia ser tão difícil assim", ou outra coisa igualmente grosseira, mas algo me impede. Ele fez aula de surfe com Terry. Ele é do Time do Terry. O que significa que não tenho como não pegar mais leve com ele, só um pouquinho.

Finn agora está me avaliando como se me visse pela primeira vez.

— Não me lembro de você — diz, afinal, com indiferença. — Você vinha com frequência?

— Vinha! — respondo, retesando diante do insulto implícito. — E também não me lembro de você.

— Eu tenho 36 anos. — Ele me olha como se tentasse calcular a minha idade a partir das minhas sardas. — Você tem o quê? Uns 30?

— Tenho 33.

— Você vinha todo ano?

— Paramos de vir quando eu tinha 13. Mas, antes disso, a gente vinha todo ano. Vai ver vínhamos em semanas diferentes.

— Deve ser. — O olhar dele volta para a Surf Shack. — Terry Connolly — diz, por fim. — Que homem. Praticamente tudo o que aprendi na vida foi com o Terry.

— Pois é — comento, meio atordoada de estarmos concordando em alguma coisa. — Eu perguntei se o Terry ainda dá aula de surfe, mas parece que ele se aposentou. Vendeu a loja.

— Eu sei. — Finn faz que sim. — E falaram, no hotel, que tem três anos que a Sandra morreu. — Ele faz cara feia. — Não estava esperando essa notícia.

— Vida que segue, acho. A loja do Pete nem existe mais. — Olho para onde ficava a cabana da Surftime, a cinco metros de distância.

— Ele foi embora depois de um acidente — comenta Finn. — Foi um problema com um caiaque danificado. Um menino quase se afogou, e descobriram que a culpa foi do Pete.

— Eu sei — digo. — Eu estava na praia quando aconteceu.

— Eu também. — Finn franze a testa como se estivesse ligando os pontos. — Então... a gente estava aqui na mesma época.

Faço uma pausa, tentando organizar os fatos. Nós dois estávamos aqui nessa mesma praia, esse tempo todo atrás. Eu me lembro dele? Repasso na cabeça as minhas memórias dos alunos do Terry em busca de um garoto que se pareça com Finn. Mas não vem nada.

— A gente foi embora de Rilston no dia seguinte — digo, afinal, e ele faz que sim com a cabeça.

— A gente tinha acabado de chegar. Primeiro dia das férias, e os salva-vidas tiraram todo mundo da água. Na hora, eu estava em outro caiaque, aliás. Tentei nadar e ajudar, mas eles gritaram comigo, me mandaram voltar para a praia. — Ele revira os olhos. — Belo jeito de começar a semana.

— A gente foi jogar boliche — comento. — Você ficou na praia?

Ele faz que sim.

— A coisa foi feia.

— Eu sei — digo enfaticamente. — Eu lembro.

Estou tentando soar tão segura dos fatos quanto ele. Mas, para falar a verdade, não me lembro de muita coisa daquele dia, a não ser de uma espécie de caos, gritos, pessoas aglomeradas na areia, apontando para o mar, e os salva-vidas correndo. Nem sei dizer a precisão dessas memórias. Talvez eu tenha inventado que vi os salva-vidas correndo. Quando o meu pai foi diagnosticado, a nossa vida foi abalada de tal forma que todo o resto perdeu importância.

— Vai ver a gente se cruzou aqui nos outros anos também — sugere Finn, e faço que sim novamente.

— É provável, a gente só não sabia.

Há uma energia diferente entre nós. Estamos olhando um para o outro com um pouco mais de interesse.

— E aí, você ainda surfa? — pergunto.

— De vez em quando. E você?

— Surfei uma ou duas vezes depois. — Dou de ombros. — Você ficava no Rilston quando era criança? Num dos chalés?

Estou tão preparada para ouvir que ele era um daqueles mauricinhos chatos dos chalés que fico surpresa quando ele faz que não com a cabeça.

— A minha tia morava na cidade, e todo verão a família se reunia aqui. Só que ela se mudou para a Cornualha e passamos a ir para lá. Mas a minha prima voltou para Devon, para o outro lado de Campion Sands. Antes de vir para Rilston, fui lá fazer uma visita. — Ele semicerra os olhos, interessado em mim. — Por quê? *Você* ficava num dos chalés?

— Não! — Dou uma risada de desdém. — A gente definitivamente não era do tipo que ficava no Rilston. Ficávamos numa pousada.

— E o que você está fazendo aqui na baixa temporada? — Ele gesticula para a praia vazia. — Época estranha para quem não gosta tanto assim de surfe.

A pergunta me pega desprevenida, e levo um tempo para decidir como responder.

— Só queria uma folga — digo, afinal. — E você?

— Também. — Ele desvia o olhar. — Só uma folga.

Mentira. Que mentira! Ele não está aqui só de folga, ele foi obrigado a tirar licença do trabalho para "avaliar o comportamento".

Mas até aí eu também estou mentindo. Isso aqui também não são férias convencionais para mim.

Há um momento de silêncio, como se nenhum de nós quisesse continuar o assunto.

— Bom... boa caminhada — digo, por fim.

— Para você também.

Dou meia-volta e começo a andar pela areia, levemente desconcertada com a conversa. Sou tomada por lembranças aleatórias de Terry, das nossas férias aqui e até mesmo da doença do meu pai. Isso e a impressão de que talvez esse cara não seja exatamente o monstro que eu tinha imaginado.

Decido que preciso de um chocolate e enfio a mão no bolso para pegar um Galaxy. Quando tiro a mão, um papel sai voando lá de dentro, e eu meio que tento pegar, antes que ele vá embora numa rajada de vento. Levo três segundos para perceber, horrorizada, que é a minha manifestação. A minha manifestação sobre sexo. Preto no branco. E agora ela está voando pela areia na direção de Finn. O texto mais vergonhoso que já escrevi na *vida*, dançando livremente na brisa.

O papel paira na direção dele, e o meu coração acelera. E se ele pegar e ler? Não. Ele não vai fazer isso. Não seja ridícula, Sasha.

Mas e se ele fizer?

E se ele achar que é lixo e for do tipo que recolhe lixo no chão? Ele vai pegar, vai ver as palavras, vai saber que fui eu que escrevi...

Certo, isso não pode acontecer. Preciso pegar esse papel. Volto correndo freneticamente pela areia, com os olhos fixos no papel. Mas quase na mesma hora percebo o meu erro, pois Finn notou a minha urgência. Ele vê o papel e grita:

— Deixa que eu pego!

E se joga na direção dele como se fosse um bilhete de loteria perdido, segurando-o com o pé, e então se abaixa para pegar, antes que eu possa dizer qualquer coisa.

— Não! Não... Isso é confidencial — grito, exasperada. — É *confidencial*! — Mas ele não consegue me ouvir, por causa do vento. O papel já está aberto na sua mão, e Finn está com a testa levemente franzida...

E... pronto. O pior aconteceu. Ele leu. Dá para ver pela cara dele. Os olhos se arregalando; a boca contraída. Ele acabou de ler os meus pensamentos mais íntimos sobre sexo.

Valeu *mesmo*, Garota da Roupa de Neoprene.

Quando o alcanço, estou tentando desesperadamente encontrar palavras coerentes.

— Isso é só... — Pigarreio. — Não é... Quer dizer. Obrigada.

Finn me entrega o papel em silêncio. Ele não olha para mim, mas não me engana. Eu sei que ele leu. As palavras estão bem grandes, e ele levaria uns cinco segundos para ler. Corro os olhos pela minha própria caligrafia e fico tão constrangida que quero me enterrar na areia.

Apetite sexual. Fantasias sexuais. Desejo por sexo.

~~Um homem com pau.~~ Um homem gostoso com um pau que funcione. ~~De preferência, grande.~~ Pode ser de qualquer tamanho, obrigada.

Paz mundial.

Será que explico? Não, não dá. Não dá para explicar.

— Obrigada — dou um jeito de agradecer de novo, com o rosto ardendo de vergonha.

— De nada — diz ele, educado.

O fato de não ter feito um único comentário sarcástico — ou de não ter nem olhado na minha cara — é quase o pior aspecto da situação. Demonstra que ele está cheio de dedos para evitar o assunto. Ai, Deus, não dá para suportar isso, eu tenho que falar *alguma coisa*...

— Eu estava escrevendo uma música! — exclamo. — É... a letra.

Finn arqueia uma sobrancelha, e o vejo repassando mentalmente as palavras.

— Está muito boa — diz, por fim, depois levanta a mão em sinal de despedida e segue na direção das dunas. E eu fico parada, com o coração batendo acelerado, incapaz de me mover de tão mortificada.

Será que ele acreditou na história da letra? Não. Claro que não.

Ai, meu Deus, por que eu tive que deixar o papel voar? E por que ele tinha que estar aqui? Esse último pensamento me enfurece tanto que solto um grito exasperado. Toda essa experiência estaria sendo completamente diferente se não fosse por ele, aparecendo toda hora para me irritar. Eu ia relaxar. Ia me divertir. *Por que* ele tinha que estar aqui?

Volto para o hotel arrastando os pés e me sentindo irritada, com vergonha e de mau humor. Penso também na conversa que tive com Finn sobre o passado. Não consigo parar de me perguntar se a gente não se conhecia quando era criança. De vista, pelo menos?

Num impulso, ligo para Kirsten. Ela vai saber.

— Sasha! — atende ela por cima do barulho de um programa infantil na televisão. — Tudo bem? A mamãe falou do kefir e da reflexologia. Parece que você anda bastante ocupada!

— Bom — digo. — Mais ou menos.

— Como você está se sentindo? — pergunta ela com uma voz gentil. — Está se recuperando? Respirando a brisa do mar e tal?

— Está tudo bem — digo. — Na verdade, dormi quase o dia todo hoje. Não dei nem um pulinho no mar. Não conta para a mamãe nem para a Pam.

— Pode deixar — responde Kirsten. — Mas não esquece que sono *é* um sintoma da menopausa. Talvez fosse bom dar uma conferida nisso.

— Muito engraçado. — Reviro os olhos. — Enfim, estou respirando bastante a brisa do mar. Está tudo certo. Mas queria fazer uma pergunta esquisita... Você se lembra de um cara chamado Finn Birchall?

— Lembro.

Fico surpresa com a resposta direta. Não esperava isso.

— Bom, ele está aqui. E eu não me lembro dele por nada.

— A gente esbarrou nele alguns anos seguidos. Acho que eu fazia aula de surfe com ele... Ele mora em Rilston?

— Não, ele está no hotel. Somos praticamente os dois únicos hóspedes.

— Ah, tá. — Ela hesita. — Ah, *entendi*. Ele é educado?

— Kirsten! — exclamo.

Sei exatamente o que ela quer dizer com "Ele é educado?" Ela quer dizer: "Você vai dormir com ele?" Há muito tempo que Kirsten e eu temos uma teoria de que a única característica importante que um homem precisa ter é ser educado. Na verdade, dormir com um homem que não seja educado é uma forma de torturar a si mesma. Nós até inventamos um lema: "Se você não é educado, não invade o meu quadrado."

— Em primeiro lugar, você sabe muito bem que no momento a minha vontade de transar é zero.

— E *você* sabe muito bem que devia falar com um médico sobre isso — devolve Kirsten.

— Que seja. — Ignoro o comentário. — E, em segundo lugar, nós somos praticamente arqui-inimigos. Ele é completamente arrogante e desagradável, e eu *vi*, com os meus próprios olhos, esse cara fazer uma criancinha chorar. E ele nem ficou envergonhado.

— Certo. — Kirsten ri. — Bom, parece que eu não tenho com o que me preocupar. *Quer dizer...* — De repente, ela adota um ar de grande inquisidora. — Ele é gostoso?

— Digamos que... não deixa a desejar — admito.

— Musculoso?

— Bastante. — Me lembro do seu tronco alto e forte. — O cara é bem gostoso. Para um sujeito desagradável e arrogante.

— Bom, só não vai dar bobeira e parar na cama com ele sem querer — alerta Kirsten. — Você não precisa de um homem mal-educado na sua vida agora. Nem nunca — completa. — *Nunca.*

Sinceramente. "Parar na cama com ele sem querer"? Quem a minha irmã acha que eu sou?

— Acho que sou capaz de não parar na cama com ele sem querer — digo, revirando os olhos. — Vou ser educada e ponto, só isso.

DEZ

Educada. Eu sou capaz de ser educada.

No dia seguinte, desço para tomar café da manhã com algumas frases cordiais prontas. Por exemplo: "Já foi ver o mar hoje?" e "Sabe qual é a previsão do tempo?"

Mas assim que entro no restaurante percebo que tem alguma coisa errada. Finn está sentado à sua mesa, com a cara mais fechada do mundo, enquanto Nikolai parece prestes a chorar. Noto como ele está pálido e com as mãos trêmulas.

— Bom dia — digo, temerosa, e Finn me devolve apenas uma espécie de grunhido.

"O que foi que aconteceu?"

Me sento na cadeira, enquanto Nikolai serve uma travessa de torradas na mesa de Finn.

— Torrada de pão de fermentação natural — diz ele com a voz trêmula. — Senhor, peço desculpas pelo erro. Perdão pela torrada de pão de forma. — Ele baixa a cabeça num gesto servil. — Foi uma erro.

Olho para ele, horrorizada. O que o levou a essa confissão patética?

— Tudo bem — responde Finn, seco, e, desconfiada, desvio o olhar para ele. Está com o rosto tenso. A mandíbula travada. O pobre Nikolai recua, quase de joelhos.

Quer dizer que Finn transformou Nikolai numa pilha de nervos gaguejante?

É lógico que sim. Está na cara. Ele brindou o pobre e doce Nikolai com a sua reação destemperada de sempre, não foi? Gritou ou esmurrou a mesa ou sei lá o que mais ele faz. Por causa de uma torrada!

Abro o meu guardanapo com um gesto brusco, morrendo de indignação. Eu estava certa antes, ele *é* um monstro. Quem ele pensa que é, achando que pode atacar as pessoas? As regras normais não se aplicam a ele?

Que ser "educada" o quê! Ser educada está *fora de cogitação*.

E tem mais: falaram que era para ele avaliar o comportamento dele! Atacar Nikolai conta como "avaliar o seu comportamento"? Pois eu acho que não. Na verdade, não vi sinal nenhum de qualquer "avaliação", a não ser que beber uísque conte, o que para mim não vale.

Lanço um olhar severo para Finn, mas ele está mexendo no celular, alheio à minha presença. Humpf. Quando Nikolai se aproxima da minha mesa, sorrio para ele com gentileza, para compensar o péssimo comportamento de Finn.

— Bom dia, Nikolai! Tudo bem com você?

— Bom dia, madame — responde ele, com a voz ainda trêmula. — Madame aceitaria um prato de melão? — continua, e sorrio com simpatia, embora só de pensar em comer mais melão faça o meu coração murchar.

— Seria ótimo, obrigada. E algumas torradas, por favor. *Qualquer* tipo de torrada — acrescento, bem enfática. — Tem alguns detalhes na vida que não são nem um pouco importantes. — Olho para Finn, que parece perplexo. Será que ele acha mesmo que não entendi o que aconteceu aqui? — Torrada é torrada — continuo. — Não importa o tipo, né? A menos que você seja um maníaco sem educação. Muito obrigada, Nikolai. Agradeço muito toda a sua gentileza.

— Madame aceita um suco verde? — sugere Nikolai, e faço que sim, animada.

— Claro! Um suco verde seria ótimo! Mas traz num copo para viagem, por favor. — Pensando melhor, acrescento: — Se puder.

Depois de alguns minutos, Finn se levanta para sair, acenando bruscamente para mim, e tomo o meu café da manhã em silêncio, planejando, irritada, todas as coisas que vou dizer para ele. Se esse cara acha que não deve satisfação a ninguém, vai aprender uma lição. Na verdade, estou bem ansiosa por uma chance genuína para dizer umas poucas e boas para ele.

Terminado o café da manhã, me arrumo depressa para o dia. Desço a escada com a mochila repleta de guloseimas e marcho direto para os chalés. Quando chego, vejo que Finn já está na praia, olhando para alguma coisa na areia. Ótimo. Não tenho tempo a perder.

— Eu queria ter uma palavrinha com você, se não se importa. — Eu me aproximo, cumprimentando-o com frieza. Mas Finn não se mexe. Ele parece hipnotizado por seja lá o que está olhando. — Ei? — tento de novo. — Eu só queria falar sobre o que aconteceu hoje de manhã. Queria perguntar umas coisas.

Enfim, ele move a cabeça.

— Olha isso aqui — diz.

Mudando de assunto. É a cara dele.

— Não estou interessada, obrigada — devolvo. — Eu queria falar sobre o que aconteceu no café da manhã.

— Não, é sério — insiste. — Olha isso aqui.

Pelo amor de Deus.

Impaciente, largo a mochila no deque e me aproximo dele, na areia. Achei que ia encontrar algum lixo trazido pelas ondas ou quem sabe um peixe morto esquisito, mas, quando vejo para o que ele está olhando, fico boquiaberta. É uma garrafa de champanhe num cooler térmico, mantida no lugar por um plástico pesado e umas pedras. Mas não foi só o champanhe que me deixou surpresa: foi a mensagem escrita na areia. Alguém escavou em letras enormes e preencheu com pedras, deixando a mensagem bem legível:

Em agradecimento ao casal da praia.

— Uau — digo, por fim. — Que estranho.

— Pois é. — Finn parece perplexo.

— Isso é champanhe de verdade? — Dou um passo mais adiante. — Será que a gente pode mexer?

— Não é a cena de um crime! — Finn ri, mas então para. — Vai ver é.

— É uma garrafa de vidro. — Já estou pensando nos aspectos práticos. — Pode quebrar e acabar cortando o pé de alguém. É perigoso.

— Então olho para a mensagem de novo. — O que isso significa?

— Deve significar alguma coisa para o casal da praia — comenta Finn.

Olho ao redor depressa, como se na esperança de avistar o discreto casal, mas, como sempre, a imensa faixa de areia está vazia.

— Bom, o que a gente faz?

— Vou falar com a Cassidy — diz Finn. — Perguntar se eles sabem o que é isso.

— Deixa que *eu* falo com ela — interponho, tirando uma foto da mensagem com o celular. — Acho que vou lidar melhor com a situação, você não concorda? — Olho para Finn, imaginando que ele vai estar com uma cara envergonhada, ou que talvez até me ofereça alguma explicação sobre o que aconteceu hoje de manhã, mas ele franze a testa.

— O que você está insinuando com isso?

Nossa, esse cara está *mesmo* em negação.

— Só acho que talvez eu saiba me comunicar melhor com o pessoal do hotel — digo categoricamente. — É só a minha opinião.

— A sua opinião? — repete ele, incrédulo.

— É. A minha opinião.

— Bom, a *minha* opinião é que, se eu lidar com isso, não vamos ter que esperar até a sua assistente pessoal ligar e a sua equipe confirmar todos os detalhes. A gente pode simplesmente falar direto com eles. Já ouviu falar disso? Como as pessoas normais fazem?

Não acredito. Ele está zombando de mim?

— Pelo menos eu sei falar com o pessoal do hotel de forma civilizada — retruco. — Ao contrário de *certas* pessoas.

— Civilizada? — Ele solta uma gargalhada. — A mulher que faz a assistente distribuir ordens arrogantes todo dia de manhã? Kefir! Couve! Reflexologia! Às sete da manhã! Vai por mim, o salário que você paga para essa sua assistente *não* paga o serviço dela.

Fico em choque com o comentário dele. É isso que ele acha de mim? Que seja. E daí, se for? Não devo explicações a ele. Ainda assim, não me contenho e retruco:

— Você não sabe nada a meu respeito.

— Ah, não? — dispara ele. — Eu sei que você é uma princesinha que coloca todo mundo para satisfazer as suas vontades. Que é uma obcecada por saúde que se assusta só de ver açúcar. Isso para não falar de álcool. Ou qualquer coisa que seja minimamente divertida. Foi mal se a gente não é capaz de viver segundo os seus altos padrões de nutrição, exercício e perfeição geral — acrescenta, com sarcasmo.

— Deve ser muito angustiante para você ter que testemunhar um ser humano de verdade, com falhas.

Toda a irritação que eu sentia por esse homem está se transformando em fúria. Princesinha? *Obcecada por saúde*?

— Então só porque eu não passo o dia na praia bebendo uísque e pedindo pizza quer dizer que sou obcecada por saúde?

— Prefiro pizza e uísque a vômito de sapo — rebate ele, indicando com a cabeça o suco verde na minha mão.

Vômito de sapo é uma descrição tão apropriada do suco que, por um instante, fico sem palavras.

— Bom, pelo menos eu não grito com os funcionários do hotel! — devolvo, mudando de tática, e Finn estremece, na defensiva.

— Gritar com os funcionários? Do que você está falando?

— Hoje de manhã — digo. — Você quase fez o coitado do Nikolai ter um colapso nervoso.

Eu esperava que ele demonstrasse uma pontada de culpa, mas Finn se limita a me encarar, com uma expressão inalterada.

— Do que você está falando? — repete ele.

— Fala sério! — exclamo, frustrada. — Eu sei que você gritou com ele, ou xingou, ou... sei lá. Socou a parede? Arremessou uma cadeira?

Sacou a sua motosserra? Só sei que ele ficou assustado. Eu posso tomar vômito de sapo, mas pelo menos não sou uma sociopata que não sabe controlar a raiva.

Tem uma veia fina pulsando na testa de Finn. Ele não diz nada por um tempo, mas noto que está de punhos cerrados. Quando ele enfim fala alguma coisa, a voz soa controladamente calma, mas tensa ao mesmo tempo.

— Você tem o hábito de acusar as pessoas sem fundamento? Ou só faz isso quando está de férias?

— Nem vem! — exclamo, indignada. — O Nikolai estava arrasado. Mal conseguia falar!

— Pode até ser verdade. — Finn mantém uma expressão firme no rosto. — Mas o que isso tem a ver comigo?

É *sério* isso? Esse cara acha que está enganando alguém? Dá para ver que ele está tentando controlar a raiva nesse exato momento. Olha só a postura dele. Olha só o jeito como está inflando as narinas, como se estivesse tentando conter as emoções.

— Olha, eu *sei*, tá? — continuo, impaciente, sem pensar se é uma boa ideia ou não. — Eu sei o que aconteceu no seu trabalho. Eu ouvi você ditando aqueles e-mails nas dunas. — Finn fica pálido de espanto, e me sinto meio mal, mas agora já foi. Ele devia ter pensado nisso antes de ser mal-educado com Nikolai. — Eu sei que você não está aqui só de férias. Eu sei que você está aqui para "avaliar o seu comportamento". — Cruzo os braços com ar de desaprovação. — Mas você não está avaliando nada! Está só bebendo uísque e atacando um pobre garçom que não tem culpa de nada e que não seria capaz de fazer mal a uma mosca!

Dou meia-volta com um floreio e sigo em direção ao meu chalé, mas, para o meu desgosto, Finn vem atrás de mim. Chego à minha porta, e ele continua me seguindo, então me viro para pedir, com toda a gentileza, que me deixe em paz. Mas as palavras desaparecem da minha boca. Ele parece furioso. E, de alguma forma, vários centímetros mais alto. E mais intimidante. Corro os olhos pelo corpo dele como se fosse a primeira vez. O peito forte. Braços fortes. A mandíbula forte, mais cerrada do que antes. Estremeço a contragosto.

— Escuta aqui, Srta. Obcecada por Saúde do Ano — diz ele num tom controlado. — Já estou de saco cheio.

— Você está me *ameaçando*? — Engulo em seco.

— Não, eu não estou te ameaçando! — exclama Finn, exasperado. — Está na hora de ouvir algumas verdades. Vai ver você está tão acostumada a mandar na sua assistente que esqueceu o que é ter o mínimo de decência. Ou vai ver é a sua dieta de baixa caloria. Fez mal para a sua cabeça.

— *Eu* esqueci o que é ter decência? — repito, incrédula. — *Eu?* Você só pode estar de brincadeira! Você é o sujeito que fez uma criança chorar no trem!

Ele faz cara de quem levou um susto, como se eu o tivesse pegado no flagra.

— Eu fiquei estressado — diz Finn na defensiva.

— Estressado? — retruco. — Todo mundo está estressado!

Entro depressa no chalé e fecho a porta com um estrondo, me sentindo levemente aliviada de ter escapado. Mas logo em seguida ele bate à porta com tanta força que dou um pulo.

— Isso mesmo, se esconde da realidade! — A voz dele atravessa a porta de madeira, apenas ligeiramente abafada. — Você acha que sabe tudo, mas não sabe! Aliás, o motivo para eu estar aqui *não* é da sua conta.

Sinto uma pontada de culpa, porque ele tem razão... mas não posso dar o braço a torcer agora.

— Essa conversa acabou! — grito em resposta pela porta. — Acabou!

— Não acabou! Você não pode me acusar injustamente e depois se esconder!

— Não foi injustamente — grito. — Eu não digo calúnias! Só relato o que vejo!

— Bom, mas você não viu, viu?

A porta se abre com um estrondo, e eu grito, apavorada, dando um passo para trás com o coração disparado. Ele vai gritar comigo? Jogar alguma coisa em mim? Bater em mim? Ele está bem ali, emoldurado pela porta, uma expressão fulminante, o punho erguido, a manga arregaçada até o cotovelo e... Espera aí.

O que é aquilo?

Tem uma mancha vermelha no pulso dele que me faz estremecer só de olhar. Parece recente, viva e muito dolorida. Percebo então que ele está me mostrando aquilo. Um machucado.

— O que *aconteceu*? — pergunto, chocada, mas Finn parece não notar que falei. Ele permanece calado e imóvel, exceto pelos olhos, cada vez mais arregalados. Por um instante, não entendo o motivo. Então sinto o estômago embrulhar quando percebo para onde ele está olhando. Acompanho os seus olhos... e engulo em seco com força ao ver a cena sob o ponto de vista dele.

As revistas. As embalagens de chocolate. Saquinhos de batata. O pote vazio de sorvete. A garrafa de vinho. Os lenços de papel usados da minha crise de choro, transbordando da caixa de papelão. E, como se fosse uma evidência num tribunal, o suco verde intocado.

Tento pensar em algum comentário espirituoso, alguma forma de me safar dessa... mas não consigo. Não tenho o que dizer. Não tenho desculpa. Não tenho como me esconder.

Essa sou eu.

— Desculpa — diz ele por fim, com uma voz diferente e desajeitada. — Eu não devia ter me intrometido. Peço desculpas.

Abro a boca para dizer que está tudo bem, mas, antes que eu possa falar qualquer coisa, ele já saiu, a porta se fechou, e eu fico ali, respirando pesado. Levo lentamente os punhos à testa. Não consigo emitir nenhum som. Qualquer ruído seria inadequado.

Fico parada pelo que parece uma eternidade, me recuperando da interação. Os gritos. Aquela lesão vermelha no braço dele. E a vergonha. Por um instante a minha vontade é de ir embora. Arrumar as malas, sair do hotel, voltar para Londres. Qualquer coisa, menos encarar Finn de novo.

Mas isso seria patético. E tem uma questão mais urgente. Por que não tem um curativo naquela ferida?

Por fim, respiro fundo e saio. Finn está sentado no deque diante do chalé dele e leva um susto ao me ver, lançando um olhar cauteloso na minha direção.

— Como você machucou o braço? — pergunto, sem rodeios.

— O Nikolai derramou café em mim.

— Ai, meu Deus! — Levo a mão à boca. — Não!

— Ele é um cara tenso — comenta Finn com um sorrisinho irônico. — De mãos trêmulas. Não é muito apto a servir bebidas quentes.

— Então foi por isso que você foi tão seco. Quando falou da torrada. — Solto o ar com força, entendendo o que aconteceu, e vejo no rosto de Finn que ele também entendeu.

— Ah. Certo. Agora entendi o que você estava insinuando. Eu falei com ele daquele jeito porque estava sentindo muita dor. Para mim, naquele momento, aquilo era o ápice da gentileza. Sem contar que ele também errou o meu pedido. Acho que ficou nervoso.

Repasso toda a cena do café da manhã sabendo o que ele acabou de me contar e preciso admitir que tudo faz sentido. Não é de admirar que Nikolai estivesse demonstrando tanta subserviência.

— Quanto ao incidente no trem... — Finn parece tenso. — Eu sei. Foi feio. Eu estava muito, *muito* sensível a barulhos naquele momento, e a criança estava fazendo um batuque insuportável. Estava doendo dentro do meu cérebro, e simplesmente tive um troço. A culpa é toda minha.

Deixo que isso seja assimilado por um instante. Meio que entendo agora. Tive alguns momentos de exaustão em que todo e qualquer barulho parecia insuportável e entendo. *Não* que ele devesse ter sido tão mal-educado, mas é uma explicação.

De repente, me dou conta de uma coisa.

— Mas, espera, por que você ainda está sentado aqui? Por que não está cuidando do braço? Você não fez nem um curativo!

— Passei um pouco de água fria. Está tudo bem. — Finn me dispensa com um gesto de impaciência com o braço, e eu reviro os olhos.

— Não, não está. Você precisa cuidar disso. Pode infeccionar. Você sabe o risco que é pegar uma infecção?

Eu sei que estou parecendo a minha mãe. Mas não consigo evitar. Ver a pele dele em carne viva está me dando nervoso.

— A gente vai voltar para o hotel agora — continuo com firmeza — e fazer um curativo. Aliás, acho que tenho um curativo aqui... — Enfio a mão no bolso e tiro uma coisa, mas não é um band-aid. É uma embalagem de chocolate.

Finn olha para a embalagem e então volta os olhos para mim, antes de desviar o rosto depressa. Ficamos os dois em silêncio por um instante.

— Você tem razão — digo, afinal, tentando soar descontraída. — As aparências enganam.

— Eu... presumi coisas a seu respeito — confessa ele, pesaroso, ainda sem olhar para mim. — Devo desculpas por isso. Também sinto muito por ter levantado a voz. E pelos palavrões.

— Você não falou palavrão — argumento.

— Ah, não? — Finn franze o cenho. — Bom, erro meu. Tive a intenção de falar.

Acabo dando risada, mas Finn não relaxa. Parece aflito. Ansioso, até.

— Devo desculpas pelo meu comportamento — diz ele, obviamente seguindo o roteiro oficial, e solto um suspiro, sentindo uma compaixão repentina por ele. Não deve ser fácil ter que pedir desculpas o dia inteiro.

Bom, eu que o diga.

— Não tem problema — eu falo, me acalmando. — Não precisa usar o discurso oficial de desculpas. Mas obrigada. E também devo desculpas. Passei do limite. Não devia ter te chamado de...

Deixo a frase no ar. Não acredito que o chamei de sociopata que não sabe controlar a raiva.

— Eu também — responde ele, depressa. — Fiz comentários inapropriados e me arrependo muito. Tenho certeza de que você tem uma ótima relação com a sua assistente, e o salário dela não é da minha conta.

Ai, meu Deus, tenho que acabar com esse mito.

— Olha, você precisa saber de uma coisa — começo. — A pessoa que fica ligando para a recepção todo dia de manhã não é a minha assistente. É a minha mãe.

— A sua *mãe*? — Ele parece assustado por um instante. — Ah. Tudo bem. Por que...?

— Não. — Balanço a cabeça. — Agora... não. Outra hora.

Finn olha nos meus olhos e vejo um espelho da minha própria compaixão e desvio o rosto depressa. Ele está me vendo. Está me descortinando por inteiro, a pessoa confusa e atrapalhada que eu sou. E não sei se estou pronta para isso.

— Anda. — Uso o tom autoritário e enérgico como refúgio. — Vamos cuidar desse machucado. Sem discussão — acrescento, quando ele abre a boca. — Não vou deixar você pegar uma infecção. — Ao virar, ouço o celular de Finn vibrar. Ele confere o telefone e solta um ruído de frustração.

— Você baixou o aplicativo do hotel? — pergunta. — Porque esse negócio está me deixando *maluco*. "Notamos que você está na praia" — lê em voz alta. — "Curiosidade: Você sabia que a rainha Vitória já esteve nesta praia? Você consegue imaginá-la tomando sol na areia?" É sério isso? — Ele olha para mim. — Eles precisam encher o nosso saco com essa porcaria?

— Eu bloqueei as notificações — confesso. — Fiz isso ontem, quando me convidaram para comemorar o 4 de Julho.

— O convite para o churrasco do 4 de Julho! Também recebi. Em fevereiro! Como assim?!

Finn parece tão indignado que não consigo conter uma gargalhada, e depois de um tempo ele está sorrindo também.

— Notificações bloqueadas — diz ele, decidido, tocando na tela do celular.

Quando chegamos ao saguão, Cassidy está ocupada digitando no computador e, quando vê o braço escaldado de Finn, solta um ganido consternado.

— Sr. Birchall! Onde você arrumou isso?

— Ah, foi uma coisa boba — diz Finn, casualmente, e ofereço um sorrisinho para ele em retribuição ao seu tato. — Derramei água quente. Nada de mais. Mas eu queria saber se você não tem algum curativo.

— Eu sou a responsável pelos primeiros socorros! — Cassidy abre um sorriso triunfal. Ela se abaixa e volta com uma caixa de plástico que pegou debaixo da mesa. — Ih, olha só! — exclama ela, ao abrir. — Achei a chave do quarto 54. A gente procurou isso em tudo que é canto.

Enquanto ela cuida do braço de Finn, decido comentar sobre a mensagem na praia.

— Cassidy, encontramos uma garrafa de champanhe na areia — começo. — Bem em frente aos chalés.

— Champanhe? — repete ela, distraída.

— Na praia — afirma Finn.

— Alguém esqueceu na areia? — pergunta ela, cortando o curativo.

— Não, parece um presente. Pelo menos, a gente acha que é. Não dá para saber.

— Presente para quem? Tinha algum bilhete? O Dia dos Namorados já passou!

— Tinha uma mensagem na areia — explico, quase relutante. — Dizia: "Em agradecimento ao casal da praia."

— O casal da praia — repete Cassidy, pensando. — O casal da praia... — Ela então levanta a cabeça e olha primeiro para mim e em seguida para Finn, apontando para nós, radiante. — Vocês são o casal da praia! É para vocês!

— Mas não somos um casal — respondo.

— Não, longe disso — concorda Finn.

— *Longe* disso — reitero. — Totalmente. Então não pode ser a gente.

Cassidy parece não entender.

— Bom, vocês são duas pessoas — explica ela, prestativa. — E vocês passam o dia inteiro na praia. Só pode ser para vocês.

— Mas não faz sentido — retruco. — Quem ia dar champanhe para a gente? E a mensagem dizia: "Em agradecimento." Ninguém tem motivo nenhum para nos agradecer. — Abro a foto no celular e, assim que mostro para Cassidy, a expressão dela muda.

— Ah, entendi! — diz Cassidy. — Outra dessas. Igual às mensagens da Mavis Adler — acrescenta, como se isso explicasse tudo.

— Igual a quê?

— A artista da cidade? A que pintou *Amor jovem*, sabe? O casal se beijando? Tem uma reprodução na biblioteca. Para ser sincera, não aguento mais olhar para aquele quadro. — Ela revira os olhos. — Todo verão vêm uns fãs aqui e fingem que são o casal. Tem uma fotógrafa na cidade que se chama Gill, e ela vive de tirar fotos de turistas se beijando naquele lugar. É uma loucura.

— Certo — digo, perplexa. — Conheço o quadro. O que isso tem a ver com ele?

— Bom. — Cassidy se debruça para a frente, como quem vai contar uma boa fofoca. — Há uns cinco anos, a Mavis Adler fez uma exposição, só que não era de pinturas, eram mensagens na praia. Protestos pelo meio ambiente. Aqui. — Cassidy abre uma foto no próprio celular e vira a tela para mim. São duas mensagens como a que vimos hoje. Letras escavadas fundo na areia e preenchidas de pedras, dizendo "NÃO AO PETRÓLEO" e "POLUIÇÃO É UM INFERNO".

— Uau — comenta Finn, olhando por cima do meu ombro. — Sutil.

— Pois é — continua Cassidy. — Ela escreveu umas dez mensagens, tirou fotos e organizou uma exposição. Acho que ela queria que as mensagens ficassem tão famosas quanto o *Amor jovem*. Só que não deu em nada. Foi um fiasco. — Cassidy faz uma cara cômica. — Ficou todo mundo meio: "Vai pintar outro casal se beijando!" Mas ela não queria.

— Acho que os artistas têm que fazer o que o coração manda — diz Finn, dando de ombros.

— Pois é. — Ela guarda o celular. — Enfim, aí as pessoas começaram a copiar e a escrever as próprias mensagens na praia, só que a coisa foi ficando meio grosseira. — Ela deixa escapar uma risada pelo nariz. — O meu amigo escreveu uma coisa muito engraçada sobre o diretor lá da nossa escola, só que ele não achou a menor graça. — Ela dá outra risada, então morde o lábio. — Pois é, não pegou bem. Enfim, a prefeitura disse que era para parar, e colocaram cartazes na praia, aí tudo acabou morrendo.

— Certo — digo. — Então tem alguém copiando isso de novo?

— É o que parece. — Ela faz que sim com a cabeça. — E dando garrafas de champanhe. Só não sei quem... Hum, será que foi o Herbert? — O rosto dela se ilumina. — Ele adora vocês, não é, Herbert? — Ela levanta a voz, mas Herbert, que está caído numa poltrona, aparentemente em coma, não responde. — Ah, ele não ouviu, pobrezinho. Ele não está dormindo, está só tirando uns minutinhos — garante. — O Herbert fez tanta coisa hoje! Primeiro teve que ajudar os Bergen a sair com aqueles tacos de golfe e agora acabou de carregar duas malas enormes para uns hóspedes novos. Daquelas de couro, bem pesadas.

— Da estação? — pergunto, ligeiramente chocada.

— Do carro deles — explica Cassidy. — Ficou cansado, coitado. Vou perguntar para ele do champanhe. — Ela termina o curativo de Finn, então pousa a tesoura e atravessa o saguão. — Herbert! — grita ela, bem na cara dele. — Você deu uma garrafa de champanhe para esse casal bonito?

— Não somos um casal — diz Finn, soando meio tenso, mas Cassidy não parece ouvir. Herbert levanta a cabeça mais ou menos um centímetro do encosto da poltrona, como se estivesse anunciando as suas últimas palavras ao mundo, e ela se abaixa para ouvir o sussurro dele.

— Ele disse que não foi ele — avisa Cassidy, se levantando. — Engraçado, né? Uma garrafa misteriosa de champanhe na praia. Ah, talvez seja para os hóspedes novos. Vocês são um casal, não são? — acrescenta ela, feliz, quando um homem e uma mulher de meia-idade entram no saguão, vindos do restaurante. A mulher, que tem cabelos longos e lisos e usa óculos, fica tensa.

— Um casal? — repete ela, soando como quem está à beira das lágrimas, então se vira para o homem, que se agita, desconfortável, com as mãos nos bolsos da calça jeans. Os dois parecem tristes demais para um casal que acabou de começar uma viagem.

— Sr. e Sra. West, não é isso? — acrescenta Cassidy.

— Por enquanto — responde a Sra. West depois de uma pausa. Ela olha para o marido, que desvia o rosto na mesma hora, como se quisesse evitar não só a esposa e o olhar gentil de Cassidy mas basicamente toda essa conversa. A Sra. West estremece como se tivesse levado um tapa, então faz que sim, com os lábios comprimidos, como se isso confirmasse tudo o que ela pensa sobre a vida e um pouco mais.

— É só que estávamos na dúvida se vocês estavam esperando uma garrafa de champanhe... — insiste Cassidy.

— Champanhe! — A Sra. West parece exasperada. Ela olha para Cassidy como se estivesse se perguntando se está lhe pregando uma peça. — Champanhe? Por que a gente estaria esperando champanhe?

— Talvez não. — Cassidy recua depressa. — É só que tinha uma garrafa endereçada ao "casal da praia" e...

— O casal da praia? — A Sra. West a interrompe. — Quer saber de uma coisa? A gente não *sabe* se ainda é um casal.

Ui. Olho para o Sr. West, e ele permanece imóvel, com as feições pétreas, como se estivesse vivendo o seu maior pesadelo. O que pode muito bem ser o caso.

— Pode ser que a gente descubra nessa viagem — acrescenta a Sra. West, se envolvendo com os próprios braços magros num gesto triste. — Ou pode ser que não.

Noto que ela está usando aliança. Mas que também está cerrando as mãos com muita força.

— Claro — diz Cassidy, parecendo confusa. — Bom, cada um na sua, né? Espero que... — Ela para, como se incerta do que fazer. — Quer dizer, se preferirem, posso transferir vocês... quem sabe... para quartos individuais adjacentes. O hotel sem dúvida pode abrir mão da diferença de valor...

— Não *acredito* nisso! — O Sr. West se aproxima da esposa. — O que você andou falando da nossa vida sexual?

— Como se eu precisasse dizer alguma coisa, está na cara para todo mundo ver! — retruca ela, levantando a voz de aflição. — Para *todo mundo ver!*

Olho de relance para Finn, que faz uma careta de desconforto para mim.

Na verdade, não estava na cara para todo mundo ver. Ou para quem quer que fosse. Mas não sei se seria uma boa ideia falar isso para a Sra. West agora. Há um momento tenso e desconfortável de silêncio, interrompido apenas pelo ronco baixinho de Herbert.

— Bom! — Cassidy pigarreia. — Certo. É... Espero que vocês estejam aproveitando a estadia, tirando o... claro... — Ela pigarreia de novo. — Vocês ainda desejam jantar às oito?

— Oito está bom — diz a Sra. West com polidez excessiva. — Obrigada.

Ficamos todos olhando em silêncio, petrificados, enquanto eles sobem a escada, e só depois que desaparecem é que consigo soltar o ar. Nem tinha percebido que estava prendendo a respiração.

— Que belo casal — diz Cassidy, então ela parece repensar o comentário. — Quer dizer... sei lá. Acho que eu não devia ter sugerido quartos separados. — Ela faz cara de arrependida. — É só que a gente quer que as pessoas fiquem o mais confortáveis possível, sabe?

— Acho que aquele cara ia se sentir mais confortável num hotel diferente do da mulher — comenta Finn. — Ou quem sabe num país diferente.

— Pobrezinhos. Uma pena a nossa reflexologista não estar aqui — acrescenta Cassidy, pensativa. — Ela também faz terapia de casal. Conseguiu fazer com que os Walker reatassem, depois que ele dormiu com a garota do jet ski. Mas, como falei, ela está trabalhando no Burger King agora... *Enfim*. — O rosto dela se ilumina. — Aproveitando que vocês dois estão aqui, posso falar sobre uns eventos futuros no nosso calendário de entretenimento? Vocês já devem ter visto o convite para o nosso show que vai acontecer aqui saguão. No aplicativo! — acrescenta ao ver a minha cara de quem não sabe do que está falando. — Acabei de mandar. Dá uma olhada no seu celular!

Finn e eu trocamos um olhar furtivo.

— Estou tentando não usar o celular — digo. — Detox digital. Quem sabe você não pode só... me dar os detalhes.

— Claro — responde Cassidy, sem suspeitar de nada. — Está tudo aqui. — Ela me entrega uma folha A4 impressa com um convite para um "Concerto especial no saguão, com Herbert Wainwright na trompa e outros números".

— Ótimo! — Tento soar entusiasmada. — Vou fazer de tudo para não perder.

— Maravilha! E, agora, as cavernas. Marquei hoje, às duas da tarde. Para você dois — adiciona, olhando para Finn. — Aproveitem!

— Para nós dois? — repito, surpresa.

— É, os dois manifestaram interesse, e é a única vaga disponível. Na verdade, só tem vocês na visita. — Cassidy abaixa a voz. — Vão abrir só para vocês.

Olho para Finn, meio sem jeito.

— Isso é um problema? — pergunta ele na mesma hora. — Porque eu não me importo de abrir mão, se você preferir visitar as cavernas sozinha.

— Não, não — digo, acanhada. — Vai você e aproveita as cavernas. Eu não faço questão.

— Quanta educação! — exclama Cassidy, admirada. — Por que não vão vocês dois? As cavernas são grandes, sabia? Dá muito bem para vocês evitarem um ao outro. Sei que preferem assim — acrescenta, muito sabida. — Evitar um ao outro. Coloquei nas anotações de vocês.

— É, acho que é uma coisa nossa — comenta Finn, torcendo os lábios ao cruzar o olhar com o meu.

— A gente faz o que pode. — Faço que sim com a cabeça.

— Está resolvido, então — conclui Cassidy. — Posso chamar um táxi, se quiserem. Vocês não se importam de ir no mesmo táxi, se importam? — pergunta, cautelosa. — Porque, se for um problema, posso chamar dois.

Ai, meu Deus. Que cena ia ser, a gente chegando às cavernas em carros separados?

— Não, não tem problema — respondo, olhando para Finn em busca de confirmação. — A gente pode dividir um táxi, né?

— A gente pode ficar cada um olhando para uma janela do carro — concorda Finn, impassível. — Eu não falo uma palavra nem movo um músculo, e talvez você também possa fazer a mesma coisa.

Ele é até bem engraçado, estou notando. Por trás do jeito carrancudo e mal-humorado.

— Bom, já que está resolvido, preciso só dar um pulinho na cozinha — diz Cassidy, saindo de trás do balcão. — Muito bom ver vocês. E sabia que vocês *parecem* mesmo um casal? — acrescenta, pensativa. — Engraçado vocês não serem, né?

— Bom — digo, sentindo o rosto queimar. — É...

Não sei como terminar a frase.

— Hilário — diz Finn.

Quando Cassidy começa a atravessar o saguão, eu a chamo depressa:

— Espera, antes de você ir, e o champanhe na praia? Tem certeza de que não tem nada a ver com o hotel? Porque é uma garrafa de vidro. A gente não pode deixar lá. O que você acha que a gente deve fazer?

Cassidy se vira e olha para mim, parecendo aturdida, então dá de ombros.

— Beber?

ONZE

Como prometido, Finn segue em silêncio absoluto até as cavernas, e, se está respirando, não dá para ouvir. Fico sentada olhando para o outro lado, igualmente rígida e silenciosa, determinada a espelhar a sua inexorabilidade. Mas, à medida que nos aproximamos, começo a perder a calma. Faz anos que não vejo essas estradas, e elas me lembram tanto do meu pai que chego a sentir uma dor física.

As cavernas eram a praia dele. Sempre que visitávamos, a minha mãe ficava na pousada e tirava um cochilo, enquanto ele aproveitava para passear pelas cavernas e dar aula sobre formações rochosas. "Olha aqui", dizia ele todo ano, os óculos reluzindo de entusiasmo na fraca luz subterrânea. "Essa rocha tem mil anos. Quase tão velha quanto eu!"

Todo ano tirávamos a mesma foto cafona, sorrindo meio constrangidos na Caverna do Arco-Íris, a nossa preferida. Procurei essas fotos ontem à noite e revi todas, observando o desenrolar gradual do tempo. O meu pai está sempre com a mesma cara animada e meio boba, tendo envelhecido muito pouco, tirando o cabelo, que foi ficando mais ralo. Mas Kirsten e eu mudamos muito a cada ano que passava. Na primeira foto, eu mal tinha começado a andar e batia no joelho do meu pai. Aos 12 anos, estava da altura do ombro dele.

Hoje eu bateria na orelha dele, quase olho no olho. E ele estaria grisalho. Ele nunca chegou a ficar grisalho. Ficou eternamente com 46 anos.

Uma lágrima escorre pelo meu rosto e, constrangida, eu a enxugo. Torço para que Finn não tenha percebido, mas acho que ele está prestando mais atenção do que transparece, porque me pergunta baixinho:

— Está tudo bem?

— É que o meu pai costumava trazer a gente aqui todo ano. Quando ele era vivo. Eu estava lembrando. — Forço um sorriso. — Está tudo bem.

O táxi para e começo a procurar dinheiro — estamos rachando o valor certinho, meio a meio. Quando somos deixados sozinhos, na rua, já recuperei a compostura, mas Finn continua me examinando, consternado.

— Você acabou de perder... — Ele mesmo se interrompe. — Desculpa me intrometer, mas você está aqui porque está de luto?

— Não, já tem vários anos que o meu pai morreu. Estou aqui porque... por outro motivo. — Há uma longa pausa, e, por um instante, penso em deixar o assunto morrer. Mas me sinto estranhamente compelida a confiar nele. Finn viu o meu chalé bagunçado; ele sabe que tem alguma coisa acontecendo... pode muito bem saber a história toda. — Eu tive um surto no trabalho — explico, evitando os olhos dele. — Fiquei muito estressada. Estava tudo meio demais, e... Bom. A médica me deu uma licença. Eu estava precisando de uma folga. Então... — Estendo os braços. — Vim para cá.

— Hum — diz Finn após uma pausa. — Eu também. Tive tipo um surto no escritório... — Ele se interrompe, de repente. — Ah, você já sabe, né?

— Olha, eu queria pedir desculpa por isso — digo, me sentindo mal. — Eu não queria bisbilhotar. Me deparei com você nas dunas e... acabei ouvindo antes que pudesse fazer qualquer coisa.

É uma mentira boba. Eu podia ter me afastado quando percebi que estava ouvindo algo particular, e ele deve saber disso. Mas não me confronta.

— Foi uma ideia idiota ditar e-mails nas dunas — comenta ele com um sorriso irônico.

— Não conheço ninguém que dite e-mails — digo com sinceridade, e ele abre um sorriso.

— Faço isso quando não sei o que escrever. Estava bem perdido quanto ao que escrever naquela hora. — Ele dá de ombros. — Enfim, o que eu fiz no trabalho não é segredo. Se você faz besteira no escritório, todo mundo vai ficar sabendo num piscar de olhos.

— *Nossa*, é verdade. Tenho certeza de que está todo mundo falando de mim na empresa. O que eu fiz foi... — Cubro o rosto com as mãos. — Vergonhoso.

— Duvido que tenha sido pior que eu — rebate Finn.

— Vai por mim, foi um milhão de vezes pior. — Dou um sorriso que é quase uma careta. Lembrar o momento em que corri de Joanne pela rua faz o meu corpo todo queimar de vergonha. Onde eu estava com a cabeça? Por que não parei e conversei com calma? Já me sinto com mais perspectiva agora. — Enfim. — Respiro fundo. — Melhor a gente ir. Devem estar nos esperando.

Olhamos para a entrada das cavernas, onde uma grande placa de madeira desbotada diz: "Cavernas Stenbottom, café e loja de presentes, sorvetes, guloseimas!" É a mesma de quando eu era criança.

— Você esteve aqui recentemente? — pergunto a Finn.

— Faz anos que não venho.

— Eu também. Deve ter mudado muito.

Mas, assim que entramos, percebo que não é o caso. Está a mesma coisa de antes. A mesma bilheteria de madeira, o mesmo piso de pedra, o mesmo ar frio. Atrás do balcão tem um cara de cabelo ruivo e com uma expressão ansiosa que começa a falar assim que nos vê entrando.

— Bem-vindos às Cavernas Stenbottom! — exclama ele. — Salvem as nossas cavernas!

— Salvem as nossas cavernas! — ecoa uma voz baixinha ao lado dele, e pisco ao notar uma segunda pessoa: uma mulher de rosto fino e cabelos volumosos, escuros e cacheados, espreitando timidamente atrás dele.

— O meu nome é Neil Reeves, gerente das cavernas — continua o homem —, e essa é a Tessa Connolly, a minha assistente, e é com muita alegria que recebemos vocês nessa Experiência Mágica de Som e Luz. Esperamos que tenham um espetáculo transcendental.

— Obrigada! — digo, um pouco empolgada com o entusiasmo dele.

— Connolly — comenta Finn, franzindo a testa, pensativo. — Você é parente do Terry Connolly?

— A Tessa é filha do Terry — responde Neil. — Não é, Tessa? Ela é tímida — acrescenta. — Ainda precisa sair da toca. Tessa, sai do escuro! Diz oi!

Sinto uma pontada de empatia por Tessa, que dá um passo relutante para o lado, sob a luz, e afasta o cabelo do rosto.

— O Terry é o meu pai — diz ela.

— A gente queria saber se ele ainda mora por aqui... — comenta Finn. — Ele nos deu aula de surfe. Eu me chamo Finn Birchall, e essa é a Sasha Worth, e nós dois temos lembranças muito boas do seu pai. — Ele olha para mim, e faço que sim com a cabeça.

— Muito boas mesmo — confirmo. — Ele era um professor maravilhoso.

— O Terry era o melhor — acrescenta Neil. — Também aprendi a surfar com ele. Deu aula para todo mundo aqui.

— O papai está bem — responde Tessa, com uma voz tão tímida que mal dá para entender as palavras. — Na medida do possível.

— Como assim? — pergunta Finn.

— Ele não é mais o mesmo — explica Tessa, parecendo ansiosa. — Não é mais... como vocês se lembram.

— O Terry andou muito mal — comenta Neil, bastante sério. — Nesses últimos... O quê? Três anos, né? — Ele olha para Tessa, que faz que sim com o rosto contraído, como se toda essa conversa fosse uma provação para ela.

— Sinto muito em ouvir isso. — Finn parece consternado. — Por favor, diga que a gente mandou um abraço. Estávamos falando outro dia o professor incrível que ele era, a pessoa incrível que era.

— Obrigada. — Tessa acena com a cabeça. — Eu falo com ele. Obrigada. — Noto como ela ficou com o rosto rígido e as mãos retorcidas durante toda a conversa.

— Tessa, querida, você pode pegar um café para nós dois? — pede Neil, e Tessa foge na mesma hora para os fundos da bilheteria.

— Desculpa — digo. — Ela ficou magoada? Não sabíamos que o Terry estava doente.

— Tudo bem. Ela fica um pouco tímida, a Tessa é assim — comenta Neil em tom de confidência. — Fica paralisada. Ela quer tirar um certificado em gestão, mas sempre que vê um freguês fica em silêncio ou se esconde. É um desafio... — Ele parece apreensivo por um instante, então volta a se animar. — Enfim, vai dar certo! E, por sorte, não me importo de conversar com os turistas. Na verdade, o difícil é me fazer fechar a boca! — Ele desliza duas entradas pelo balcão de madeira. — Podem começar a visita. Duas Experiências Mágicas de Som e Luz. Os capacetes estão à sua esquerda, com fones de ouvido incluídos.

— Fones de ouvido! — digo, impressionada. — Antigamente não tinha isso.

— Ah, bom, essa é a novidade, né? — responde Neil, orgulhoso. — É a parte do "som".

— E a parte da "luz"? — pergunta Finn.

— Vai ter show de luzes? — pergunto, começando a me animar.

— É isso aí! — Neil faz que sim. — E é você que controla o show de luzes. É só pegar uma lanterna na cesta e apontar para as antigas formações rochosas nas cavernas que você vai ter um espetáculo mágico.

Finn e eu trocamos um olhar.

— E isso é novidade? — pergunta Finn. — Vocês não oferecem lanternas desde sempre?

— As lanternas são novas — responde Neil, sem titubear. — Pilhas de longa duração. Quase nunca acabam.

— Saquei — diz Finn com os lábios tremendo. — Parece excelente. — Ele olha para mim. — Vamos?

Dois minutos depois, Finn e eu estamos descendo os íngremes degraus de pedra na entrada das cavernas, ambos de capacete e lanterna na mão. O meu fone está tocando uma espécie de música de sintetizador dos anos oitenta, e, quando chegamos ao fim da escada, ouço uma voz nos meus ouvidos.

— Bem-vindos ao antigo e misterioso mundo das... Cavernas Stenbottom!

Identifico na mesma hora a voz de Neil. Ele fala como se fosse alguém interpretando um mago numa sessão de Dungeons & Dragons e obviamente está com o botão de *reverb* no máximo. Há uma sequência de barulhinhos eletrônicos, então ele declama:

— Eu sou o mestre das cavernas!

Deixo escapar uma risada antes de conseguir me conter. Olho para Finn, que gesticula com os lábios para mim:

— Mestre das cavernas? — A expressão no rosto dele é tão engraçada que rio de novo. Paro o som e digo:

— Acho que não preciso da experiência de som.

— Nem eu. — Finn também desliga o dele e aponta a lanterna para as rochas ao redor. — Muito legal, né? Eu tinha esquecido.

Eu também. Seguimos pelos caminhos estreitos até a primeira caverna grande, e sinto um arrebatamento que nunca experimentei quando era criança. É tão antigo. Tão impressionante. Tão *gigantesco*. Há formações rochosas de ambos os lados, projetando-se em formas estranhas e maravilhosas. O calcário claro acima de nós é iridescente, e, quando aponto a minha lanterna para o alto, a superfície brilha.

Não deixa de ser verdade. *É uma experiência mágica de luz.*

Finn está em silêncio, só olhando ao redor, e fico feliz por isso. Estava preocupada que ele fosse do tipo que gosta de dar aulas, mas ele não disse uma palavra. Ficamos só ali, apreciando a vista, pelo que parece uma eternidade. Depois de um tempo, sinto a respiração desacelerar. O meu cérebro parece se acalmar. Fico ocupada demais admirando as formas estranhas e maravilhosas na rocha para pensar no que quer que seja. Talvez eu esteja finalmente entrando em comunhão com a natureza.

Depois de muito tempo, como se pudéssemos nos comunicar mentalmente, seguimos os dois em frente, avançando por outro caminho estreito até a Caverna do Arco-Íris. É, sem dúvida, a melhor de todas. A rocha é rosa e amarela e forma umas piscininhas nas quais flui água de uma nascente. Parece a gruta de uma sereia. Olho para o espaço colorido e reluzente à minha volta e deixo escapar um suspiro feliz, e Finn sorri.

— É bem impressionante — comenta ele.

— Eu vinha aqui todo ano — digo. — Mas acho que nunca percebi como era especial.

— Eu também. Não se repara nesse tipo de coisa quando se é criança.

— E não tem ninguém aqui! — Abro os braços sob o eco da caverna. — Esse lugar estava sempre lotado no verão. Todo mundo tirando foto.

— É baixa temporada. — Finn dá de ombros.

— Estou gostando da baixa temporada.

Me sento num banco de metal e me recosto, observando um fluxo de água cor-de-rosa escorrer infinitamente para uma piscina rochosa. Depois de um tempo, Finn também se senta, no único outro banco, do lado oposto da caverna. De novo, ficamos os dois em silêncio por um tempo, e aos poucos percebo que me sinto confortável. Não conseguimos compartilhar a praia, mas podemos compartilhar essa caverna.

— Eu peguei aquela garrafa de champanhe na praia — anuncia Finn, depois de um tempo. — Só para ninguém se machucar.

— Ah, é? — Me endireito no banco.

— Só por segurança. — Os olhos dele brilham. — Ou talvez eu não quisesse que ninguém passasse a mão.

— Então *você* passou a mão.

— Ninguém foi pegar. — Ele dá de ombros. — Então acho que é nossa.

— Não é nossa! — Tento soar indignada, mas não consigo conter o sorriso, e ele sorri também.

— Acho que a gente devia beber. É só uma ideia. A gente devia beber hoje à noite.

Não respondo de imediato, porque não quero ceder. Mas acho que ele pode ter razão. Se não bebermos, quem vai beber?

Depois de um tempo, como se tivéssemos combinado, continuamos em frente, avançando pela Caverna das Estátuas, pela Caverna da Cachoeira e, por fim, subindo os cinco mil degraus, ou sei lá quantos são, até a superfície.

— Estou tão fora de forma! — exclamo ao chegar ao topo da escada.

— É o que todo mundo diz! — A voz alegre de Neil me saúda. — E aí, gostaram? Podem fazer uma avaliação no Tripadvisor?

— Adorei — digo, sincera. — Vou dar cinco estrelas.

— Foi ótimo — concorda Finn, chegando ao topo da escada de pedra depois de mim. — O som foi excelente. Muito atmosférico.

— Ah, bom... — Neil parece bastante satisfeito. — A gente tem que ser criativo, né? Agora, antes de irem embora, vocês já conhecem a nossa nova Gruta do Mistério? — Ele nos conduz até um pequeno poço dos desejos de pedra. — Tessa, por que você não apresenta a Gruta do Mistério? Na verdade, é um empreendimento de captação de recursos — acrescenta como quem faz uma confidência. — Salvem as nossas cavernas!

Pouco depois, Tessa sai da bilheteria de madeira e se aproxima de nós, parecendo desconfortável.

— Bem-vindos à Gruta do Mistério — anuncia ela bem baixinho, olhando para o chão. — Basta jogar uma doação na gruta e escrever uma pergunta que você gostaria que fosse respondida que o Espírito da Gruta vai lhe dar a resposta em forma de inspiração. — Ela nos entrega um papelzinho e aponta para um pote de lápis.

— Aqui está o dinheiro. — Coloco uma nota de cinco libras na gruta. — Mas não sei o que escrever.

— Ah, é só uma brincadeira! — exclama Neil, da bilheteria. — Pode escrever qualquer coisa! Eu escrevi: "Por que eu sempre perco as minhas meias na máquina de lavar?" Mas não recebi nenhuma resposta ainda!

Fico olhando para o papel, e uma série de perguntas me vêm à cabeça, nenhuma das quais posso escrever. Olho para Finn, e ele parece igualmente perplexo com a tarefa. Mas, de repente, o rosto dele se ilumina.

— Já sei! — exclama ele e pega um lápis. — É a pergunta perfeita. Na verdade, a única possível. "Para quem é o champanhe?" — recita em voz alta, enquanto escreve com cuidado. Ele deixa o papel cair no poço de desejos e dá uma piscadinha para mim. — Se a gente tiver uma resposta até as cinco, entregamos a garrafa para o dono legítimo. Se não, a gente bebe.

Às cinco, recebo uma mensagem de Finn, a primeira desde que pegamos o telefone um do outro nas cavernas.

> **O enigma continua sem resposta. Champanhe na praia? Eu trouxe até as taças. (De plástico.)**

Me pego sorrindo ao ler as palavras e apanho depressa o meu casaco impermeável. Então hesito, na dúvida se devia passar batom ou algo assim, depois ignoro a ideia. Ninguém além de Finn vai me ver. E só vai me fazer ter que tirá-lo mais tarde, na hora de dormir.

Quando chego, ele já está na areia. O mar exibe um tom cintilante de azul-marinho, e o sol brilha, cor-de-rosa, atrás de uma faixa de nuvens no horizonte. Acima de nós, a cada minuto que passa, o céu vai ficando mais escuro.

— Uau — digo, me sentando ao lado dele. — Que pôr do sol.

— Lindo — concorda Finn, fazendo que sim com a cabeça e servindo uma taça de champanhe para mim. — Saúde.

— Saúde. — Levo a minha taça à dele. — Aos espólios do nosso roubo.

— Se os donos legítimos aparecerem, a gente compra outra — devolve Finn, sem parecer nada incomodado. — Enquanto isso, temos uma garrafa de champanhe e um pôr do sol, e para mim já é uma vitória.

— Verdade. — Dou um gole e fecho os olhos ao sentir as bolhas deliciosas na minha garganta. É muito melhor que o vinho branco incógnito, safra desconhecida.

Ficamos em silêncio por um tempo, apenas saboreando o champanhe e observando as ondas. Estou percebendo que isso é um ponto muito positivo de Finn. Ele não sente necessidade de falar, mas o silêncio também não é desconfortável. O céu vai ficando cada vez mais escuro até que vão surgindo pontinhos de luz, e eu inclino a cabeça para trás, para contemplar o céu salpicado de estrelas em sua imensidão.

— Mais champanhe? — oferece Finn, e estendo a taça para ele.

— Você sabe alguma coisa de constelações? — pergunto, enquanto ele serve o vinho. — Eu não entendo nada.

Finn também se serve de mais um pouco e observa o céu estrelado por um tempo.

— Aquela ali é o Pepino — diz ele, por fim, apontando com a taça. — E ali está o Cortador de Grama.

Dou risada e levanto a minha taça, apontando para um aglomerado aleatório de estrelas.

— Olha, ali está a Prancha de Surfe.

— Hum. — Finn dá um sorriso discreto, quase imperceptível na luz fraca. — Foi estranho conhecer a filha do Terry — comenta. — Nunca tinha visto ela antes.

— É porque ela morava a maior parte do tempo com a mãe.

Eu também tinha ficado curiosa a respeito de Tessa, então mandei uma mensagem para Kirsten, que me contou o que sabia.

— Parece que o Terry se separou da primeira mulher, Anne, e a Tessa só passava uma parte do verão em Rilston — explico. — Foi a minha irmã que falou. Elas têm mais ou menos a mesma idade. — Abro a mensagem de Kirsten no celular e leio para ele: — "Mas ela era muito tímida. Não fazia aulas de surfe, ficava só ajudando na loja."

— Bom, parece que ela não mudou, né? — comenta ele, girando a taça de champanhe. — Engraçado um cara com uma personalidade tão marcante como o Terry ter uma filha tão tímida.

— Vai ver é por isso. Talvez seja uma reação ao fato de ele ser tão expansivo. Fico me lembrando das aulas... mas as memórias se embaralharam todas na minha cabeça. Não consigo lembrar o que aconteceu em que ano.

— Nem eu — comenta Finn, assentindo vigorosamente com a cabeça. — Tenho um milhão de memórias maravilhosas. A primeira vez que peguei uma onda... — Ele abre um sorriso enorme. — Foi a melhor sensação do mundo. Como se estivesse voando. Ou quando se descobre o sexo. Você fica tipo: "Como assim?! Como uma coisa pode ser tão boa? E todo mundo sabia disso o tempo todo?"

— É o segredo mais bem guardado — digo, rindo.

— É. — Ele faz que sim, impassível. — Só os surfistas sabem.

Dou outra risada.

— A primeira vez que peguei uma onda eu tinha certeza de que ia cair.

— Mas não caiu — diz Finn. — E aposto que o Terry estava te esperando na praia, para comemorar com você.

— Lógico que estava. — Sorrio, abraçando os joelhos e pensando naquela época. — Você lembra como ele terminava o aquecimento? Ele apontava para o mar e dizia: "Mandem ver."

— Claro que lembro — diz Finn. — Era como se fosse o aval dele. "Mandem ver."

— "Ondas infinitas, possibilidades infinitas" — declamo, lembrando mais uma máxima de Terry, e Finn faz que sim com a cabeça.

— "Não se pega onda olhando para o céu."

— "Ninguém se lembra dos caldos."

— "Não passa o dia duvidando de si mesmo." — Finn imita a voz rouca de Terry. — "Aproveita as ondas."

— "Para que se preocupar com o mar?" — Eu faço a minha própria imitação de Terry. — "O mar não está nem aí para você!"

— O mar não está nem aí para você. — Finn ri.

— E: "O lance é viver o momento." — Olho para Finn. — Lembra essa? "Crianças, vocês *têm* que curtir o momento. O lance é viver o momento."

— "O lance é viver o momento."

— "O lance é *viver* o momento."

Ergo a taça para Finn, que sorri para mim e ergue a dele em resposta. Ficamos ali, bebendo, com as ondas escuras quebrando na areia diante de nós, e é como se estivéssemos fazendo uma pequena homenagem a Terry.

— Então, me conta — diz Finn, quando nós dois baixamos as taças. — Qual foi a vergonha que você passou no trabalho?

— Ah, não! — Dou uma gargalhada defensiva. — Você não vai arrancar isso de mim.

— Certo. — Ele faz uma pausa e acrescenta: — Mas continuo não acreditando que possa ter sido pior do que o que eu fiz.

Ouço de novo algumas das palavras que ele ditou nas dunas. "Eu não devia ter levantado a voz para o senhor na reunião de departamento... ter batido a minha caneca na mesa de reunião, o que derramou café e estragou documentos... ter dado um soco na cafeteira... ter descontado a minha frustração na planta do escritório..."

— Posso ser sincera? — pergunto.

— Vai em frente.

— Você não parece o tipo de cara que bateria uma caneca numa mesa de reunião, derramando café e estragando documentos. Nem que ameaçaria massacrar uma planta de escritório.

— Ah, eu sou — responde Finn, um pouco triste. — Eu fiz tudo isso.

— Você não bateu canecas em lugar nenhum desde que chegou aqui.

— Isso porque não passei raiva. Não me estressei. Quando chego num determinado ponto... parece que tem uma névoa encobrindo o meu cérebro. — Ele expira profundamente, quase em desespero. — Não tenho orgulho disso. Eu costumava ser capaz de me controlar.

— O que aconteceu?

— Eu... estava... — Ele faz uma pausa, os olhos sombrios piscando. — Eu estava numa situação complicada. Trabalhando demais. E sem dormir o suficiente. Acho que eu não era o sujeito invencível que achava que era. Você sabe que está com problemas quando a sua secretária resolve fazer uma intervenção. — Finn fecha os olhos e esfrega a testa com o punho. — E quando você começa a socar máquinas automáticas de comida. Não foi o meu melhor momento.

— Eu *sempre* quis socar uma máquina dessas — comento, e ele ri.

— Vai por mim, não é nada de mais.

— E você faz o quê?

— Sou consultor de gestão. E você?

— Trabalho no marketing do Zoose.

— Já ouvi falar. — Ele acena positivamente com a cabeça. — Eu trabalho na Forpower Consulting, da qual você definitivamente não deve ter ouvido falar. Somos uma empresa pequena. Fazemos basicamente consultoria para empresas de energia renovável.

— E por que você... O que fez você passar do ponto?

Há um instante de silêncio, e algo sombrio perpassa o rosto dele.

— Não é fácil explicar — responde ele, por fim, como se estivesse com dificuldade para falar. — Acho que foi um monte de coisa. — Ele não dá mais detalhes, e percebo que não quer se estender.

— Bom, pelo menos você não saiu correndo do escritório e tentou entrar para um convento — digo, tentando animá-lo.

— Um *convento*? — Finn parece espantado de verdade.

— Pois é! — Enterro o rosto nas mãos brevemente. — Eu perdi a cabeça por um momento. Fiquei sobrecarregada no trabalho e não via mais saída. Virar freira parecia a solução óbvia.

— Virar freira. — Ele dá uma risada curta e irônica. — Que escolha interessante. E o...? — Pela forma como ele sobe o tom de voz, sei exatamente a que está se referindo.

— Sexo? — Olho para ele por um instante. — Perdi o interesse em sexo. Para mim não é problema.

— Certo — diz ele após uma longa pausa. — Entendi.

Claro que ele entendeu. Ele leu a "letra de música" que escrevi.

Há outra pausa estranha, na qual assimilo o fato de que revelei os detalhes mais íntimos da minha vida para esse cara. Numa praia. Sendo que mal o conheço.

Mas, de alguma forma, isso não me preocupa. Finn parece seguro e confiável. E, o mais importante, ele me entende. Ele sabe como me sinto. Só de conhecer alguém que passou por algo parecido é um alívio *bem* grande.

— Então o negócio de virar freira não deu certo? — pergunta ele.

— Elas não me aceitaram. — De repente, vejo a graça da situação e começo a rir. — A diretora de empoderamento e bem-estar da empresa foi me buscar, e eu comecei a correr dela e acabei dando de cara numa parede e fui parar no hospital.

— Então ela estava fazendo bem o trabalho dela — comenta Finn —, a diretora de bem-estar.

— Você precisava ter visto ela correndo atrás de mim na rua. — Tenho uma crise de riso. — Ela achou que eu estava pirando. Quer dizer, ela estava certa. — Dou de ombros, secando os olhos. — Eu *estava* pirando. Enfim, a minha reputação foi para a vala.

— A minha também — diz ele, pesaroso. — Definitivamente na vala.

— Dois desmoralizados. — Faço um brinde encostando a minha taça na dele, e nós dois damos outro gole.

— Achei que você tivesse terminado um relacionamento — comenta Finn.

— Acho que terminei o relacionamento com o trabalho. — Então penso no assunto. — Não, não foi um término. Foi uma briga feia. Ainda não estamos nos falando.

— Hum. — Finn faz que sim com a cabeça. — Mas pelo menos você conseguiu não bater sua caneca de café na mesa e ser grossa com todos os seus colegas. — Ele parece soturno de novo. — Penso em como me comportei e fico... "Era eu mesmo?"

— Posso até não ter gritado com ninguém, mas passei cinco meses comprando a mesma comida para jantar no Pret A Manger — confesso. — Todo dia. Eu não conseguia nem escolher a minha comida, quanto mais cozinhar.

— É sério? — Ele parece achar graça. — O que você comprava? Espera, deixa eu adivinhar. Alguma coisa quente. Um panini.

— Chegou perto. Wrap de falafel com halloumi, barrinha de chocolate, uma maçã, muesli e uma bebida — recito o meu pedido. — Toda noite.

— Muito bom. — Ele faz uma pausa. — Não tinha suco verde?

— Para! — Dou risada. — Já falei que isso é coisa da minha mãe. Ela acha que eu posso me transformar com um aplicativo.

Finn franze a testa.

— Com um aplicativo?

— Deixa eu te mostrar — digo, pegando o celular. Abro a foto da Garota da Roupa de Neoprene com o título dos "Vinte passos para uma vida melhor". — O meu objetivo é ser ela — explico.

Finn avalia a Garota da Roupa de Neoprene por um tempo e franze a testa.

— Por que você quer ser ela?

— Porque olha só para ela!

— Estou olhando. — Finn dá de ombros. — Ainda não entendi.

— Estou obcecada por ela — admito, pegando o celular de volta. — Quero ser ela, mas meio que odeio ela também. Aposto que ela não tem um único e-mail sem resposta na caixa de entrada. Aposto que ela acorda com um sorriso calmo no rosto e pensa: "Com qual golfinho eu vou nadar hoje?" — De repente, percebo como estou sendo negativa. — Eu não devia estar falando mal dela — acrescento, me sentindo mal.

— Por que não? — pergunta Finn. — Pode falar. Deixa que eu começo. Para mim essa mulher parece um pesadelo. Ela parece o tipo que achei que você era quando te vi pela primeira vez. Com ar de superioridade e meio superficial. Quer dizer, vinte passos. Fala sério! Por que vinte, para começo de conversa? Por que não dezenove? — Ele aponta para o aplicativo. — Alguma dessas coisas está funcionando?

— Algumas — digo, meio na defensiva. — Fiz uns agachamentos. Beber seis garrafas de uísque por dia está funcionando?

— *Touché* — devolve Finn após uma pausa. — Me dá um tempo, depois te conto.

— Bom, eu te conto do suco verde. Se algum dia eu conseguir tomar um copo. — Fito o céu. — É horrível.

— Eu sabia! — exclama Finn, triunfante. — O que mais tem nessa lista?

Passo o celular, e ele lê os vinte passos.

— Bom, você até *pode* fazer isso tudo — conclui ele, depois de ler. — Ou você pode, sei lá, se divertir. Você está aqui de férias, não é? Veio se divertir?

— Acho que sim. — Olho para a praia escura e dou risada. — Talvez eu devesse fazer um castelo de areia.

— Isso aí. — Finn ergue as costas, animado. — É para isso que serve a praia. Para fazer castelos de areia.

— E castelos de pedra — acrescento, me lembrando da minha infância. — A gente sempre fazia castelos de pedra em Kettle Cove. Você já foi lá?

— Eu ia todo ano. — Ele faz que sim com a cabeça. — A gente tinha uma lista de coisas para fazer.

— A gente também — comento, animada. — Ir nas cavernas, surfar, tomar um chá da tarde... comer peixe com batata frita? — Olho para ele.

— Claro, peixe com batata frita! Quem não come isso nas férias?

De repente, me vem uma memória: eu comendo peixe com batata frita, sentada na frente da lanchonete, recostada na parede, balançando as pernas e olhando toda orgulhosa para as minhas sandálias vermelhas novas. Eu devia ter o quê? Uns 10 anos? Estava com a minha família, com o cabelo sujo de água do mar, o sol estava quente, e tinha batata frita. Que vida mais feliz. Aquilo é que era felicidade.

Era porque eu estava aqui ou só porque eu tinha 10 anos?

— Dá para voltar a ter a mesma felicidade de quando se era criança? — pergunto, olhando para a água. — Será que dá para ser tão feliz quanto a gente era quando vinha aqui, na infância?

— Boa pergunta — diz Finn, depois de uma longa pausa. — Espero que sim. Talvez não exatamente o mesmo tipo de felicidade, mas... — Ele dá de ombros. — Espero que sim.

— Eu também.

Está tão escuro agora que só consigo ver o brilho dos olhos dele, a linha pálida dos dentes ao luar. Está ficando frio também, e sinto um arrepio. Por um instante, fico na dúvida se deveria sugerir que a gente jantasse junto no restaurante do hotel... mas não. Seria demais. Em vez disso, digo:

— A noite está ótima, mas acho que está na minha hora. Tenho um compromisso com o serviço de quarto e um longo banho me esperando.

— Boa pedida. Vou ficar aqui mais um pouco. — Ele me oferece um sorriso. — Mas não se preocupa, não vou mais beber champanhe. Vou enfiar uma colher no gargalo para manter as bolhas para amanhã à noite.

— Certo. — Me levanto, me sentindo meio desajeitada, porque os meus tênis atolaram na areia, e muito agradecida pela escuridão. — Bom, boa noite.

— Para você também. Até amanhã.

Percebo que mal posso esperar para vê-lo amanhã. Que estou feliz de ter uma companhia na praia.

— Ótimo. — Sorrio. — Até.

DOZE

Na manhã seguinte, quando chego para o café da manhã, Finn já está no restaurante, e lanço um olhar gentil na direção dele ao me sentar no lado oposto do salão. Em mais ou menos dez segundos, Nikolai aparece do meu lado, oferecendo um copo de suco verde numa bandeja de prata, e forço o meu rosto a oferecer uma expressão de alegria.

— Nossa, Nikolai! Suco verde, já! Isso foi... rápido.

Nikolai parece muito satisfeito e respira fundo para falar.

— Madame prefere...

— Ovos! — interrompo.

— Um ovo cozido? — arrisca Nikolai. — E prato de melão?

— Não, dois ovos mexidos, por favor. — Sorrio com educação. — E bacon, salsicha, panqueca com xarope de bordo e um cappuccino, por favor. Não precisa do prato de melão. Só isso — acrescento, já que Nikolai parece confuso demais para se mexer. — Obrigada!

Parecendo um pouco chocado, ele anota o pedido e então se dirige à mesa de Finn.

— Nikolai! — exclama Finn, animado, quando ele se aproxima. — Que bom te ver. Espero que esteja bem. Vou querer o prato de melão hoje. Só isso.

— Um... prato de melão? — repete Nikolai, olhando de mim para Finn, como se suspeitasse que estávamos pregando uma peça.

— Isso mesmo. — Finn faz que sim com a cabeça. — E café. Obrigado. Detox — acrescenta para mim, enquanto Nikolai se afasta, em resposta à ironia com que arqueei as sobrancelhas para ele.

— Detox? Ou cura de ressaca?

— Qual é a diferença? — Ele me oferece um sorriso maldoso. — Aproveita o seu suco verde. Parece bem... anfíbio.

— Obrigada. — Ofereço um sorriso gentil em resposta. — Pode deixar. Então me diz uma coisa. Você vai usar a pedra hoje?

— Hum. — A expressão no rosto dele muda por um instante. — Vai depender se eu chegar lá primeiro.

A provocação contida na resposta é óbvia, e sinto a adrenalina correndo nas veias, misturada com uma vontade de rir. Ah, pode ter certeza de que vou chegar àquela pedra primeiro. O desafio *está* lançado.

No minuto em que termino de comer, corro para o quarto para me arrumar. Finn estava tomando um segundo café quando saí do salão, então sei que vou chegar à praia antes dele. Escovo os dentes depressa, pego o meu iPad e coloco o casaco impermeável, andando apressada pelo corredor.

Mas, quando chego à praia, vejo que Finn já está no deque do chalé dele. Não! Como ele fez isso? Tentando ser discreta, avanço lentamente pela areia, depois desato a correr. Finn levanta a cabeça na mesma hora... e, no instante seguinte, está pulando o corrimão do deque, pousando na areia e correndo para a pedra.

— A pedra é minha! — grito, correndo até ela, rindo feito uma boba. — É *minha*! Vai embora!

— É minha! — exclama Finn, com igual determinação. — Eu cheguei primeiro!

Me atiro contra a pedra, me sentindo uma criança de 8 anos brincando de pique-pega. Estico o braço, tentando atrapalhar Finn enquanto subo na pedra ao mesmo tempo. Ralando o joelho, me lanço na depressão, desabando com pouquíssima elegância.

— Ganhei! — arfo. — A pedra é minha! É minha!

— Olha ali! — exclama Finn, ainda de pé perto da pedra.

— Boa tática. — Semicerro os olhos, sem ceder um centímetro sequer. — Mas você não vai me distrair assim tão fácil. A pedra é *minha*.

Achei que ele ia continuar tentando ganhar, mas Finn parece ter desistido.

— Olha — insiste ele. — Outra mensagem.

— O quê?

Levanto a cabeça e me pego lendo outra sequência de palavras marcadas na areia e preenchidas de pedras. Ao lado, há um buquê de flores.

Em agradecimento ao casal da praia. 18/08

— Que história é essa? — pergunto, baixinho, e chego para o lado, para Finn se sentar comigo no buraco da pedra. — Flores?

— Pois é. E que data é essa?

— Isso é arte? — indago, lembrando o que Cassidy contou. — Será que é para uma nova exposição?

— Pode ser. — Finn dá de ombros. — Mas por que a gente não veria a artista? Não notei ninguém tirando foto, e você?

Sinto a perna apertada contra a pedra e me ajeito um pouco, tentando pensar. Na mesma hora, percebo Finn se movendo para não nos tocarmos, o que é uma gentileza da parte dele.

— Certo, 18 de agosto. Falta muito. — Faço careta, pensando. — Tem a ver com a reforma dos chalés? Vão chamar de Skyspace Beach Studios. Talvez seja uma mensagem de agradecimento aos primeiros clientes. Ou para os investidores. Quem sabe um casal da praia deu algum dinheiro.

— Ninguém agradeceria desse jeito — reflete Finn, digitando alguma coisa no celular.

— Não vejo por que não — discordo, mais por hábito do que por estar especialmente convencida. — Vai ver vão reinaugurar no dia 18 de agosto. Ou quem sabe no dia 18 de agosto do ano que vem — continuo, pensando em quanto tempo vai levar para demolir os chalés, construir outros e abrir para o público. — Enfim, seja qual for o ano, isso é para fazer propaganda...

— É o dia do acidente — interrompe Finn, e fico paralisada.

— O quê?

— O acidente de caiaque. Acabei de pesquisar no Google a data e "Rilston Bay", e estou vendo um monte de notícia de jornal. — Ele olha para mim. — É o acidente. Aconteceu no dia 18 de agosto.

Sinto um formigamento na coluna. Essa história está ficando meio esquisita.

— Será que é uma homenagem? — Olho de novo para a mensagem. — Um memorial? Mas ninguém morreu. Ninguém ficou ferido, ficou?

— Até onde eu sei, não.

— O menino que caiu do caiaque estava bem, não estava?

— Acho que sim. Quer dizer, acho que estava um pouco assustado e com frio, depois de ficar na água, mas... — Finn dá de ombros, parecendo perplexo.

Analisamos a mensagem de novo. Nunca fiquei tão intrigada com nada na vida.

— Quem salvou o menino? — pergunto, me sentindo inspirada, de repente. — Será que é isso? Foi um casal que estava na praia?

— Foi o pai de alguém, não foi? — Finn volta a olhar para o celular. — Foi. "Andrew Ilston, pai de três filhos, pensou depressa e puxou James Reynolds para um lugar seguro."

— James Reynolds. — Faço que sim com a cabeça. — Era isso. Eu tinha esquecido o nome dele. Você conhecia? Ele era aluno do Terry?

Finn meneia a cabeça.

— Acho que ele só tinha vindo passar um dia aqui. A praia estava cheia de gente que só tinha vindo passar o dia, e todo mundo queria cair na água. Foi por isso que ficaram sem caiaque, e o James Reynolds acabou com um caiaque danificado que nunca devia ter sido alugado.

— Certo. — Assimilo a informação. — Acho que nunca fiquei sabendo dos detalhes.

— Bom. — Finn dá de ombros. — Tem muito tempo.

Pulo da pedra num impulso para examinar a mensagem mais de perto, e Finn me segue.

— "Em agradecimento ao casal da praia" — leio de novo. — *Que casal?*

Olho ao redor, como se algum casal aleatório fosse aparecer e dizer: "Ah, deve ser para a gente." Mas a praia está desolada e com o vento correndo por ela como sempre. Não tem ninguém à vista, muito menos um possível casal.

— Acho que, de alguma forma, deve ser para você. — Viro de frente para Finn. — Você disse que estava em outro caiaque. Que nadou para ajudar. Não pode ser coincidência. Vai ver o James Reynolds acha que você salvou a vida dele.

— Mas eu não salvei! — retruca Finn. — Não cheguei nem perto. E eu não sou um casal. Talvez a data seja só coincidência.

— Não pode ser. Fala sério, olha os fatos. — Listo nos dedos. — Você estava na praia naquele dia e tentou salvar o menino e agora tem flores na praia em agradecimento. *Tem* que ser para você.

— Como eu disse, não sou um casal — repete Finn, revirando os olhos. — Enfim, se era para agradecer a alguém, ele tinha que agradecer ao Andrew Ilston. Acho que o quebra-cabeça não está encaixando. Desiste. — Ele se abaixa, pega uma das pedrinhas da mensagem, examina e depois joga de volta no lugar. — Só pode ser arte. No mínimo vale uns cinco milhões de libras.

— Arte. — Reviro os olhos com desdém. — Isso não é arte!

— Bom, vamos admitir que a gente nunca vai saber? — sugere Finn.

— Não — respondo, teimosa. — Estou convencida de que tem a ver com o acidente. Talvez o James Reynolds saiba que você está hospedado aqui. Ele sabe que você tentou salvar a vida dele, e... É isso! Ele acha que você tentou isso com a ajuda de outra pessoa.

— Quem? — pergunta Finn, na mesma hora.

— Não está claro. Mas ele acha que vocês dois tentaram salvar a vida dele. — Aponto para a mensagem. — Daí "o casal da praia".

Eu sabia que ia arrumar outra teoria se pensasse o suficiente.

— Isso é besteira — diz Finn francamente. — Como ele ia saber que estou aqui?

— Porque... ele te viu. — Olho ao redor, examinando a região. — Ele te reconheceu. Vai ver ele está aqui!

— Você acha que ele está se escondendo atrás dos chalés?

— Talvez! — Fito os chalés abandonados por um instante, depois pego o meu celular. — Vou procurar por ele e perguntar. Ele deve estar no Facebook.

Finn me encara por um tempo.

— O quê? Você vai entrar em contato com ele assim, do nada?

— Por que não? — digo, abrindo o Facebook. — É para isso que servem as redes sociais. Desvendar mistérios.

— Não sabia que você era detetive — comenta Finn, parecendo se divertir. — É isso que você faz nas horas vagas?

— É o meu último caso — respondo, digitando depressa. — Achei que ia poder me aposentar, mas agora apareceu isso, então...

— Entendi. — Finn faz que sim. — Teve que voltar ao trabalho.

— Pois é.

— E eu sou o quê? O seu parceiro?

— Não sei — digo, distraída, avaliando perfis de James Reynolds aleatórios. — Acho que você pode ser o policial que fica perguntando: "Por que estamos reabrindo esse caso arquivado? Não temos coisas mais importantes para fazer?" — Eu o encaro, semicerrando os olhos e apontando para ele. — O que provavelmente significa que foi você que escreveu a mensagem e que tem um corpo embaixo dela.

— Excelente! — exclama Finn, satisfeito. — Bom saber que eu sou o assassino. Mas agora fiquei na dúvida: quem eu matei? E por que eu ia chamar atenção para isso? — Ele gesticula para a mensagem. — Não parece muito inteligente. Acho que eu poderia me safar, sabe, só enterrando o corpo e *sem* escrever uma mensagem na areia.

— Faz sentido — concordo. — Ainda bem que não preciso desvendar tudo. Você mesmo vai me explicar num grande monólogo na conclusão da história. — Ofereço um sorriso para ele. — Mal posso esperar. É melhor ser bom. E trata de amarrar todas as pontas soltas.

— Pode deixar. — Ele faz que sim, impassível. — Se bem que podia sobrar uma para o pessoal ficar especulando na internet, não?

Não consigo conter o riso.

— Você é bom.

Finn dá de ombros.

— Eu também vejo televisão.

Fico esperando que ele me diga que série está vendo, para então insistir como eu tenho que assistir também e dizer como ele previu três das reviravoltas, que ele então vai me explicar em detalhes, para depois acrescentar "Isso não é um spoiler", quando é lógico que é. Mas Finn fica calado, o que é um alívio. Ele é bem menos irritante do que muitos homens, penso. O que eu sei que não parece um grande elogio, mas é.

Continuo procurando no Facebook, mas a página ainda está carregando, e estalo a língua de frustração.

— Encontrou o James Reynolds? — pergunta Finn, e faço que não com a cabeça.

— Estou sem sinal. Mais tarde procuro. Ah, olha. — Aponto para um grande navio branco que apareceu no mar, lá longe, e instintivamente nós dois avançamos na areia para ver melhor.

— É lógico que eu sou o assassino — diz Finn, enquanto andamos no mesmo passo, com naturalidade. — Então está na cara que eu *diria* uma coisa assim, para atrapalhar as investigações. Mas tenho outra teoria.

— Ah, é? — Olho para ele, interessada.

— É a sua mãe que está por trás disso tudo. — Ele volta a apontar para a mensagem. — Ela criou isso para manter a sua mente distraída.

— Ai, meu Deus. — Caio na gargalhada. — Você conhece a minha mãe? É a *cara* dela fazer isso.

— Se ela é capaz ligar para o hotel para pedir suco verde às sete da manhã, acho que escrever umas mensagens na areia não é nada.

— Tenho certeza de que ela está numa conferência em Leicester — digo, tristonha —, senão eu diria que você tem toda razão.

Por apenas um instante eu penso: "Foi a minha mãe?" Mas não é do feitio dela escrever mensagens misteriosas, nem deixar presentes na praia, onde qualquer um poderia pegar. Ela não é assim tão excêntrica, é uma pessoa muito prática.

Chegamos perto da água e ficamos ali por um tempo, observando o navio se mover quase imperceptivelmente ao longo da baía. Percebo que me sinto um pouco como ele. Me movendo lentamente na direção certa. Estou hoje num lugar melhor do que estava ontem. Ontem, eu estava num lugar melhor do que quando corri de Joanne na rua. Só tenho que continuar.

Curiosa para saber se Finn sente a mesma coisa, olho de lado para ele. Ele está com os cabelos escuros balançando ao vento; o olhar fixo e atento no horizonte; a expressão ilegível. Noto pequenas rugas junto dos olhos que parecem aumentar quando ele sorri. Finn parece ter um rosto que é feito para sorrir, embora talvez não tenha tido muitos motivos para isso, ultimamente.

Quando percebe que estou olhando para ele, Finn se volta para mim, e pigarreio depressa.

— Estava só pensando em como estou me sentindo melhor a cada dia. E você?

— Com certeza. — Ele faz que sim. — E eu nem tenho os vinte passos para me ajudar. — Ele semicerra os olhos. — O que tem para hoje na sua lista?

— Ioga na praia — respondo. — E, antes que você me pergunte, eu não sei fazer ioga. A sensação que tenho é que todo mundo aprendeu a fazer ioga e eu fiquei para trás. Da noite para o dia, todo mundo sabe fazer ioga, menos eu.

— Pois é! — Finn balança a cabeça enfaticamente. — Eu também! Lá na empresa, ninguém fazia ioga... De repente, estava todo mundo fazendo ioga. E vinha todo mundo: "Você não faz ioga?" — Ele mexe as sobrancelhas, fazendo cara de espanto. — "Você não faz *ioga*?"

— É assim mesmo! — Dou risada. — Enfim, perdi a aula mundial de introdução à ioga. Devia estar respondendo e-mails na hora. Mas está na minha lista. Então daqui a pouco vou ficar de pé numa perna só. Vê se não ri de mim.

— Eu não ia rir — diz Finn com gentileza. — Eu ia perguntar se você quer companhia.

— Companhia? — Eu o encaro, desconfiada. — Está dizendo que... você quer fazer ioga?

O "Sr. Uísque com Pizza" quer fazer *ioga*?

— Por que não? — Ele dá de ombros. — Vamos ver que negócio é esse que as pessoas tanto falam.

Nunca ri tanto na vida. Com o iPad encostado na pedra grande, estendemos o meu tapete de ioga e uma toalha para Finn na areia e copiamos a sequência de movimentos da Garota da Roupa de Neoprene. Quer dizer, não chegamos bem a copiar, ficamos mais olhando, admirados, ou ignorando, insultando e xingando a Garota da Roupa de Neoprene.

— Eu não vou fazer isso! — exclama Finn a cada dez segundos. — Eu não vou fazer isso. Que se foda. — Ele olha para a tela e faz um barulho de incredulidade. — Tá legal, Sasha, você tenta essa. Se não quebrar a perna, eu experimento.

— Não sei como ela não cai — comento, arfando e plantando as mãos no tapete. — Isso é que nem jogar Twister.

— Ela passou cola nas mãos — diz Finn. — Além do mais, ela não é de verdade. É um robô da ioga.

Por fim, chegamos à parte do relaxamento. De pernas cruzadas, ficamos ouvindo a Garota da Roupa de Neoprene dizer que fizemos um bom trabalho e que está na hora de deitar e relaxar.

— Tá, isso eu sou capaz de fazer — diz Finn, deitando-se na toalha. — Eles deviam ter pulado direto para essa parte.

— Shh — reclamo. — Você está desalinhando os meus chacras.

Para ser sincera, é bem relaxante ficar deitada na praia, olhando para o céu pálido, ouvindo os barulhinhos da música. Fico até triste quando o vídeo acaba.

— Obrigado por essa maravilhosa sessão de ioga — diz Finn, enquanto ambos sofremos para conseguir nos sentar de novo. — Em troca, posso convidar você para um gole de uísque hoje mais tarde?

— Não sou muito fã de uísque. — Faço uma careta pesarosa. — Mas aceito mais um pouquinho do nosso champanhe roubado, pode ser?

— Perfeito! — diz Finn, parecendo satisfeito. — Encontro marcado... Quer dizer. — Ele se corrige. — Desculpa. Está combinado.

Ele parece constrangido, e sinto o estômago revirar. Não quero que fique essa sensação estranha entre a gente. O que será que ele acha, que eu não vejo a menor graça nele? O problema não é ele, sou eu, e essa é a mais pura verdade. *Eu* sou a problemática.

Então, por que não explico para ele? Finn já sabe de tudo. Ele viu os lenços usados, as embalagens de chocolate, o desespero e a bagunça que eu sou, e não me julgou nem riu de mim. Talvez contar para ele seja uma coisa *boa*.

— Então... — Eu paro, o coração batendo um pouco mais acelerado, porque isso é bem constrangedor. — Pois é, eu falei que perdi o interesse em sexo.

— É — diz Finn, parecendo surpreso. — Falou. Mas... eu não estava..

— Sei que não. Mas eu queria explicar um pouco mais.

Ele parece chocado com a minha franqueza. E eu mesma estou bem surpresa. É só que aqui, sob o céu infinito, de alguma forma os segredos, os problemas, os constrangimentos parecem menores, mais brandos. Percebo que me sinto segura para tagarelar na praia. É como se o vento arrastasse todas as palavras para o mar, para longe.

— É muito desconcertante. — Me deito de novo no tapete de ioga para poder falar sem olhar para o rosto dele. — É como se o meu corpo tivesse encerrado os trabalhos. Foi por isso que escrevi... o que escrevi naquele papel. Não era uma letra de música. Era uma manifestação. A ideia é que você estimula as coisas a acontecerem na sua vida colocando tudo no papel. E isso era o que eu queria que acontecesse. Eu quero... voltar a viver.

Há um longo silêncio. Fico olhando para o alto, para o céu pálido e nublado, sentindo a brisa no rosto. Não consigo acreditar que acabei de revelar tanto sobre mim para uma pessoa que é praticamente um estranho. Mas não estou com vergonha. Me sinto calma.

— Quem sabe você não volta a viver — diz Finn após uma longa pausa — se parar de se preocupar com isso.

— Pode ser. — Faço que sim, pensando no assunto. — Quer dizer, eu era normal. Namorava. Mas agora...

— Não mais?

— Uns dias atrás, um cara do Pret deu em cima de mim, e eu falei para ele que não via muita graça nisso, porque sexo é basicamente genitais se esfregando.

A lembrança é tão pavorosa que sinto lágrimas brotando nos olhos ao falar. Ou talvez sejam lágrimas de riso. Ou de alívio, de estar me abrindo com alguém. Não tenho a menor ideia.

— Genitais se esfregando — repete Finn, soando atônito.

— Pois é. — A minha voz começa a tremer, mas, de novo, não sei se estou rindo ou chorando. — E eu falei isso em voz alta, na frente de todo mundo na loja. — Levo a mão ao rosto. — Genitais se esfregando. — Agora estou rindo de verdade, quase histericamente, com as lágrimas escorrendo pelo rosto, e de repente tenho uma crise de tosse.

— Está tudo bem? — pergunta Finn, alarmado.

— Bom, está na cara que não — acabo dizendo. Me sento e tusso um pouco mais, esvaziando os pulmões, antes de me recompor. — Está na cara que a minha vida é uma bagunça. Desculpa despejar isso em você. Você não queria ouvir isso. E agora está pensando: "O que eu faço para me livrar dessa maluca?" Se quiser, a gente pode se ignorar pelo resto da viagem.

— Eu não quero te ignorar! — Ele ri. — É sério. Quem sou eu para julgar? A minha vida também está uma bagunça.

— A sua? — Olho para ele, cética. — Uma bagunça, como? Quer dizer, eu sei que você está aqui, e sei o que aconteceu no seu trabalho... mas para mim você parece bem equilibrado. Sem esquisitice. Nenhum comportamento estranho.

Há um momento de silêncio, e Finn tensiona a mandíbula de leve. Estou começando a reconhecer os movimentos faciais dele, e esse é um mecanismo de defesa. É a cara que ele faz sempre que me aventuro em território complicado. Me preparo para encarar mais cinco minutos de silêncio, seguidos de uma mudança abrupta de assunto.

Mas então, para a minha surpresa, ele diz, baixinho:

— Toda noite, eu acordo às três da manhã. Estou estressado com... — Ele se interrompe, e seus olhos piscam como se por causa de algum pensamento ou memória dolorosa. — Estou estressado com umas coisas que aconteceram. E com raiva de mim mesmo. — Ele para de novo, balançando a cabeça, parecendo desesperado. — Esse tipo de sentimento é corrosivo.

— Você consegue voltar a dormir? — pergunto, com cautela.

— Faz muito tempo que não durmo uma noite inteira. — Ele me olha de relance, chateado, e percebo mais uma vez as olheiras no rosto dele. São tão marcantes que eu as considerava apenas parte das suas feições, mas agora percebo que são um sinal de fadiga. Uma fadiga profunda e enraizada.

— Você já tentou... algum remédio? — continuo, ciente de que é uma péssima pergunta.

— Alguns. — Ele faz que sim.

— Já tentou procurar ajuda?

Finn não responde, faz só um barulhinho indeterminado. Depois de um tempo, sinto que ele não vai falar mais. Para ser sincera, para os padrões dele, já se abriu muito.

— Que dupla! — Tento soar descontraída e quase consigo.

— Pois é, né?

— Ainda bem que a gente tem a ioga. — Deito no tapete de novo e olho para o céu. — A ioga cura tudo.

— Amém. — Finn se deita na toalha, e ficamos os dois em silêncio. Depois de um tempo, olho para ele e vejo que está de olhos fechados, com a respiração uniforme. Espero que tenha pegado no sono. Se tem acordado todo dia às três da manhã, deve estar exausto.

Estico as pernas em silêncio, observando uma faixa de nuvens, sentindo uma espécie de leveza, quase otimismo. Percebo que acabei de completar o passo 18 do programa. "Se abrir com alguém em quem você confia." E isso fez com que eu me sentisse melhor, exatamente como a Garota da Roupa de Neoprene prometeu que aconteceria. Ainda me lembro do conselho no aplicativo: "Proteja-se e pense bem em com quem você fala. Se você vai se abrir, precisa estar em segurança. Em caso de dúvida, ligue para um dos telefones de apoio listados abaixo ou visite o nosso fórum on-line."

Mas eu não preciso de um telefone de apoio nem de um fórum. Tenho alguém em quem confio bem aqui.

TREZE

À tarde no mesmo dia, saio para passear pela cidade. Já me habituei à rotina de marchar pela praia e depois perambular pelas ruas estreitas, olhando as vitrines. Só que hoje não vou comprar batata chips, digo a mim mesma. *Não* vou.

Sigo pela praia na direção da Surf Shack e então vou além, até onde ficava a Surftime. A cabana pode não existir mais, mas foi aqui que o acidente começou. Foi aqui que James Reynolds alugou o caiaque danificado. Talvez eu encontre alguma pista.

Fitando o terreno vazio onde ficava a Surftime, me pego pensando em Pete, o antigo dono. Em retrospecto, sob o meu olhar adulto, percebo que ele era bonito. Alto e forte, com uma barba escura e um monte de brinco. Kirsten e eu às vezes alugávamos pranchas de bodyboard com ele, quando as do Terry tinham acabado, e seria de imaginar que tínhamos uma quedinha por ele. Mas não tínhamos. Ninguém tinha. Havia algo de errado com ele, mesmo com aquele sorriso largo. Não parecia sincero.

Se bem que, tentando ser justa, não devia ser fácil competir com Terry, penso. Pete tentava copiar Terry, mas simplesmente não conseguia. Lembro que ele era impaciente. Não gostava de perguntas. Se irritava com as crianças que não conseguiam vestir a roupa de neoprene.

Você via as crianças da turma dele fazendo o aquecimento na areia, e parecia tudo muito superficial. Não é surpresa que ele economizasse na segurança, para ser sincera.

Me recosto num poste de madeira, pego o celular e ligo para a minha mãe, então para Kirsten, mas nenhuma das duas atende. O que não me surpreende; as duas são pessoas muito ocupadas. Então mando um WhatsApp para elas com uma foto da segunda mensagem na areia e escrevo:

> Oi, gente! Só queria saber se isso significa alguma coisa para alguma de vocês. Apareceu na areia. É a data daquele acidente de caiaque. O que vocês lembram disso? Tinha algum casal envolvido de alguma forma??

Logo depois de mandar a mensagem, percebo que também devia ter dito como estão as coisas, então envio outra:

> Tudo certo por aqui. Me sentindo muito bem, muito melhor. Fiz ioga na praia hoje!!! Bjs

Perambulo pelas dunas, atravesso o grande estacionamento e entro na cidade, onde fico vagando sem rumo, procurando umas lembrancinhas para levar. É como se todas as galerias estivessem vendendo arte feita de madeira trazida pelo mar. Será que Kirsten ia gostar? Ou será que estão na categoria "Lá na praia parecia lindo, em Londres nem tanto"?

Enquanto me demoro no passeio, uma cópia enorme de *Amor jovem* chama a minha atenção, e atravesso a rua para olhar. Do lado, tem uma plaquinha que diz: "Impressão autografada autorizada. Temos o orgulho de ser a revendedora exclusiva de Mavis Adler em Rilston." Embaixo do pôster há uma seleção de canecas, carteiras, bolsas de pano e calendários, todos com uma reprodução de *Amor jovem*, e não posso deixar de pensar que eles diminuem o valor da pintura. Mas acho que o que dá dinheiro são os produtos.

Depois das mensagens na areia, me sinto um pouco conectada a Mavis Adler e analiso *Amor jovem*, olhando o quadro de perto talvez pela primeira vez. Não entendo nada de arte, mas as cores são bem vivas. A areia, as pedras, as sombras, tudo retratado em tons fortes de ocre, cobalto e... sei lá qual é o nome chique para vermelho. Até as sombras e as nuvens têm um pouco de vermelho. O quadro tem todo ele certo brilho. É uma obra de arte intensa. Hipnotizante. Acho que é por isso que é tão popular. E o jovem casal se beijando tem uma linguagem corporal de fazer inveja. O braço dele envolvendo a cintura dela. A cabeça dela ligeiramente inclinada para trás. Não dá para ver os rostos, mas dá para ver as pernas jovens e fortes dela, de short; e, pela nuca dele, dá pra ver que é um adolescente.

Acho que sempre descartei essa pintura como apenas "aquela imagem do cartão-postal", mas agora, olhando de verdade, adorei. Talvez compre uma bolsa de pano.

Abro a porta da galeria, a sineta toca, e uma mulher se aproxima para me cumprimentar. Ela tem o cabelo grisalho e está usando uma bata azul estampada para dentro da calça de linho e o que parecem ser três pares de meias dentro dos tamancos. O crachá de madeira no peito tem esculpido o nome "Jana".

— Vi você olhando para *Amor jovem* — comenta ela com um sorriso gentil. — Se estiver interessada, a Mavis Adler vai inaugurar uma exposição aqui no sábado que vem. Uma coleção nova, muito interessante.

Não posso dizer "Não, obrigada, estava só interessada naquele quadro", então pego o folheto e dou uma olhada. Logo em seguida, a minha mente começa a girar.

— Só com peças novas? — Olho para ela.

— Só com peças novas. — Jana faz que sim.

Meu Deus! É oficial, eu sou uma superdetetive e ganhei. As mensagens na praia *são* algum tipo de arte, e nós somos as únicas testemunhas porque estamos nos chalés.

— Me diz uma coisa — começo, no meu melhor jeito de detetive presunçoso de seriado. — A exposição nova da Mavis Adler por acaso é uma série de mensagens na praia?

— Não — responde Jana.

Franzo a testa, decepcionada.
— Não?
— Não — repete ela. — Você está pensando na coleção passada, *Conversas na areia*, que fez uso da praia de Rilston Bay.
— Bom, e como é a exposição nova?
— É uma série de esculturas feitas com materiais naturais e materiais produzidos pelo homem. Aqui, dá uma olhada. — Ela abre um catálogo de uma vitrine próxima. — Se quiser comprar o catálogo, são vinte libras — acrescenta.
— Certo — digo, tentando não soar como uma filisteia sovina. — Bom... quem sabe.
Passo as páginas e observo fotos de vigas de metal enormes, soldadas em formatos estranhos. Algumas peças contêm pedaços de madeira de deriva, e uma delas está aninhada numa corda imensa em espiral, só que não sei se ela faz parte da arte ou não. Leio o título, para ver se isso ajuda, mas a obra se chama *Sem título*.
— Incrível! — digo, ao chegar ao fim do catálogo. Jana parece esperar que eu diga mais alguma coisa, então tento algumas outras frases. — Muito poderoso. Visceral. Gostei das... das... formas... estruturais. Bem diferente do *Amor jovem*. E do *Conversas na areia*.
— É. — Jana sorri. — Acho que o trabalho novo é talvez a coisa mais desafiadora que ela já fez. Mas muito gratificante. — Ela empina o queixo como se estivesse me desafiando a discordar.
— Sem dúvida! — digo, depressa. — Muito gratificante. E ela pintou mais algum quadro parecido com *Amor jovem*?
— Não. — O sorriso de Jana fica mais rígido. — Não, não pintou. Mas ela está trabalhando num projeto secreto novo chamado *Titã*. Está todo mundo ansioso para ver o que vai ser.
Vou até um quadro na parede intitulado "A história por trás de *Amor jovem*" e observo uma colagem com recortes de matérias de jornal sobre "o verdadeiro casal adolescente que tomou o mundo da arte de assalto".
— Eu não sabia que eles existiam de verdade! — exclamo, passando os olhos em alguns parágrafos sobre os dois, que se chamam Gabrielle e Patrick. — Espera, eles se casaram na vida real? Que romântico!

— Na época saiu em tudo que é jornal — comenta Jana, como se eu fosse meio idiota. — Teve até um documentário na televisão.

— Ah. Bom, não fiquei sabendo.

Vejo uma matéria do *Daily Mail*, com uma foto do casal no dia do casamento, e, de repente, tenho uma ideia.

— Ela podia fazer uma remontagem! — Eu me viro para Jana. — Podia pintar os dois com a roupa de noivos e chamar de *Amor em bodas*. Ou, se eles tiverem filhos, podia pintar o *Amor em família*. Todo mundo ia adorar! Você ia vender um monte de caneca.

Já estou criando uma campanha de marketing na cabeça. Hashtags, imagens, parcerias, eventos, a maior presença digital que já se viu...

Então pisco e acordo do devaneio, quase surpresa comigo mesma. Não esperava que o meu cérebro fosse se reavivar desse jeito. Achei que estava desconectada do marketing, do trabalho, disso tudo. E isso me diz muito. Sobre alguma coisa.

— É — devolve Jana, com o sorriso ainda mais rígido. — Várias pessoas ao longo dos anos já sugeriram remontagens. Mas a Sra. Adler optou por não retornar ao *Amor jovem*. Nós apoiamos a integridade artística dela, lógico, e estamos muito animados com essa nova direção.

Mordo o lábio, sentindo um pouco de pena de Jana. Está na cara que ela daria tudo por um quadro novo e romântico de Mavis Adler, mas, em vez disso, tem que se empolgar com vigas de metal. Não tenho dúvida de que as vigas de metal sejam muito poderosas, só que não imagino ninguém colocando isso num estojo.

— E você tem certeza de que ela não está fazendo mais nenhuma mensagem na praia atualmente? — Volto ao meu inquérito original.

— Não sei. — Jana abre as mãos espalmadas. — É possível. Mas nesse momento ela está em Copenhague.

— Em *Copenhague*? — Isso acaba com a minha teoria. Ela não pode estar em Copenhague e escrevendo mensagens na praia ao mesmo tempo.

Se bem que, pensando melhor, essa teoria sempre foi mais de Finn do que minha. Então ainda estou na frente.

— Ela vai voltar daqui a dois dias, e vamos fazer um evento especial no salão de baile do Rilston. A Sra. Adler vai apresentar *Titã* — acrescenta ela, com certa pompa.

— Uau! — digo, sentindo que preciso reagir de alguma forma. — *Titã*!

— Pois é. Vai ser um evento grande. Vai ter um coquetel, se estiver interessada. O folheto tem todos os detalhes. — Ela acena para o papel na minha mão. — Fique à vontade para dar uma olhada na loja.

Fico zanzando pela galeria, avaliando aquarelas e vasos grandes de cerâmica, então volto para a parte dos souvenirs, noventa por cento da qual é de produtos com reproduções de *Amor jovem*, mais alguns cartões-postais das mensagens na praia. Pego uma bolsa de pano de *Amor jovem* e vou até o caixa.

— Ótima escolha — comenta Jana, passando a bolsa no leitor. — E vai querer levar o catálogo da nova exposição? — Ela já está esticando a mão para pegar um, como se fosse óbvio que eu fosse comprar, e tremo por dentro. Ai, meu *Deus*. Vou ter que admitir que *sou* uma filisteia sovina.

— Hum, só a bolsa, obrigada. — Pigarreio. — Eu... vou deixar o catálogo para a próxima.

— Claro! — diz ela, substituindo o catálogo por um gesto exagerado da mão. — Sem problema.

Atrás de Jana, vejo uma pilha enorme de catálogos no chão. Está na cara que todo mundo pensa como eu, o que faz com que eu me sinta mal. Mas não mal o suficiente para gastar vinte libras em fotos de vigas de metal que nunca mais vou olhar.

Ao sair da loja, pego o celular para ver se Kirsten ou a minha mãe responderam à mensagem, mas não tem nada. Então sigo para a praia.

Enquanto ando pela areia, o vento aumenta e logo está soprando rajadas de areia pela praia. Paro para observar um pouco, porque é uma cena meio assustadora. Rastros de areia viajando em espirais e formando desenhos no ar, todos fluindo na mesma direção. Parece que o chão está se movendo sob os meus pés.

Filmo um pouco com o celular, para mostrar para Finn, depois volto a andar, com os olhos fixos na Surf Shack, que é o que mais chama a atenção nessa parte da praia. Ao me aproximar, sinto gotas de chuva no rosto e reviro os olhos. Esse tempo, sinceramente. Quando você acha que ficou bom, chove na sua cara de novo. Mesmo assim, aproveito a caminhada, o ar frio e forte, essa areia sinistra rodopiando, as gaivotas voando em círculos lá em cima. Percebo que estou em comunhão com o meu entorno de novo. Boa, Sasha! Eu sabia que você ia conseguir…

Então, no meio do pensamento, fico paralisada. Tudo some da minha mente. *O que* é aquilo que estou vendo?

Tem uma pessoa no deque da Surf Shack que eu não tinha visto, mas que agora consigo identificar muito nitidamente. É o Terry. Terry Connolly, de volta ao seu lugar de direito, de pé no deque com os braços estendidos, sem tirar nem pôr, como se estivesse prestes a começar uma aula.

Como é que…?

Apresso o passo, ainda andando, até que estou quase correndo para chegar à Surf Shack.

— Oi! — exclamo, ansiosa, ao me aproximar. — Oi, Terry! É a Sasha, se lembra de mim?

Em vez da roupa de neoprene ou do short de praia de que me lembro, Terry está com uma calça larga de veludo e uma jaqueta de fleece, mas acho que nunca o vi no inverno, nem fora do trabalho. Ele estava sempre na praia, bronzeado, vestido para dar aula de surfe e pronto para distribuir ordens.

À medida que me aproximo, percebo que as roupas não são a única coisa diferente nele e sinto o estômago revirar. Terry está com o rosto mais fino, o cabelo mais branco e muito fino. Pelo jeito como a calça pende da cintura, está com as pernas mais magras. As mãos estão esqueléticas. E percebo que estão tremendo de leve. Ele parece frágil. Terry Connolly parece frágil.

É lógico que ele envelheceu, digo a mim mesma, tentando não me espantar com a sua aparência. É *lógico*. Tem vinte anos desde que o vi pela última vez. O que eu esperava? Mas sinto um desânimo oculto lá no fundo, uma tristeza, uma espécie de saudade de Terry como ele era. Forte e com o peito largo, mestre das ondas. Mestre da praia. Mestre da vida.

— Oi, Terry! — repito, e ele vira a cabeça como se só então tivesse me notado. O rosto dele parece escavado, com sulcos profundos nas bochechas. Não tem mais a barba por fazer, está barbeado, o que faz o rosto parecer macio e vulnerável. Os olhos azuis permanecem vagos por um instante, depois brilham como se ele tivesse se lembrado de mim.

— Você veio para a aula? — pergunta com a voz mais fraca do que me lembro, mas com um quê da animação de antigamente. — A primeira aula começa às dez. Você já surfou antes?

— Sou eu, a Sasha. — Subo no deque, tentando captar o olhar distraído dele. — Eu fazia aula com você!

— Dez horas — repete Terry, anuindo com a cabeça. — Você precisa de uma prancha? Fala com a Sandra, a minha mulher, ela arruma uma para você. — Ele olha para trás como se esperasse que a porta estivesse aberta, com Sandra de pé diante da mesa e crianças de roupa de neoprene entrando e saindo da loja.

Mas tem três anos que Sandra morreu.

— Certo — digo, engolindo em seco. — Tudo bem, pode deixar.

Terry se vira para a praia vazia, como se estivesse intrigado.

— Ainda não chegou quase ninguém.

— Não — é tudo o que posso dizer. — Verdade.

Sinto um aperto no peito. Não sei o que dizer. Não sei como reagir.

— Você vai ter que tirar isso! — Ele aponta para o meu casaco impermeável, achando graça. — Não dá para surfar de casaco!

— Eu... Eu vou tirar para a aula — digo.

— Bom. Muito bom. — Ele faz que sim, distraído. — Turma de iniciantes, é?

— Eu... É. Sou iniciante.

— Você vai dar uma boa surfista! — diz ele, animado. — Vai se sair muito bem. — Então volta os olhos para a praia de novo, confuso. — Mas cadê os outros? Está todo mundo atrasado! Você pode ir lá chamar o resto?

— Eu... hum...

— Sandra, são quantos alunos na primeira turma? — grita Terry, então fica esperando uma resposta. Ele segue pelo deque até a porta fechada, observa-a por um bom minuto, então balança a cabeça, como se fosse incapaz de entender. — Onde é que ela se meteu? — murmura depois de um tempo. — Bom... — Ele me observa, e o seu olhar desbotado parece entrar em foco. — Ah, é *você*! — exclama Terry, animado, de repente.

— Isso! — digo, sentindo um alívio. — Sou eu, a Sasha! Se lembra da minha irmã, a Kirsten? A gente...

— Olha, eu tive que botar você na primeira aula — diz Terry, aparentemente sem me ouvir. — Na turma das dez. Eu sei que você já surfou antes, mas... — Ele faz uma pausa, parecendo surpreso. — Cadê a sua prancha, filha? Você vai precisar de uma prancha!

Não consigo encontrar uma resposta. Estou tomada pela tristeza, pelo espanto. Fitando o rosto gentil e curioso de Terry, sinto duas lágrimas escorrendo pelas faces. Quando Tessa disse que o pai não estava mais como antigamente, eu pensei...

A verdade é que não pensei nada. Nem imaginei. Eu queria que Terry ficasse para sempre como era nas minhas lembranças.

A essa altura, Terry já viu as lágrimas e está balançando a cabeça, triste.

— Ai, querida! Você se machucou, não foi, mocinha? Agora, olha — diz ele, vindo na minha direção. — Olha só.

Espero, prendendo a respiração. Era assim que ele começava todos os seus discursos motivacionais. "Olha só", dizia ele, antes de lhe oferecer uma pérola de sabedoria. Mas como ele vai me dar um discurso motivacional sobre isso? Como?

Por alguns segundos, Terry também parece não saber como continuar. Mas então é como se o seu cérebro engatasse, e ele abre um sorriso gentil para mim.

— Você levou um caldo. O mar se divertiu um pouco às suas custas, foi só isso. Mas não se esqueça. — Ele se vira e aponta para o mar cinzento. — Você não falhou, você está aprendendo. Está aprendendo a dar conta do mar e a dar conta de si mesma. Tudo o que você fez hoje, certo ou errado, te deu experiência. Experiência! Não tem nada melhor que isso. E você vai aprender com isso, aguarde e confie. Agora me diz, você se machucou? Se cortou, bateu em alguma coisa? — O olhar dele vaga pelo que restou do hematoma do dia em que dei de cara na parede, então estala a língua. — Está doendo?

— Não, não está doendo — respondo depressa. — Já está melhor.

— Ótimo! — Terry parece satisfeito. — Então a gente só tem que consertar aqui dentro. — Ele dá um tapinha na cabeça.

— É tudo o que eu quero — digo. — Pode apostar.

— Você sabe o que você tem que fazer? — Ele se inclina para a frente, os olhos azuis subitamente persuasivos e determinados. — Você tem que confiar em si mesma. Acreditar em você. Pode fazer isso?

— Eu... Tá. — A minha voz está embargada. — Vou tentar.

— Ah, minha querida. — Terry volta a olhar para a praia, como se estivesse tentando descobrir o motivo da minha angústia. — Olha só — retoma, por fim. — Sei que os seus amigos riram de você. E vou ter uma palavrinha com eles. Mas o que você tem que lembrar é o seguinte: ninguém se lembra dos caldos. Não! As pessoas só se lembram dos triunfos! — Vejo um lampejo do antigo brilho em seus olhos azuis. — Elas vão se lembrar de todas as vezes que você pegou aquela onda e surfou até o fim. Já vi você fazer isso — acrescenta, animado. — Sei que você consegue.

Não consigo me mexer. Não consigo responder. As palavras dele estão me atingindo lá no fundo.

— Agora — continua Terry, com sabedoria. — Quer saber por que você levou um caldo?

— Quero — peço, desesperada para ouvir a resposta. — Me diz. Por quê?

— Porque você tentou — diz Terry simplesmente. — Você tentou, minha querida. E isso te coloca acima da maioria das pessoas. — Ele oferece a mão para um high-five, e, quando o faço, segura a minha com os dedos secos, a pele fina. — Acredite em si mesma. Você vai conseguir.

— Obrigada, Terry. — Mais duas lágrimas escorrem pelo meu rosto, e as seco. — Por... tudo. Obrigada por tudo.

— Foi um prazer! — Terry parece satisfeito e um pouco confuso. — É sempre um prazer. Você foi bem hoje! — Seus olhos ficam fora de foco, como se ele estivesse perdendo a linha de raciocínio, mas então acrescenta, decidido: — Agora, pode deixar a prancha na praia ou ficar com ela por hoje. Mas avisa a Sandra, tá? Ah, oi!

Uma mulher grande e corpulenta, com um sorriso gentil, se aproxima de nós pela areia.

— Chegou a hora, Terry — anuncia ela e me cumprimenta com um aceno simpático. — Oi. Eu me chamo Deirdre.

— Oi — digo, torcendo para não estar com o rosto manchado de lágrimas. — Me chamo Sasha. Eu... Eu conhecia o Terry.

— Fez aula de surfe com ele, é? — pergunta ela.

— É. Tem vinte anos que eu não o via. Até hoje.

— Ah. — Ela olha nos meus olhos com um sorriso triste de compreensão. — Bom, ele mudou. Mas o Terry ainda está lá dentro, não está, meu querido? Quer tomar um chá? Daqui a pouco a Tessa chega!

Terry faz que sim, dócil, e segura o braço que ela oferece para ele.

— Se você quiser ver ele de novo, ele vem muito aqui na praia — acrescenta ela, conduzindo-o.

— Obrigada — digo, prestativa. — Pode deixar. Eu venho. Tchau, Terry. Foi muito bom te ver.

— O que você *não pode* se esquecer é... — diz Terry, concentrado, como se estivéssemos no meio de uma conversa. — O lance é... — Ele para e suspira, como se estivesse frustrado consigo mesmo.

— Está tudo bem, Terry — diz Deirdre, tranquilizando-o. — Não tem pressa. No seu tempo.

Há um momento de silêncio, interrompido apenas pelas ondas e pelo vento, então ele parece se lembrar do que ia dizer.

— Você *não pode* se esquecer de curtir o momento. — Ele me encara com um brilho intenso nos olhos azuis, e, só por um instante, estou olhando para o velho Terry. — Aproveite cada segundo. Porque, se você não aproveitar, de que adianta? O lance é *viver* o momento.

— Eu sei. — Faço que sim, sorrindo, ainda que com os olhos marejados. — O lance é *viver* o momento.

— É isso aí. — Ele faz que sim com a cabeça, parecendo satisfeito, então aponta para o mar cinzento e proibitivo. — Certo. Chega de papo. Manda ver!

— Isso — diz Deirdre, com gentileza. — Ela vai mandar ver. E nós vamos comer um bolo. Tchau, querida. — Ela sorri para mim. — Muito bom conhecer mais uma aluna do Terry. Vocês são tantos, sempre aparecendo em tudo que é canto! Ele deve ter dado muitas aulas.

— É — digo simplesmente. — Muitas.

Terry me oferece um sorriso gentil por cima do ombro, então vai embora com Deirdre, e desabo no deque da Surf Shack, perdida num misto de pensamentos e memórias.

QUATORZE

Quando encontro Finn, à noite, para beber na praia, estou cheia de novidades.

— Eu vi o Terry — disparo assim que o vejo, sentado no deque com a garrafa de champanhe e as taças prontas.

— O *Terry*?

O rosto dele se ilumina, assim como o meu no momento em que o vi, e sei que a notícia vai ser tão difícil para ele quanto foi para mim. Como esperado, ele ouve num silêncio soturno, enquanto descrevo a aparência frágil e a mente confusa de Terry.

— Acho que era de se esperar... — diz ele, por fim. — O Terry levou uns bons caldos. A gente achava que não, mas ele levava.

— Sabe o que ele me falou hoje? — pergunto com um leve sorriso. — Ninguém se lembra dos caldos. As pessoas só se lembram dos triunfos.

— Bom, parece o Terry de antigamente. — Finn sorri. — E ele terminou com "Manda ver"?

— Terminou! — Me sento do lado dele. — Isso é que é estranho! Era o Terry de antigamente, em alguns momentos. Ele falou todas aquelas coisas que ele falava, praticamente me deu uma aula de surfe, só que... não era de verdade.

— Vai ver é um lugar em que ele se sente bem. — A expressão de Finn se suaviza. — Na praia, ensinando para as crianças a coisa que ele mais ama.

— É. — Faço que sim. — E que sorte a nossa ter tido ele como professor.

— Muita sorte. — Finn abre um sorriso. — Me lembro de um ano que tinha um garoto na minha turma. Depois da primeira aula, a mãe resolveu tirar o filho e levar para jogar minigolfe. — Finn de repente começa a rir. — O Terry ficou uma fera. E não porque não conseguiu preencher a vaga, mas porque achou moralmente errado. Como se o primeiro mandamento fosse "Surfarás".

— Tenho certeza de que já ouvi o Terry falando isso. — Sorrio para Finn.

— Eu estava devolvendo a minha prancha — continua Finn —, então estava dentro da Surf Shack e ouvi o Terry dando uma bronca na mulher, nos fundos da loja. Ele estava dizendo: "O que estou oferecendo para o seu filho é o *paraíso*. Aprender a surfar essas ondas é um portão para o *paraíso*. Está me ouvindo? O *paraíso*, literalmente. E você prefere ir jogar minigolfe?"

— E o que o garoto falou? — pergunto, curiosa.

— Ficou ali, constrangido. Provavelmente levou um caldo, entrou água no nariz e ele não gostou. Vai ver nem queria surfar, para começo de conversa.

— Ele deve estar ganhando o Masters de golfe, hoje em dia — digo, e Finn ri.

— Pois é. — Ele dá um gole, então se levanta. — Ah, esqueci! Espera aí.

Finn atravessa o deque e entra no chalé, então volta com algo nas mãos.

— Comprei salgadinho.

— Chips de beterraba? — Leio o rótulo, questionando.

— É saudável! — exclama ele, parecendo satisfeito consigo mesmo. — Deve ser intragável também — acrescenta, como se pensasse melhor. — Mas é um começo, né? — Ele abre o pacote e me oferece um, depois pega um também.

Nós dois mastigamos em silêncio, olhando um para o outro.

— Não é ruim — digo, depois de um tempo.

— Não é bom — retruca Finn.

— Verdade. Não é bom.

— A vida é curta demais para comer papelão sabor beterraba — declara Finn, decidido. — Se é para comer chips, coma batata chips.

— Você está parecendo o Terry — comento, rindo.

— Excelente — diz Finn. — Na dúvida, pense: "O que o Terry ia achar disso?" Ele diria: "Come essa porcaria de batata e aproveita." — Finn dobra a embalagem do salgadinho de beterraba e deixa de lado, então acrescenta: — Como falei antes, praticamente tudo o que aprendi na vida aprendi com o Terry Connolly.

Observo Finn por sobre a minha taça, curiosa. No começo, achava esse cara o monstro mais desagradável do mundo. Mas, quanto mais conversamos, mais concordamos. E eu o entendo mais. Aprendo mais. Percebo que quero saber a opinião dele sobre as coisas. Sinto que podem ser opiniões sábias. Não tem muita gente por aí sobre quem eu possa dizer isso. Ficamos em silêncio por um tempo, e olho para o céu escuro e salpicado de estrelas. Talvez esse tempo todo eu só estivesse precisando de um amigo.

Uma hora depois, a garrafa de champanhe está vazia, e eu estou tremendo. Está na hora de voltar.

— Não vou aguentar pedir serviço de quarto de novo — digo enquanto seguimos para o hotel. — Vou comer no restaurante.

— Eu também — diz Finn. — Até reservei uma mesa.

— Você reservou uma mesa? — Não posso deixar de rir. — Para quê? Para não correr o risco de estar lotado?

— Força do hábito — admite Finn. — Liguei para a recepção e perguntei: "Vocês têm mesa para o jantar, hoje?" E a Cassidy passou uns trinta minutos tentando acessar o sistema, e sabe o que ela respondeu? "Acho que consigo te encaixar, Sr. Birchall."

— Encaixar? — Dou uma gargalhada. — Encaixar você no restaurante vazio?

— Vai ver tem uma multidão chegando hoje — sugere Finn, dando de ombros. — Tudo é possível. Você tem planos para amanhã? — acrescenta ele casualmente.

— Não programei nada. Mais do mesmo, acho.

— É que eu estava pensando... — diz Finn, abrindo a porta dos fundos do hotel. — Topa ir até Kettle Cove? A gente pode caminhar pela trilha da falésia.

— Topo, sim. — Sorrio para ele. — Ótima ideia.

A essa altura, já chegamos ao restaurante, e pisco, surpresa. O lugar está ainda mais cavernoso do que antes, porque algumas das mesas e cadeiras desapareceram, deixando apenas as marcas no carpete de onde estavam. Tirando a mesa falsa junto da janela na alcova, agora só tem três mesas em todo o vasto espaço. A minha mesinha num canto. A de Finn do outro lado. E uma mesa para dois, bem no centro do salão, ocupada pelos West, que parecem pouquíssimo à vontade.

— Uau! — Fico boquiaberta diante do novo arranjo. — O que aconteceu?

— Vendemos alguns móveis! — responde Cassidy, animada, aparecendo atrás de mim com um paletó vermelho que parece parte de um uniforme de comissária de bordo. — No eBay! Deu trezentas libras, nada mau! Deseja jantar no restaurante hoje, Srta. Worth?

— Se... tiver lugar... — digo, olhando para Finn. — Infelizmente, não fiz reserva.

— Hum... — Cassidy olha para o salão vazio, pensativa. — É, *acho* que dá para acomodar você. Mesa para um, é isso? E o Sr. Birchall já reservou uma mesa, certo?

— Achei prudente — comenta Finn, muito sério, e mordo o lábio.

— Excelente! — diz Cassidy com sinceridade. — Bom, eu sei que você vai querer ficar o mais longe possível da Srta. Worth — acrescenta para Finn. — Na verdade, essa é uma prioridade para vocês. Então eu gostaria de ressaltar que a arrumação nova aumenta ainda mais o espaço entre vocês. São dez metros entre as mesas! — Ela sorri orgulhosa para nós. — Dez metros! Espero que a sua experiência gastronômica fique ainda mais agradável com esse ajuste. Foi ideia do Simon.

Olho meio sem jeito para Finn, que parece igualmente desconcertado. Parece que tem séculos desde que trocamos farpas por termos que dividir a praia.

— Ficar longe não é a *maior* prioridade — começo, desconfortável, no mesmo instante em que Finn diz:

— Eu não diria que é essencial...

— Não tem problema! — Cassidy dispensa os nossos protestos. — Aqui no Rilston nós nos orgulhamos de oferecer um toque pessoal. Queremos os nossos hóspedes o mais felizes possível, e obviamente para vocês dois isso significa estar o mais longe possível! — Ela sorri para mim. — Pode me acompanhar, Srta. Worth? O Nikolai já vem, ele está só ajudando o Simon com uma pequena emergência relacionada a uma raposa que descobrimos morando num dos quartos.

Olho para Finn na mesma hora e tenho que comprimir os lábios para não rir.

— Sem dúvida, um problema — diz ele, muito sério. — *Bon appetit* — acrescenta para mim.

Sigo Cassidy pelo piso acarpetado sobre as tábuas que rangem até a minha mesa de sempre, agora aparentemente a vários quilômetros da de Finn. Ao passar pelos West, sorrio para eles, e a Sra. West assente com a cabeça, então desvia o olhar, com o queixo contraído. O Sr. West não parece capaz de se mexer. Permanece rígido de desânimo. Constrangida por testemunhar tamanha tristeza, me sento à minha mesinha isolada e dou um tchauzinho para Finn, que está sentado à sua própria mesinha. Penso uma coisa e pego o celular para mandar uma mensagem para ele.

> Parece dia de prova!!!

A resposta dele chega quase na mesma hora:

> É msm! Mas se não queriam que a gente colasse deviam ter confiscado os celulares. Que burros.

Sorrio com a resposta e abro o cardápio, que já conheço, por causa do serviço de quarto. Não parece haver nada de diferente, tirando o "Prato do chef: lombo de cordeiro para dois."

O que parece muito bom. Depois de pensar um pouco, pego o celular e mando outra mensagem para Finn:

Topa dividir o cordeiro?

Ele não demora a responder:

Ótima ideia.

Faço um sinal de positivo para ele, e ele responde erguendo a taça para mim. Nada do Nikolai por enquanto. Acho que a raposa não quer ir embora.

No centro do salão, os West conversam em sussurros ríspidos e curtos. De vez em quando, eles param para olhar ao redor, como se conferindo se tem alguém ouvindo, e eu passo a olhar cuidadosamente o meu celular, só para demonstrar que não estou interessada. Procuro por "Kettle Cove", para ver se não fechou ou algo assim, então clico em "atrações nesta área".

— Não é só o sexo! — A Sra. West levanta a voz, angustiada, e sinto uma onda de constrangimento. Ceeeerto. *Não* olha para eles. Baixo ainda mais a cabeça para a tela do celular, tentando transparecer que "estou absorta demais na minha pesquisa para ouvir a briga de vocês".

E, na verdade, entrei numa página bem interessante. Parece que tem uma tirolesa nova perto de Kettle Cove, e ao ler a descrição sinto uma vontade súbita de experimentar. "Venha conhecer esta atração emocionante enquanto sobrevoa Kettle Cove em alta velocidade e com uma vista espetacular."

Assisto ao vídeo no mudo, sentindo a emoção da mulher em seu equipamento de segurança, descendo a tirolesa sobre um trecho de águas reluzentes. A ideia não parece só incrível como também está na minha lista de vinte passos. "Passo 11: Busque aventura. Sacuda seu corpo com uma explosão de adrenalina. *Bungee jumping*, tirolesa ou simplesmente um filme de terror. Qualquer coisa que desperte os seus sentidos."

Eu bem que estou precisando despertar os meus sentidos. Num impulso, me levanto e atravesso o salão até a mesa de Finn, sorrindo sem jeito para os West ao passar pela mesa deles. Eles estão em silêncio agora. A Sra. West está dobrando o guardanapo de novo e de novo, com as mãos finas trêmulas, enquanto o Sr. West olha resolutamente para cima, como se fascinado pelas sancas.

— Você veio me visitar! — exclama Finn quando me aproximo. — Bem-vinda a esse lado do salão.

— Bem agradável — digo, olhando ao redor como quem está admirada. — Olha só essa tirolesa que encontrei. Fica do lado de Kettle Cove.

Finn olha a página, arregalando os olhos ao ver o vídeo.

— Incrível! — diz ele por fim. — Está aberta?

— Vou ver. Se estiver, posso comprar ingresso?

— Pode! Vamos lá.

Volto para a minha mesa, tentando andar na ponta dos pés sobre o chão crepitante ao passar pela mesa silenciosa dos West.

— Desculpa — murmuro para eles, embora não tenha muita certeza pelo quê, e a Sra. West me oferece um sorriso de lado contido.

Pouco depois, Finn se levanta e vem até a minha mesa. Diferente de mim, ele não parece nem um pouco preocupado com os West, que continuam num silêncio tenso e terrível. Ele anda com confiança, fazendo o chão ranger terrivelmente, e me cumprimenta com uma voz retumbante.

— Certo, tenho outro plano. Topa um chá da tarde depois? Ou você é saudável demais para comer umas guloseimas?

— Não! — respondo, rindo. — Eu *preciso* de um chá da tarde ao menos uma vez enquanto estiver em Devon. Isso é lei.

— Foi o que pensei — devolve Finn. — É uma obrigação. Vou ver se tem algum lugar perto de Kettle Cove, pode ser?

— Acho que a gente foi algumas vezes num lugar chamado The Tea Kettle...

— É. Eu conheço. Vou ver se ainda está aberto. E, quando o Nikolai aparecer, vou pedir o cordeiro para a gente. — Ele me cumprimenta com a cabeça, então volta para o seu lugar.

Logo depois, penso que a gente devia pedir algum acompanhamento. Me levanto e tento atravessar o salão discretamente, pisando com cuidado nas tábuas barulhentas, até que a Sra. West solta um suspiro de irritação tão óbvio que paro onde estou.

— Desculpe o incômodo — digo com gentileza. — Queria só perguntar outra coisa para o meu amigo.

— Tenho uma ideia: por que vocês não ficam com a nossa mesa e a gente se senta nas de vocês? — sugere a Sra. West, num tom curto e frágil. — Não é como se a gente tivesse o que dizer um para o outro, e assim vocês não precisam ficar levantando toda hora. — Ela começa a pegar a bolsa e o cachecol, enquanto olho, consternada.

— Hayley! — exclama o Sr. West.

— Bom, é verdade — devolve ela, com os olhos de repente cheios de lágrimas. — O que a gente tem para conversar?

— Você está sendo ridícula — murmura ele.

— A gente veio aqui para consertar as coisas. Como que ficar sentado em silêncio vai consertar alguma coisa?

— Bom, e *o que* você quer que eu fale?! — exclama o Sr. West, arrasado. — Que peça desculpa por tudo o que fiz, desde antes de te conhecer? Já pedi desculpas, Hayley. Não aguento mais repetir isso.

— Você pede desculpa, mas não é de coração! — responde ela com rispidez, então leva um lenço ao rosto.

— Eu nem sei mais onde está o meu coração — rebate o Sr. West num tom pesado. — Perdi a vontade de viver. — Ele aponta vagamente para Finn e para mim. — Não estou nem aí se eles estão ouvindo.

Ele vai embora, e Hayley fica olhando para a porta, o rosto cada vez mais vermelho, então ela arfa e o segue. Um instante depois, ouço-a chamando:

— Adrian! Adrian!

Finn e eu ficamos imóveis por um tempo. Até que me volto cautelosamente para ele.

— Ui — digo, baixinho.

— Isso foi... — Ele balança a cabeça, parecendo espantando.

— O que será que aconteceu? — Estremeço. — Os dois estavam com uma cara péssima.

É tanta angústia que chego a ficar abalada. Sinto uma vontade ridícula de correr atrás dos dois e dar um abraço neles, mas acho que não ia ser uma boa ideia. Também não vou comentar isso com Finn, que no mínimo vai rir de mim.

— Será que a gente pega a mesa deles? — sugere Finn, pensando logo em termos práticos. — Ela tem razão, faz mais sentido.

— Não! — Nego com a cabeça. — E se eles fizerem as pazes, voltarem, e a gente estiver na mesa deles?

— Fizerem as *pazes*? — Finn dá uma risada curta e incrédula.

— Pode acontecer! Acho que a Hayley quer fazer as pazes. Ela correu atrás do Adrian. Se ela não estivesse interessada, teria ficado sentada aqui e deixado ele ir embora.

— Interessante — comenta Finn. — Mas e ele?

— Não sei — admito. — Mas a gente devia deixar a mesa livre, por precaução. — Hesito, olhando para a mesa de Finn, então para a minha. — Se bem que... pode ser mais divertido...

— Sentar junto? — sugere Finn, descontraído. — É mais fácil do que ficar mandando mensagem. Vamos juntar as mesas?

— Vamos. — Faço que sim. — Eu pego a minha, você pega a sua.

Devagar e com cuidado, começamos a arrastar as mesas da beirada para o centro do salão. A minha taça e os talheres vão sacudindo enquanto avanço, mas sigo determinada a não derrubar nem tirar nada da mesa. Do lado dele do salão, Finn segue mais ou menos como eu, mas, quando ergo o rosto, vejo-o tirando a taça da mesa e deixando no chão.

— Você está roubando! — acuso.

— Só estou sendo prático.

Acabamos nos encontrando num ponto central, a uns três metros da mesa dos West. Juntamos as mesas, reorganizamos os talheres, nos livramos de um vaso de flores sobressalente, então Finn pega a sua taça de vinho e puxa a minha cadeira para mim.

— Milady.

— Obrigada!

Ele se senta do outro lado, e estou prestes a procurar por Nikolai quando ouço um grito de consternação atravessar o ambiente.

— Sr. Birchall! — Eu me viro e vejo Simon parado na porta, nos encarando com os olhos arregalados de horror. — Sr. Birchall, Srta. Worth, estou mortificado. Estou estarrecido. Não consigo pensar no que provocou este erro catastrófico. Todos os funcionários estão plenamente conscientes de seu desejo de ficarem o mais distante possível...

— Está tudo bem! — interrompo depressa, mas ele parece não ouvir.

— Nós, do Rilston, nos orgulhamos... — Ele interrompe o que dizia. — Cassidy! O que aconteceu aqui? — Ele gesticula descontroladamente para nós. — O que é isso que estou vendo?

Quando Cassidy nos vê sentados juntos, quase derruba a jarra de água que está carregando.

— Não sei! — responde, na defensiva. — Mas a culpa não é minha! Eu coloquei os dois a quilômetros de distância um do outro! *Quilômetros!* — Nesse momento, Nikolai se junta ao grupo, e ela o ataca. — Nikolai, *você* juntou as mesas?

— Não! — Nikolai parece horrorizado ao nos ver. — Não, não, não!

— Bom, então separe, *rápido*! — ordena Simon num tom severo. — Sr. Birchall, Srta. Worth — exclama ele mais alto, dando um passo à frente —, peço desculpas por este descuido infeliz. Se os senhores não se importarem, gostaria de oferecer um drinque de cortesia no bar, enquanto reorganizamos o salão de forma mais...

— Preferimos assim — interrompe Finn com educação. — Na mesma mesa. Se não tiver problema.

— Fomos nós — acrescento, apontando para a mobília. — Nós que juntamos as mesas.

— Ah... — Simon parece totalmente confuso, a cabeça indo de mim para Finn e então voltando para mim. — Foram *os senhores*?

— Espero que não seja um problema — acrescenta Finn. — Não tinha ninguém a quem perguntar, então resolvemos por conta própria.

— Mas por que vocês querem se sentar juntos? — pergunta Cassidy. — Vocês não são um casal. Vocês não se suportam! — Ela semicerra os olhos. — Vocês *são* um casal?

Por um microssegundo, sinto um frio na barriga diante da palavra "casal" e pisco. Espera. Por que isso aconteceu? Por que o frio na barriga?

Ai, meu Deus.

Será que... Será que eu... Será que eu me interessei por sexo de repente? Será que finalmente estou voltando a viver? Estou despertando?

Depressa, tento imaginar uma cena de sexo, para me provocar, para me testar. Vai, pensa em alguma coisa. O que seria sensual? *Dois corpos nus. Copulando.*

Eca! Não. Que palavra horrível.

Tendo relações sexuais.

Ui! Horrível também.

Toda imagem de sexo que conjuro parece distante e irrelevante. Então, talvez eu não tenha despertado por completo. Mas não tenho dúvida de que senti *alguma coisa*. Será que vai voltar? Quem sabe?

— Não, não somos um casal — explica Finn pacientemente. — Somos só dois hóspedes que resolveram se sentar juntos para conversar. Certo, Sasha?

— Certo! — Ofereço um enorme sorriso. — Só isso.

— Ah, entendi! — diz Simon por fim, com ar de quem não entendeu nada. — Bom. Aproveitem o jantar.

QUINZE

Nossa, a brisa do mar tem um cheiro muito bom. Percebo que agora tudo tem um cheiro, um toque e um gosto bom. Desde o ar até o meu sabonete líquido orgânico novo. Os meus sentidos estão se reavivando, os meus níveis de energia estão aumentando, está tudo ótimo. Nada de libido por enquanto, mas não estou nem ligando para isso, porque sou uma pessoa saudável, equilibrada e com muitas facetas na vida, do exercício à diversão e à amizade. Todo dia eu falo com Dinah e, depois de cada conversa, estou sorrindo.

O melhor de tudo é que parei de acordar todo dia obcecada com o Zoose e escrevendo mil palavras furiosas e frustradas. Não estou planejando o que vou dizer para Joanne. Não estou revivendo todos os meus momentos mais deprimentes na empresa. Isso ficou para trás. Finalmente. Quando eu voltar para o escritório, *aí* penso nisso de novo. Por enquanto, não.

Não sei o que ajudou mais: os agachamentos, as horas de sono, a maresia ou só a companhia de Finn. Tem uma semana desde que juntamos as mesas no restaurante e, desde então, todo dia fazemos alguma coisa juntos. Gritei até ficar rouca, voando por sobre as árvores na tirolesa. Andamos pela trilha da falésia. Visitamos o minúsculo

Museu de Esquisitices à Beira-Mar de Campion Sands, tentando esconder o riso do curador idoso. Fizemos piqueniques deliciosos preparados pelo chef Leslie e até dividimos um pote de repolho fermentado (que, para minha surpresa, não foi ruim).

Hoje, escalamos as pedras, eu rasguei a minha calça jeans, Finn enfiou o pé numa poça rasa e encharcou o tênis, e nós dois comemos o nosso segundo e imenso chá da tarde. E agora estamos andando a esmo por Kettle Cove, pisando nas pedrinhas. O tempo nesse fim de tarde está ameno; há até uma pitada de primavera no ar.

— Chocolate? — oferece Finn, tirando uma caixa do bolso, e dou risada.

— Comi demais. E não *acredito* que você trouxe esse chocolate.

A caixa estava na praia, em frente aos chalés, hoje de manhã, junto com uma mensagem muito parecida com as anteriores: *Para o casal da praia. Com apreço. 18/08.* Todo dia aparece uma mensagem nova, e eu quase desisti de tentar adivinhar o que significam. Só sei que não é arte, tenho *certeza*.

— Acho que a gente devia pensar em voltar daqui a pouco — digo, olhando para o relógio —, se quisermos chegar para o jantar.

— A não ser que... — Finn me lança um olhar travesso. — Que tal comer peixe com batata frita na praia e depois pegar um táxi para o Rilston?

— Boa! — digo. — Só que estou muito cheia para comer tanto agora.

— Vai passar — afirma Finn, seguro de si. — Espera só você chegar lá e sentir o cheiro da batata frita com vinagre.

— Peixe com batata frita na praia — digo, com carinho. — Vai ser sempre melhor que o escritório.

— Ah, nem se compara — concorda Finn, fazendo que sim com a cabeça. Ele faz uma pausa e acrescenta: — Bom, já que você tocou no assunto, eu estava querendo perguntar uma coisa.

— Ah, é? — Olho para ele. — O quê?

— Pelo que falou, parece que você estava muito triste no Zoose. Por que não mudou de emprego lá atrás? Por que continuou até chegar num ponto em que ficou tão desesperada que teve que fugir?

— Porque mudar de emprego é cansativo — argumento. — É como se fosse um segundo trabalho. Você tem que procurar vaga, ir às entrevistas, ser interessante...

— Você é interessante — diz Finn de pronto.

— Sou nada. — Dou uma risada irônica.

— Você nunca recebeu ligação de um *headhunter*?

— Já, mas não atendi.

— Por que não?

— Não tinha tempo. Nem energia.

— Hum. — Finn pensa por um instante. — Você quer sair da área de marketing? Fazer outra coisa?

— Não — respondo, surpresa com a minha convicção. — Adoro marketing. É um trabalho criativo. Você tem que encontrar soluções. É divertido. Quer dizer, pode ser divertido. É o que eu *sei* fazer — concluo, enfática.

— Entendi. — Finn ri.

— O meu trabalho anterior também era com marketing. Eu adorava. Mas no Zoose... O Zoose foi um divisor de águas.

— Tá, outra pergunta, então — insiste Finn de leve. — Por que você se deixou ficar tão exausta que não conseguia nem reunir forças para trocar de emprego? Por que você continuou dizendo "sim"?

— Porque... — Solto o ar, pensando naquele tempo. — Porque alguém tinha que fazer o trabalho e não tinha mais ninguém. No Zoose é assim. Um caos.

— É aí que você se recusa. Você diz "não".

— Dizer "não" não funciona. Eles só jogam mais tarefas em cima de você.

— Então você ameaça ir embora. Você deixa o trabalho incompleto e explica por que não deu tempo de terminar. Você cria limites e se atém a eles.

Olho para Finn, e é como se ele estivesse falando uma língua estrangeira.

— Eu não sou assim — digo, por fim.

— Mas tem que ser. — Ele me encara com intensidade. — Você fala como se não tivesse nenhum valor, nenhum poder. Se a questão era essa, não dava para simplesmente sair do emprego e ir levando por um tempo até encontrar um melhor?

Sinto um espasmo de pânico, que engulo em seco.

— Não sei. Sou bem avessa a riscos. Se tem uma coisa que não quero *mesmo* é fracassar.

— Então você acha melhor viver pela metade do que correr o risco de fracassar?

As palavras de Finn me causam um choque visceral. "Viver pela metade" é uma avaliação bem brutal do que tenho feito, embora talvez precisa.

— Eu não queria arrumar problema — digo, olhando fixamente para a frente. — Financeiramente.

— Então o seu saldo bancário está saudável.

Pelo jeito como ele enfatiza a expressão "saldo bancário", sei exatamente o que quer dizer. O meu saldo bancário pode estar saudável, mas todas as outras áreas da minha vida nem tanto.

— Eu sei que tenho que largar o meu emprego. — Ouço-me dizer. — Vou sair. De verdade. Eu vou.

Mais uma vez, palavras que eu não pretendia dizer estão escapando de mim. Olho para o céu escurecendo num leve estado de choque. Eu vou largar o meu emprego? Pedir demissão? Pedir demissão de verdade?

Uma sensação estranha e inebriante surge dentro de mim, muito lentamente. Parece um pouco como... felicidade. Uma felicidade reluzente e dourada. É euforia, alegria, liberdade.

É isso o que tenho buscado?

— Posso muito bem largar o emprego, se quiser. — Dou uma risada estranha, quase histérica. — Posso pedir demissão.

— Isso. Sim, pode. — Finn assente com a cabeça para mim. — Você tem esse poder. *Poder.* — Ele se inclina para a frente e aperta a minha mão. — Você tem valor, Sasha. Você é interessante. Acredite nisso.

— E o Zoose é... — Faço uma pausa, tentando pensar em outra maneira de descrever a empresa. — O Zoose é *problemático*.

— Fala mais do Zoose — pede Finn, e eu dou risada. — Estou falando sério — insiste. — Sou consultor. Gosto de ouvir sobre empresas problemáticas. Me ajuda a dormir à noite.

Então eu conto. Descrevo a falta de pessoal, as prioridades erradas, as brigas internas... tudo. Descrevo Asher. E Lev. E Joanne. Me pego analisando tudo de forma diferente, agora que estou um tempo fora.

— Parece uma bagunça — comenta Finn, quando termino. — As startups costumam ter uma fase complicada, principalmente quando crescem rápido demais. É ótimo ser bem-sucedido, mas tenha cuidado com o que deseja. E o negócio do irmão incompetente... — Ele balança a cabeça com ironia. — O fundador vai acabar pagando o irmão para poder se livrar dele, mas ele precisa fazer isso logo. Fala isso para ele.

— Vou falar. — Dou risada. — Na próxima vez que me encontrar com ele.

— Ótimo. — Finn anui com a cabeça, como se eu estivesse falando sério. — E aí, peixe com batata frita?

Finn se oferece para entrar na lanchonete, que está lotada de crianças, então dou uma nota de dez para ele e fico esperando do lado de fora, sentada junto da mesma parede de quando eu tinha 10 anos. Na época, eu me via tomada de bons sentimentos, assim como agora. Uma ansiedade, um nervosismo, uma sensação surreal. Mas uma sensação boa.

Posso largar o emprego. Não, tenho mais certeza do que isso: eu *vou* largar o emprego. Quando faço isso? Como? Preciso pensar mais?

Fico sentada por alguns segundos, de olhos fechados, processando tudo, então abro os olhos.

Não. Não preciso pensar mais. Chega de pensar, de esperar, chega de estagnação. Eu sei que a minha mãe falou para eu não tomar nenhuma decisão importante, mas preciso disso. Preciso agir. Agora.

Tremendo, pego o telefone, encontro o e-mail da chefe de recursos humanos do Zoose, Tina Jeffrey, e começo a digitar.

Prezada Tina,

Gostaria de pedir demissão do meu cargo de diretora de promoções especiais. Acredito que as férias a que tenho direito são suficientes para cobrir o período de aviso prévio, portanto, não vou retornar ao escritório.

Atenciosamente,

Sasha Worth

Sem parar para pensar, levanto o polegar e aperto Enviar. Então, quando Finn volta, trazendo peixe, batata frita e duas Coca-Colas, olho para ele, me obrigando a sorrir.

— Acabei de pedir demissão.

— O quê? — Ele para no meio de um passo e me encara. — Você fez o quê?

— Larguei o emprego. Enquanto você estava comprando a comida. Mandei um e-mail para a chefe do RH.

— Uau! — Ele arregala os olhos. — Foi rápido.

— Eu sei! — Tento soar bem positiva, porque, debaixo desse sorriso, já estou sentindo a onda de pânico. Não demorou muito. As perguntas estão martelando a minha cabeça: eu devia ter esperado? Preciso contar para a minha mãe? O que as pessoas vão dizer?

E uma pergunta maior, mais aterrorizante: acabei de cometer o erro mais terrível e do qual vou me arrepender pelo resto da minha vida?

Mas não vou me afundar no pânico. Estou determinada a manter o medo, o pessimismo extremo, a insegurança lá fora. Tenho uma poupança. Tenho experiência. Tenho o meu currículo. Vou arrumar outro emprego.

— Você está bem? — pergunta Finn.

— Estou! — respondo, tentando soar confiante. — É. — Faço uma pausa e acrescento, mais honestamente: — Vou ficar.

— Largar o emprego não é pouca coisa. — Ele se senta do meu lado. — Você teve coragem.

— Eu precisava fazer isso. — Percebo que falar disso no pretérito já está me ajudando a relaxar. — Não tinha opção.

Finn me entrega a minha porção de peixe com batata frita, e na mesma hora pego uma batata e enfio na boca.

— Acho que sair foi a coisa certa. E, se quer saber, acho que você não devia se apressar para arrumar outro emprego. Se as suas finanças aguentarem — acrescenta ele, cauteloso.

— Elas aguentam. — Faço que sim, ainda mastigando. — Por um tempo.

— Ótimo. E, quando você decidir voltar, se quiser o contato de algum *headhunter*, é só falar comigo. Ou alguém com quem conversar. Enfim. Você vai arrumar outro emprego — continua ele, confiante, talvez percebendo que estou na dúvida. — Você vai arrumar um emprego excelente. — Ele gesticula para o mar escuro. — Lembra o que o Terry falava? Ondas infinitas. Possibilidades infinitas.

— Lembro. — Dou risada. — E obrigada pelo apoio. Eu não ia conseguir fazer isso se não tivesse falado com você. Você me ajudou a me entender.

— Tá, agora você está exagerando — diz Finn com os olhos brilhando. — Você ia chegar lá sozinha. Mas fico feliz por ter ajudado.

Ele é uma pessoa boa, me pego pensando. É sábio. Não tem más intenções. Ficamos sentados ali, mastigando em silêncio o peixe com batata frita, bebendo Coca-Cola, e sinto um carinho avassalador por esse homem forte e gentil que enxerga o que eu não posso ver, mas que não sente necessidade de se gabar, nem de compartilhar o que está pensando, a menos que eu pergunte a ele.

— E você? — pergunto, determinada a manter a nossa pequena rede de apoio justa para os dois. — E o seu trabalho? Qual é a situação lá?

— Ah... — Finn dá de ombros e se fecha, como sempre faz. Como se não estivesse interessado e achasse que eu também não posso estar.

— Você vai voltar? — insisto. — A empresa também é problemática?

— Não que nem a sua. — Ele balança a cabeça. — O trabalho não é perfeito, mas... Não. O problema não era a empresa. Eu vou voltar. Mas eu tinha... — Ele faz uma pausa tão longa que chego a prender a respiração. — Eu tive outros problemas — conclui, por fim. — Outras coisas.

Algo mudou no rosto dele enquanto falava. Há um peso, um cansaço na testa, nas sobrancelhas, nos olhos. Por um instante, é como se ele não pudesse suportar o mundo.

Eu o observo, consternada, sentindo como se qualquer coisa que eu pudesse dizer fosse inadequada. Não faço ideia de com o que ele está lidando; só consigo ver a tensão que tem sido. Mas, a menos que ele me dê algum detalhe, como vou ajudar?

— Sou boa ouvinte — arrisco. — Você pode me contar. Pode contar qualquer coisa.

— Obrigado. — Finn me oferece um sorriso de lado. — Mas acho que isso não me ajuda a... Mas obrigado.

Me sinto ridiculamente magoada por ele não se abrir comigo. Mas, ao mesmo tempo, sei como é quando é a hora errada. Talvez ele esteja exausto demais para compartilhar.

— Talvez você devesse ver alguém — sugiro. — Um psicólogo.

— É o que o pessoal do trabalho quer que eu faça. — Finn revira os olhos.

— Como assim?

— Eles me mandaram fazer duas coisas. Tirar uma folga e fazer terapia. Na verdade, condicionaram a minha volta a isso.

Ajeito as costas e olho para ele.

— Você tem um psicólogo?

— Ainda não comecei — responde Finn, parecendo evasivo. — Tem uma mulher. Ela ligou algumas vezes, deixou mensagem.

— E você retornou a ligação?

Finn permanece num silêncio suspeito, e estreito os olhos, percebendo o que está acontecendo.

— Você *não retornou*?

— Vou ligar — devolve Finn, na defensiva.

— Quando?

— Não sei. Mas vou.

— Você está protelando isso? — pergunto, incrédula. — Você está evitando receber ajuda profissional?

— Não! — exclama Finn. — Eu só... — Ele interrompe o que estava dizendo e esfrega o rosto. — Vou chegar lá.

Ele está protelando isso. Está escondido aqui em Rilston Bay, em vez de fazer a terapia de que precisa para colocar a vida nos eixos.

— O que tem de tão assustador em fazer terapia? — pergunto, e Finn exibe uma expressão de tamanho horror que começo a rir. — Tá bom. Mesmo assim. Você precisa ligar para ela.

— Eu sei. — Finn pega a caixa de chocolate. — Vou ligar. Toma um chocolate.

— Você não vai me subornar com chocolate — digo, pegando um a esmo. — Vou te atazanar com isso. Não vou deixar passar. Porque é isso que se faz quando...

Desconfortável, deixo a frase no ar e enfio o chocolate na boca, me perguntando: aonde eu estava indo com isso?

"É isso que se faz quando nos importamos com alguém."

Eu estava prestes a dizer para Finn que me importo com ele.

E tudo bem, argumento comigo mesma. É verdade. Não preciso ter vergonha disso. Eu me importo com Finn. Quer dizer, não desse jeito, lógico... Não desse jeito...

Então... de que jeito?

O *que* a gente é exatamente?

Olho para a mandíbula forte dele, a barba por fazer, e sinto uma onda de calor e vergonha, misturada com...

Espera aí.

Não... Espera aí.

O que é esse frio na barriga? Esse desconforto e essa ansiedade que achei que nunca mais ia sentir? É a mesma coisa que senti antes, mas dez vezes mais forte. Não acredito. As coisas estão finalmente se acendendo dentro de mim! Parece a chama piloto de um fogão antigo ganhando vida bem fraquinho, lá no meu âmago. Não tem nada pegando fogo de verdade, mas também não está frio e morto.

O meu corpo fica todo em alerta. A respiração mais curta. Estou totalmente ciente das coxas de Finn tocando a parede ao lado das minhas. Sinto uma leve fragrância de loção pós-barba. Imagino como é a pele dele; como seria beijá-lo. Quando olho para ele de novo, o meu estômago se revira, e eu pisco, incrédula. Estou com vontade de transar?

Não. Nãaaaao. Vai com calma, amiga. Ainda estou no sopé da montanha; não sei exatamente o que quero ainda.

Mas, mesmo assim... Mesmo assim... Meu Deus. Eu voltei a ter desejo sexual. E agora?

Mais tarde naquela noite, voltamos para o Rilston de táxi, e, pela descontração de Finn, sei que ele está alheio aos meus novos frissons sexuais. Ele não sente o ar dando choque entre nós, só eu. Não fica me olhando de lado toda hora, só eu. Para mim, tudo mudou. Para ele, não.

Chegamos lá pelas dez da noite. Quando entramos no hotel, o saguão está vazio, e subimos a escada juntos, tal e qual um casal que está indo para a cama.

— Qual é o seu quarto? — pergunto, no alto da escada. Parece estranho que eu não saiba isso, mas até agora não pareceu relevante. E continua não sendo, digo a mim mesma, decidida. Continua não sendo.

— Tem que subir mais um andar — diz Finn. — E depois andar mais uns seis corredores. É um labirinto.

— Pois é! — Dou risada. Então o meu celular vibra, e pego para ver o que é. Kirsten me enviou umas fotos das crianças que vou olhar direito depois, e chegou um e-mail do departamento de recursos humanos do Zoose com um anexo. O meu coração dá uma disparada, e olho para Finn, instintivamente.

— Está tudo bem? — pergunta ele.

— Chegou um e-mail do Zoose. — Abro, com a mente fazendo as maiores especulações. Talvez o anexo seja uma carta de Joanne... ou de Asher.

Mas não.

— É uma carta padrão, reconhecendo o meu pedido de demissão — digo, correndo os olhos pelo texto. — Alguém recebeu e simplesmente apertou Enviar.

— Tarde para estar no trabalho. — Finn franze a testa.

— Todo mundo trabalha até tarde no Zoose, acho que cheguei a comentar... Ai, meu *Deus*! — exclamo ao ver o último parágrafo. —

Escuta isso: "Estamos muito tristes em saber que você vai nos deixar, mas somos uma empresa que se importa com seus colaboradores. Então, adoraríamos ouvir, através deste formulário, se há alguma coisa que poderíamos ter feito melhor. Porque são esses pequenos ajustes que fazem toda a diferença." — Levanto a cabeça, com o sangue fervendo. — Pequenos ajustes? *Pequenos ajustes?*

— Parece que você precisa avisar a eles dos "pequenos ajustes" que eles podiam fazer — diz Finn, parecendo se divertir. — É sério, conta tudo o que você me falou. Manda a real. Por que não? Talvez você se sinta melhor.

— Certo. — Faço que sim, lentamente, já redigindo o meu e-mail. — É. É o que vou fazer. E de novo... obrigada. Que dia. Foi ótimo.

— Foi ótimo. — Finn acena a cabeça para mim.

O hotel está silencioso à nossa volta, os abajures projetam sombras, é meio mágico. Sem pensar, me inclino um pouco para a frente, como se fôssemos nos beijar... Então, bem na hora, o meu cérebro dá um grito: "O que você está fazendo?" Me abaixo depressa para amarrar o cadarço, que não precisa ser amarrado.

— Bom! — Levanto de novo. — Certo, boa noite. Dorme bem.

— Boa noite. Você também.

E então Finn começa a subir a escada, e fico olhando para ele, me perguntando o que ele está pensando, o que percebeu, o que acha de nós, então me dou conta de que a resposta provavelmente é *nada*.

DEZESSEIS

De manhã, aqueles desejos sexuais novos continuam aqui, com mais outros. Finn é bonito, fico pensando, deitada na cama, olhando para o teto. É gostoso. Ele é *muito* gostoso. Eu o imagino me beijando e sinto um formigamento passar pelo meu corpo, como se alguém tivesse me cutucado. Como se alguém tivesse sussurrado no meu ouvido: "Vai ser divertido."

Mas Finn *nunca* vai me beijar, lógico, porque, nem que eu quisesse, não conseguiria afugentá-lo com mais eficiência do que fiz. Não demonstrei nenhum interesse romântico por ele. Disse que não tinha mais interesse em sexo. Até ilustrei esse fato usando a expressão "genitais se esfregando".

Muito bom, Sasha. Ótima jogada.

E o que eu faço agora? Agora que estou sendo atormentada por esses novos sentimentos?

Prezada conselheira sentimental, eu tenho um amigo platônico maravilhoso de verdade e, de repente, descobri que queria muito poder beijá-lo, só que eu já falei para ele que "sexo é basicamente genitais se esfregando".

Querida leitora, você não tem a menor chance. Se eu fosse você, entrava para um convento.

Não consigo parar de me xingar por ter sido tão descuidada. Eu devia ter sido serena e misteriosa, mantido todas as possibilidades em aberto. *Por que* eu tinha que falar demais? *Por que* eu tinha que usar a palavra "genitais"? E o que eu faço com isso agora? Porque Finn é bem gostoso. Bem gostoso. *Como* eu não vi isso antes?

Será que eu tomo a iniciativa?

Não. Não vou fazer nada, porque e se isso tornar as coisas constrangedoras? Argh. Odeio a ideia de estragar essa amizade maravilhosa e com tanta solidariedade que temos com um beijo desajeitado.

"Mas ele é tão gostoso..."

Mas eu daria um beijo nele? Ou só passaria o braço casualmente por aquelas costas lindas e musculosas?

Não acredito que estou pensando assim. Não acredito que despertei. Eu estava entorpecida. Assexuada. Não me interessava. Mas agora...

Me contorço na cama, tentando lembrar como sexo funciona. Faz tanto tempo. Tanto tempo...

Me pego me perguntando se estaria interessada no cara do Pret agora. Tento lembrar, mas... Não. Ele não mexe comigo. Só Finn. Finn, com todas as suas contradições que ainda tenho que descobrir. O rosto carrancudo e a risada contagiante. O corpo forte e a voz terna. A sabedoria e as fraquezas. A boca generosa, mas viril, sorridente, mas forte.

Ele tem dentes bonitos, penso, com carinho, deitada nos travesseiros. Então olho para o relógio e dou um pulo. Está ficando tarde. Preciso tomar café da manhã. E ver se tem outra mensagem na praia. E dizer oi para Finn. E, acima de tudo, agir *normalmente*.

Ele não está no restaurante, então engulo um cereal depressa, viro um cappuccino e saio para a praia, com o cabelo preso num rabo de cavalo igual à Garota da Roupa de Neoprene e usando um pouquinho mais de maquiagem que o normal. (O que significa só "alguma" maquiagem.)

— Está aqui! — Ouço a voz de Finn ao chegar. Corro pela areia e o vejo olhando para uma mensagem nova, escrita com pedrinhas.

Ao casal da praia. Mais uma vez, com gratidão. 18/08.

Dessa vez, tem um bolo de passas embalado em plástico dentro de uma lata.

— Quem é? — pergunta Finn, olhando ao redor. — *O que* é isso? Tem que ter uma explicação. Estou ficando maluco com isso.

— Eu também! — Olho ao redor, examinando o mar vazio, a praia desolada. Não há o menor sinal de vida, mesmo assim me sinto convencida de que alguém deve estar nos observando.

— E aí, você respondeu o e-mail do Zoose? — pergunta Finn.

— Ah. Respondi. Passei umas três horas nisso, ontem à noite — admito. — Não dormi o suficiente.

— E você falou tudo o que queria falar?

— Falei tudo. — Reviro os olhos. — E um pouco mais.

— Excelente! — Ele me oferece um sorriso satisfeito, e fico procurando no seu rosto por algum indício de... algo mais. Qualquer coisa. Um sinal. Uma dica. Um brilho sensual no olhar. Mas não tem nada. Ele está com uma expressão ampla, simpática e platônica. Não podia ser mais platônica que isso.

Mas! Será que é porque eu falei para ele que perdi a vontade de transar? Será que ele não está se deixando pensar "naquilo" deliberadamente, embora talvez — só talvez — ele me ache atraente? Me xingo, furiosa, por ter deixado aquele papel cair do bolso, e me pergunto como posso remediar o erro. Talvez eu pudesse manifestar outra coisa. Eu podia escrever:

"Querido universo, obrigada por devolver a minha libido, agradeço muito. Está tudo funcionando! Agora, como eu disse antes, se não for pedir muito, eu só preciso de um homem. Chamado Finn."

Então deixaria o papel voar ao vento, e Finn o pegaria... leria... olharia para mim com os olhos ardendo com um novo desejo... nós nos aproximaríamos... os lábios dele...

Ai, que vergonha. Não. Não. Nada disso ia acontecer. Péssima ideia.

— E aí? — digo depressa, tentando me recompor. — Algum plano para hoje?

— Não. — Finn ergue as sobrancelhas. — Como está indo com os vinte passos?

— Ainda não tomei suco de noni. E não sei quando vou começar o jejum de dois dias. Quer me acompanhar nesse?

— Tô fora — responde Finn, fazendo cara de horror. — Que tal jogar pedrinhas no mar?

Vamos juntos até o mar e lançamos algumas pedras rente à água, mas o vento está agitando as ondas e é difícil fazer as pedras quicarem. Estou prestes a sugerir que devemos parar, quando os West aparecem.

— Oi! — cumprimento com a minha voz mais simpática, e Finn acena para eles.

— Oi — murmura Adrian, e Hayley nos oferece um sorriso tenso. Eles vão para perto das ondas e encaram o mar em silêncio, enquanto olho de relance para Finn. Ficamos ali por um tempo, os quatro meio desconfortáveis, até que Hayley murmura algo para Adrian. Ela faz que sim com a cabeça para mim, e os dois se viram e começam a andar pela praia.

— Nossa. — Uma vez que eles não podem mais nos ouvir, Finn solta um suspiro. — A tensão entre esses dois.

— É horrível. — Fico observando os dois andando, a tristeza evidente nas costas rígidas. — O que será que aconteceu? Será que um deles teve um caso? Será que simplesmente pararam de gostar um do outro?

— Acho que ele ainda gosta dela — comenta Finn lentamente. — Ele tem um jeito de olhar para ela quando ela não está prestando atenção. Notei isso no jantar.

— E eu acho que ela ainda gosta dele — respondo, ligeiramente hipnotizada pelos passos curtos dela na areia. — O jeito como corre atrás dele. Se não se importasse, deixava ele ir embora.

— Eles estão andando juntos — acrescenta Finn, seguindo o meu olhar. — Olha, ele fica desacelerando para esperar por ela.

— Juntos, mas separados. Eles não estão se tocando.

Acompanhamos por mais um minuto, absortos, então voltamos a olhar para o mar. As ondas estão subindo no horizonte, uma depois da outra, sem parar. Consigo ouvir a voz de Terry na minha cabeça: "Ondas infinitas. Possibilidades infinitas." Então a voz de Finn ontem à noite: "Você vai arrumar um emprego excelente."

Vai surgir um emprego no horizonte. Tenho que acreditar nisso. Tenho que fazer acontecer. Olho para as ondas infinitas, tentando canalizar a força delas, visualizar o emprego que está por aí, esperando por mim, se eu simplesmente acreditar nele. Então tenho uma ideia e olho para Finn, que também se vira para mim.

— A gente podia surfar!

— Vamos surfar! — exclama ele, junto comigo. — E quer saber? A Surf Shack está aberta. Vi hoje mais cedo que tem alguém lá quando saí para caminhar. Se você precisar, eles alugam prancha. Eu trouxe a minha.

— Eu *sei* que você trouxe — digo, e ele pelo menos tem a decência de parecer envergonhado. Finn parece bem mais descontraído do que aquele cara mal-humorado do trem, perdendo a paciência com uma criança. — Meio cedo para caminhar, não? — acrescento, deixando passar.

— Saí antes do café da manhã. — Ele faz que sim. — Vi o sol nascer.

— Você não dorme? — digo, brincando, então percebo que não é brincadeira. Ele não dorme. — Enfim, obrigada pela dica, vou alugar uma prancha.

— Você tem roupa de neoprene, né?

— Er... Tenho — respondo, me perguntando pela primeira vez se isso é uma boa ideia. — Quer dizer, eu não experimentei ainda. Faz anos que não surfo. Talvez você devesse surfar, e eu vou tomar um café e ficar olhando.

— Você está brincando, né? — Finn me encara. — Olha só para esse mar. Olha isso! — Ele aponta para as ondas e, como que para reforçar o argumento, um raio de sol surge por entre as nuvens, fazendo a arrebentação brilhar, quase azul. — A praia é praticamente só nossa. As ondas. O sol. As pranchas. Você tem diante de si as chaves do paraíso, literalmente do *paraíso*, e você está pensando em tomar um café? — Ele está soando tão parecido com o Terry que dou risada.

— Tá bom. Eu vou surfar.

Certo. Motivos pelos quais eu não devia tentar surfar na frente do cara pelo qual tenho uma queda, mas percebi tarde demais:

1. Eu estou de roupa de neoprene, o que não me faz parecer a Garota da Roupa de Neoprene, mas a "Sasha espremida dentro de uma roupa de neoprene".

2. Eu não lembro mais como surfar.

3. Toda vez que levo um caldo o meu cabelo fica emplastrado na minha cara.

4. Toda vez que tento ficar de pé eu levo um caldo.

5. Finn sabe surfar.

6. Ele sabe surfar bem demais.

Mas, por outro lado:

1. Terry tinha razão. Não tem nada melhor que isso.

Estou no mar, depois da arrebentação, sentada na minha prancha, sentindo aquele movimento do oceano subindo e descendo embaixo de mim, olhando para o horizonte. O resto do mundo deixou de existir. Estou bastante concentrada nas ondas. Isso é tudo o que existe. As ondas, só as ondas.

Finn sabe surfar melhor do que eu. Muito melhor. Remamos algumas vezes atrás da mesma onda, e ele surfou com tranquilidade até a praia, enquanto eu errava o tempo ou não conseguia subir na prancha. Ou ficava rodando e rodando naquele tipo de caixote infinito que te deixa estirada e ofegante no raso.

Mas não vou desistir. Continuo ouvindo a voz de Terry: "Ondas infinitas. Possibilidades infinitas." Não se pode se demorar nem ficar pensando no que podia ter sido. Tem sempre outra onda. Mas, para ver, é preciso estar olhando para o lugar certo.

— Procura as ondas! — exclamava ele, quando estávamos ocupados demais, conversando ou reclamando que tinha entrado água no nariz, para nos concentrarmos no horizonte. — Olha para o lado certo! Procura as ondas ou você não vai pegar nada!

Era isso que estava faltando na minha vida. Eu estava precisando olhar para o lado certo, sair do computador, do celular, dos e-mails, da minha vida estreita, das minhas limitações. Tenho que olhar para o horizonte, ver as oportunidades surgindo e remar para elas. E mais uma vez ouço a voz de Terry, rouca de exasperação: "Não fica aí sentada, rema! Rema com tudo! Mais!"

Finn fica em pé na prancha de novo, e o vejo descendo até a areia, os pés firmes na prancha, as pernas poderosas e seguras. Ele está encontrando ondas que estou deixando passar. Por um instante sinto um fracasso retumbante, mas então me dou um dos discursos motivacionais de Terry. Quando eu estava alugando a prancha, Finn me contou que a última vez que surfou foi há dois anos, nas ilhas Canárias. E eu não surfo há o quê? Uma década?

Vejo uma elevação característica no horizonte e fico olhando para ela, tentando avaliar. Muito do surfe é saber julgar. É experiência. É ler as ondas. Faz anos que não sento numa prancha e olho para o horizonte. Mas deve ter uma memória muscular residual no meu cérebro, porque ela está voltando aos poucos. A forma como as ondas quebram e caem. Gírias do mundo do surfe que um dia eu entendia. Mais do que isso, me lembro dos truques do mar. As ondas falsas e enganosas que fingem que vão subir e depois desaparecem. Ao contrário das fortes, poderosas e genuínas que parecem vir do nada, mas que estavam ali o tempo todo.

Porque isso é outra coisa: não basta saber ler as ondas, é preciso ter coragem e saber acertar o tempo. Coragem de ir atrás de uma onda. E saber a hora exata de *quando* ir atrás dela.

A elevação distante que eu estava acompanhando morreu, mas agora vejo outra surgindo. Uma possibilidade real. Há sempre uma esperança no horizonte. É por isso que o surfe é uma atividade obsessiva. Viciante. Eu tinha esquecido. Perdi a noção do tempo; esqueci todas as outras coisas da minha vida. Eu tenho que pegar uma onda e nada mais importa. Já sei que, quando for dormir hoje, quando fechar os olhos, vou ver apenas ondas infinitas.

Certo. A segunda elevação no horizonte é de verdade. Ela está chegando, é uma onda, está se movendo rápido, e, sem nem saber que vou reagir, começo a remar. O meu corpo inteiro está focado nessa tarefa. Os meus músculos já estão queimando, mas precisam trabalhar mais rápido, e agora a água está subindo embaixo de mim, e estou colocando todas as minhas forças nisso, me xingando por não ter ido à academia todo dia de manhã, mas... eu estou aqui. É! De alguma forma, estou de pé, com as costas doendo, mas então me ajeito e pronto! Pego a onda!

Ai, meu Deus, eu estou voando. Estou no paraíso. A minha prancha está deslizando tão depressa sobre a água que não consigo respirar. Os meus pés estão plantados firmes, e eu não ganharia ponto nenhum por estilo, mas estou surfando, estou pegando essa onda... E agora estou chegando à praia, ainda de pé, sem fôlego, com um sorriso extasiado estampado no rosto.

Pulo da prancha e a pego, depois sorrio para Finn, que está comemorando na areia.

— Toca aqui! — Ele dá um tapa na minha mão e depois a agarra, igual ao Terry.

— Consegui!

Estou flutuando de euforia. Eu voei sobre o mar. Desafiei a gravidade, os elementos e os meus próprios músculos. Tudo. Nesse momento, sinto que tudo o que quero fazer na vida é voar sobre o mar, de novo e de novo e de novo.

Eu *total* entendo por que as pessoas abrem mão de uma vida normal para fazer isso.

— Já pensou em largar tudo para passar o dia surfando? — pergunto a Finn num impulso. — Porque... — Estendo os braços para as ondas, para a praia, para a vista. — Quer dizer...

— Toda vez que surfo. — Ele sorri para mim. — Tenho uma fantasia breve, mas muito detalhada, na qual o surfe é a minha vida. Aí a realidade bate.

— A realidade. — Reviro os olhos.

— Mas ela não precisa bater ainda. A gente pode ser surfista a tarde toda. *Bro*. — Ele me dá outro high-five e dou risada.

— *Bro*.

— O lance é viver o momento.

— O lance é viver o momento!

E então nós dois voltamos com as nossas pranchas para as águas espumosas e emocionantes. Nesse instante, não quero parar por nada.

Por fim, estou exausta demais para continuar. Fico na areia, ofegante depois da última onda eletrizante, vendo Finn passar a prancha debaixo do braço e vir na minha direção. Os cabelos dele estão pingando no rosto, e o sorriso é contagiante.

— Parei — digo.

— Eu também. — Ele faz que sim. — Amanhã a gente pode vir de novo, quem sabe. Olha, esse pico aqui é popular. — Ele indica com a cabeça os outros surfistas que apareceram mais adiante na praia. São dois adolescentes, uma mulher de idade indeterminada e um cara de aparência mais velha e que é no mínimo muito mais novo do que parece. A mulher levanta a mão ao nos ver olhando para eles, e eu aceno em resposta.

— Fala sério — digo para Finn, impassível. — *Acabaram* com o lugar.

— Total. — Finn faz que sim. — Me lembro de quando dava para vir para essa praia e tinha duas pessoas. No máximo.

— Me lembro de quando dava para vir para cá e tinha uma pessoa — rebato. — *Aqueles* eram bons tempos.

— *Touché*. — Ele ri e solta a prancha na areia, do lado da minha.

O sol está brilhando na água azul-turquesa da parte rasa, e parece quase verão. Finn observa o mar, depois se vira para mim, incrédulo.

— Espera aí, a gente foi parar no Caribe, de repente.

— Deve ser — respondo, sorrindo.

Me abaixo para sentar no raso, esticando as pernas na água límpida e translúcida. Não tenho mais energia para surfar, mas não quero abandonar a magia do mar. A água faz espuma sobre as minhas pernas, e sinto uma leveza tamanha subindo por mim que é como se pudesse flutuar na areia de felicidade. Não sei se foi o surfe, o sol, o mar ou Finn ao meu lado, mas a vida não pode ficar muito melhor que isso. Os meus músculos estão exaustos, mas o meu cérebro está animado. Eu estava fazendo tudo errado.

Então a minha alegria se volta para outra coisa. Um desejo por Finn que mal consigo controlar. É aí que me lembro disso, eu *lembro*.

"Eu quero ele aqui e agora", penso, e pisco tão espantada que quase dou risada. Eu sou normal! Voltou! Quero o pacote completo, tudo. Sexo de verdade, com genitais e tudo.

Finn se senta ao meu lado, e fico vermelha na mesma hora. Ai, *Deus*. Primeiro, ele tem que parecer um deus do surfe nessa roupa de neoprene preta, surfando ondas que eu nem acredito, levantando a prancha com facilidade, me dando high-fives? E agora ele tem que vir e se sentar do meu lado, com esses *músculos*, esse *peitoral* e esse *sorriso*. Ele sabe o que está fazendo comigo?

Os meus braços estão desesperados para abraçá-lo. Os meus lábios estão desesperados para beijá-lo. *Tudo* meu está desesperado por ele. Olha só essas mãos. Pensa do que elas são capazes.

Ai, meu Deus, para de olhar para ele, Sasha.

Mas o que eu faço? O fogo dentro de mim é um incêndio florestal. Está me engolindo. Me sinto quente e impaciente e quase desvairada de necessidade. O meu corpo ganhou vida mesmo, não há a menor dúvida.

Encaro o mar, ardendo por dentro, sem saber como agir. No meu estado febril atual, tudo parece sugestivo. Casualmente, deito para trás na areia, me apoiando nos cotovelos, depois me sento de novo, antes que ele pense...

O quê?

"A Sasha está doida para transar, olha só ela deitada na areia, nos cotovelos."

Ele não vai pensar isso. Eu sou uma idiota. Mas, minha nossa, se pensasse...

E, agora que abri essa porta no meu cérebro, as fantasias começam a me inundar. Finn segurando o meu queixo com delicadeza. Finn me beijando com aquela boca forte de lábios grossos. Finn e eu rolando nas ondas, a água batendo nos nossos corpos nus...

Não, para. Rápido demais. Volta.

Finn lentamente abrindo a minha roupa de neoprene, beijando a minha pele enquanto isso. Ai, meu Deus. Só a ideia já me deixa inebriada. Um tremor sobe pelo meu corpo, e me ajeito na areia.

— Tudo certo? — pergunta Finn.

— Tudo ótimo! — guincho, convencida de que ele está lendo os meus pensamentos. — Maravilha. — De alguma forma, abro um sorriso normal e alegre. O sorriso de uma mulher *não* consumida por fantasias sexuais ensandecidas sobre o seu amigo platônico que está sentado do seu lado. — É incrível — acrescento, feito uma boba. — O mar. Essa azulidão.

Azulidão? Essa palavra existe?

Mas por sorte Finn não percebe. Ele parece estar lidando com os próprios pensamentos. São pensamentos bem profundos, de enrugar a testa. "Talvez ele finalmente se abra comigo", penso. Ai, meu Deus. Vai ver é agora que tudo vai acontecer, a troca de emoções, o mar majestoso e o sexo épico, numa enorme... fornalha.

Ou será que era uma enorme onda?

Uma coisa enorme, o que quer que seja.

— Só de olhar para o mar já é uma cura para... sei lá. — A voz dele soa um pouco grave, talvez por causa do uísque ou por gritar acima do rugido das ondas.

— Verdade. — Faço que sim, enquanto uma onda quebra nas minhas pernas, e depois recua, levando pedrinhas consigo. — É incrível. Parece hipnose.

— Coração partido. Burnout. Separação. Chefe babaca. Qualquer que seja o problema. Basta sentar aqui e olhar para o mar um pouco e só... — ele solta o ar — ... respirar.

— Achei que você ia dizer: "e só beber um uísque" — digo, e Finn dá uma gargalhada. Ele fica em silêncio por um instante, como se organizando as coisas na cabeça.

Por fim, ele diz, mais devagar:

— Eu estava tentando me entorpecer. Mas acho que estava precisando me ouvir. Me escutar. Me lembrar de mim.

Fico calada, imóvel, mal me atrevo a respirar, torcendo para ele continuar. Para revelar mais alguma coisa. E, depois de um minuto ou dois, ele fala de novo:

— Acho que estou evitando a terapia porque tenho medo do que vou encontrar. Sou um cara bem padrão, mas todo mundo tem alguma coisa, né?

— É — digo, baixinho. — Verdade, todo mundo tem alguma coisa.
— E a ideia de me abrir na frente de um profissional... — Ele estremece. — De chorar. De não conseguir me controlar. E se eu ficasse com raiva dele ou dela? E se eu atacasse a pessoa, igual fiz no trabalho?
— Ele franze a testa. — Sou um risco.

É *essa* a preocupação dele? Ah, meu pobre, doce e vulnerável Finn. Ele está muito mais ansioso do que transparece. E ele *é* educado, digo mentalmente para Kirsten. É, *sim*.

— Você vai ficar bem — afirmo com sinceridade e arrisco pousar a mão no braço dele por um instante. — Você não vai ficar com raiva. E, se ficar, vai estar com um profissional qualificado. O quê? Eles nunca viram um cara estressado destruir uma planta do escritório? Eles no mínimo têm plantas sobrando *só* para você destruir. Guardam na Sala de Plantas de Escritório. Traga a sua própria motosserra. Tudo incluído.

Finn joga a cabeça para trás numa gargalhada e pousa a mão na minha.

— Ai, Sasha — diz ele, gentil. — Obrigado por estar aqui. Acho que eu não estaria tão bem se não fosse a sua companhia. A minha parceira de burnout.

Parceira de burnout. Parceira de burnout pode virar parceira sexual?

Pode. É, acho que pode.

— Que isso! — devolvo com a voz um pouco estridente. — Não. Eu é que tenho que *te* agradecer.

Fico sem ar enquanto falo. Estou com os membros tremendo. Será que estou mesmo no estado certo para transar? Porque me sinto totalmente descontrolada.

— Olhar para o mar por tempo o bastante faz a gente quase acreditar em manifestação e lei da atração — digo, tentando ganhar tempo. — Parece até uma... Sei lá. Uma presença enorme. — Estendo os braços, abarcando todo o oceano. — Como se ele quisesse resolver os nossos problemas.

— Acho que sei o que você quer dizer. — Finn concorda com a cabeça. — O Terry acreditava no mar. Ele achava que o mar tinha todas as respostas. Talvez tenha.

"Resolve o meu problema", peço ao mar em silêncio. "Vai. Resolve. Manda uma onda gigante para a praia para derrubar o Finn em mim com tanta força que os nossos rostos vão se esfregar e não vamos ter outra escolha que não nos beijar. Anda... Por favor..."

Mas a próxima onda que chega à praia é, se muito, gentil. Não derruba Finn em cima de mim num abraço apaixonado. Nem tenta. Ela cobre as minhas pernas suavemente, e sei o que está me dizendo. Está dizendo: "É você que vai ter que resolver isso, lindinha."

O mar é sábio.

— Então, tem uma coisa boa que... hum... aconteceu. — Engulo em seco com força, me obrigando a continuar falando. — Eu despertei. A minha... Hum... A minha... libido. — A última palavra sai sussurrada, mas sei que Finn ouviu, por causa da forma como ele me olha assustado e então desvia o rosto depressa, com um músculo contraído na bochecha.

Há uma longa pausa. Uma pausa vergonhosamente longa. Na verdade, tanto tempo se passa que considero me enterrar na areia e nunca mais falar com Finn nem com ninguém. Sou tomada pela humilhação. Se ele estivesse torcendo por isso, esperando um sinal, como uma espécie de pretendente amoroso, já teria reagido. Mas nem se mexeu.

— Excelente — diz, por fim, e sinto todo o meu sangue descer do rosto para os pés.

Péssima resposta, péssima. Finn parece feliz que as minhas partes avariadas agora estejam funcionando. Esse é o nível de engajamento dele.

A menos que... A menos que! Uma esperança ressurge no meu peito. Ele *está* interessado, ele *me acha* atraente, mas está preocupado de passar por predador sexual. Pode muito bem ser isso. Ele acabou de arrumar problema no trabalho por causa do comportamento. É lógico que vai tomar cuidado redobrado, que vai manter distância. Preciso, sutilmente, deixar claro para ele que estou pronta para um pouco de diversão e transparecer que está tudo bem, que ele tem o meu consentimento. Sutilmente. Mas sem deixar dúvidas. O crucial é ser inequívoca. Isso. Sutil, clara e inequívoca.

Mas sem parecer carente.

Nem desesperada.

— Então! — A minha voz sobe, insegura. — Agora só preciso... — Tusso algumas vezes. — Acho que preciso de um lance casual... Voltar para a ativa. Nada sério. Só um, sabe como é, um flerte. — Dou a gargalhada mais horrível. — Qualquer dia desses.

— Boa ideia — diz Finn depois de uma pausa, sem mexer a cabeça.

Boa ideia? O que isso significa?

— Bom, você sabe. — Dou outra risada estranha. — É só... uma possibilidade.

— Ã-hã. — Finn concorda com um aceno de cabeça.

— Certo. Então. Hum.

Esfrego o nariz. É a conversa mais surreal da minha vida. Acho que vou parar de falar agora. E possivelmente mudar de país.

Fico em silêncio por um tempo, com o rosto formigando, imaginando quanto tempo vamos ficar aqui na areia, sem olhar um para o outro e sem abordar o que acabou de acontecer. Até que Finn respira fundo.

— Eu jurei não fazer mais sexo casual — comenta ele de um jeito tão estudado que sei que estava ensaiando isso na cabeça. Olho para ele antes de conseguir me conter, e cruzamos o olhar sem querer, então desvio o rosto depressa, com as bochechas queimando. Ele parece bastante desconfortável e, francamente, a minha vontade é evaporar.

— Bom para você — comento com a voz falhando de leve. — Boa tática. Faz sentido. Faz muito sentido.

Por que sinto como se tivesse uma história enorme e maravilhosa por trás dessa declaração? Uma história que ele não está planejando me contar?

— É — diz Finn. — Bom.

Abro a boca para fazer outro comentário inútil, depois vejo como ele está desconfortável e desisto. Já chega. Uma onda cobre os meus pés e estremeço. Tem muito tempo que estamos sentados aqui. A esperança e a fantasia sexual estavam me mantendo aquecida, mas agora estou com frio, envergonhada e dolorida, como se nunca mais fosse conseguir tirar essa roupa de neoprene.

— Acho que vou devolver a prancha — digo, tentando soar descontraída. — Cansei. Mas foi divertido.

— Deixa que eu levo — diz Finn na mesma hora, levantando.

— Que isso! — protesto, mas ele já está com a minha prancha debaixo do braço. — Bom, obrigada — digo, percebendo que não posso exatamente arrancar a prancha dele.

— Não tem de quê. — Ele me oferece um sorriso breve, então começa a andar pela praia. Ele está marchando. Rápido. Quase como se quisesse se afastar de mim.

Não. Espera. Exatamente como se quisesse se afastar de mim.

Fico observando-o por um instante, sentindo um vazio me invadir. Pronto, é isso. Fiz merda. Agora as coisas estão desconfortáveis entre nós. Éramos amigos. Eu tinha um parceiro de burnout. Uma pessoa boa na minha vida. Mas agora ele não consegue nem olhar para mim. Boa, Sasha. Mandou bem.

DEZESSETE

Duas horas depois, o meu estado de espírito está ainda pior. É lógico que levei uma vida para tirar a roupa de neoprene do meu corpo trêmulo e grudento, enquanto pulava pelo chalé, puxando o macacão. Quando enfim escapei, Finn já tinha desaparecido, então corri de volta para o hotel, na esperança de tomar um bom banho quente de banheira e pedir serviço de quarto. Mas Cassidy estava no saguão, arrumando cadeiras douradas e lascadas e os programas do concerto, e ela me cumprimentou, exclamando:

— Guardei um lugar para você aqui na frente! E suco de uva, porque você não vai querer cava, vai? Você vem, né?

Demorei demais para pensar numa desculpa, então acabei prometendo que iria. E agora me vejo numa cadeira dourada, segurando um copo de suco de uva e ouvindo Nikolai recitar poesia em polonês. Não vejo Finn em lugar nenhum. Deve ter sido mais esperto do que eu e evitado passar pelo saguão. O público é majoritariamente de idosos da região, e a única pessoa que reconheço é a filha de Terry, Tessa, sentada na mesma fila que eu. Ela parecia estar me olhando mais cedo, quase como se quisesse conversar. Mas, quando sorri, ela mordeu o lábio e desviou o rosto. Tessa é mesmo *muito* tímida.

Dou uma olhada no programa e tento não suspirar. Depois de Nikolai, é a vez de Herbert na trompa francesa e então: "O estimado contador de histórias da cidade, Dickie Rathbone, vai nos entreter com histórias de seu tempo na marinha mercante." Dou um gole no suco de uva, depois ergo o rosto ao ver alguém se sentar ao meu lado.

Ai, meu Deus, é Hayley. Ela está sendo conduzida até a cadeira por Cassidy, e parece tão empolgada de estar aqui quanto eu.

— Guardei um lugar para a senhora! — sussurra Cassidy baixinho para ela. — Os hóspedes ficaram com os melhores assentos. Tudo por conta da casa!

Enquanto isso, Nikolai segue no polonês. Ele faz uma pausa súbita e dramática, e eu me ajeito, desconfortável. Eles deviam ter distribuído uma tradução. Olho para Hayley, sentada rigidamente, e noto que ela também está com os olhos um pouco vidrados. Ela percebe que estou olhando e se empertiga toda, então volto depressa a me concentrar em Nikolai, que termina com um floreio, então se curva diante dos poucos aplausos.

— Nikolai, isso foi maravilhoso! — exclama Cassidy, assumindo o papel de mestre de cerimônias. — E agora talvez você pudesse explicar sobre o que era o poema. — Ela sorri animada para Nikolai, que está secando o rosto com um lenço. Ele faz que sim e pigarreia, como quem vai fazer um discurso.

— O cavalheiro, ele ama ela — proclama ele, com a voz ainda trêmula de emoção. — Mas ela não ama ele.

Há um momento de silêncio, enquanto todos esperam que continue, então percebemos que é só isso.

— Bom! — exclama Cassidy. — Acho que deu para todo mundo sentir o drama da situação, Nikolai, muito obrigada. E agora um breve intervalo, enquanto o Herbert prepara a trompa. Por favor, aproveitem as suas bebidas. — Ela lidera mais uma salva de palmas, e Nikolai faz reverência várias vezes, parecendo exausto, como se tivesse acabado de interpretar Hamlet.

Dou um gole no suco, então vejo Finn entrando no saguão, acompanhado de Adrian. Os dois vêm segurando um copo do que parece ser uísque, e, pelos rostos corados, acho que não é o primeiro da noite.

— Sr. Birchall! — Cassidy o saúda em voz alta. — E Sr. West! Bem na hora! Tem lugares vazios aqui na primeira fila para vocês. Ou... — Ela fica em silêncio quando os dois se sentam na fileira de trás, bem longe de Hayley e de mim. — Pode ser aí também.

Não consigo olhar para Finn. Não consigo nem virar na direção dele. No mínimo foi direto para o bar, para superar o constrangimento de ter uma hóspede se jogando em cima dele.

— Um concerto agradável — comenta Hayley, me fazendo dar um pulo.

— É. — Faço que sim.

— Mas não entendi uma palavra do poema.

— Nem eu — admito. — Mas parecia muito apaixonado.

— É — concorda Hayley, tensa. — Pois é. Paixão. — Ela faz uma pausa, antes de acrescentar: — Eu me chamo Hayley. O meu marido é o Adrian. Você deve ter ouvido, na outra noite.

— Me chamo Sasha — apresento-me. — É um prazer te conhecer oficialmente.

Hayley segura o copo com força, se tremendo toda. Ela parece cheia de tristeza. Como se fosse transbordar a qualquer momento.

— Aliás, eu que estou com o secador de cabelo — ofereço, cautelosa —, caso precise.

— Eu viajo com o meu, da Dyson, obrigada — comenta Hayley, dando um gole na bebida e piscando com força.

Ai, Deus. Não vou aguentar. Ela parece tão infeliz. Será que me arrisco em terreno particular? Será que a incentivo a falar? E se ela se irritar comigo? Ela é bem assustadora quando está nervosa.

Bom, se ela se irritar, ela se irritou. Posso ao menos tentar.

— Sinto muito que as coisas estejam mal — digo, baixinho e com gentileza.

Hayley me olha como se suspeitasse de alguma coisa, mas, ao ver a sinceridade no meu rosto, algo parece se romper dentro dela.

— É. Está mal. — Ela faz que sim várias vezes, com os olhos fixos no copo. — Bem mal. — Ela faz uma pausa, e tento pensar em algo inofensivo para dizer, até que ela fala de novo. — Ninguém se casa achando que dali a doze anos vai estar mandando mensagem para os amigos, pedindo indicação de advogado especialista em divórcios, né? Você é casada? — pergunta ela, sem me dar tempo de comentar qualquer coisa.

— Não.

— Faz bem — murmura ela com o rosto sério. — Faz muito bem.

— Bom, não foi bem uma opção — começo a explicar, mas vejo que Hayley está perdida nos próprios pensamentos.

— O que a gente vai fazer com o *sofá*? — exclama ela numa angústia súbita, e duas lágrimas caem em seu colo. — Porque nós dois escolhemos aquele sofá, e não fabricam mais. — Ela dá um gole no cava, os olhos brilhando com mais lágrimas. — Quando a sua madrinha de casamento está secando o seu cabelo, você também não imagina que dali a doze anos vai estar se perguntando quem vai ficar com o sofá, não é?

— Imagino que não — respondo com sinceridade.

— Não. Não se pensa nisso. — Ela faz uma pausa e acrescenta: — Ela era cabeleireira, a minha madrinha. Para o caso de você estar se perguntando. Foi ela que conseguiu um precinho em conta no Dyson também.

— Ah. — Faço que sim. — Faz sentido.

Hayley dá uma olhada na fileira do fundo, onde Adrian está conversando intensamente com Finn.

— Não sei como ele consegue ficar tão calmo — diz, chateada. — Mas ele é sempre assim. Só dá de ombros ou diz "Desculpa". Mas ele dá alguma explicação?

— Explicação do quê? — não consigo deixar de perguntar.

— De qualquer coisa. *Qualquer coisa!* Não faço ideia *do que* ele pensa. — Mais lágrimas caem no colo dela. — Agora, me diz. Você pede para o seu marido, que, diga-se de passagem, é carpinteiro de formação, você pede com toda a educação que ele instale umas prateleiras, e ele diz que vai fazer, mas depois não faz. Você passa um ano inteirinho pedindo isso a ele. Ele fica repetindo que vai fazer. Aí você acaba contratando alguém para fazer o serviço. Três prateleiras simples, com um suporte, dá para montar em dois tempos. O que você espera que o seu marido diga?

— Hum... — Estou tentando entender o problema. — Não sei...

— Nada! Foi isso que ele disse. Ele entrou, olhou para as prateleiras, sentou, tomou uma cerveja e não disse nada. Era para colocar os pratos antigos da minha avó, ela deixou para mim no testamento. Ele também não falou nada dos pratos. Pratos Royal Doulton. — Ela está falando baixinho, mas com os olhos emocionados. — Eu espero. E espero. Até que pergunto: "Mandei instalar as prateleiras, Adrian, você viu?" Ele só dá de ombros. Não fala nada. A única palavra que diz é "Desculpa". Eu quero saber *por quê*! Ele estava cansado demais para montar as prateleiras? Então me explica! Eu ia entender. Mas ele me ignora! É tão doloroso! É um resumo de tudo o que está errado! Por que ele me trata assim? — Ela pisca, furiosa, como se tentasse conter as lágrimas.

— Eu... não sei — digo, impotente.

— E aí tem a nossa vida íntima — continua ela, lançando outro olhar furtivo para a última fileira. — Desculpa a franqueza, mas você é mulher, e não posso falar com as minhas amigas. — Ela dá um longo gole no cava. — E nunca vi você mais gorda, então por que ficar com vergonha de dizer que o meu marido nunca viu um orgasmo pintado de ouro?

— Claro! — Tento soar totalmente inabalável. — É um prazer poder ajudar.

Que ironia.

Será que ofereço o meu conselho maravilhoso a respeito de sexo? Que sexo é basicamente genitais se esfregando, então para que se dar ao trabalho?

— Você *transa* vendo futebol? — Na mesma hora ela se contém. — Desculpa. Eu falo demais quando bebo. — Ela pousa a mão no meu braço. — Você é muito compreensiva. Uma menina tão linda.

Agora estou me perguntando quantos drinques Hayley tomou antes de começar com o cava. Percebo que está com as bochechas manchadas e com o delineador escorrendo sob os olhos.

— Não tem problema — digo, tentando arrumar algo insosso para dizer. — Espero que as coisas melhorem para vocês.

— Vocês dois ainda estão na fase da lua de mel? — Ela volta os olhos para a última fileira. — É o que parece. Por que não estão sentados juntos? Você não se importa do Adrian ficar monopolizando ele?

— Na verdade — digo, tentando me pronunciar —, não somos um casal.

— Vocês não são um casal? — Ela me olha com uma expressão vazia, como se não estivesse entendendo. — É lógico que são.

Algo se aperta no meu peito. As minhas bochechas ficam quentes. Droga.

— Não somos — digo com um sorriso forçadamente alegre. — Não somos.

— Mas... — Ela olha para Finn de novo, como se tivesse havido algum mal-entendido. — Você está com ele. Vocês juntaram as mesas no restaurante, eu vi.

— Eu sei. Mas não estamos juntos.

— Não? — Ela se vira para avaliar Finn, franzindo a testa. — Bom. Isso é... — Ela toma um gole do cava. — Que bizarro. Vocês deviam estar juntos.

Nós devíamos estar juntos? *Nós devíamos estar juntos?*

Quero segurá-la pelo ombro e perguntar: "O que você quer dizer com isso? Por que você falou isso? Me diz tudo o que você sabe sobre o Finn e eu."

Mas, em vez disso, dou um gole em silêncio no suco, me parabenizando pelo autocontrole. E, no momento seguinte, Herbert surge num terno de veludo marrom, trazendo uma trompa que parece muito antiga. Ele se curva profundamente, com uma expressão séria, e anuncia:

— Minueto.

Então leva o bocal aos lábios finos e frágeis. Ao assoprar o instrumento, um barulhinho discreto de pum invade o ar, e sinto todo mundo na plateia prendendo o riso.

Sem se intimidar com os sons que está emitindo, Herbert continua assoprando, soltando um pum atrás do outro. Os barulhos continuam, e há um som generalizado das pessoas segurando o riso, e de repente fico doida para cruzar os olhos com Finn. Mesmo com as coisas meio estranhas entre nós antes, ainda podemos compartilhar uma piada como amigos, não podemos? Me inclino para trás na cadeira e, como quem não quer nada, viro a cabeça, dizendo a mim mesma que vou olhar para ele só uma vez.

Mas a fileira de trás está vazia. Ele foi embora.

DEZOITO

Ele jurou nunca mais fazer sexo casual. Isso é que nem virar vegano? As pessoas fazem esse tipo de promessa? Fico deitada na cama, na manhã seguinte, olhando para o teto descascando, com essa história na cabeça me incomodando. Quer dizer, quão casual é "casual"? E por que eu não dei uma resposta melhor? Por que fiquei tão espantada?

Mas o que eu podia ter dito?

E, no fim das contas, ele estava na verdade me dizendo outra coisa? Claro que estava.

Fecho os olhos, me deixando ser assaltada pela dolorosa verdade mais uma vez. Finn estava sendo gentil. Me dispensando com gentileza. Evitando o constrangimento para nós dois. Ele simplesmente não me vê com esses olhos.

Pelo menos ele não começou com: "Sasha, eu gosto muito de você, você é uma moça linda, mas..."

As minhas entranhas já tensas se reviram ainda mais. O meu estômago parece um grande ensopado de vergonha, e agora tenho que *ver* Finn. Talvez. Se ele já não tiver ido embora do hotel e apagado o meu telefone dos contatos.

Estou com tanto medo de encontrá-lo que quase decido ficar sem café da manhã. Só que também estou morrendo de fome. Então acabo descendo até o restaurante, tentando me camuflar no papel de parede, e respiro aliviada ao ver que sou a única hóspede.

Me alterno entre comer os meus ovos mexidos e dizer a Nikolai que ele foi ótimo ontem à noite, passando batido por todas as menções ao estimado contador de histórias Dickie Rathbone, que falou durante meia hora e riu tanto das próprias piadas que não entendi nada do que ele disse.

Quando termino o café da manhã, pego o suco verde no copo descartável — amanhã *preciso* tentar me esquivar disso a tempo — e saio do restaurante. O saguão está vazio e, por alguns segundos, paro, com o coração acelerado. Será que fujo totalmente dessa situação toda? Vou passar o dia em algum lugar e evitar Finn por completo?

Não. Seria ridículo demais. Anda, Sasha. Vai enfrentar o problema.

De cabeça erguida, saio do hotel, atravesso o jardim e vou até a praia. À medida que me aproximo, eu o vejo na areia.

Estou uma pilha de nervos; não sei se vou conseguir falar com ele. Mas não preciso, porque, ao me aproximar, Finn se vira para me cumprimentar, com uma expressão tão calorosa e animada que sinto uma pontada incrédula de esperança. Ele está feliz de me ver? Empolgado até? Me pego avançando depressa, com um sorriso ansioso e pensando: será que entendi alguma coisa errado?

— Até que enfim! — exclama ele. — Sasha! Estava te esperando!

— Estava? — Dou uma risada trêmula, o coração aos pulos.

— É lógico! — Ele aponta para a areia, perto de onde está. — Outra mensagem — acrescenta, e paro na mesma hora.

As mensagens. É por isso que ele está animado.

Quero dizer, é *óbvio* que é por causa das malditas mensagens.

— Incrível! — acabo dizendo com um sorriso ainda animado. — O que está escrito? Deixa eu ver!

Eu me apresso, tentando reorganizar a cabeça. Decido que a mensagem vai ser uma boa distração, então melhor levar a sério. Está escrita na areia exatamente do mesmo jeito que as outras — letras preenchidas de pedrinhas — e, junto dela, um bolo de frutas secas numa lata.

Vocês fizeram tudo. 18/08

— Nós fizemos tudo — anuncia Finn, orgulhoso, como se eu não soubesse ler. — Ao que parece.

— Só que nós não fizemos nada — contraponho, quase que por força do hábito. — E não é para a gente.

— Bom, para quem mais pode ser?

Certo. Vou pensar nessa história de verdade. Distração, distração, distração.

— O que mais aconteceu no dia do acidente? — Franzo a testa. — O que você fez?

Finn dá de ombros.

— Fiquei por aqui. Olhando os salva-vidas. Falei com a polícia.

— Falou com a polícia? — Olho para ele intensamente. — Sobre o quê?

— Sobre tudo. — Ele revira os olhos. — Primeiro, eles me deram um sermão sobre não tentar dar uma de herói. Aí quiseram saber onde aluguei o meu caiaque, com quem, se tinha um protocolo de segurança, blá-blá-blá.

— Você não tinha me contado isso — digo com o cérebro começando a girar. — Quer dizer, que você falou com a polícia.

— Achei que era óbvio. — Ele dá de ombros. — Não aconteceu nada. Eles falaram comigo, agradeceram muito, me deram um doce, e eu fui embora.

As palavras despertam uma lembrança em mim. *Um doce.*

— Uma bala de hortelã. — O comentário sai antes mesmo que eu perceba que vou falar alguma coisa. — Eles distribuíram balas de hortelã listradas.

— Foi. — Finn parece surpreso. — Foi isso mesmo.

Lembro como se estivesse vendo. A cesta com as balas. Vejo tudo: a sala, as pessoas, tudo.

— Eu também falei com a polícia. — Esfrego o rosto, me sentindo confusa. — Eu tinha esquecido. Foi no Seashore Cafe?

— É, no segundo andar. Eles falaram com um monte de gente. Um monte de criança. Todo mundo.

Me lembro de sentar numa cadeira de plástico. Quente, suada e desconfortável, porque estavam todos me esperando. Atrasei a família toda. A gente não podia voltar para casa até eu falar com a polícia. *Como* posso ter me esquecido disso?

— Eu falei com eles no dia seguinte ao acidente — digo, lentamente. — Um dos policiais tinha barba ruiva. E tinha um ventilador muito irritante na área de espera. Ficava travando.

— Isso mesmo. — Finn me encara. — Mas por que você teve que falar com a polícia? Você nem estava no mar.

— Não sei. — Balanço a cabeça, perdida. — Não lembro. — Olho para a mensagem. — Será que pode ter alguma relação com isso?

— Vai saber... — Finn fica em silêncio por um tempo, o rosto contorcido, pensando, até que ele solta uma exclamação frustrada. — Não faz o menor sentido! O acidente nem foi grande coisa. O James Reynolds ficou bem. Ficou todo mundo bem.

— Tirando o Pete — ressalto. — Ele perdeu o negócio.

— Bom, é, o Pete — admite Finn. — Mas ele não devia ter alugado um caiaque danificado. E, tirando isso, foi basicamente um não evento. Muito barulho por nada.

— O James Reynolds quase *morreu* afogado! — censuro.

— É, mas ele *não* morreu — retruca Finn, imitando o meu tom.

— Vou perguntar para a minha mãe por que eu fui falar com a polícia — digo com súbita determinação. — Ela deve lembrar.

Pego o celular e mando um WhatsApp para Kirsten e minha mãe.

> Oi, gente. Espero que vocês estejam bem. Ainda estou tentando juntar informações sobre aquele acidente de caiaque. Eu falei com a polícia? Sobre o quê? Tudo certo por aqui. Surfei ontem!!
> Bjs

Aperto Enviar, mas está sem sinal. De qualquer forma, elas vão receber depois.

— Bom, então o que a gente faz? — Olho para a mensagem de novo, depois tiro uma foto.

— Vamos deixar quieto por enquanto. — Finn dá de ombros. — Que tal... O que tem na nossa agenda de bem-estar hoje? Mais ioga? Comer alga marinha? Pular de uma pedra para outra?

"Na nossa agenda de bem-estar." Ele quer continuar sendo meu amigo. Está bem claro. Ele quer uma amizade platônica, ser o meu parceiro de burnout, o que me deixa muito dividida, porque é lógico que quero ser amiga dele, é *lógico* que quero. É um sonho ter um amigo forte, leal e sábio como Finn.

É só que eu tinha outros sonhos, que agora vou ter que guardar no meu armário dos sonhos.

— Bambolê? — sugiro, só para provocar, e ele ri.

— O que acontece quando se completa todos os vinte passos? Ganha uma medalha?

— Eu viro a Garota da Roupa de Neoprene, lógico.

— Não faz isso — diz Finn numa voz ligeiramente mais grave, e algo na expressão dele me faz prender a respiração. — Não vira a Garota da Roupa de Neoprene.

Tento pensar numa resposta descontraída e engraçada... mas não me ocorre nada. Ficamos calados por um estranho e tenso instante, com os olhos fixos um no outro, e, quando começo a achar que vamos ficar aqui para sempre, Finn desvia a atenção para algo atrás de mim. Solto o ar, quase aliviada, depois me viro para ver o que ele está olhando. Adrian está andando até a praia, com o rosto abatido, e sinto muita pena dele. Ele levanta a mão para nos cumprimentar, e nós dois acenamos também.

— A mulher dele conversou comigo ontem à noite — murmuro, baixinho, para Finn. — Estava chorando. Ela está procurando um advogado para o divórcio. É muito triste. O que ele falou? Ele deve ter dito alguma coisa. Vocês pareciam melhores amigos no show.

— Ele grudou em mim no bar. — Adrian se aproxima, e Finn baixa ainda mais a voz. — Começou meio que reclamando. Ela está sempre arrumando defeito. Pelo menos, é o que ele diz.

— Ele falou das prateleiras? — não consigo não perguntar.

— Falou! — Finn se vira para mim, parecendo surpreso. — Ela está obcecada com umas prateleiras que ele não montou. Não dá sossego, mesmo com ele pedindo desculpas várias vezes, segundo ele.

— Aí é que está o problema! — explico, ansiosa. — Ele só diz "desculpa". Mas não explica *por que* não montou as prateleiras. Ele estava muito cansado? Então por que não falou "eu estou muito cansado", em vez de dizer que ia fazer e depois passar um ano postergando?

Olho para Finn ansiosa, e ele ri.

— Acho que ele tinha os motivos dele. Isso é tão importante assim?

— É claro que é! — retruco. — Ela ficou magoada! Você sabia que ele é carpinteiro formado? E ele falou que ia fazer. Mas no fim ela teve que chamar outra pessoa, e, quando o serviço ficou pronto, o Adrian não disse uma palavra. Só ignorou. As prateleiras eram para colocar os pratos antigos da avó dela — explico. — Royal Doulton.

Finn parece espantado com o meu nível de conhecimento, e pigarreio, me sentindo envergonhada de repente. Talvez eu tenha me dedicado demais à relação deles. Também posso ter tomado partido de Hayley sem ter ouvido o ponto de vista de Adrian.

— Quer dizer, eu só ouvi o lado dela da história — reconsidero. — Mas você tem que admitir que é estranho, se ele é carpinteiro e falou que ia fazer.

— Um pouco estranho — concorda Finn.

Ele dá de ombros e estende os braços, como se a conversa tivesse acabado e esse fosse o limite de seu interesse. Mas eu estou só começando. Olho para as costas duras e tristes de Adrian, enquanto ele chuta uma pedra no mar. Ele está desolado. Ela está arrasada. Os dois estão reclamando das prateleiras. Se pudessem resolver essa questão, talvez ajudasse com todo o resto.

— Pergunta para ele — digo num impulso. — Sem rodeios. Vai lá e pergunta: "Por que você não montou as prateleiras?" De homem para homem. Ele vai te contar.

— Você está maluca? — Finn olha para mim, incrédulo.

— Não, mas estou *morrendo* de curiosidade — confesso. — E para você ele vai contar! Olha, ele está sozinho. — Cutuco Finn, acenando com a cabeça para Adrian, que está de pé na beira da água. — Ele quer companhia. Você é amigo dele. Você pode descobrir.

— O quê? Só chegar e perguntar: "Por que você não montou as prateleiras da sua esposa?"

— Vai abordando o assunto aos poucos — sugiro. — Fala sobre consertar coisas em casa. Vê se ele morde a isca.

— Certo — cede Finn. — Vou tentar. Mas você vem comigo. Senão você vai só resolver que quer saber outra coisa e me mandar de volta em outra missão investigativa.

— Eu não faria uma coisa dessas! — Sorrio para ele, e Finn revira os olhos com ironia.

— Você é sempre assim tão curiosa? — pergunta ele, quando começamos a andar juntos pela praia na direção de Adrian. — Curiosa e enxerida?

— Não — respondo depois de refletir um pouco. — Recentemente, não. Na verdade, é o contrário. Tenho vivido com uma visão de túnel. Talvez seja por isso que estou acordando agora. Estou percebendo que existe *vida*. — Estendo os braços, saboreando a maresia fresca e revigorante. — *Gente*. Coisas acontecendo. E só conversar não é ser enxerida — acrescento, em tom de desafio.

— Se você está dizendo... — Finn revira os olhos de novo, mas está sorrindo.

— Ah, eles também estão com problemas com o sexo — murmuro ao nos aproximarmos de Adrian. — Mas melhor não tocar no assunto... Oi! — falo mais alto, satisfeita comigo mesma ao ver a expressão de horror no rosto de Finn. — Tudo bem?

— Oi. — Adrian parece catatônico de desespero. — Está frio, né?

— Bem frio. — Faço que sim e lanço um olhar sugestivo para Finn.

— Eu estava até pensando nas coisas que preciso consertar lá em casa, quando voltar de viagem — comenta ele, corajoso, e lhe ofereço um leve sorriso agradecido.

— Sei bem como é, cara — devolve Adrian, melancólico, depois fica em silêncio, com as mãos nos bolsos, olhando as ondas. Finn me olha com uma cara que obviamente diz "E agora?", então tomo fôlego.

— Eu adoro as louças da Royal Doulton — arrisco, animada. — Pratos de porcelana. Essas coisas. Eu gosto de... hum... de expor, na parede.

Será que acrescento "em prateleiras"?

Não.

Adrian fica rígido, mas não olha para mim nem responde.

Certo, a abordagem sutil não está funcionando. Hora de ser direta.

— Desculpa, Adrian. — Espero até ele olhar para mim com uma cara desconfiada. — Me perdoa, mas posso fazer uma pergunta? Não estou querendo vender nada — acrescento, depressa.

— Que pergunta? — Adrian franze a testa numa expressão feroz.

— Bom... Eu conversei com a sua mulher ontem.

— Humpf! — Adrian reage na mesma hora. — Pintou a minha caveira, foi?

— Não! — digo, decidindo depressa que Hayley não estava pintando a caveira dele, estava só expressando a tristeza dela. — De jeito nenhum! Mas ela está tão magoada, e acho... sabe, como uma pessoa de fora... que se você pudesse explicar *por que* não montou as prateleiras...

— Chega dessas malditas prateleiras! — interrompe Adrian, e levo a mão à boca. Ui. — Ela não para de falar disso...

— Então explica para ela — sugere Finn. — Diz que o seu trabalho não é montar prateleiras e que ela tem que te aceitar como você é ou partir para outra.

— O meu trabalho *é* montar prateleiras! — ruge Adrian. — Sou *excelente* em... — Ele para, trêmulo, e olho para Finn, desconsertada. Nunca imaginei que prateleiras pudessem ser um assunto tão emocional. Ninguém fala nada por um tempo. Não me atrevo nem a me mexer, com medo de Adrian me atacar. — Vocês querem saber a verdade? — murmura por fim, olhando para a espuma na água. — A verdade é que eu não sabia o que ela queria. Ela ficava dizendo que queria exibir cada prato da melhor forma possível. Quatorze pratos. De alguma forma, fiquei com a ideia errada na cabeça. Fiquei pensando: "Quatorze prateleiras. Como eu vou fazer isso ficar bonito?" Mas não queria dizer que eu não podia fazer. Por isso enrolei. Achei que talvez ela fosse acabar esquecendo.

— Esquecendo? — exclamo, incrédula. — Esquecendo de exibir os pratos antigos da avó?

— Ou mudando de ideia — completa Adrian, na defensiva. — Tanto faz. Mas não foi o que aconteceu. Ela contratou um sujeito, e ele fez tudo numa manhã, três prateleiras, bum, e eu pensei: "Ai, merda. Era isso que ela queria."

Tenho uma visão dele sentado à mesa da cozinha, com uma cerveja, ignorando as prateleiras novas de Hayley, e sinto uma onda de frustração.

— Você pensou em dizer *isso* para ela? — explodo.

— Dizer o quê?

— "Uau, as prateleiras ficaram ótimas. Estou me sentindo mal agora, não tinha entendido exatamente o que você queria."

Adrian fecha a cara com mau humor.

— Eu ia passar por um completo idiota.

— Então você prefere que ela pense que você é um marido horrível que não liga para ela a passar por um idiota?

— Já era tarde demais de qualquer forma. — Adrian parece ainda mais mal-humorado. — As prateleiras já estavam montadas, não estavam?

— Nunca é tarde demais — interpõe Finn, e lhe ofereço um olhar agradecido. Não sei por que Adrian e Hayley me afetaram tanto, mas quero ajudar os dois. Ou pelo menos tentar.

— Nunca é tarde demais — concordo com firmeza, repetindo a frase de Finn, e Adrian me lança um olhar ressentido.

— Vocês dois são terapeutas, é?

— Não. — Finn me olha, parecendo achar graça. — Longe disso.

Nesse momento, avisto Hayley. Ela está andando pela praia numa capa de chuva azul-marinho, a uns vinte metros de distância. Aceno para ela, me perguntando o que deve estar achando de ver Finn e eu conversando com o marido dela. Então olho para Adrian, e ele já está de volta à postura rabugenta de sempre.

— Você está me dizendo que prefere que a Hayley te deixe a confessar um mal-entendido bobo? — pergunto, um pouco impaciente. — É isso mesmo?

— Ela *não vai* me deixar — diz Adrian, como se a ideia fosse ridícula.

— Mas no saguão ela falou: "A gente não sabe se ainda é um casal" — ressalto.

— Ela fala essas coisas. — Adrian dispensa o comentário. — Ela gosta de me atiçar. Queria umas férias, precisava de um motivo. Vou comprar um presente para ela. Ela vai se acalmar.

Meu Deus. Ele é burro ou está em negação ou as duas coisas? Por um instante, fico terrivelmente em dúvida se deveria quebrar a confiança de Hayley. Mas se bem que ela não falou "não conta para ninguém", falou? Não. Ela nem me conhecia e contou a vida toda para mim.

— Adrian — digo com gentileza —, ela tem ligado para as amigas pedindo o contato de um advogado para pedir o divórcio.

O efeito que o comentário tem sobre Adrian é impressionante. Ele fica pálido. Olha de Finn para mim. Já não exibe mais a postura irritada.

— Um advogado? — gagueja, por fim.

— Olha — diz Finn. — Na minha opinião, acho que você tem que fazer o seguinte. Conserta isso agora. Vai lá. — Ele aponta para Hayley, que agora está junto da água, não muito longe de nós. — Vai e diz: "Desculpa por não ter instalado as prateleiras. Eu não entendi o que você queria e fiquei com vergonha demais para admitir. Erro meu. Quero consertar as coisas. Eu me importo muito com você."

— "Profundamente" — sugiro.

— Isso. — Finn faz que sim. — Bem melhor. "Profundamente. Faço terapia, se você quiser, mas agora..." — Ele pensa por um instante. — "Agora, a gente pode caminhar pela praia, enquanto eu conto por que me apaixonei por você, para começo de conversa?"

Encaro Finn, hipnotizada. A voz dele está ressoando na minha alma. Quero que ele continue falando, quero que ele fale assim comigo. Quero deitá-lo na areia e ver o sol se pondo no horizonte, enquanto ele fala assim comigo para sempre.

— Você só pode estar de brincadeira. — O protesto teimoso de Adrian me desperta do meu devaneio. — Não vou falar isso.

— Por que não? — retruca Finn.

— Pois é! — Eu me obrigo a participar da conversa. — Qual a pior coisa que pode acontecer?

— Pratica antes — instrui Finn.

— Vocês são dois doidos — diz Adrian, mas, depois de um instante, ele respira fundo. — Desculpa por não ter instalado as prateleiras — murmura, olhando para a figura distante de Hayley. — Não entendi o que você queria e fiquei com vergonha demais para admitir. — Ele faz uma pausa, e vejo algo mudar no rosto dele. — Erro meu. Quero consertar as coisas. Eu me importo muito com você. — Ele faz outra pausa, mais longa dessa vez. O rosto parece agitado. Um turbilhão silencioso. Ele engole em seco algumas vezes, com força, os olhos fixos nas costas de Hayley, alheia ao que está se passando. — Vamos andar na praia um pouco? — continua ele com a voz subitamente rouca. — Posso te contar por que eu te amo? Porque sempre te amei. Desde que a gente tinha 18 anos e você acertou a porcaria do meu carro em cheio, no estacionamento do supermercado. Desde aquele dia. — Ele para, respirando agitado, e olho para Finn com os olhos ardendo.

— Vai — diz Finn. — Anda.

Adrian segue pela areia direto para Hayley, com os ombros eretos e determinados. Prendendo a respiração, eu a observo virar a cabeça, numa linguagem corporal triste e na defensiva. Vejo o espanto no rosto dela quando ele começa a falar. Os olhos arregalados. Aí desvio o olhar, porque eles precisam de privacidade agora. Estou com todos os dedos cruzados. Talvez isso ajude.

Finn também desviou o olhar, e começamos o caminho de volta para o hotel.

— No fim das contas, acho que ele a ama — comenta ele depois de alguns passos.

— É. — Faço que sim. — Também acho.

— Você tinha razão — acrescenta Finn, pensativo. — Você percebeu antes de mim. Eu só vi a briga, mas você viu o amor deles. — Ele me lança um sorriso, a voz cálida. — Você viu o amor.

"Para de falar 'amor' em voz alta", peço em silêncio, com muita força. "Para de falar 'amor'. Porque, toda vez que ouço você dizer isso, eu me derreto, e não posso derreter."

— Bom, e agora? — continua Finn, com a mesma voz cálida, e por apenas um instante estúpido e louco acho que ele está falando da gente.

Ai, Deus, perdi todo o senso de realidade. Preciso dar um jeito na minha cabeça.

— Na verdade — digo —, preciso fazer umas ligações. Então vou voltar para o meu quarto.

— Ah, tranquilo. — Finn assente com a cabeça. — Bom, até mais tarde.

— Com certeza! — Tento soar casual. — Até mais tarde. — Tento, com todas as minhas forças, oferecer um sorriso descontraído, depois ando depressa para o hotel, quase tropeçando no meu afã.

O problema é o seguinte. A grande questão. Eu estou me apaixonando por esse cara. Me apaixonando profunda e terrivelmente por ele. E preciso fugir enquanto ainda tenho uma chance de não me apaixonar.

DEZENOVE

De noite, estou sentindo a minha cabeça mais no lugar. No meio da tarde, alguém enfiou um convite debaixo da minha porta para uma "Recepção e apresentação do Skyspace Beach Studios, às 18 horas, traje esporte fino". Na verdade, estou bem curiosa para saber mais sobre essas construções novas, e, segundo o convite, vai ter champanhe. Então vesti a única roupa que trouxe que pode se encaixar na categoria "esporte fino": um vestido preto justo bom de levar na mala e sapatos de salto alto, que só trouxe porque achei que o Rilston poderia ainda ser um daqueles hotéis cheios de camareiros com regras de vestimenta para o saguão.

Percebo que estou me vestindo para impressionar Finn. Estou me vendo pelos olhos dele. Mas tenho que ser realista: não vai dar em nada. Ele estava *tão* desconfortável quando me disse que não fazia mais sexo casual. Ficou *tão* óbvio o que estava querendo dizer. E se tem uma coisa que sei fazer é entender indiretas. Somos amigos que se apoiam, só isso... o que é *bom*.

De qualquer forma, talvez eu conheça outra pessoa hoje, penso, tentando me animar. Isso. Finn não é o único homem do mundo. Vou conhecer um homem totalmente novo, que esteja romanticamente interessado em mim e que vai me fazer esquecer Finn.

Passo algum tempo imaginando esse tal novo homem — talvez ele seja bem alto e magro, quem sabe muito tímido e reservado... enfim, completamente diferente de Finn — e desço a escada quase imaginando que ele vai estar lá embaixo, pronto para me cumprimentar. Mas, em vez disso, me deparo com Simon, carregando um grande arranjo de flores.

Ai, Deus. O universo está tentando me oferecer Simon Palmer? De jeito nenhum. "Lá-lá-lá, não estou ouvindo nada, universo..."

— Srta. Worth, devo desculpas — começa Simon com a subserviência de sempre. — Tenho estado terrivelmente ausente esses dias, tão ocupado em organizar a recepção para os investidores hoje.

— Tudo bem! — digo, mas Simon parece não me ouvir.

— Estou arrasado por não ter estado disponível para os hóspedes — lamenta-se ele. — Em reconhecimento a isso, providenciei um pequeno presente, uma garrafa de champanhe vintage para ser entregue em seu quarto. Uma para cada hóspede. Uma pequena compensação.

— É sério, está tudo bem — tento dizer de novo, mas Simon segue falando.

— A senhorita está aproveitando a estadia? — pergunta ele, ansioso. — Sua folga para tratar do bem-estar está sendo de seu agrado? O chef Leslie me disse que encontrou uma fonte muito confiável de couve orgânica, a senhorita concorda?

— Sim, a couve está ótima — garanto. — É bem... verde.

— De fato. E acredito que, a partir desta tarde... — Ele fita algo atrás de mim e solta um leve suspiro. — Isso! Bem na hora! Srta. Worth, tenho o prazer de anunciar que, finalmente, vamos poder oferecer suco de noni!

Me viro e vejo Nikolai se aproximando com uma bandeja de prata e um copo com um fluido marrom em cima. Ele está com um sorriso enorme no rosto, e, quando ele me oferece a bandeja, Simon aperta as mãos, como se estivesse tomado pela emoção.

— Suco de noni para a madame — anuncia Nikolai, sorrindo ainda mais. — Por favor, aproveite.

— Obrigada! — digo, pegando o copo meio envergonhada. — Que... maravilha.

Fito o copo com nojo. Que *coisa* é essa? Por que é tão marrom e tão parecido com água suja? Eu quero mesmo beber isso?

— Aproveite! — repete Nikolai, gesticulando, animado. — Por favor, aproveite o seu suco de noni!

Certo. Vamos lá. Nikolai e Simon observam, fascinados, enquanto dou um gole cauteloso e tento conter a ânsia de vômito. Minha nossa, o *que* é isso? Parece que alguém juntou pedaços de um corpo em putrefação, bateu no liquidificador e chamou de "suco". A sensação é de que a minha boca está poluída. O meu corpo está poluído. *Como* isso pode fazer bem?

— O suco de noni é de boa qualidade? — pergunta Simon, já parecendo preocupado. — É de alto padrão?

— Madame está sentindo os benefícios para a saúde? — pergunta Nikolai, ansioso.

— Com certeza! — consigo dizer, tentando engolir aquele último gostinho repugnante. — É... É um suco de noni muito bom. Muito puro. Bem filtrado. Muito obrigada.

— Gostaria de ressaltar, Srta. Worth, que a senhorita é uma inspiração — diz Simon em tom de admiração. — Com a couve, o suco de noni e a ioga... Estamos considerando lançar um pequeno programa de bem-estar, em virtude do que temos visto a senhorita praticar. Talvez a senhorita pudesse ser nossa consultora de saúde e dieta!

— Ah, bom. Hum, não sei...

— Madame é forte — afirma Nikolai, me encorajando. — Sempre tomando a bebida saudável. Fazendo caminhada saudável na praia. Comendo salada. Nada de álcool. Todos os outros hóspedes, álcool. Madame, nada de álcool.

— Bom. — Engulo em seco, pensando com culpa na garrafa vazia de vinho no chalé. — Acho que é só uma questão de... sabe como é...

autocontrole... — Algo chama a minha atenção e, quando viro o rosto para ver o que é, gelo na mesma hora.

É o cara do supermercado, vindo pelo corredor, na nossa direção. Ele está com uma caixa grande de papelão nos braços com as letras "CLUB BISCUITS" e "Sabor Laranja". E está vindo direto até mim.

Não. Nãaaao. Tento pensar freneticamente numa saída para isso, mas é tarde demais para evitá-lo.

— Trouxe o que pediu — avisa ele, no tom sepulcral de sempre, depois parece perceber a indiscrição. Ele tenta cobrir o "CLUB BISCUITS" com a mão, escondendo apenas três letras, depois pisca para mim e volta a falar. — Você não apareceu na loja, e eu tinha que passar aqui de qualquer jeito, então acabei trazendo. Tem noventa e oito aí — acrescenta, apontando para a caixa. — Acha que basta por enquanto?

Estou com o rosto queimando. Não consigo olhar para ninguém. Club Biscuits. Não é nem biscoito de aveia. Essa porcaria de Club Biscuits. O cara empurra a caixa para mim, mas não aceito. Não *posso* admitir que encomendei noventa e oito biscoitos com cobertura de chocolate para consumo próprio. O que eu faço?

Então de repente me ocorre uma ideia.

— Na verdade... — Olho para Simon, tentando soar convincente. — Isso é para você! Para os funcionários. Como um... hum... presente. Por todo o trabalho que estão tendo.

Há um silêncio meio atônito. O cara da loja parece confuso. Simon e Nikolai olham para a caixa, incertos. Nikolai parece particularmente atarantado, como se nunca tivesse visto uma caixa de papelão.

É Simon quem recupera a compostura primeiro.

— Club Biscuits! — exclama ele. — *Club Biscuits!* Srta. Worth, a senhorita é boa demais. Muito gentil. Nikolai, olha que presente generoso, Club Biscuits. Vamos abrir.

— Não — digo, depressa. — Na verdade...

Mas é tarde demais. O cara de camiseta marrom bota a caixa numa mesa e arranca a fita, então abre as abas, revelando uma pilha de pacotes de sete unidades, todos envoltos em plástico.

— Olha só isso. — Simon examina os pacotes com reverência. — Club Biscuits, sabor laranja. Vamos distribuir para todos os funcionários. Cassidy! — Ele a chama, do outro lado do saguão. — Vem ver o presente maravilhoso da Srta. Worth! Hoje, vamos nos refestelar com Club Biscuits!

Minha cara está rubra. Que coisa *horrível*. Eu devia ter pegado a caixa.

— Não... tem de quê — digo, baixinho. — Aproveitem.

— Club Biscuits? — pergunta Cassidy, animada, se aproximando. — Legal!

— Bom. — Engulo em seco. — Achei que vocês podiam gostar.

— Uh, o suco de noni! — comenta Cassidy, vendo o copo na minha mão. — Eu experimentei um pouco, achei tão fedido. Mas adivinha só? O chef Leslie fez um drinque especial com ele para hoje. Ele chamou de Noni-jito. Boa sacada, né? Leva couve também — acrescenta com ar triunfal. — Sem álcool, lógico, pois sabemos que você ama bebidas não alcóolicas.

Olho para ela, piscando com força. Eu *não* vou beber suco de noni com couve enquanto todo mundo bebe champanhe.

— Na verdade... — improviso — ... ter uma Noite de Descontração é parte vital do meu regime de saúde. É importante relaxar as regras de vez em quando. Então acho que hoje vou beber champanhe, para o meu bem-estar, e quem sabe amanhã tomo o drinque de noni.

— Uma Noite de Descontração! — O rosto de Cassidy se ilumina. — *Adorei!* A gente devia colocar isso no nosso regime de bem-estar também. — Ela olha para Simon. — Toda noite vai ser Noite de Descontração. A gente serve shots de tequila e diz para os hóspedes que é para o próprio bem-estar deles! Todo mundo sai ganhando!

Como se tivesse ouvido a deixa, uma moça carregando uma bandeja com taças de champanhe entra no saguão. É Bea, a amiga de Cassidy que conheci na padaria. Logo em seguida, a porta da frente se abre, revelando dois homens de terno, e Simon se eriça de tensão na mesma hora.

— Investidores! — sussurra ele para Nikolai e Cassidy. — Os investidores começaram a chegar! Cassidy, casacos. Nikolai, canapés!

Canapés! Boa noite! — Ele se apressa até eles, alisando a mão na perna da calça: — E bem-vindos ao Hotel Rilston.

Pego uma taça da bandeja de Bea, jogo o cabelo para trás e entro confiante no restaurante. "Homens solteiros e interessantes, aqui vou eu."

O único problema é que não tem nenhum. A menos que eu fosse muuuito mais flexível com o termo "interessante" do que estou disposta.

Quase uma hora depois, o burburinho dos convidados toma conta do restaurante. Já bebi duas taças de champanhe e andei pelo salão. Conversei com algumas pessoas. Sorri. E os resultados foram péssimos.

Conversei com um sujeito barrigudo de Exeter que trabalha com incorporação imobiliária e que falou quatro vezes que a ex-mulher ficou com o conversível. (Não.) E com o amigo dele, que tem halitose. (*Não.*) Também conheci um historiador local gay, chamado Bernard, que está aqui para conversar com os investidores sobre a região, e com uma mulher chamada Diane, que representa a família Garthwick, proprietária do hotel.

Finn não apareceu. Estou bem ciente disso. (Achei que o tinha visto ainda agora, mas era um cara de cabelo escuro que não conheço.)

Os West também não estão aqui, e me pego torcendo para que estejam na cama, apaixonados de novo, talvez na posição 15 do "manual da reconciliação sexual". (Sortudos.) Na verdade, percebo que sou a única hóspede otária que deu as caras.

— Sasha! — cumprimenta uma voz estrondosa, e, ao me virar, me deparo com Keith, do trem, com um paletó num tom forte de azul, segurando um fantoche espalhafatoso e com uma cara muito assustadora. — Está lembrada de mim? Keith? O Sr. Poppit?

— Oi! — digo, tentando não olhar para o fantoche. — Que bom te ver de novo. O senhor vai se apresentar?

— Vou, depois dos discursos — diz Keith, fazendo que sim com a cabeça. — Vai ser um tema meio "adulto". O Sr. Poppit no Distrito da

Luz Vermelha, se é que me entende. — Ele dá uma piscadela exagerada, e decido ir embora assim que terminarem os discursos. — E aí, está se divertindo?

— Está tudo ótimo, obrigada. Vi o Terry outro dia — acrescento, me lembrando da nossa conversa no trem. — Fiquei bem chocada com como ele está diferente.

— Ah, o Terry. — Keith faz uma careta. — É, não anda nada bem. Coitado, passou por tanta coisa. Estava na escola de surfe?

— Estava. — Faço que sim.

— É o cantinho dele. — Keith assente com a cabeça. — O refúgio dele. Ele está sempre lá, todo mundo cuida dele.

De repente, penso que talvez Keith lembre algo relevante sobre o acidente, embora eu não saiba muito bem como perguntar.

— Eu estava conversando com outro hóspede do hotel sobre aquele acidente de caiaque — começo. — E acabei lembrando que falei com a polícia na época. A coisa foi feia, não foi?

A minha esperança era que isso desencadeasse uma vontade de fofocar e, como imaginava, o rosto de Keith se ilumina.

— Ah, foi um escândalo. Imagina como o Terry ia ficar se não tivessem descoberto a verdade! — Ele me encara com olhos arregalados, assim como o fantoche.

— Como assim "descoberto a verdade"? — pergunto. — Que verdade?

— Que o caiaque era do Pete, e não dele — responde Keith, como se fosse uma obviedade. — Primeiro, a polícia achou que era do Terry. Ficaram investigando ele. Podia ter sido a loja dele a falir.

— Por que eles acharam que o caiaque era do Terry? — pergunto, confusa, e Keith franze a testa.

— Agora não me lembro dos detalhes, mas tinha um motivo. O Terry emprestou o caiaque? Ou será que eles se confundiram? Enfim, por um tempo a coisa ficou feia para o Terry. Ele ficou arrasado, coitado.

— O Terry nunca teria feito uma coisa dessas — digo, inflamada. — Ele nunca teria alugado um caiaque danificado!

— Bom, a polícia estava em cima dele, só que alguma coisa fez eles mudarem de ideia... Ah, está na hora! — Um homem de camiseta e calça jeans preta, segurando um microfone, se aproxima dele, distraindo-o. — Está na hora de passar o som? Nós, artistas, não temos descanso, não é mesmo, Sr. Poppit?

— Não temos descanso! — repete o boneco, movendo a boca pintada, e tento disfarçar o meu estremecimento.

— Bom, boa sorte — respondo, recuando e esbarrando em alguém.
— Me desculpe! — digo, me virando, então prendo a respiração. É Finn. Ele veio. Está com um paletó elegante e está meio... Como se diz? "Bonito", diz o meu cérebro. "Lindo. Delicioso. Sensual."

Não. Já chega. Não pega esse caminho. Ele está *elegante*. Isso. Uma camisa alinhada. Loção pós-barba. Sapatos bonitos, percebo, ao olhar para baixo.

— Oi — diz ele. — Fiquei na dúvida se você ia estar aqui.

— Bebida de graça, não resisti — digo, dando um gole no champanhe. Tem algo novo na expressão dele. Uma luz diferente no olhar. Ou estou imaginando coisas?

— Ótimo — diz Finn. — Porque eu queria falar com você.

Ele faz uma pausa, e sinto o coração disparar. Então o meu cérebro entra em ação, reprimindo o meu coração por disparar. Agora o meu peito está apertado. Os meus dedos estão úmidos ao redor da haste da taça. Meu Deus, o meu corpo é *tão* desobediente.

E Finn continua olhando para mim, com o rosto animado com algum pensamento ou sentimento, mas em silêncio, como se não soubesse por onde começar. Ou talvez ele saiba por onde começar, mas esteja apreensivo.

— Eu estava querendo saber — digo para preencher o silêncio. — Você entrou em contato com a psicóloga?

— Ah, sim — responde ele, franzindo a testa, como se estivesse confuso com a pergunta. — É. Eu... Pois é. — Ele faz uma pausa e olha ao redor do salão, onde as pessoas parecem estar falando mais alto agora. — Está barulhento, aqui. A gente pode ir para outro lugar?

O meu coração dispara de novo. *Ir para outro lugar?*

Mas não vou cometer o erro de ouvir o meu coração romântico. Vou ouvir o meu cérebro racional e mais calejado. Ele no mínimo quer dizer: "Ir para outro lugar para falar da política de faturamento do hotel." Ou: "Ir para outro lugar para eu contar quanto está a partida de críquete."

— Hum, claro — respondo, engolindo o champanhe. — Lógico.

No entanto, nesse exato momento, Simon dá uma batidinha numa taça, fazendo todos se calarem. Nikolai começa a andar por entre os hóspedes, enchendo taças de champanhe como se fosse um casamento, e Cassidy chega ao nosso lado.

— O Simon vai fazer um discurso — diz ela, animada. — Ele está tão nervoso. Eu falei para ele: "Simon, imagina todo mundo na plateia usando uma das calcinhas que eu vendo na internet". E ele ficou todo: "Que calcinhas?" Ele não sabia! Aí eu mostrei para ele, e ele ficou todo estressado de novo, coitado! Ele acha que eu devia fazer isso "nas horas vagas". — Ela ri, muito feliz. — Eu respondi: "Simon, quando eu estou sentada na recepção, *aquilo* é a minha hora vaga, não acontece nada, nunca!" Mas ele ficou só... — Ela se interrompe e o aplaude fervorosamente quando Simon sobe num pequeno púlpito e toca no microfone. — Aê! Vai, Simon!

— Senhoras e senhores — começa Simon, e as conversas se encerram no salão. — Bem-vindos ao Hotel Rilston... e a um novo e emocionante capítulo em nossa história.

Atrás dele, uma tela exibe o projeto arquitetônico de seis construções de vidro, reluzindo sob o sol, na praia de Rilston, sob um céu azul límpido e com as palavras "Skyspace Beach Studios, Rilston".

— Uau! — exclamo baixinho. — É bem... diferente.

— Hoje, o Rilston entra no novo milênio — continua Simon, lendo um cartão. — Com estilo, conteúdo e, claro, vista para o mar. Apresento os Skyspace Beach Studios!

Então uma música animada começa a tocar no salão, e um vídeo exibe uma série de fotos da praia, da cidade, do hotel, um close de *Amor jovem*, passando então para o design dos novos chalés.

— O projeto Skyspace Beach Studios reúne a majestade e a tradição do Hotel Rilston — declama uma voz feminina —, o talento dos arquitetos Fitts Warrender, as obras de arte da renomada artista local Mavis Adler e o design de interiores de um designer de ponta, ainda não confirmado. O mais recente em acomodações elegantes à beira-mar. Para as férias. Para a vida. Para você.

Quando o vídeo termina, há aplausos duvidosos aqui e ali, e Simon ergue os braços num gesto teatral, como se estivesse contendo o público no estádio de Wembley.

— Guardem os seus aplausos — diz ele com o rosto esfuziante. — O arquiteto Jonathan Fitts vai falar daqui a pouco. Mas, antes, eu gostaria de prestar homenagem ao nosso *legado*. Falo, é claro, dos chalés originais, ainda de pé na praia de Rilston. — Ele então começa uma salva de palmas, e logo todos no salão o acompanham.

— Essas pessoas já *viram* os chalés? — pergunta Finn, perto do meu ouvido, e mordo o lábio.

— E, para celebrar esse maravilhoso legado, gostaria de convidar dois hóspedes, Sasha Worth e Finn Birchall, a se juntarem a mim. Sasha e Finn, venham! — Ele nos chama como se fosse um apresentador de programa de auditório. — Não sejam tímidos!

— *O quê?!* — exclama Finn, perplexo, e dou de ombros.

— Não estava sabendo disso.

Trocando olhares hesitantes, vamos até o palco, onde ficamos lado a lado, meio desconfortáveis.

— Sasha e Finn estiveram neste resort pela primeira vez quando eram crianças, senhoras e senhores, e agora estão aqui novamente, fiéis ao Rilston — começa Simon. — Eles são o tipo de hóspede que dá vida ao Rilston. O tipo de hóspede que transforma um resort... numa *família*. Sasha e Finn serão os últimos hóspedes a ocupar os chalés da praia históricos originais, e nós do Rilston gostaríamos de agradecer a esses dois convidados de honra por manterem viva a tradição.

Nem acredito que estou ficando com os olhos embaçados. Acho que os chalés sempre fizeram parte do cenário de Rilston Bay. Fico feliz por ter tido um, bem a tempo.

— Aos chalés! — exclama Simon. E todos erguemos as taças, então um fotógrafo se aproxima, com uma câmera enorme no pescoço.

— Posso tirar uma foto rápida? — pergunta ele para mim e para Finn. — Talvez se o casal pudesse dar um *passiiinho* para a esquerda... — Ele troca a lente da câmera com agilidade. — Quer dizer, casal não, mas vocês entenderam...

— Ah, eles não são um casal — explica Cassidy, num tom muito profissional. — Sei que eles *parecem* um casal, mas não são. Engraçado, né? A gente chama os dois de o não casal.

O não casal?

Nem me atrevo a olhar para Finn. Fico de frente para a câmera, o vestido roçando na camisa dele, sentindo o paletó tocar o meu braço.

— Um pouquinho mais perto? — O fotógrafo faz um gesto para nos aproximarmos. — Isso, ficou ótimo. — A câmera dispara, e ele semicerra os olhos para a tela, então olha para nós de novo. — Sr. Não Casal, pode passar o braço em volta dela? Tem alguma patroa para reclamar?

Finn não responde, simplesmente passo o braço pelos meus ombros, e é como se eu tivesse sido atingida por um raio.

O meu corpo está desesperado para tocá-lo. Beijá-lo. Puxá-lo para perto. Mas o meu cérebro continua se lembrando da expressão desconfortável no rosto dele ontem. E aquelas palavras mortais: "Eu jurei não fazer mais sexo casual." Ou, para bom entendedor: "Não estou interessado em você."

— Ótimas fotos — diz o fotógrafo, passando as imagens na tela. — Vocês dois *combinam* mesmo. — Ele ergue o rosto e dá uma piscadela.

— Deviam pensar no assunto.

— Hahaha! — Dou uma risada tão estridente que quase engasgo, então pigarreio.

— Terminei — acrescenta o fotógrafo, e Finn olha para mim.

— Vamos? — Ele indica a porta com a cabeça. — A menos que você queira ouvir o arquiteto.

— Não. — Balanço a cabeça. — Belo discurso, Simon — acrescento para ele. — Espero que você consiga vários investidores.

Um jovem sobe no púlpito, e a tela se acende outra vez, então Finn e eu escapamos do salão. Sem dizer uma palavra, ele me leva até o bar, que está vazio e silencioso, então para. Está respirando com mais intensidade que o normal e, por um instante, olha para um ponto atrás de mim. Então olha nos meus olhos.

— Eu queria... — Ele para. — Não, vou começar de novo. — Há um silêncio, e vejo os olhos dele piscarem algumas vezes. — Desculpa. Deu um branco na minha cabeça. Tá, vou me inspirar no Terry.

— É sempre uma boa ideia — digo, um pouco nervosa.

— "Não desperdice o dia duvidando de si mesmo." Se lembra disso?

— Lembro! — Faço que sim. — "Não desperdice o dia duvidando de si mesmo. Aproveita a onda."

— Isso. Viva o momento, acho que é isso. Não fica aí em posição fetal, pensando... hesitando... — Ele para, os olhos fixos nos meus, depois continua, um pouco mais baixo: — Eu sei do que você estava falando ontem, na praia. Mas eu me esquivei. Não respondi. Porque... Bom. — Ele respira fundo. — Sasha, você é linda.

O elogio vem do nada, *bum*, feito um maremoto.

— Eu... obrigada — digo, sem jeito. — Você é...

— Não. — Ele levanta a mão. — Deixa eu terminar. Linda por dentro e por fora. Tão forte. Inspiradora. Engraçada. Uma pessoa tão boa. E tão gostosa. — Ele faz uma pausa por um tempo, o olhar mais intenso, enquanto olho para ele também, hipnotizada. — Eu deixei a onda passar ontem. Desperdicei por causa da dúvida. O Terry teria me dado uma bronca.

— Certo. — Mal consigo falar. — Bom. Às vezes, é difícil entender a onda.

— Eu estou entendendo essa onda direito? — Ele toca o meu queixo de leve, e o mundo gira ao meu redor.

— Está — sussurro, com o rosto inteiro queimando. — Mas eu aceitei o que você falou na praia. E fiquei me perguntando o que seria o oposto de "sexo casual". Então fui pesquisar.

— Você foi pesquisar. — Finn franze a testa. — Lógico que foi. E o que descobriu?

— Vi que podia ser "amor platônico", "paixão secreta" e "amor sem desejo sexual".

Finn desce a mão até o meu pescoço, parando na nuca para acariciar a minha pele. A sensação é tão intensa que fecho os olhos. O meu corpo não está acreditando nisso. O meu corpo está *louco* por isso.

— Nada disso. — Quando o ouço dizer isso, me forço a abrir os olhos.

— Aí achei um outro site que dizia "sexo íntimo".

— Sexo íntimo. — Finn olha para mim por um instante. — Agora, sim. — E leva os lábios aos meus.

Ai, meu Deus. O meu cérebro explode em estrelas. Estou atônita. Nesse momento sou cem por cento desejo sexual. A sua boca, a sua pele, o seu cheiro, o seu toque... Eu precisava disso. Eu preciso dele, eu o quero por inteiro.

Finn se afasta de mim, vai até a porta e a fecha, então enfia uma cadeira debaixo da maçaneta.

— *Aqui?* — pergunto.

— Aqui. — Eu o vejo observando um sofá de veludo e sinto uma onda de ansiedade. — Agora.

— Mas e se alguém entrar? — Não consigo conter uma risada de incredulidade.

— Aí a gente trancou a porta sem querer. Somos o não casal, lembra?

Ele se vira de frente para mim, e dá para ver que está duro (*obrigada, universo*), e, por alguns instantes, ficamos só olhando um para o outro.

"Isso está acontecendo." Uma voz incrédula e boba cantarola na minha cabeça. "Eu vou ter esse homem para mim. Esse corpo. Essa experiência."

Finn me pega pela cintura e aperta o corpo no meu, e a sensação me faz soltar um gemido que nem reconheço. É uma espécie de agonia maravilhosa. Estou no limite, e nós nem começamos.

— Um bar não é muito íntimo — comento, enquanto a boca de Finn desce pelo meu pescoço. Os botões do meu vestido já estão saindo das casas, o tecido sedoso está abrindo, e ele solta uma espécie de ruído gutural, a boca encontrando a minha pele instantaneamente. Ele enfia a mão na minha calcinha, e já estou surfando a primeira onda, as ondas que eu tinha esquecido que existiam, mas que estou pegando de novo e de novo, estremecendo de encontro ao peito dele.

Por fim, abro os olhos e afasto o rosto, e Finn está me observando com um sorrisinho no rosto. A camisa dele está molhada, e eu a tiro.

— Está íntimo o bastante para você? — pergunta ele.

— Nem de longe. — Levo a mão até ele, e Finn respira forte diante do meu toque, fechando os olhos por um segundo.

— Para mim também não. — Ele está com uma expressão contorcida, quase bêbada.

Ouço aplausos no restaurante logo ao lado, e nos encaramos com um sorriso silencioso, enquanto terminamos de tirar a roupa e seguimos para o sofá. Ao vê-lo por inteiro, mando outra mensagem para o universo. (*Obrigada. Foi muito mais do que pedi.*)

Ele trouxe uma camisinha e, enquanto a coloca, fico me perguntando se tinha uma o tempo todo, ou se não tinha, por causa do lance do sexo casual. Mas então o que é isso? É casual? Não é?

"É sexo!", berra o meu cérebro. "Para de ficar pensando demais! É sexo!"

Enquanto isso, coloco uma toalha de mesa no sofá, para dar um clima de noite de núpcias, e deito em cima dele no que poderia ser uma posição sensual. Ou não. Mas quem se importa? Tudo que eu quero é começar logo.

— Vem. — Estendo a mão para ele, quando se vira para mim. — Vem aqui.

O sofá range sob o peso de Finn, e o puxo para mim, respirando o seu cheiro inebriante, enfiando o rosto no peito dele, ouvindo a respiração dele se intensificar enquanto as suas mãos percorrem o meu corpo.

— Sasha... *posso?* — Ele diz essas palavras como se estivesse fazendo um esforço monumental, e o puxo para um beijo, segurando o seu rosto, passando os dedos pelos seus cabelos, amando-o.

Não. Para. "Amando" *não*.

Ai, meu Deus. "Amando". Essa é a verdade.

As lágrimas de repente enchem os meus olhos fechados. Eu amo Finn. O universo o mandou para mim e pensou: "Vamos dar para ela um sujeito por quem ela vai se apaixonar perdidamente."

Amanhã você lida com isso. Finn ainda está esperando uma resposta, o meu amado Finn.

— Sim — sussurro. — Pode. Sim.

E a minha mente vira um borrão, e nós somos tudo. Tudo. Juntos.

VINTE

Na manhã seguinte, quando Nikolai nos vê juntos na cama, quase desmaia. Ele fica branco, dá um passo em falso, e a bandeja que está carregando balança precariamente.

— Oi, Nikolai — diz Finn com uma voz despreocupada. — Pode botar o café na mesinha de cabeceira, por favor? E esqueci de falar: pode trazer outra xícara para a minha convidada? Você conhece a Sasha, não conhece?

— Bom dia, Nikolai — digo das profundezas confortáveis da cama de Finn.

Nikolai parece incapaz de responder. Ele abre a boca três vezes, depois desiste. Me olhando com cautela, ele se dirige à mesa de cabeceira, pousa a bandeja e se retira.

— Não acredito que você está esse tempo todo pedindo serviço de quarto no café da manhã — digo, depois que a porta se fecha. — Nunca nem *pensei* nessa possibilidade.

— Aproveite a vida — diz Finn, sorrindo. — Você está no Hotel Rilston, não sabia?

Ele serve uma xícara de café e me entrega.

— Essa é sua — protesto.

— É sua agora. — Ele sorri de novo. — Talvez a gente tenha que dividir. Não sei se o Nikolai vai ter coragem de entrar aqui de novo.

Como imaginado, quando batem à porta alguns minutos depois e Finn manda a pessoa entrar, quem aparece é Herbert, trazendo apenas uma xícara com um pires numa bandeja enferrujada com uma etiqueta de preço pendurada.

— Herbert! — exclama Finn. — Que bom te ver. Posso pegar isso?

Herbert fica em silêncio por um instante, alternando o olhar de mim para Finn, então oferece a bandeja para Finn, que pega a xícara.

— Bom dia — diz Herbert, enfim. — Senhor. Madame.

— Bom dia — respondo, tentando sorrir para ele, mas Herbert desvia o olhar e se vira às pressas. Ele vai até a porta e, quando sai do quarto, eu o escuto dizendo: — É verdade, sim.

— Não pode ser! — A voz abafada de Cassidy atravessa a porta. — O quê? De uma hora para a outra?

— Eles são um casal! — Mesmo pela porta, a voz de Nikolai soa apaixonada. — Estou dizendo, eles agora são um casal!

A conversa lá fora se reduz a um leve burburinho. Então alguém bate à porta com força e começa a abri-la lentamente.

— Bom dia, Sr. Birchall — cumprimenta Cassidy meio sem jeito. — Eu queria só confirmar... — Ela começa a entrar no quarto, até que me vê na cama e para de supetão, com os olhos arregalados. — Eu queria só... hum... — Cassidy para outra vez, olhando do peito nu de Finn para os meus ombros despidos. — É... hum...

— Confirmar... — sugere Finn, com educação.

— É! Confirmar se o... hum... — Vejo que ela corre os olhos pelo quarto. — Se o aquecimento está funcionando bem.

— O aquecimento está ótimo — diz Finn, muito sério, apertando a minha coxa sob o edredom. — Você concorda, Sasha? O calor está bom para você?

— Está bem quente — digo, engolindo a risada.

— Sempre pode esquentar mais. — Finn sobe a mão pela minha perna, e sinto o rosto corar.

— Está ótimo. — Tento me dirigir a Cassidy com naturalidade. — Obrigada.

— Olha só para vocês! — Cassidy perde completamente o ar profissional e fica toda feliz. — Olha só para vocês! — Ela aponta de mim para Finn. — Eu sabia! A gente devia ter apostado. Eu *queria* ter feito uma aposta — acrescenta em tom de confidência —, mas o Simon ficou todo: "Não é profissional apostar se os convidados vão transar ou não." — Ela revira os olhos. — Ele é um estraga-prazeres.

— Estraga-prazeres. — Finn balança a cabeça, concordando. — Eu teria participado. Mas não teria apostado que ia me dar tão bem.

— Ahhh... — Cassidy faz uma cara apaixonada, e por um instante fico achando que ela vai se sentar na beirada da cama e perguntar como foi. Ela, no entanto, parece se lembrar de onde está. — Posso servir o café de vocês na cama?

— Seria ótimo. — Finn assente com a cabeça e olha para mim. — Você aceita, Sasha?

— Por mim, tudo bem.

— Nós adoraríamos — diz ele, olhando para Cassidy, e ela abre outro sorriso de alegria.

— Está vendo? Vocês já viraram "nós". Eu sabia, eu *sabia*...

Cassidy sai do quarto e, quando a porta se fecha, Finn comenta:

— Ela não perguntou o que a gente vai querer para o café da manhã.

— Tanto faz. — Dou risada. — Esse *hotel*.

— A gente vai sentir saudade.

— Não fala isso! Eu fui totalmente cooptada. Isso aqui é a minha casa agora.

— Você não vai embora nunca mais? — Finn parece achar graça.

— Vai ter que arrumar um emprego aqui, então.

— Vou ser a consultora de bem-estar — digo, me lembrando da conversa de ontem à noite. — Não! Vou carregar as malas dos hóspedes. Daqui a cinquenta anos vou ser a nova Herbert. Eles vão me chamar de Herbetta.

— Herbetta. — Finn sorri, então beija o meu pescoço, e o puxo para junto de mim. O cheiro dele é inebriante, e esfrego o rosto na pele dele. "Sentir o aroma de um homem bonito" devia estar na lista de vinte passos para o bem-estar. Na verdade, depois de ontem à noite, posso pensar em mais algumas coisas. Eu podia escrever os meus próprios "Vinte passos", e eles podiam aparecer no espetáculo adulto do Sr. Poppit.

— Você é uma delícia — murmuro, e Finn dá uma gargalhada.

— Ninguém nunca me descreveu assim antes.

— E te descreveram como?

— Ah, já falaram que só penso em trabalho, que sou egocêntrico, um pesadelo. — Ele fala com descontração, mas me afasto para observá-lo, porque é uma lista e tanto. Quem o chamou assim?

Porém, antes que eu possa perguntar, alguém bate à porta, e Nikolai entra, carregando uma bandeja. Nela há um suco verde, um suco de laranja, um ramalhete de flores num vasinho e pétalas de rosa vermelhas. Parece algo para o Dia dos Namorados.

— Suco verde e de laranja para o casal — anuncia ele com um sorriso enorme. — Aproveitem. Posso anotar o pedido?

Depois que fazemos o pedido e Nikolai sai mais uma vez, trocamos um olhar, e começo a rir. Deito no peito dele, aninhada na curva do ombro, e olho para o teto descascando.

— Esse quarto está *bem* encardido — respondo, notando uma mancha de umidade.

— Obrigado! — devolve Finn. — Vamos deixar bem claro que a gente concordou que o meu quarto era ligeiramente melhor do que aqueles bichinhos demoníacos no seu banheiro.

— Não é esse o ponto — digo, sorrindo. — A questão é que esse quarto de hotel está bem encardido. Eu não tenho emprego. Não sei o que vai acontecer. Mas estou feliz. Aqui. Agora.

— Que bom. — Finn beija a minha cabeça.

— E você, parceiro de burnout? — pergunto tão diretamente que ele não tem como evitar o assunto. — E o seu trabalho? A raiva, a falta de sono e a vontade de destruir as máquinas de comida? Como anda isso?

Também quero perguntar: "Quem falou que você só pensa em trabalho, que é egocêntrico, que é um pesadelo?" Porque acho que acredito na primeira descrição, mas não nas duas últimas. Só que não parece delicado tocar no assunto. Vou deixar passar por enquanto.

— Estou trabalhando nisso ainda — responde Finn após uma pausa.

— E o sono? Você dormiu essa noite. Pelo menos um pouco — acrescento, com um sorriso.

— Dormi muito bem. — Finn me beija. — Não consigo nem imaginar por quê.

— Quando começa a terapia?

— Ah, isso — diz Finn. — Na verdade, vou a Londres hoje de tarde para ver uma psicóloga. Vou ficar só uma noite. Amanhã eu volto.

— Uau! — Arregalo os olhos.

— Ela falou que a gente devia fazer a primeira sessão presencialmente. Depois, podemos continuar por Zoom ou sei lá como.

O humor dele parece ter ficado péssimo. Dá para ver que Finn está profundamente apreensivo.

— Ela só vai achar coisas boas, Finn — digo, segurando o rosto dele com ambas as mãos para que me olhe de frente. — Você é o cara mais gentil que conheço. O mais sábio. O melhor.

— Você não deve conhecer muita gente, então — devolve ele com uma risada. Mas dá para ver que ele está um pouco mais relaxado, e o puxo para um abraço. Estou manifestando a melhor terapeuta possível para ele. Não só uma pessoa aleatória qualquer, a *melhor*. Está ouvindo isso, universo?

— Vocês estão comportados? — A voz de Cassidy soa pela porta. — Estão mandando ver? Podem continuar, não liguem para mim, não vou olhar, só se cubram com o edredom!

— Pode entrar! — avisa Finn, e dou risada.

— Vocês dois! — exclama Cassidy, entrando com um carrinho cheio de comida. — Bom, eu trouxe o café da manhã de vocês e duas mimosas, cortesia da casa, para colocar vocês no clima, *não* que precisem... — Ela sorri para mim. — E não resisti...

Ela me entrega uma taça de champanhe com um tecido sedoso rosa-choque dentro. Surpresa, puxo o tecido e vejo que é uma calcinha. O acabamento é em renda preta, com a palavra "Apaixonada" bordada na frente, em letras azul-turquesa.

— Cassidy. — Os meus olhos se enchem de lágrimas bobas e sentimentais. — Adorei. Obrigada!

— Ahh. — Cassidy deita a cabeça de lado e nos examina com carinho. — Estamos todos tão felizes por vocês! Vocês não queriam nem ficar perto um do outro na praia! E o Simon falou que jamais imaginaria isso, porque... — Ela para, como se percebesse que está prestes a passar dos limites. — Mas *eu* sempre desconfiei. Eu falei: "Olha só para eles!" E agora olha só para vocês! Bom, aproveitem!

Quando a porta se fecha depois que ela sai, eu me viro para Finn.

— *Olha* só para a gente — digo, imitando Cassidy.

— *Olha* só para a gente — repete ele, sorrindo.

— Mas eu ainda queria ter a praia só para mim — digo, provocando.

— Sei bem como é. — Ele faz que sim com a cabeça. — E, só para deixar bem claro, a pedra é minha hoje.

— Vai sonhando! — devolvo. — Foi na roça, perdeu a carroça.

Fico olhando enquanto Finn se levanta da cama e começa a investigar o carrinho de comida, observando com indolência os músculos das costas dele se movendo e desejando que as minhas mãos estivessem neles.

— Esqueceram os seus ovos — diz ele, olhando para mim. — Mas você pode comer um croissant, um pouco de melão e uma fatia grossa de chouriço?

— Perfeito — digo. E estou falando falo sério.

VINTE E UM

Quando saio do quarto de Finn, enrolada numa toalha e saciada de todas as maneiras possíveis, a manhã já está na metade. Todas as minhas roupas estão no meu quarto, então vou até lá para me vestir, depois desço para encontrar Finn no saguão. Quando chego ao pé da escada, ele me cumprimenta com uma piscadela e um sorriso que me faz pensar em todos os momentos maravilhosos da noite anterior. Para não falar de hoje de manhã.

— Vamos ver se a fada da praia deixou alguma mensagem? — pergunta ele, e dou uma risada, meio nervosa.

Ontem à noite, num momento de impulso, fomos até a praia no escuro e ficamos deitados na areia por um tempo, falando bobagens a respeito das estrelas. Então, quando estávamos prestes a nos abrigar do frio, eu pedi a ele que esperasse e encontrei um graveto. Escavei "O casal da praia" na areia e desenhei um coração em volta. Estava tão escuro que não sei se Finn percebeu o que eu estava fazendo.

Agora estou com vergonha de ter desenhado um coração. Um *coração*. Quer dizer, Finn não vai achar... Ai, meu Deus. Talvez eu consiga apagar com o pé.

Mas, à medida que nos aproximamos da praia, percebo que cheguei tarde demais. Tem uma mulher que não reconheço, e ela está olhando para a areia.

— Olha — digo para Finn. — Tem alguém na nossa praia.

— Tem alguém *na nossa praia*? — Finn finge indignação. — Isso não vai ficar barato!

— Também acho! — imito. — Ela não está vendo que é a nossa praia particular?

— Oi! — Ele cumprimenta a mulher, que agora consegue nos ouvir. Ela se vira para nós, e dou um sorriso.

— Oi — digo, mas a mulher mal percebe a minha presença. Ela parece encantada com a visão de Finn.

Um sentimento possessivo e irascível já está surgindo dentro de mim, e me reprimo. Não é nada legal ser ciumenta. Também não é nada legal notar que ela é muito bonita, com um casaco preto forrado muito elegante, calça jeans capri expondo um pouco o tornozelo e um rabo de cavalo saltitante.

Mas ela *precisa* ficar olhando assim para ele? Até Finn parece ter notado.

E mais... Espera aí. Eu a conheço? Agora é a minha vez de encarar. Eu definitivamente já vi essa mulher em algum lugar. Mas onde?

— Finn? — fala ela enfim, a voz rouca e sensual. — Finn Birchall?

— Sou eu. — Finn parece confuso. — Desculpa. A gente...?

— Eu me chamo Gabrielle. Gabrielle McLean. Mas antes me chamava Gabrielle Withers. Você não lembra, né? Bom, por que ia lembrar? — Ela dá uma risada meio incrédula. — Ai, que situação.

— Lembrar o quê?

— Disso. — Ela aponta para a mensagem na areia, e só então olho para baixo. É a mensagem que escrevi ontem à noite. "O casal da praia", com um coração em volta. Mas está meio apagada agora, e a nossa fada misteriosa adicionou outro buquê de flores.

— O que que tem? — pergunta Finn, e Gabrielle ri.

— Somos nós! — diz ela, gesticulando para ele, e então para si mesma. — É para a gente. É sobre a gente. Nós somos o casal.

O quê?

Espera aí... *O quê?*

A minha vontade é dizer "Na verdade, quem escreveu a mensagem fui eu", mas o meu rosto parece estranhamente paralisado. Ela parece tão convencida. Tão cheia de confiança. *Quem* é ela?

Finn fica atônito, e Gabrielle parece perceber que precisa se explicar.

— Você conhece o quadro da Mavis Adler? — pergunta ela. — Se chama *Amor jovem*. É bem famoso.

— Co... Conheço — responde Finn, com cautela.

E, de repente, eu sei exatamente quem ela é.

— Você é a garota do *Amor jovem*! — exclamo. — Eu vi as matérias de jornal. Você casou com o cara que estava beijando.

— A história é essa — responde ela, lentamente, com os olhos o tempo todo fixos em Finn. — A história é essa.

Há um momento de silêncio, então, num piscar de olhos, tudo faz sentido. Eu *sei*. Já entendi. É ele. Vejo as costas dele. A cabeça. *Como* não percebi antes?

Mas, por incrível que pareça, Finn parece ainda não ter entendido.

— Você se lembra das férias de quando tinha 15 anos? — Gabrielle se dirige diretamente a Finn. — Se lembra de uma festa aqui na praia? A gente se beijou atrás das pedras. Um beijo adolescente.

— Certo. — Finn está com o cenho franzido, e sei que ele está se esforçando para lembrar. — Foi mal, eu não...

— A Mavis Adler estava aqui naquele dia — continua Gabrielle. — Pintando. — Ela enfatiza bastante a última palavra e, por fim, vejo a compreensão nos olhos de Finn.

— É *a gente*? — pergunta ele, parecendo atordoado.

— É. — Ela faz que sim. — Somos nós, no *Amor jovem*.

— Caramba. — Finn solta o ar. — Você está de brincadeira. Já olhei para aquela pintura o quê? Umas mil vezes — Ele parece aturdido. — Era eu o tempo todo?

— Então, por que o mundo inteiro acha que eram você e o seu marido? — não posso deixar de perguntar, e Gabrielle parece envergonhada por um instante.

— A culpa é minha. — Ela expira e dá alguns passos para trás. — Eu já estava saindo com o Patrick naquele verão. — Ela faz uma careta para Finn. — Foi mal. Eu não te falei isso. Enfim, o Patrick e eu estávamos sempre namorando na praia, e ele parecia bastante com você de costas. Quando a pintura foi exposta, e todo mundo presumiu que era o Patrick, eu simplesmente fui no embalo. A Mavis não tinha ideia de quem a gente era.

— Uma decisão bem arriscada — comenta Finn, arqueando as sobrancelhas.

— Eu não imaginava que o quadro ia ficar tão famoso! — exclama Gabrielle na defensiva. — Foi só depois que ele foi exposto no Tate que tudo começou. Eu estava noiva do Patrick na época! Eu já tinha dito que era a gente, não podia voltar atrás. Aí acabamos no *Daily Mail*. Desculpa — diz ela para Finn mais uma vez, mordendo o lábio. — Foi uma pequena mina de ouro. Dar entrevistas, filmagens, esse tipo de coisa. Acho que era para ser você, se eu tivesse falado a verdade.

— Está tudo bem. — Finn levanta a mão, parecendo levemente repelido pela ideia. — De verdade. Pode continuar com isso.

— Mas agora você está contando para o Finn — comento, curiosa. — Por quê?

— O Patrick e eu estamos nos divorciando. — Gabrielle empina o queixo. — Acabou. Não tem mais motivo para mentir. É por isso que eu vim te contar. — Ela se dirige a Finn. — Cansei de mentir.

— E o Patrick sabe que não é ele no quadro? — pergunto, sem poder evitar.

— Agora sabe. — Ela parece envergonhada. — Na verdade, tem alguns anos que eu contei. Ele ficou muito chocado. Não sei se foi isso que deu início aos nossos problemas. Ou eu falei para ele porque no fundo sabia que tinha acabado. — Ela fica em silêncio por um instante, e vejo um misto de emoções passar pelo seu rosto. — Enfim, as mensagens são sobre isso. — Ela aponta para as letras na areia. — São os fãs. Deixa eu te mostrar. Todo ano, a assistente da Mavis tira umas fotos. Ela chama de "galeria dos fãs". — Gabrielle pega o celular e começa a procurar. — Vocês sabiam que as pessoas fazem visitas guiadas a Rilston por causa de *Amor jovem*?

— Já ouvi dizer — digo.

— Bom, elas também deixam mensagens na praia. Fazem todo tipo de coisa.

Ela me entrega o celular, e, em silêncio, repasso uma sequência de fotos. Casais recriando o beijo de *Amor jovem*. Nomes escritos na areia. As palavras *Amor jovem* escritas na areia de diferentes formas, às vezes decoradas com flores.

— As mensagens começaram depois que a Mavis fez uma exposição com palavras de ordem escritas na praia — explica Gabrielle. — Os mais fanáticos a seguem como se ela fosse uma guru. É uma loucura.

— Incrível — comento, por fim, e entrego o telefone a Finn. — É todo um mundo.

— Acho que a pintura tocou muita gente — comenta Gabrielle, enquanto Finn olha as fotos.

— Acho que sim. — Concordo com um aceno de cabeça.

— Me tocou na primeira vez que vi — acrescenta ela, pesarosa. — Eu pensei: "Merda! Fui pega no flagra." Estava na galeria, com o Patrick. E ele falou: "Ai, meu Deus, olha, amor, é a gente." Eu entrei em pânico. Falei: "É, é a gente." E foi isso. Me desculpa — acrescenta ela para Finn, mordendo o lábio.

— Vai por mim — diz Finn, erguendo o rosto do celular. — A sensação é de que escapei de uma cilada. E eu preferiria que a informação continuasse só entre nós.

— Justo. — Gabrielle dá de ombros. — Não vou abrir a boca.

— Então, como você sabia que eu estava aqui? — pergunta Finn, de repente curioso. — Você não está me perseguindo, está?

— Não! — Ela dá uma risada irônica. — A verdade é que faz muito tempo que penso em te procurar, mas nunca fiz nada a respeito. A vida é muito corrida, sabe? Aí vi o seu nome na lista de convidados do evento da Mavis Adler e pensei: "Não é possível!" Dizia que você estava hospedado no Rilston, então perguntei no saguão e eles disseram que você devia estar na praia. Nem acreditei que foi tão fácil. Se eu não te encontrasse hoje de manhã, ia te contar no evento. — Ela fita mais uma vez a mensagem na areia. — "O casal da praia" — lê em voz alta, curiosa. — Essa está diferente. Normalmente escrevem "Jovens amantes".

— Na verdade... — Engulo em seco, me sentindo constrangida. — Na verdade, fui eu que escrevi essa mensagem.

— Foi *você* que escreveu? — Gabrielle me encara. — Mas você não é fã do quadro.

— Não era... — Esfrego o nariz, sem jeito. — Foi outra coisa.

— Mas as flores simplesmente apareceram — comenta Finn.

— São os fãs — diz Gabrielle. — Eles fazem isso.

Não consigo explicar a minha própria reação a todas as respostas de Gabrielle. Por que estou tão incomodada? Eu devia estar satisfeita. Descobrimos o mistério.

Mas, lá no fundo, acho que ela está errada.

— A gente tem recebido mensagens na areia quase desde que chegou aqui — explica Finn. — Achamos que era... sobre outra coisa.

Pego o meu celular em silêncio e abro a galeria de fotos para mostrar a Gabrielle todas as mensagens na praia. Ela olha as fotos e faz que sim com a cabeça sem nem piscar.

— Fãs.

Sinto algo se retorcendo dentro de mim em rebeldia. Ela soa tão arrogante. Mas, verdade seja dita, Gabrielle parece notar que tem algo de diferente nas fotos, porque ela acrescenta:

— O que você *achou* que fosse?

— As mensagens tinham uma data — explico, na defensiva. — Foi o dia em que houve um grande acidente de caiaque aqui, anos atrás. Achamos que podia ter alguma relação.

— Ah, me lembro do acidente. — Gabrielle franze a testa de leve. — Mas quem ia escrever mensagens na praia sobre aquilo?

— Não sei — admito.

— Foi isso que não conseguimos descobrir — explica Finn. — A Mavis Adler pintou *Amor jovem* no dia 18 de agosto? Porque explicaria muita coisa.

— Não sei — responde Gabrielle, depois de pensar um pouco. — Era agosto, mas não lembro a data.

— Também achamos que podia ser um projeto de arte novo da Mavis Adler — acrescento.

— Isso é mais provável — diz Gabrielle, fazendo que sim com a cabeça. — Só que ela não trabalha mais com a praia. Está fazendo umas coisas estranhas de metal. E um projeto secreto chamado *Titã*. — Ela se vira para Finn. — Olha, eu sei que você quer continuar anônimo, mas a gente pode ao menos contar para a Mavis?

— O quê? — Finn parece nervoso. — Mas ela não vai contar para todo mundo?

— Não — garante Gabrielle. — Ela nem gosta mais de falar de *Amor jovem*. Mas eu me senti tão mal, tantos anos mentindo para ela. E acho que ela suspeita que não era o Patrick. Combinei de tomar um café com ela daqui a pouco. Você topa vir comigo? — Ela olha para Finn com ar de súplica. — Ela mora aqui perto, não vai demorar nada. E vai ser o nosso segredinho. — Gabrielle faz um gesto para me incluir. — Só nosso.

Finn olha para mim.

— Você acha que eu deveria ir?

— Lógico!

— Sério? — Ele faz cara de quem está na dúvida. — Precisa disso? Eu não posso simplesmente deixar isso para lá?

— Finn, você está numa pintura mundialmente famosa — digo com firmeza. — Você tem a chance de conhecer a artista que te imortalizou. Você *tem* que ir.

— Vem também — sugere Finn, mas faço que não. Não vou me intrometer no grande momento de Finn com Mavis Adler, isso é coisa dele. Verdade seja dita, essa Gabrielle não me deixa muito à vontade (por vários motivos), mas, se eu não consigo confiar nele para tomar um café com ela e com Mavis, então isso diz algo ao meu respeito.

— Não. Isso é algo seu, Finn. Agora você é uma celebridade, já imaginou? — acrescento, descontraída.

Ele revira os olhos.

— É disso que tenho medo — retruca, mas com bom humor. — Tá bom, vamos lá — diz para Gabrielle, então olha para mim. — A gente se vê depois?

— Com certeza. Pergunta para a Mavis o dia em que ela pintou *Amor jovem* — acrescento, depressa.

— Pergunto. — Finn faz que sim. — Pode deixar.

Fico observando os dois se afastarem, depois me sento na areia, tentando processar a história toda. Finn é o garoto de *Amor jovem*. Ele está na minha bolsa de pano. Ele está em tudo que é canto, no mundo inteiro. Não consigo acreditar.

Então olho para o buquê na areia e sinto um quê de teimosia. Sei que faz sentido que um fã de Mavis Adler tenha escrito todas as mensagens. Mas simplesmente não acredito nisso. Não *parece* verdade.

Pego o celular de novo e repasso as fotos das mensagens, lendo todas elas.

Em agradecimento ao casal da praia.

Ao casal da praia. Mais uma vez, com gratidão. 18/08.

Vocês fizeram tudo. 18/08

Talvez eu esteja sendo teimosa ou me iludindo. Mas para mim isso não parece homenagem de fãs, parecem mensagens de verdade.

— Fala comigo! — exclamo, frustrada, apontando para as palavras na areia. — O que significa isso?

Pouco depois, ouço um barulho atrás de mim e fico imóvel. Tem alguém aqui? Me olhando? Viro a cabeça e ouço mais ruídos. Meu Deus. Tem alguém num dos chalés?

— Quem é? — Fico de pé. — Tem alguém aí?

Respirando rápido, corro para os chalés, entrando primeiro no meu e correndo os olhos por ele. Mas está vazio. Tento os outros chalés, olhando atrás deles, então embaixo do deque. Não tem nada.

Por fim, me sento no deque e olho para o mar. Talvez eu esteja ficando maluca. Talvez eu só *quisesse* que "o casal da praia" fôssemos Finn e eu.

Quando penso em Finn, sinto um calor gostoso me envolver e me recosto nos cotovelos, observando o céu nublado. A verdade é que nada disso importa. Hoje de manhã, eu estava nos braços de Finn, na cama dele, no coração dele. *Isso* é o que importa.

O meu celular toca, e sorrio ao ver o nome de Kirsten, sentindo uma onda de felicidade. Hora perfeita.

— Me desculpa, me desculpa! — sai falando ela do seu jeito enérgico de sempre. — Eu queria ligar antes, mas esses dias foram infernais. E as noites também. O Ben está com dor de ouvido.

— Kirsten, não se preocupa comigo! — respondo na mesma hora. — Vai dormir!

— A mamãe está toda enrolada no trabalho — continua ela, me ignorando —, e eu falei que ia ficar de olho em você. Coisa que não fiz. Como você está? *Por favor*, não me diz que você está pirando porque ninguém da família te ama o suficiente para atender o telefone.

— Claro que não. — Eu sorrio. — Estou bem. Está tudo ótimo. Ah, aliás, pedi demissão.

Dou essa última notícia de forma casual, esperando poder transformá-la em algo pequeno e trivial. Mas Kirsten obviamente não entendeu o recado.

— Você *pediu demissão*?

— Pedi.

— Certo. — Kirsten fica em silêncio por um instante. — É, que bom para você. Está precisando de uma folga.

— Vou arrumar outro emprego. Só estou precisando, sabe como é... respirar.

— É. Entendo. — Ela faz outra pausa. — Você não fez mais nada drástico enquanto a gente não estava olhando, né? Cortou o cabelo, fez uma tatuagem?

— Não! — Dou risada. — Mas... eu conheci uma pessoa. Um cara maravilhoso. — Um sorriso bobo se abre no meu rosto. — Ai, meu Deus, Kirsten. Ele... Ele... A gente...

Paro de falar, porque não sei explicar. Como vou explicar? Não quero estragar a magia que somos Finn e eu vasculhando a cabeça em busca de um monte de palavras que vão soar vazias e prosaicas assim que saírem da minha boca.

— Certo — responde Kirsten, bem menos animada do que eu esperava. — Nossa. Quem é?

— É o Finn — digo, me lembrando de repente que já falei dele. — Finn Birchall.

— Finn Birchall, o sujeito detestável que fez uma criança chorar? — pergunta Kirsten, incrédula.

— Eu entendi aquilo tudo errado — explico. — Ele não foi detestável, só não estava suportando o barulho. Ele estava com burnout, que nem eu.

— Com burnout, que nem você? — repete Kirsten com uma voz estranha. — Sasha, você falou que não ia dormir com ele sem querer. Lembra?

— Eu não dormi com ele sem querer! — exclamo, indignada. — A gente tem se ajudado. E aí acabou virando mais que isso. Eu sei que parece meio piegas, mas é como se nós dois tivéssemos sido *feitos* para dividir essa praia. Ele entrou na minha vida justamente quando eu precisava dele.

Ouço Kirsten murmurando um "Ai, meu Deus" baixinho e me eriço toda. O que ela quer dizer com "Ai, meu Deus"?

— Tem algum problema em encontrar o amor? — pergunto, na defensiva.

— Não me leve a mal — pede Kirsten. — Sou totalmente a favor do amor. Mas, Sasha, você acha mesmo que é uma boa ideia ficar tomando conta de um cara com problemas quando devia estar cuidando de si mesma?

— *Tomando conta?* — repito, chocada. — Não é nada isso... O Finn nem fala dos problemas dele. É *ele* quem está me ajudando. Tudo o que sei dos problemas dele é que ele estava sobrecarregado, igual a mim, e que teve uns episódios em que não controlou a raiva e quis atacar uma planta do escritório com uma motosserra, mas ele está fazendo terapia. — Percebo que não estou pintando um quadro muito favorável de Finn. — E ele é ótimo — acrescento, inutilmente.

— *Atacar uma planta do escritório com uma motosserra?* — Kirsten parece chocada.

— A planta do escritório não importa — explico, depressa. — Basicamente, ele é um homem gentil e sensato que saiu dos eixos. Ele é consultor de gestão. E sabe surfar. E me fez me interessar por homens de novo. Por sexo — esclareço. — *Finalmente*.

— Bom, tá certo — diz Kirsten. — Entendi. Viva o sexo. Viva o amor. Só não quero que você se machuque. Vocês dois parecem bem vulneráveis. Se ele está fazendo terapia, e você pediu demissão...

Ela fica em silêncio, e sei que a minha irmã está se segurando para não falar mais, tão cheia de tato como sempre é.

— Então você está dizendo que é má ideia — digo, para obrigá-la a falar.

— Não. Não necessariamente. Só estou dizendo... para você tomar cuidado. E se vocês forem duas pessoas carentes e fragilizadas que estão tentando se consertar ficando com outra pessoa carente e fragilizada em vez de... você entendeu, se consertar?

Sinto uma pontada de indignação. Finn e eu não somos pessoas carentes e fragilizadas!

— Eu não sou carente — retruco com firmeza. — Nem estou fragilizada.

— Só estou preocupada, meu amor! Você pediu demissão, arrumou um cara novo... É muita coisa, Sasha. Você devia estar só respirando ar fresco e bebendo suco de sei lá o quê.

— Noni.

— Isso.

Ficamos em silêncio de novo, nos recompondo.

Talvez Kirsten tenha razão. Talvez eu tenha perdido um pouco de vista o motivo de ter vindo para cá.

— Fico feliz que você tenha largado o emprego — diz ela para quebrar o silêncio. — Mas não vai embarcar direto no trabalho novo de "melhorar outra pessoa".

— Não estou fazendo isso! — Tento transparecer isso para ela. — É o contrário! *Ele* está me ajudando a melhorar.

— Bom, e isso é o ideal? Considerando que ele tem os próprios problemas para resolver?

As palavras dela me atingem em cheio, e sinto uma pontada de culpa. Por mais que eu tenha tentado incentivar Finn a falar, ele sempre resiste. E não consegui ajudá-lo. Mal sei o que causou a insônia e os ataques de raiva. Excesso de trabalho, como eu, ou tinha algo mais? Algo que a psicóloga vai arrancar dele?

— Ah, merda, eu tenho que ir — diz Kirsten, soando distraída. — Ben, *tira* isso do nariz. Mas escuta, você tirou essa folga para você. Para *você*. Não esquece isso.

— Tá bom, pode deixar. Obrigada por ligar. Ah, só uma coisa, rapidinho — acrescento. — Você lembra por que eu tive que falar com a polícia quando teve aquele acidente de caiaque?

— Ah, isso. Desculpa, eu ia te escrever... Ben, dá isso para a mamãe *agora*... Foi por causa de alguma coisa que estava pegando fogo — diz Kirsten ao som dos protestos do filho.

— Pegando fogo? — Olho para o telefone, confusa.

— É só isso que lembro. Você foi até polícia para falar do fogo. Acho que você viu aquele cara, o Pete, queimando alguma coisa, não foi? Tenho que ir. Tchau!

Pegando *fogo*?

Guardo o celular, com a cabeça girando. Fogo? Que fogo? Fecho os olhos e imagino uma fogueira na praia, uma lareira acesa, um incêndio numa casa... mas nenhuma dessas imagens parece ser uma memória.

Até que... *bum*. Abro os olhos. Eu me lembro! É isso! O lixo pegando fogo.

Fico sem ar. De repente, me lembro de tudo. Eu vi Pete queimando alguma coisa num quintal escondido, e foi por isso que fui até a polícia.

Só vi essa cena porque tinha escapulido até a banca de jornal para gastar uma moeda que havia encontrado na areia. Fui direto para os fundos da loja, para a máquina de venda automática e estava escolhendo um chiclete, quando olhei pela janela e vi o fogo. Pete estava parado num terreno baldio da casa ao lado, atiçando o fogo. Para ser sincera, ele costumava ter uma cara meio brava, mas notei isso bem especificamente.

Ainda assim, não achei que fosse nada de mais, comprei o chiclete, corri de volta para a praia, aí ouvi os boatos de que um colete salva-

-vidas estava com defeito e que, por causa disso, um menino quase havia se afogado.

Foi só no meio daquela noite que acordei e pensei: "Meu Deus! O Pete queimou o colete salva-vidas naquele lixo!" Fui até a minha mãe e insisti que eu tinha que ir à polícia, porque tinha provas importantes. Acho que fui convincente, porque ela me deixou ir e dizer o que eu tinha para dizer, mesmo com o papai se sentindo mal e nós já planejando voltar para casa.

Mas acabei esquecendo isso. Apaguei muitas memórias daquela época.

Mas agora me lembro de tudo. O fogo na lixeira — eu vi um pedaço de papelão, uns papéis, todo tipo de coisa — e Pete cutucando com um pedaço de pau. Quando acordei no meio da noite, todos aqueles anos atrás, me achei a maior das detetives: Pete jogou o colete salva-vidas no fogo! Mas eu era só uma menina de 13 anos com uma imaginação muito fértil. Pete não podia estar queimando o colete salva-vidas, porque os boatos estavam errados. Não era o colete que estava com problema. O problema era o caiaque. E dá para queimar um colete salva-vidas?

Sinto uma onda quente de vergonha. Aquilo tudo não fazia o menor sentido. Não me lembro se os policiais riram de mim, mas devem ter rido. E agora vejo o que significou aquela ida à polícia: a minha mãe me dando alguma coisa. Me dando um momento de importância. Um empurrãozinho.

De qualquer forma, pelo menos agora eu sei, então posso muito bem contar para Finn. Escrevo uma mensagem depressa para ele:

> Acabei de lembrar o que contei para a polícia: eu falei de fogo numa lata de lixo. Pete estava cutucando a chama. Achei que era uma prova!! Espero que você esteja se divertindo com a Mavis Adler. Bjs

Mando e fico de pé. Quero andar pela praia e refletir bastante. As palavras de Kirsten ainda estão me incomodando. *Carente e fragilizada.* Eu estou carente e fragilizada? Talvez estivesse ligeiramente fragilizada. Mas estou melhor agora. Quer dizer, mais ou menos. Eu mudei. Tenho certeza disso. Me sinto mais forte. Mas feliz. Mais sexy.

Como que para provar alguma coisa, ando depressa pelo vento inclemente até chegar à outra ponta da praia, junto às falésias íngremes. Então paro e olho o mar, e, na minha mente, como sempre, vem a voz rouca de Terry. "Para que se preocupar com o mar? O mar não está nem aí para você."

O mar não está nem aí para mim. Está batendo na praia, sem parar, totalmente indiferente. Observo as falésias, que parecem me olhar com uma expressão impassível e neutra. Elas também não estão nem aí para mim. Acho isso reconfortante. E, de repente, sei exatamente o que a Garota da Roupa de Neoprene quis dizer com *grounding*. Tenho consciência de que estou de pé na terra com os meus próprios pés. Nem uma alma à vista. Só eu.

Num impulso, tiro os tênis e as meias e enfio os pés descalços na areia... e eu sinto. Eu entendo. A terra está me apoiando. Está me segurando. Aonde quer que eu vá na vida, ela vai estar aqui comigo. Como essas falésias, essa praia e essas pedras de milhões de anos.

Nem acredito que estou falando essas baboseiras para mim mesma, mas parece verdade, convincente e reconfortante.

— Oi, pai. — As palavras saem antes que eu perceba o que ia dizer. Limpo a garganta rouca e respiro fundo. — Eu estou aqui. Estou em Rilston. Eu... Eu estou bem.

Faz anos que não falo em voz alta com o meu pai. Mas agora, de pé aqui, com os pés enterrados na areia, nessa praia que ele também amava, sinto as lágrimas escorrendo pelo rosto. A terra debaixo de mim. O meu pai aqui. Os dois sempre presentes. Aconteça o que acontecer. Independentemente do que me atingir ou me abalar ou me assolar.

O vento está ficando cada vez mais frio. Mas a cada minuto que passo aqui me sinto mais forte. Mais alta. Mais robusta. Não estou carente e fragilizada, não importa o que Kirsten diga. Estou melhorando. Sou resiliente. Estou descalça numa praia no meio do inverno, pelo amor de Deus! Sou mais forte do que imaginava.

Espontaneamente, tiro uma selfie radiante de mim mesma para mandar para a minha mãe e para Kirsten e Dinah mais tarde. Então abro o aplicativo dos "Vinte passos" e olho para a Garota da Roupa de Neoprene. O sorriso dela já não parece mais presunçoso, mas caloroso e gentil. Percebo que sou grata a ela. Ela esteve esse tempo todo comigo, e os conselhos dela foram todos bons. Sou de fato uma Sasha totalmente nova. Me sinto melhor fisicamente. Me sinto melhor mentalmente. Talvez o melhor que estive em muitos anos.

"E agora tenho que resolver a minha vida. Enfrentar os meus problemas, em vez de fugir deles."

O pensamento me vem do nada, e pisco, atordoada. Eu estou fugindo? Estou me esquivando dos problemas maiores? Eu não suportava a minha vida. Queria ir embora. Não conseguia lidar com nada daquilo. Só queria apagar tudo, descansar um pouco e me recuperar.

Mas agora, pela primeira vez desde que cheguei aqui, consigo me imaginar de volta a Londres. Arrumando o meu apartamento. Enfim jogando fora aquelas plantas mortas. Dando conta das coisas. E, o mais importante, descobrindo quais são os meus valores e as minhas prioridades.

Percebo que quero voltar a aproveitar a vida. Porque a vida é feita de momentos, e o lance é *viver* o momento. Você *tem* que aproveitar. Me imagino reencontrando todos os meus amigos. Saindo para beber. Talvez até fazendo compras e preparando o jantar. Fazendo todas as coisas que eu estava adiando, que pareciam tão impossíveis.

E o estranho é que essas coisas já não parecem mais assustadoras. Parecem um desafio, mas um desafio bom. Do tipo que faz você sentir uma onda boa de adrenalina, e não do tipo que faz você querer se esconder num armário, choramingando.

A minha vontade era passar o dia todo aqui, pensando em tudo isso, mas é final de fevereiro, e os meus pés estão praticamente dormentes. Então, por fim, torno a andar em direção ao Rilston. Decido que pelo menos vou andar o caminho inteiro descalça, depois vou olhar para trás, para as minhas pegadas na areia, e me sentir poderosa e quem sabe tirar uma foto.

Mas, ai, meu Deus. Não consigo fazer nenhuma das duas coisas. Está *tão* frio que depois de uns vinte passos acabo cedendo. Me abaixo para calçar as meias e os tênis de volta e, quando me levanto, vejo uma figura distante vindo na minha direção.

É Finn? Não. Não é Finn. Mas é um homem. Um homem alto, magro com... Estreito os olhos. Ele está de chapéu? Não, é o cabelo dele. Solto ao vento.

Um cabelo desgrenhado de um jeito estranhamente familiar, mas é impossível.

Não pode ser...

Não é...

De jeito *nenhum*. Engulo em seco várias vezes, incrédula. É ele sim. Lev, vindo na minha direção, como uma estranha miragem na praia. Está de casaco impermeável, calça jeans e tênis pretos de camurça completamente cobertos de areia. E está olhando direto para mim.

— Sasha Worth? — pergunta ele ao se aproximar. — Não sei se você se lembra de mim. Eu sou o Lev Harman.

Ele está se apresentando para mim? O fundador do Zoose está *se apresentando* para mim?

— Eu sei — respondo sem acreditar. — A gente se conheceu quando você me entrevistou.

— Verdade. — Ele faz que sim. — Mas você acabou de sair do Zoose.

— Pois é.

— E você mandou um documento de doze páginas sobre a empresa.

— Doze páginas? — Eu o encaro. — Não. Eu só preenchi o formulário.

— É que imprimiram — diz ele, tirando um maço de papéis do bolso e brandindo para mim. — Doze páginas.

— Certo. — Esfrego o rosto, que está molhado com a água que o vento soprou do mar. — Foi mal. Não percebi que eu tinha tanto para falar.

— E como! — Ele me examina com atenção. — E quero ouvir mais.

Fico quase desnorteada demais para responder. Lev leu os meus desabafos da madrugada? E ele quer ouvir *mais*?

— Como você sabia onde eu estava? — acabo conseguindo perguntar.

— Você digitou o nome do hotel na caixa de endereço. Vim aqui para falar com você, e a recepcionista falou: "Ah, ela deve estar na praia." — Lev imita a voz de Cassidy perfeitamente. — "Deve estar fazendo a ioga dela na praia e bebendo couve." Você está fazendo ioga? — Ele me observa, curioso. — Eu estou atrapalhando a sua ioga?

— Não. — Dou um sorriso. — Não estou fazendo a minha ioga.

— Bom, então, será que posso roubar um pouco do seu tempo? Porque eu li essa sua análise brutal e precisa. — Lev sacode o maço de papéis e me olha meio triste. — E eu queria *muito* conversar com você.

VINTE E DOIS

Que coisa mais surreal. A vida ficou absolutamente surreal. Estou sentada na praia, com Lev Harman, o fundador do Zoose, e ele está pedindo o *meu* conselho.

Estamos lado a lado na areia, de frente para o mar, e Lev está me fazendo perguntas detalhadas sobre todos os pontos que escrevi no meu formulário de saída. Ele está tomando notas e gravando com o celular e fica me olhando com uma careta, como se estivesse tentando penetrar a minha mente.

— Ninguém fala disso! — exclama ele. — Ninguém... Continua. Não para. O que mais?

As perguntas são intensas, mas é emocionante, porque ele *entende*. Ele é rápido. É expressivo. Quando descrevo uma ineficiência, ele respira fundo. Quando menciono um incidente frustrante, ele bate na areia, demonstrando empatia.

A princípio, tento não citar Asher pelo nome. Mas vai ficando cada vez mais difícil continuar dizendo "a gestão" ou "foi decidido" ou "os responsáveis". Até que no fim acabo falando.

— A culpa é do Asher — afirmo, sem rodeios, depois de descrever a falta de pessoal no departamento. — Ele tem brigas homéricas com a equipe. Aí se esconde na sala dele e não contrata ninguém para substituir os funcionários. E depois, quando ele aparece, inventa mais uma iniciativa inovadora e idiota. É só conversa-fiada.

Não acredito que estou criticando Asher tão abertamente e meio que fico esperando levar um tapa. Mas, *meu Deus*, que alívio falar a verdade. Finalmente. Para uma pessoa que entende.

Lev faz uma careta toda vez que menciono o nome de Asher, e fico me perguntando como Kirsten e eu tocaríamos uma empresa juntas. Muito mal, provavelmente. No mínimo íamos acabar nos matando. Na verdade, *certamente* íamos acabar nos matando. O que é um bom lembrete.

— E ele não te ouve? — pergunta Lev, pegando uma pedrinha na areia.

— Ouvir? — repito, incrédula. — O Asher não sabe ouvir. Se você reclama, a capanga dele, Joanne, manda você preencher o mural on-line de aspirações. Faz parte do programa de felicidade dos funcionários.

Sei que pareço sarcástica. No mínimo passei de "feedback útil e profissional" para "reclamação desenfreada". Mas e daí? É verdade. Só de me lembrar de tudo isso sinto arrepios.

Lev fica em silêncio por um tempo, observando o mar com uma cara estranha. Então ele faz que sim, como se tivesse decidido alguma coisa, e se vira para me encarar.

— Peço desculpas pela sua experiência no Zoose, Sasha. Foi… É uma vergonha. Não devíamos ter perdido você. — Ele torce o rosto de incredulidade. — É verdade que você fugiu do escritório e deu de cara com uma parede?

— Ah, isso — digo, me sentindo meio envergonhada. — Não foi tão feio assim…

— Você teve que ir para o hospital?

— Bom, sabe como é. Foi por precaução.

— Você preferiu virar *freira* a trabalhar para o Zoose?

Sinto uma pontada de constrangimento. Todos os detalhes humilhantes do meu pequeno episódio comentados e compartilhados com a empresa inteira?

— Virar freira foi só uma opção que eu estava explorando. — Tento soar casual. — Eu só precisava de uma folga.

— Mas você não tirou só uma folga — devolve Lev. — Você pediu demissão. Por quê? Por que pedir demissão?

Ele me olha com expectativa, como se estivesse totalmente concentrado em mim. Como se estivesse tentando resolver um quebra-cabeça. Como se estivesse perguntando não como chefe, mas apenas como ser humano.

— Eu tinha que mudar as coisas — respondo, com franqueza. — Estava com muito medo. Estava muito apegada ao *status quo*, mesmo com as coisas piorando cada vez mais. Quando tomei uma atitude, foi assustador, mas depois me senti livre.

Lev faz que sim várias vezes, com os olhos distantes. E me pergunto: que quebra-cabeça ele está tentando resolver? É o enigma de si mesmo? Do Zoose? Se for isso, posso lhe dar ao menos uma resposta óbvia. Finn também já entendeu.

Mas demitir o irmão talvez seja ainda mais difícil para Lev do que foi para mim deixar o meu emprego. Sinto uma onda de simpatia por ele, porque, convenhamos, ter Asher como irmão deve ser ruim o suficiente para começo de conversa.

— É difícil tomar decisões drásticas — sugiro com cautela. — Principalmente quando envolvem... não sei... um membro da família.

Lev me olha de relance na defensiva, e mantenho uma expressão neutra. Estou tentando transmitir a ideia de *espaço seguro*, e acho que ele sente isso, pois parece relaxar.

— Eu sei que o Asher... — Ele mesmo se interrompe, parecendo aflito. — Que ele deixa a desejar. Mas ele está lá desde o início. Ele é meu *irmão*.

— Deve ser difícil — digo, e Lev dá uma risadinha estranha.

— Cá entre nós, tudo é difícil. — Ele fita o horizonte, soltando o ar lentamente. — Fazer uma empresa crescer na velocidade da nossa é incrível, fantástico, maravilhoso... mas é assustador. É preciso encontrar mais capital. Cuidar do negócio que já existe. Encontrar novos clientes. Tudo ao mesmo tempo. É implacável.

A voz dele tem um tom que reconheço. Me lembra alguém, só que não consigo lembrar quem... Até que de repente percebo, levando um susto. Ele me lembra de mim mesma. Ele parece sobrecarregado.

— Acho que o Zoose em geral é ótimo — comento. — O conceito, o perfil, as vendas... Nossa! É uma história enorme de sucesso. Mas algumas pessoas acabaram deturpando a coisa aqui e ali.

— Eu tenho que me livrar do Asher. — Lev permanece olhando para a frente, com o rosto tenso. — Eu sei. Já tem um tempo que sei disso. Mas *não quero* saber.

— Não sei se ajuda alguma coisa — arrisco —, mas conversei com uma pessoa aqui sobre isso, um consultor. E ele concordou.

Lev fica em silêncio, e fico esperando a resposta dele, prendendo a respiração, me perguntando se passei do ponto.

— Se ajuda eu não sei — diz ele por fim. — Mas pode ser que um dia ajude. Então, obrigado.

Não tenho mais nada a dizer, e Lev parece perdido nos próprios pensamentos, então ficamos sentados em silêncio, o mar batendo sem parar na areia e as gaivotas guinchando lá em cima. Depois de um tempo, sinto Lev relaxando.

— Obrigado, Sasha — diz ele. — Pelo seu tempo. E pelas suas sábias palavras. Nós não conversamos muito enquanto você estava no Zoose, e fico muito triste por isso.

— Não sei se eu tinha palavras sábias quando estava no Zoose — respondo, honestamente. — Eu estava extenuada. Mas desde que cheguei aqui tive tempo para pensar. Só de olhar o mar... Ele te dá algumas respostas.

— Verdade — concorda Lev, observando uma onda grande. — É espetacular. É isso que você tem feito todo dia, olhado o mar? — Ele resolve recuar. — Desculpa. Não sei por que estou perguntando isso. Não é da minha conta.

— Tudo bem... — começo, mas ele balança a cabeça fervorosamente.

— Não, peço desculpas. Já basta eu estar atrapalhando a sua ioga e fazer você sentar na areia para falar da empresa que você menos gosta no mundo. Agora estou me metendo na sua vida. Não é à toa que você saiu do Zoose.

Ele tem um jeito tão charmoso que não consigo conter o sorriso.

— Primeiro, o Zoose *não é* a empresa que menos gosto no mundo. Tive muito orgulho de trabalhar lá. Só não... deu liga. E, em segundo lugar, sim, eu olho muito para o mar. E caminho. E tenho feito todo tipo de coisa. — Um leve sorriso me vem aos lábios antes que eu possa me conter.

"Me apaixonei. Redescobri o sexo. Aprendi a me erguer com os meus próprios pés."

Uma brisa acerta a minha nuca, e estremeço, fazendo Lev dar um pulo.

— Você está congelando! — exclama ele. — Perdão. Você me ajudou tanto, e agora está na hora de deixar você seguir com o seu dia. Mas queria te pedir um grande favor. Você se importa de conversar com alguns outros diretores sobre o que a gente discutiu?

— Claro que não. — Faço que sim, sem hesitar. — Seria um prazer.

— Eles estão em Somerset agora, fica a mais ou menos uma hora daqui. Vamos organizar uma miniconferência. Você aceitaria ir amanhã? Posso pagar uma taxa de consultoria e as despesas da viagem — acrescenta ele.

— Uma taxa de *consultoria*? — Eu o encaro.

— Você estaria me oferecendo uma consultoria — argumenta Lev. — É a praxe do mercado.

— Bom... Tá bom. — Sorrio para ele. — Eu topo.

— Ótimo. — Lev sorri também. — Obrigado. Fico muito agradecido.

Começamos a caminhar de volta na direção do Rilston num silêncio amigável, e sinto um novo susto de incredulidade ao pensar: "Estou caminhando pela praia com o Lev." Quando me lembro da frustração e da raiva que senti porque não conseguia falar com ele no escritório, três andares acima do meu... E então ele veio até Devon para me encontrar!

Quando nos aproximamos da Surf Shack, vejo que a loja está aberta. Tem um cara que não reconheço no deque, varrendo a areia, e percebo que deve ser o novo dono.

— Oi — eu o cumprimento quando nos aproximamos.

— Bom dia! — Ele me oferece um sorriso gentil. — Quer alugar uma prancha?

— Agora não. — Dou um sorriso também. — Quem sabe mais tarde. Eu fazia aula com o Terry... Eu me chamo Sasha e esse é o Lev.

— Prazer. — Ele nos cumprimenta com um aperto de mão. — Eu me chamo Sean. O Terry está por aqui, se quiser dar um oi para ele.

— Lógico! — digo, animada. — Eu adoraria!

— Ele acabou de entrar. Terry! — Sean grita para dentro da loja. — Você está aí?

— O Terry foi o meu professor de surfe — explico a Lev. — E ele é a pessoa mais incrível do mundo.

— A pessoa mais incrível do *mundo*? — Lev ergue as sobrancelhas. — Tá bom. Então eu tenho que conhecer ele.

— É verdade — concorda Sean, fazendo que sim com a cabeça. — Ele também me deu aula. Ele deu aula para todo mundo. Ensinou tudo para a gente. — Ele levanta a voz novamente. — Terry, tem uns amigos aqui para ver você!

Pouco depois, Terry chega ao deque. Ele está com uma jaqueta de fleece e um gorro de lã, além de um band-aid no queixo. Parece ainda mais frágil do que no outro dia. Mas me forço a não reagir à sua aparência. Ele ainda é o Terry.

— Terry! — digo, dando um passo à frente. — Sou eu, a Sasha. E esse é o Lev.

— Eu sei! — responde Terry. — Que bom ver vocês de novo! — Os olhos azuis dele me rondam, incertos. — Certo, vocês dois já surfaram antes, né? Porque a turma de iniciantes está cheia hoje.

— É, já surfamos antes — digo, fazendo que sim com a cabeça. Então me viro para Lev e murmuro: — Ele não está muito bem... Só concorda, por favor.

— Eu nunca surfei — diz Lev, me ignorando. Ele dá um passo à frente e olha nos olhos de Terry intensamente. — Não sei nada sobre o assunto. O que você pode me ensinar, Terry? A coisa mais importante que eu deveria saber.

Terry parece desnorteado por um segundo, e o meu coração se comprime por ele. Mas então os seus olhos brilham com clareza.

— Você ainda não sabe, depois de todas essas aulas?! — exclama para Lev, irritado. — Não aprendeu a coisa mais importante? Os seus pais estão pagando para você ficar olhando para céu o dia inteiro? Eu estou perdendo o meu tempo aqui?

— Desculpa — diz Lev com humildade. — Me fala de novo. Estou ouvindo.

Mais uma vez, Terry parece incerto por um instante, mas então ele franze a testa com impaciência.

— Olha só. Você sabe sim. Todos vocês sabem. — Ele abre o braço como se estivesse se dirigindo a uma turma. — Vocês têm que viver o momento. Para que você está aprendendo a surfar? O lance é *viver* o momento.

— Viver o momento — repete Lev, e um estranho sorriso de lado se forma no rosto dele. — Lógico. Como fui me esquecer?

— O lance é *viver* o momento — diz Sean, piscando para nós.

— O lance é *viver* o momento. — Sorrio para ele em resposta.

— Mas cadê os outros? — Terry corre os olhos pela praia vazia e franze a testa, parecendo angustiado. — Está todo mundo atrasado. Era para a aula ter começado há dez minutos. E onde foi que a Sandra se meteu? — Ele dá uma olhada ao redor, confuso. — Vocês viram a Sandra?

— Ela está bem, Terry — responde Sean, depressa. — Teve só que dar uma saidinha. Mas não sei se vai ter aula hoje. Quem sabe amanhã, parceiro.

Uma luz no rosto de Terry morre aos poucos. Ele olha para a praia deserta, depois faz que sim com a cabeça como se aceitasse alguma coisa sobre a qual não tem controle. Parece derrotado, e sinto uma tristeza avassaladora. Não sei quão consciente Terry está da sua situação, se ele sabe de fato o que perdeu. Mas, nesse momento, ele parece desolado, e a minha vontade é lhe devolver alguma coisa. Qualquer coisa.

— Eu estou aqui, Terry! — exclamo num impulso. — Eu vim para a aula. Só preciso colocar a minha roupa de neoprene. Ainda posso alugar aquela prancha? — pergunto depressa para Sean.

— Pode, claro — responde Sean, parecendo surpreso. — Mas... — Ele olha para Terry e então para mim. — Você não está falando sério, está?

— O Terry está disposto a me ensinar — digo simplesmente. — E eu estou disposta a aprender. Tem a areia. — Aponto para o chão. — Tem o mar. Vamos lá.

— Eu também estou disposto a aprender — diz Lev com firmeza. — Posso alugar uma roupa de neoprene e uma prancha?

Sean parece meio nervoso.

— Tá legal, escuta aqui, se vocês vão mesmo fazer isso... *não vai* ser uma aula. — Ele olha para Terry. — O seguro *não cobre* o Terry. Isso não tem nada a ver comigo.

— Entendido. — Faço que sim.

— Então tá bom. — Sean contrai o rosto num sorriso. — Quem sabe eu não me junto a vocês? Deixa eu pegar as pranchas.

Corro de volta para os chalés, procurando Finn, mas não o vejo em lugar nenhum, então mando uma mensagem, torcendo para que ele a receba a tempo.

> Vai ter surfe hoje. Aula na Surf Shack. O Terry disse que você está atrasado. Bjs

Parece que voltei no tempo. Podia ser o Terry de antigamente dando aula. É inacreditável.

Enquanto ele faz a sequência de aquecimento de sempre, gritando instruções o tempo todo, enquanto nos faz deitar e remar na areia e então agachar e ficar de pé... ele volta a ser o Terry. Ele está seguro de si, é engraçado, tem olhos ariscos e percebe cada erro.

— Olha só! — não para de dizer para Lev. — Você tem que ser forte. Entendeu? — Ele cutuca Lev na barriga, que cambaleia na prancha. — Está vendo? Isso não é bom. Você tem que ser *forte*. — Ele olha ao longe pela praia. — Ué, quem é aquele ali?

Me viro para olhar e o meu coração dá uma disparada. É Finn, com a roupa de neoprene preta, correndo pela areia com a prancha. Ele me olha com uma expressão de espanto que diz: "O que está acontecendo aqui?" E sorrio para ele.

— Você está atrasado! — grito.

— Desculpa — diz Finn. — Desculpa, Terry.

— Pedir desculpa não serve para nada, rapaz! — grita Terry para ele, exasperado. — Pedir desculpa não serve para nada! Você não aqueceu, perdeu o básico...

— Eu corro atrás — diz Finn depressa, depois vai até Terry. Apesar de tudo o que contei, dá para ver que ele está chocado com a sua aparência frágil, mas tentando esconder. — Como você está, Terry? — pergunta ele. — Eu me chamo Finn. Finn Birchall, não sei se você se lembra de mim...

— Você está *atrasado*, é isso que importa — retruca Terry com rispidez. — Então melhor não perder tempo tagarelando.

— Verdade. — Finn sorri. — Ainda bem que nada mudou.

— A prancha é dura, está entendendo? — Terry dá um tapa na sua prancha para ilustrar o comentário. — Não ajuda em nada. Sem a sua habilidade, ia ficar se sacudindo nas ondas. Mas, por sorte, todos vocês têm superpoderes, vamos chamar de *surfe-poderes*. — Ele sorri para nós, sabendo que tem a atenção da turma. — Então usem isso! O seu poder é a flexibilidade. — Ele aponta para Finn, e me lembro de que ele às vezes fazia isso: nos dava poderes especiais antes de entrarmos na água. — O seu é a perseverança. — Ele aponta para Sean. — E o seu é a visão — diz ele a Lev. — Olho vivo!

— Olho vivo! — repete Lev, firme em sua prancha, parecendo totalmente desconfortável em sua postura de surfista. — Entendido!

— E o meu, qual é? — não consigo deixar de perguntar. Sei que foi um momento de carência, mas estou com medo de Terry olhar para o lado e se esquecer de mim. Quero muito ter um superpoder.

Terry me observa por um instante com aquele olhar vazio e desnorteado, e fico preocupada de ter perdido o momento, mas então ele responde.

— O seu é o amor — diz, como se fosse óbvio. — Não dá para surfar sem amor. Para que que a gente entra na água, afinal de contas? Por que continuamos tentando, remando, caindo, levantando e tentando de novo? — Ele se vira para encarar o oceano. — Porque a gente ama isso.

Por um momento silencioso, Terry fica ali, um velho frágil, examinando o oceano em que passou grande parte da vida, enquanto nós o observamos. E de repente estou piscando com força, porque não quero que ele perceba que não são as ondas que estamos amando agora. Não foram as ondas que nos trouxeram até aqui hoje. Foi ele.

Será que eu digo isso? Falo alguma coisa?

Mas ele já está se virando para nós, exatamente como o velho Terry, e o momento passou.

— Certo, crianças — diz ele e aponta para o mar. — Chega de papo. Mandem ver.

VINTE E TRÊS

Uma hora depois, estou sentada com Finn, no raso, ele com o braço em volta de mim, as nossas pernas entrelaçadas. Não consigo parar de sorrir. Na verdade, acho que estou sorrindo sem parar há uma hora. O meu rosto vai ficar congelado assim para sempre.

— Que *ondas* — digo, maravilhada.

— Pois é. — Finn sorri. — Incrível. Obrigado por mandar a mensagem.

— Ah, nossa, claro — digo. — Você não podia perder a participação especial do Terry.

A aula já acabou há muito tempo. Sean saiu do mar para tocar as coisas na Surf Shack. Terry foi levado pela cuidadora gentil, Deirdre, e todos nós agradecemos com um aperto de mão. Lev tomou muitos caldos, e agora está trocando de roupa na Surf Shack. Sobramos apenas Finn e eu numa praia vazia novamente.

Ele me dá um beijo, a boca salgada do mar, e passo a mão pelos seus cabelos de surfista. Se eu pudesse só beijar esse homem para sempre, nessa praia, ficaria feliz. Por que a vida não pode ser só beijos na praia?

— Que horas você tem que ir para Londres? — murmuro.

— Só depois das três. Então... — Ele me fita com um brilho no olhar. — Temos bastante tempo.

— Você pode me ajudar com a minha roupa de neoprene? — Pisco para ele. — É *tão* difícil tirar.

— Eu adoraria. Vira... — Finn pega o zíper e puxa lentamente pelas minhas costas. — Melhor assim?

— Obrigada — digo, tirando a metade de cima da roupa. — Muito melhor.

Finn faz que sim e, casualmente, puxa a alça do meu maiô.

— Isso então é melhor ainda — diz.

Já estou ardendo de desejo por ele. Estou calculando meticulosamente o tempo que vamos levar para ir daqui até o chalé, arrancar as roupas de neoprene e fazer uso do sofá. Ou do chão. Ou seja lá do que for.

Só que acho que eu deveria me despedir de Lev primeiro. Me viro, para ver se ele já saiu da Surf Shack, e vejo Sean nos observando, divertindo-se.

— Oi, Sean — grito, imaginando que Finn vai tirar a mão do meu maiô. Mas, em vez disso, ele a move até o meu peito. — Para com isso — digo, tentando não enlouquecer enquanto ele me acaricia. — A gente... Para! Tem gente olhando.

— Eu quero ir para o quarto — diz Finn contra o meu pescoço. — Agora. Vamos?

— Tenho que me despedir do Lev — aviso. — Ele era o meu chefe. Veio conversar comigo. Não posso simplesmente sumir.

— *Tá bom*, seja responsável — diz Finn num tom tão impassível e cômico que dou risada.

— Olha só quem fala! Como foi com a Mavis Adler? Ela ficou chocada de te conhecer?

— Nem um pouco — responde ele, finalmente tirando a mão do meu maiô. — Ela falou assim: "Até que enfim! Eu sempre soube que não era o Patrick. A cabeça era diferente."

Não posso deixar de rir.

— Então ela compactuou com a mentira.

— Acho que não queria destruir um casamento. — Finn dá de ombros.

— E a Gabrielle? — pergunto, com cuidado, ciente de que não sou totalmente racional a respeito dela, mas Finn parece não perceber.

— O que tem ela?

— Vocês não tentaram recriar o beijo famoso nem nada assim, né? — Tento dar uma risada leve e casual.

— Nossa, não. — Finn parece espantado com a ideia, e sinto uma pontada de alívio.

Preciso parar de ser paranoica. Preciso relaxar. O universo me trouxe Finn. Ele não iria colocá-lo imediatamente no caminho de outra pessoa, né?

— Enfim, prometi ir à exposição de arte amanhã à noite — comenta Finn. — A gente pode ir junto, talvez.

— Com certeza! — respondo, e estou prestes a puxá-lo para outro beijo quando ouço a voz de Lev nos chamando.

— Sasha! Finn!

Fico de pé e vejo que Lev está com a roupa completa, calça jeans e casaco, os cabelos molhados, as bochechas ainda coradas e um brilho no rosto que reconheço como o barato pós-surfe.

— Estou indo — anuncia ele. — Até amanhã, Sasha. E obrigado por tudo. Pela sabedoria, pelo surfe, por me apresentar ao Terry... Por tudo.

— Até amanhã. — Aceno com a cabeça. — E obrigada a *você*. Por ouvir o que eu tinha a dizer.

— Claro — diz Lev, muito sério, então se volta para Finn. — Prazer em conhecê-lo.

— Boa sorte — diz Finn. — Com tudo.

Ficamos olhando Lev andar pela praia, então Finn se vira para mim.

— Eu sei que você tem muitas reuniões importantes para gerenciar — diz ele com educação. — E eu preciso entrar na fila. Mas sério, agora, a gente pode arrumar um quarto?

Quando chegamos ao meu chalé, Finn já está sem a parte de cima do macacão de neoprene, e eu também estou arrancando o maiô. Estou tão desesperada que nem penso direito. Fechamos a persiana e travamos a porta com uma cadeira, e estou olhando ao redor para as nossas opções de móveis, quando Finn dá um passo à frente e me segura pelo quadril, ainda preso dentro do neoprene.

— O que eu quero *mesmo* — murmura ele — é cortar essa sua roupa fora. Pedacinho por pedacinho.

Sinto uma onda de excitação lá dentro, imediatamente aplacada pela etiqueta de preço.

— É cara demais para isso — contraponho, com a voz rouca, e os lábios de Finn tremem.

— Foi o que imaginei. Um dia, quem sabe.

"Um dia." Quando ele me puxa para perto, a frase dança na minha mente feito purpurina. "Um dia, no futuro." Mas ele está aqui, bem aqui. O meu amado Finn.

O sexo é ainda melhor do que ontem à noite. Como isso é possível? A noite passada foi perfeita. Mas, de alguma forma, é. Mais demorado, mais ousado, mais... sublime. Ele tem uma imaginação que eu jamais teria suspeitado. Na verdade, estou tendo que reavaliá-lo. E a mim. E o que sexo pode ser.

E sabe de uma coisa? Se os funcionários todos do Rilston estiverem fazendo fila lá fora para ouvir a gente, que façam. Que aproveitem o show! E que vendam ingressos! Não estou nem aí.

Por fim, ofegantes e extasiados, deitamos num colchão improvisado com as almofadas, deixando o mundo entrar em foco de novo.

— Pois então — comenta Finn, com a voz baixa e lenta, como se toda a tensão tivesse sido drenada dele. — O problema daqueles chalés novos de vidro metidos a chique é: onde as pessoas vão transar?

— Pois é. — Faço que sim com a cabeça. — É uma falha do design. A gente devia avisar ao arquiteto.

Me aconchego na pele deliciosa de Finn, respirando-o, desejando que tivéssemos mais tempo, mas sabendo que não.

— Tenho que ir — diz ele, como se estivesse lendo os meus pensamentos. — A terapia me chama.

— Claro. — Me ergo apoiada num cotovelo, me lembrando das palavras de Kirsten e sentindo um lampejo de apreensão. — Tomara que corra tudo bem.

— Obrigado.

— Sabe, se eu puder ajudar... conversar sobre qualquer coisa...

Mantenho os olhos fixos no rosto de Finn e o vejo se fechar, virando o queixo de lado. E, pela primeira vez, sinto uma dor real. Por que ele não me deixa me aproximar? Por que não me deixa ajudar?

— Obrigado por se oferecer — diz ele, por fim, parecendo tão relutante que sinto uma pontada de algo perigosamente próximo de ressentimento. Se somos mesmo duas pessoas vulneráveis, tentando melhorar (ou o que quer que a gente seja), então não deveríamos estar tentando melhorar *juntos*?

— Talvez a psicóloga recomende conversar com amigos próximos — sugiro. Não tenho ideia se isso é provável, mas é um jeito de instigar o assunto.

— Talvez. — Finn se levanta abruptamente e começa a vestir a sunga molhada. Ele está piscando depressa e parece bastante estressado, e de repente me sinto culpada por sentir qualquer coisa próxima de ressentimento.

— Finn, você não precisa sofrer sozinho — digo com gentileza. — Você pode me contar. Seja lá o que aconteceu.

— Agradeço muito — diz ele com um aceno de cabeça. — Obrigado.

O meu coração se comprime no peito. Ele está sendo tão formal. Podia estar praticamente ditando um e-mail de trabalho. Mas, se eu o pressionar, ele vai recuar ainda mais. Eu sei. Já estou entendendo como ele é.

"O que está te consumindo?", penso, olhando para ele com melancolia. Mas, quando estiver pronto, ele vai me contar; por enquanto tudo o que posso fazer é apoiá-lo.

— Conhecer você foi a melhor coisa de ter vindo para cá — digo. — A *melhor* coisa.

— Você também. — Ao se virar para mim, vejo que os olhos escuros de Finn parecem tão gentis e afetuosos que não consigo acreditar que um instante atrás ele estava me evitando. — Sasha, você é incrível. E eu te vejo quando voltar. Você vai para o hotel agora?

— Não, vou ficar um pouco mais — respondo, me levantando.
— Pode ir. E boa sorte. — Fico de pé e dou um abraço nele, tentando transmitir todo o amor e apoio que ele precisa através do toque físico. — Boa *sorte*.
— Obrigado. — Finn me beija uma última vez, então sai do chalé, e eu me afundo no sofá, já contando os minutos até ele voltar.

Levo um tempo para me recompor. Como um Twix, para restaurar as energias, depois fico olhando para o teto, então penso no que fazer pelo resto do dia. Parece tudo meio vazio, agora que Finn se foi.

Mas, por fim, me enrolo numa toalha e resolvo tomar um bom banho quente no meu banheiro de bichinhos da floresta do qual aprendi a gostar.

Enquanto atravesso o saguão, carregando as roupas, o telefone da recepção começa a tocar e olho ao redor, procurando alguém para atender. Não vejo Cassidy em lugar nenhum, nem nenhum dos outros funcionários. Então, acabo largando as coisas no balcão da recepção e atendo o telefone.

— Hotel Rilston, boa tarde. — Me pego imitando a voz de Cassidy e dou risada por dentro.

— Ah, oi! — Uma voz feminina ofegante me cumprimenta. — Eu estava precisando de ajuda para mandar uma coisa para uma pessoa. O Finn Birchall está hospedado aí?

— Está, sim — digo, então fico na dúvida se estou violando algum sigilo pessoal. Bom, agora é tarde. — Posso ajudar? — acrescento.

— Bom, eu queria *muito* mandar uma cesta de presente para ele — explica a mulher. — Eu trabalho com ele. O hotel tem alguma cesta de presente ou algo que eu possa encomendar?

Fico olhando para o telefone, atônita. Ela trabalha com Finn? Todas as minhas terminações nervosas entraram em alerta máximo. Talvez eu possa descobrir alguma coisa sobre ele. Ou *tudo* sobre ele.

Mas será que uma colega de trabalho iria revelar algum detalhe sobre ele para uma funcionária do hotel? Não, lógico que não. Preciso desfazer esse mal-entendido.

— Na verdade, eu não trabalho no hotel, também estou hospedada aqui — esclareço. — Mas vou avisar para eles, e sem dúvida vão arrumar alguma coisa. O Finn tem andado mesmo muito estressado, então com certeza vai gostar. Sou amiga dele — digo, casualmente. — Ficamos bem próximos. Confidentes, na verdade. Então fiquei sabendo muito... do que aconteceu.

— Ai, graças a Deus! — exclama ela. — Bom, então posso perguntar para você. Ele está bem? Porque a gente ficou muito preocupado.

— Ele está bem, sim — respondo, tranquilizando-a. — Está melhorando. Dentro do possível, tendo em vista... o que aconteceu.

— Fico tão feliz — diz a mulher. — Todo mundo aqui gosta muito do Finn. E estamos com saudade!

Registro tudo freneticamente na cabeça. Todo mundo lá "gosta muito do Finn". E está com saudade dele. Mesmo ele tendo batido com uma caneca de café na mesa, socado uma máquina automática de comida e ameaçado destruir uma planta. Apesar de tudo isso, estão com saudade dele. Então tem mais por trás dessa história. Eu *sabia*.

— Ele se abriu sobre o que aconteceu? — continua ela, com gentileza.

— Não muito, na verdade — respondo com sinceridade.

— Bom, e por que iria se abrir, né? — Ela dá um suspiro. — Coração partido sempre dói. E quando é com um casal lindo e perfeito que nem o Finn e a Olivia... Para mim não é surpresa nenhuma que ele tenha tido uma reação tardia. Todo mundo viu que fazia semanas que ele estava sob pressão.

Hein?

Os meus dedos apertam a base do telefone. A minha visão fica ligeiramente turva.

Finn e Olivia? Um casal lindo e perfeito?

Coração partido?

Percebo que tenho que falar alguma coisa. "Fala logo, Sasha." Fala, ou essa conversa vai acabar, e eu não vou descobrir mais nada.

— Pois é. — Obrigo de alguma forma as palavras a saírem da minha boca. — Não parece verdade quando acontece, né?

— Exatamente! — exclama a mulher. — Todo mundo achou que eles iam se casar! Quer dizer, a *química* entre os dois... Dava para sentir! Eu costumava dizer para o meu marido... — A mulher se interrompe por um instante. — Você não chegou a conhecer a Olivia, né?

— Não — digo com uma voz leve e tranquila. — Como é o nome completo dela mesmo? Estava tentando me lembrar do sobrenome.

— Olivia Parham. Ela não passou aí, né?

— Que eu saiba, não — comento, e a mulher suspira outra vez.

— Ah, que pena. Eu estava torcendo tanto para eles... Sabe como é. Resolverem as coisas. Ela é *tão* boa para ele, e ele sempre foi perdidamente apaixonado por ela. Bom, você com certeza sabe disso, se é confidente dele.

— Sem dúvida. — Estou com um sorriso estranho e rígido estampado no rosto. — Não existe segredo entre nós.

— Ela desperta o melhor no Finn, sabe? — continua a mulher, obviamente interessada em continuar o papo. — Ela traz equilíbrio, sabe? Quer dizer, às vezes ela é bem direta, mas ele precisa de uma pessoa forte. A quantidade de vezes que ouvi a Olivia dizendo que o Finn só pensa no trabalho. E, vai por mim, ele estava precisando ouvir aquilo! — Ela dá uma gargalhada, e fico ainda mais paralisada.

"Só pensa em trabalho". "Egocêntrico". "Um pesadelo".

Tudo faz sentido.

— Às vezes, não era para ser — digo, tentando desesperadamente recuperar o controle da conversa.

— Ah, eu sei — devolve a mulher, melancólica. — Mas não o Finn e a Olivia. Não sei *o que* deu errado depois de dez anos juntos.

— Dez anos! — Perco a compostura por um breve instante. — Dez anos — repito, com a garganta seca. — Pois é. Não dá para entender como um... como um relacionamento bem-sucedido como esse pode dar errado.

— Bom, como eu estava dizendo, com certeza é só um desencontro temporário — continua a mulher. — Todo mundo ainda está esperando o convite do casamento! A assistente dele, a Mary, já comprou até o chapéu dela! Você vai também? — Ela dá uma risada calorosa, simpática, e sei que tenho que entrar no jogo, mas não consigo, simplesmente não consigo.

— Vai saber? — digo com rispidez. — Mas vai ser divertido, de qualquer forma. Enfim, infelizmente tenho que ir, mas, se me der o seu nome, posso pedir ao pessoal do hotel que te ligue para conversar sobre a cesta.

— Quanta gentileza! — exclama a mulher depois que anotei os dados dela. — E fico muito feliz que o Finn tenha encontrado uma amiga para cuidar dele... Ah, não cheguei a perguntar. Como é o seu nome?

Sinto um espasmo de pânico e engulo em seco várias vezes, pensando em como lidar com a situação.

— Não esquenta comigo! — respondo, finalmente, com ar descontraído. — Não sou ninguém. Tchau!

Desligo o telefone e olho para a frente, com o coração pesado de tristeza, sentindo tudo se partir à minha volta.

Não é à toa que ele quase não falou dos problemas dele. Finn não veio para Rilston porque estava esgotado no trabalho. Veio porque terminou um relacionamento e foi por isso que quando viu o pote de sorvete no meu chalé presumiu que era isso que tinha acontecido comigo.

De repente, me lembro dele olhando para o mar e dizendo: "Coração partido. Burnout. Separação. Chefe babaca."

Não dei atenção à parte do "coração partido". Nem à parte da "separação". Mas ele estava me falando alguma coisa. Ele estava de coração partido.

À noite, fico sentada na cama, debruçada sobre o celular, arrasada. Entendi tudo agora, juntando alguns trechos das nossas conversas, a pesquisa que fiz no Google e, principalmente, o que vi no Instagram. Não no dele, no dela. Ele não tem Instagram. Ele só posta de vez em quando uns tweets profissionais sobre consultoria. Mas está na cara que Olivia adora tirar fotos, e postar no Instagram, e conversar com a família e os amigos com comentários animados... E por que não gostaria, com um rosto bonito desses, e todo esse senso de humor, e essa vida tão maravilhosa?

E não é maravilhosa num sentido convencional. Isso é que é o pior. Não é perfeita, nem glamourosa ou fingida. É só afetuosa e simples, com fotos dela, de Finn, da família, dos cachorros, dos churrascos, do sobrinho novo com roupinha de neném, de suéteres de Natal cafonas debaixo da árvore e...

Depois de um tempo, tenho que parar de rolar a sequência de fotos. Já voltei sete anos na vida deles, observando cada momento, assisti até ao vídeo do "primeiro Natal do bebê" da irmã de Olivia, porque é muito fofo. Isso é ridículo. É trágico. Eu não devia estar me torturando desse jeito. Prometi a mim mesma que ia parar. No entanto, a cada foto que vejo, a desgraça aumenta. A colega de Finn que falou comigo ao telefone tinha razão. Ele e Olivia são um casal lindo e perfeito com uma bagagem, um passado, uma união diante da qual só posso me maravilhar.

Até que acaba. Não tem mais foto, tirando uma da silhueta de Olivia, com um milhão de comentários gentis, corações partidos e beijos dos amigos. Deve ter sido de quando eles se separaram. Há dois meses.

Então, eles tiveram um contratempo. Que tipo de contratempo não tenho como imaginar, mas foi algo que deixou Finn perturbado, com raiva e sem conseguir dormir. Com raiva dela? Com raiva de si mesmo? Como vou saber?

Mas dez anos. *Dez anos.* É de partir o coração. Não se abre mão disso do nada, mesmo que tenha sido um contratempo. Acontece o contratempo, a briga, o momento de loucura, o impasse... e depois se volta ao normal. Reforça-se o compromisso com a pessoa. Percebe-se que está correndo o risco de perder aquilo e conquista de novo.

Finn e Olivia vão se conquistar de novo. Eu sei. Estou vendo os rostos deles juntos — felizes, unidos, tranquilos — e *sei* disso. Se ele está manifestando alguma coisa na praia, é isso. É ela. A desolação no olhar dele faz sentido. A raiva que ele tem do mundo faz sentido. Tudo faz sentido agora.

Não é à toa que ele não me contou. Não é à toa que ele não queria reviver algo tão doloroso. Em retrospecto, ele só repetia o que eu falava. Ele disse que estava sobrecarregado no trabalho, como eu.

Com burnout, como eu. Ele estava só falando o que faria a conversa se encerrar mais rápido.

E a maior prova de todas, é claro, é que ele não queria transar. Fecho os olhos, e as lágrimas escorrem diante do pensamento. Não é à toa que ele não queria sexo casual — ele ainda estava nutrindo um coração partido. Mas acho que a verdade — a verdade que eu não admitiria nem para mim mesma — é que eu tinha a esperança de que fosse mais do que casual. De que fosse sério. De que fosse o início de algo forte e duradouro. O nosso início.

Talvez, de alguma forma, Finn tenha percebido isso, e por isso me rejeitou. Ele não estava pronto para começar uma coisa comigo, não quando ainda estava com o coração confuso por causa do término com Olivia.

Não o culpo por ter mudado de ideia. Fico *feliz* que tenha mudado de ideia. Nossa, e como. Redescobri o sexo, foi incandescente, e nada pode tirar isso de mim. Mas me culpo por ter visto como mais do que realmente era: dois estranhos se consolando. Duas pessoas carentes, fragilizadas. Kirsten tinha razão. Não suporto pensar isso, mas ela estava certa.

Afundo a cabeça nas mãos, o rosto encharcado de lágrimas, porque fui tão iludida. Tão *burra*. Estou tentando encontrar as respostas para tudo em outras pessoas. Primeiro me agarrei à Garota da Roupa de Neoprene. E depois a Finn.

É então que vem o som de notificação do meu celular, e fico imóvel, porque é uma mensagem dele.

    A terapia foi ótima. Intensa. Bj, Finn

Digito uma mensagem rápida e envio:

    Que bom! Fico feliz por você! BJ

Quando vem o som de notificação com o nome dele na tela de novo, me sinto culpada. Eu estava assistindo à vida inteira dele com Olivia como se fosse uma espécie de filme, e ele não tem a menor ideia. Finn nunca nem me falou o nome dela; ele não está marcado no Instagram. Se eu não tivesse atendido aquela ligação, nem saberia o que procurar.

É meio surreal que eu saiba tanto e que ele nem imagine. Mas não posso contar o que descobri. *Não vou* contar para ele. Se tem uma coisa que estou determinada a fazer é isso.

> Amanhã eu te conto como foi. Estou doido pra voltar.

O que ele vai me dizer? Uma versão editada da sua vida, sem Olivia, sem término, sem nada disso? Outra lágrima escorre pelo meu rosto, e eu a seco, furiosa, enquanto respondo:

> Eu também! Estou doida pra ouvir.

Mando a mensagem e fico olhando para o celular, me sentindo esgotada fisicamente, a cabeça ainda girando. Se Finn estivesse pronto para partir para outra, teria me contado sobre Olivia. Ou pelo menos insinuado. Dito alguma coisa. Mas ele tem sido furtivo. Silencioso. Resoluto. Posso ficar com um homem que ainda gosta de outra?

Deixo a pergunta pairar no meu cérebro, mas já sei a resposta. Não nesse momento. Não com tudo pelo que estou passando. Não quando estou tentando reconstruir a minha vida.

Finn já mandou outra mensagem, e não consigo não olhar.

> Aliás, estava querendo te contar que também vi o fogo. Pete estava queimando algumas coisas numa lixeira. Num quintal, não foi? Eu estava na casa do meu primo, vi pela janela. Bum.

Espera um minuto.

Fico olhando para a tela por um tempo, grata pela distração. Finn também viu? Nós dois vimos o mesmo evento aleatório num terreno baldio? Isso *não pode* ser coincidência. Apesar de todo o resto, o meu coração começa a bater acelerado. Será que isso pode estar relacionado com as mensagens na praia?

Então volto a desanimar. Mesmo que esteja, o que vou fazer com isso? Finn acha que as mensagens foram escritas por fãs de *Amor jovem*. Ele só está respondendo para ser educado.

E, mais importante: para que começar uma conversa nova com um cara quando só de pensar nele o meu coração fica partido?

Éramos como duas crianças na praia, brincando com o mistério e as nossas mensagens. Mas a forma como me apaixonei foi coisa de adulto. Uma dor de adulto. Uma decepção de adulto.

Me permito me deixar consumir por um tempo por uma tristeza que parece rasgar as minhas entranhas. Então endireito as costas, limpo o rosto e desligo o celular. Com movimentos rápidos e quase urgentes, coloco um casaco, saio do quarto, desço a escada e atravesso o saguão.

Não paro de andar até chegar à praia. Vou direto até as ondas, depois encaro o horizonte. O vasto céu está escuro, salpicado de mais estrelas do que jamais vi. As ondas quebram em silêncio sob o luar, como se recuperando as energias para o dia de amanhã.

E aqui, absorvendo essa visão mágica, a minha tristeza já parece menos intensa. Me sinto mais forte. Mais decidida.

Achei que estava no começo de uma coisa linda, mas em vez disso estava no meio do contratempo de outro casal. Só não sabia. Bom, agora preciso começar outra coisa linda. Algo que eu seja capaz de tornar belo sem a ajuda de mais ninguém. O resto da minha vida.

VINTE E QUATRO

No dia seguinte, no saguão do Hotel White Hog, em Somerset, sinto como se eu já tivesse começado. Acabei de passar uma hora conversando com Lev, Arjun, o diretor de operações, e Nicole, membro do conselho administrativo, numa sala de conferência especial que eles reservaram para o dia.

Foi fantástico. Eles foram educados. Foram humildes. Ouviram tudo o que falei. E, no fim da reunião, Lev pediu que eu voltasse a trabalhar no Zoose. Isso me pegou de surpresa. *Voltar?* Voltar para aquele buraco do inferno?

Eu obviamente não escondi muito bem o que estava pensando, porque Lev olhou para as outras pessoas na sala e acrescentou, depressa:

— Isso é para você pensar depois, Sasha, com calma. Mas, cá entre nós, o Asher está... Ele está pensando em partir para outra. Então, o cargo dele vai ficar vago, e nós achamos que talvez você pudesse ocupar essa vaga.

Precisei de um segundo para entender o que ele estava falando. Substituir Asher? Substituir o diretor de marketing? Chefiar o departamento? Virar *chefe*?

Eu?

Fiquei meio tonta por um instante. Eufórica. Senti o tipo de ambição que achei que tinha perdido para sempre. Então, cinco segundos depois, a realidade bateu. Chefe de um departamento sem funcionários e que é um pesadelo tão grande que todo mundo pede demissão?

— Vai ter orçamento para a contratação de mais funcionários? — perguntei, de supetão, e todo mundo riu.

— Direto para as questões práticas — comentou Nicole, e senti o rosto corar, ciente de que devia ter perguntado o salário. Ou dito que estava avaliando ofertas atraentes dos principais concorrentes. Bom, que seja. Agora já foi. Na minha próxima vida, vou saber fazer tudo isso.

— Confie em mim, Sasha, vai ter um orçamento grande para mais funcionários. — confirmou Lev. — Tem que ter. As coisas têm que mudar. O que você acha?

— O que eu *acho*? — falei, determinada a ser absolutamente honesta. — Um monte de coisa, tudo ao mesmo tempo. Seria um grande passo. *Enorme*. É uma honra, mas é muito trabalho. Muita responsabilidade. E só agora consegui relaxar a cabeça. Então... não sei. Pode ser que eu demore a decidir.

— A gente espera — respondeu Lev na mesma hora. — A gente espera. — Ele olhou para Nicole, então de volta para mim. — A gente espera.

Agora estou esperando o táxi que vai me levar até a estação de trem, ainda um pouco estupefata. Será que daria certo, eu de volta ao Zoose? Será que isso poderia ser parte de uma bela vida nova? As duas coisas são compatíveis? As vozes na minha cabeça ficam apresentando argumentos, e vou respondendo. Ainda não estou nem perto de me decidir, mas estou avançando pouco a pouco.

"O departamento é um pesadelo." Mas, se quem estiver gerenciando o departamento for eu, talvez não seja um pesadelo.

"Não posso voltar à forma como eu estava trabalhando." Então eu mudaria as coisas. O próprio Lev disse isso, as coisas têm que mudar.

"Estou esgotada. Exausta. Sobrecarregada." Mas vou continuar assim para sempre? Já me sinto muito mais enérgica do que antes.

"Sou forte o bastante para trabalhar de forma saudável? Me afastar dos e-mails, tirar folga, sair de férias?" Sou. A resposta enfática me pega de surpresa. É, eu sou. Porque tenho que ser. Não fiquei esgotada sem motivo. O meu corpo estava basicamente me dizendo: "Desacelera, não existe outra opção."

— Sua água, senhorita. — Um garçom discreto, num uniforme cinza elegante, pousa um copo de água ao meu lado.

— Obrigada. — Sorrio para ele, e ele faz que sim.

O hotel é muito moderno, com um mobiliário elegante e funcionários que parecem modelos. É exatamente o tipo de lugar onde o Zoose *faria* uma conferência, e o exato oposto do Rilston. A recepcionista não está bordando calcinhas, nem fofocando sobre os outros hóspedes, nem vendendo antiguidades. Também não imagino nenhum deles tocando trompa.

Para ser sincera, o Rilston é mais divertido, e sinto uma pontinha de saudade. Quero voltar para lá, com Cassidy, Simon, Nikolai e Herbert. Com aquele piso que range, e o chalé de praia precário, e as ondas. E Finn.

Finn.

Sinto uma dor e fecho os olhos por um instante. Então me forço a pensar em outra coisa. Não posso me perder nisso. Quando voltar, falo com ele. Sei exatamente o que vou dizer, já planejei. E aí... vamos ver.

Me levanto para ver se o táxi já chegou e tomo um susto ao ver Joanne entrando no hotel, falando alto no celular. Merda. *Merda.* A minha vontade é correr na direção oposta, mas não posso fazer isso. Hoje não.

Ela está usando um dos seus terninhos de calça larga e tênis de marca, mexendo no cabelo.

— Não, *gentileza* — retruca ela, mal-humorada, para alguém no telefone. — Já falei, é o projeto da *gentileza*... — Ela para de falar e me encara. — Já te ligo.

Joanne guarda o celular bem lentamente, e vejo a mente dela trabalhando.

— Sasha — diz, por fim. — O que você está fazendo aqui?

Hesito por um instante. O que eu falo? Mas ela já está com uma expressão mais decidida no rosto.

— Ai, meu Deus! — exclama ela com escárnio. — *Não me diga* que você quer o seu emprego de volta.

— Eu estava... cogitando a ideia — respondo com sinceridade.

Os olhos de Joanne brilham, triunfais.

— Eu sabia! Eu falei: "Ela vai voltar." Então é por isso que você está aqui. — Ela corre os olhos por mim com desdém. — Qual é o plano, emboscar o Lev de novo?

— Não! Na verdade...

— E aí o quê? Todo mundo simplesmente desconsidera a forma como você se comportou? — interrompe Joanne. — Você acha que pode simplesmente aparecer, que a gente vai esquecer a sua falta de profissionalismo? Ouvi dizer que você digitou um monte de baboseira no seu formulário de saída. Parece que o *meu* nome foi mencionado várias vezes. Você estava bêbada?

— Não. — Olho feio para ela.

— Bom. — Dá para ver que Joanne está só aquecendo. — Se você quer ter *alguma* chance de trabalhar no Zoose de novo, Sasha, infelizmente vamos ter que estabelecer algumas condições. Vou precisar de um pedido de desculpas pelo seu comportamento. Também vou precisar de evidências do seu compromisso com a filosofia de bem-estar da empresa — acrescenta em tom ameaçador. — Acho que posso elaborar um programa especial só para você. E *não vai achando* que você pode simplesmente falar com o Lev quando bem entende. Ele é um homem importante e muito ocupado. Ele não tem tempo para...

— Sasha! — A voz de Lev nos interrompe, e me viro e o vejo correndo pelo saguão, com Arjun. — Que bom que te alcancei, achei que você já tinha ido embora. Queria só agradecer mais uma vez pelo seu tempo. Somos muito gratos a você, não é, Arjun?

— Com certeza — confirma Arjun. — Foi muito bom te conhecer, Sasha.

— E estou torcendo para conseguir trazê-la de volta para o Zoose — continua Lev, segurando a minha mão com força. — Custe o que custar. O que você precisar. Esse tempo que passei com você foi... — ele parece procurar a palavra certa — ... profundo. Isso. Profundo. Ah, Joanne — acrescenta ao notá-la. — Você conhece a Sasha. Ela é o segredo do nosso futuro sucesso. Se conseguirmos convencê-la a voltar.

Joanne fica muda. De olhos esbugalhados. Ela abre a boca, emite um som indistinto e depois fecha de novo.

— A gente se conhece — digo. — Tenho que ir.

— Bom, espero te ver em breve — continua Lev, aparentemente alheio ao desconforto de Joanne. — Me avisa quando você estiver em Londres para a gente almoçar um dia. E manda um abraço para o Finn. E para o Terry, lógico! O *mestre*. Você precisa conhecer esse cara — comenta com Arjun, animado. — Professor de surfe. Gênio. Filósofo. A gente devia convidar para dar uma palestra motivacional. Ah, o seu táxi chegou, Sasha. Boa viagem.

— Tchau, Lev — digo. — E obrigada pela oferta. Tchau, Arjun. Tchau, Joanne — acrescento, por educação.

Mas Joanne não responde. Ela ainda parece estarrecida. Na verdade, está até meio verde. *Rá.*

Guardo a expressão dela na memória para me animar depois. Então faço uma anotação mental: conversar com Lev sobre Joanne. A perspectiva de tê-la como colega de novo é quase o suficiente para me fazer recusar a oferta, então vamos ter que discutir isso. E acho que muitas outras coisas também. Vou começar uma lista.

No trem, o meu celular toca, o nome da minha mãe surge na tela e atendo na mesma hora.

— Mãe!

— Sasha! Querida, como você *está*? A Kirsten falou que você pediu demissão. Bom, que notícia maravilhosa. Demais. Ótima ideia. Fantástica.

Ela soa tão ridiculamente otimista que tenho vontade de rir. Está na *cara* que Kirsten falou para ela não soar negativa.

— É, eu saí. — Hesito. — Por enquanto.

— Maravilha. Muito bom. E como está o Rilston? Como está a vista para o mar?

— Está ótimo — digo, pensando no luar refletido nas ondas que fiquei admirando ontem à noite. — É um lugar mágico. Sinto como se eu tivesse me transformado.

— Querida — diz a minha mãe, com a voz gentil. — Fico tão feliz. Tenho pensado tanto em você. Na gente. Lembrando. — Ela faz uma pausa. — Talvez a gente devesse ir a Rilston Bay de novo, qualquer verão desses. A família toda.

— Seria ótimo.

— A Kirsten disse que encontrou umas fotos antigas. Ela falou que sentiu muita saudade. Quer levar o Chris e as crianças, alugar uma casa. Seguir com a tradição.

Imagino Ben e Coco brincando no raso, se lambuzando de sorvete, talvez até fazendo aula de surfe um dia... e sinto uma alegria imensa.

— Boa ideia! Vamos, sim.

— E então, qual é o plano agora? Vai ficar muito mais tempo aí?

— Não — respondo, depois de pensar um pouco. — Vou voltar em breve.

— Escuta aqui, Sasha — diz a minha mãe na mesma hora. — Não tem pressa. Você é muito afobada.

Eu sou afobada?

— Não sou nada. É sério. A viagem está ótima, mas preciso... retomar as coisas. Ver os amigos, sair com a Kirsten, arrumar a casa.

— Bom — devolve ela. — Se você achar que está pronta...

— Eu estou pronta. — Faço que sim com a cabeça, olhando pela janela do trem, vendo os campos passarem. — Fiz tudo o que tinha para fazer.

Nós nos despedimos e desligamos, então hesito, com o celular na mão. Por fim, num impulso, abro o site do supermercado e entro na minha conta, quase sem uso há dois anos. Vou montar um carrinho. Um carrinho decente de supermercado. Vou comprar *ingredientes*.

Clico em cebola. Caldo de frango. Cenoura. Carne moída de peru. Vamos lá. Eu sou capaz. Consigo administrar a minha vida.

Quando o carrinho está cheio, reviso a lista com uma espécie de orgulho. Poucas pessoas chamariam um carrinho de compras de um supermercado on-line de uma maravilha, mas, nesse momento, isso faz parte da minha nova vida. Uma vida na qual cuido de mim mesma. Em que me valorizo. E, para mim, parece lindo.

VINTE E CINCO

Vinte minutos depois de começada a exposição de Mavis Adler, já aperfeiçoei o meu comentário: "Impressionante, né?"

Para ser sincera, as obras são impressionantes, de um jeito meio viga metálica. As peças estão espalhadas pelo enorme salão e parecem bem incongruentes diante do papel de parede adamascado descascando e das cortinas esfarrapadas. Todas têm um título, mas não tenho a menor ideia do que deveriam significar.

Até agora, no entanto, fui capaz de conversar com uma moça da Sotheby's, com um homem de alguma galeria da Cork Street e com um jornalista local. Aparentemente, a maioria dos especialistas em arte gosta de ficar alardeando a própria opinião. Então, o meu método é deixar que falem, enquanto bebo champanhe de graça. E, quando eles fazem uma pausa, eu digo: "Impressionante, né?"

Funciona que é uma maravilha.

Num vestido preto elegante, Cassidy circula pelo salão, agitada, distribuindo ordens para o pessoal do bufê e vez ou outra lançando olhares conspiratórios para mim, como se eu fosse da família, o que me deixa bastante feliz. Nikolai trouxe um drinque verde para mim, que descartei discretamente. O lugar está tão lotado que ainda não vi Mavis Adler, embora tenha visto Gabrielle, cercada de gente pedindo uma selfie, e Jana, sentada atrás de uma mesa, desolada, tentando vender catálogos.

— Sasha! — cumprimenta uma voz, e, atrás de mim, vejo Keith Hardy, de paletó de linho e um peitilho chamativo de caxemira rosa estampado. — Que bom vê-la, minha jovem! Ainda se divertindo, é?

— Ah, sim — digo. — Bastante. — Há uma pausa, então acrescento: — Impressionante, né?

— A arte? — Keith franze a testa. — Não tenho ideia. Para mim, parece um canteiro de obras. Mas está vendo aquilo? — Ele indica com a cabeça uma estrutura enorme e coberta com um pano, em cima de uma plataforma. — Aquela ali é a obra nova.

— É, eu sei. — Observo o objeto, intrigada. É obviamente uma estátua, de uns três metros e meio de altura, mas não dá para saber de quê.

— A prefeitura está torcendo para ser uma estátua do *Amor jovem* — diz Keith em tom de confidência. — Para atrair turistas, impulsionar a economia. Uma espécie de continuação. *Amor jovem* 2, esse tipo de coisa.

— Mas parece que se chama *Titã* — comento, incerta.

— Mesmo assim, podiam ser os amantes se beijando — argumenta Keith, irredutível. — Tipo o *Titanic*. Kate e Leo.

— Bom, pode ser...

— Sasha! — Outra voz conhecida me cumprimenta, e, ao me virar, vejo Hayley e Adrian West, bem-vestidos, segurando taças de champanhe.

— Oi! — digo, notando os rostos felizes e corados. — Faz tempo que não via vocês!

— Ah, nós andamos... ocupados. — Hayley deita a cabeça no ombro de Adrian, rindo. Ele mordisca a orelha dela, fazendo-a rir mais alto. — Adrian!

— Não é culpa minha — devolve ele, sorrindo. — Uma esposa linda dessas.

— Então, ficou tudo bem? — pergunto.

— Tudo ótimo — responde Hayley, e, se aproximando de mim, ela sussurra baixinho no meu ouvido: — Muito obrigada. A vocês dois. Não sei *o que* vocês falaram para ele...

— Ah, não foi nada — digo, depressa. — Foi só uma conversa.

— Bom, foi a conversa certa. — Hayley aperta a minha mão brevemente. — Mudamos para uma suíte com cama de dossel. Tem até mordomo!

— É sério? — Fico curiosa. — Quem é o mordomo?

— É o Nikolai. Ele bota um fraque que deixa pendurado num gancho, no corredor. É tão gentil, o pobrezinho. Mas a gente não pede quase nada. Só serviço de quarto, de vez em quando.

— "Não perturbe" — diz Adrian, beliscando a bunda da esposa. — Entendeu?

— Entendi. — Faço que sim com a cabeça. — Perfeitamente.

— Ah, e a gente comprou o seu bambolê! — acrescenta Hayley, animada. — Mas ainda não usei.

— O meu o quê? — pergunto, confusa.

— O seu bambolê? "Sasha recomenda"?

— *O quê?*

— No aplicativo. — Hayley fica olhando para a minha cara confusa. — O aplicativo do Rilston. Você não baixou?

— Eu... Hum... Deu um problema no meu — digo. — Parei de receber as notificações. O que é "Sasha recomenda"?

— Você *não* sabe?! — exclama Hayley, incrédula. Ela pega o celular, procura alguma coisa, depois me entrega, e vejo uma série de mensagens do aplicativo do Rilston.

> **Bem-vindo à linha de saúde do Hotel Rilston, com as recomendações da nossa guru do bem-estar Sasha Worth! Você pode encontrar tapetes de ioga e bambolês para comprar ou alugar na recepção (disponibilidade limitada). #sasharecomenda**
>
> **Siga o exemplo de Sasha e pratique ioga na praia, nas nossas areias maravilhosas!! Disponível todos os dias, sem custo adicional. #sasharecomenda**
>
> **O suco verde "Rilston" já está disponível. Criado especialmente para a nossa guru do bem-estar, Sasha Worth, combina saúde e sabor. Experimente! #sasharecomenda**

Não se esqueça, ter uma Noite de Descontração é parte vital do seu bem-estar. Shots de tequila pela metade do preço no bar hoje à noite!!! #sasharecomenda

Talvez eu devesse ficar com raiva, mas só consigo rir.

— Eu queria te perguntar — continua Hayley. — Você já fez um tutorial on-line de bambolê?

"Se eu já fiz um tutorial on-line de bambolê?"

— Não — respondo. — Desculpa.

Acho que virei influenciadora. Talvez eu pudesse fechar um acordo com o fabricante de Club Biscuits. Ou com o vinho branco incógnito, safra desconhecida. E agora não consigo mais parar de rir, porque isso tudo é tão ridículo, tão Cassidy, tão *Rilston*, que, quando vejo Simon se aproximando, quase lhe dou um abraço. Ele parece ainda mais baratinado do que de costume. Está ofegante, com a camisa toda desalinhada, descabelado e, quando se aproxima, pergunto, ansiosa:

— Simon, está tudo bem?

— Infelizmente, tive que expulsar Mike Strangeways, o mágico, do evento — explica ele, parecendo nervoso. — Tivemos uma troca bem desconcertante... — Ele para de falar, franzindo a testa como se estivesse intrigado, então enfia a mão no colarinho e puxa, lentamente, seis lenços de seda coloridos, amarrados um no outro.

— Belo truque, Simon! — Aplaudo, mas ele parece aflito.

— Posso garantir que isso *não foi* proposital. Sem dúvida, durante meu embate com Mike Strangeways, um de seus adereços mágicos entrou no meu vestuário. — Ele afasta os lenços de seda o máximo possível, segurando-os com a ponta dos dedos. — Srta. Worth, este não é o padrão elevado que esperamos oferecer aqui no Rilston, e só posso...

— Não peça desculpas. — Eu o interrompo com um fervor repentino. — Por favor. *Não* peça desculpas. Simon, o seu hotel é maravilhoso. Pode não ser muito convencional... mas é maravilhoso. A minha experiência aqui foi a mais incrível e transformadora possível, e se eu pudesse dava dez estrelas no Tripadvisor. — Olho para ele, muito séria. — Todas as estrelas. *Todas* as estrelas.

— Srta. Worth. — Simon parece emocionado. — Meu Deus. — Ele esfrega o rosto, então tira um lenço limpo do bolso e assoa o nariz. — Bom. É muita bondade sua.

— Eu desejo todo o sucesso do mundo. Para vocês todos. — Gesticulo para o salão envelhecido. — Com o Skyspace Beach Studios, com a chegada do verão... Tudo.

— A senhorita não parece estar planejando continuar conosco por muito mais tempo — arrisca Simon.

— É verdade. — Sorrio para ele. — Acho que a minha viagem está chegando ao fim.

— Bom, espero que a senhorita aproveite ainda mais esta noite. — Ele faz que sim com a cabeça, com gentileza, e se curva numa mesura. Então, Simon parece avistar alguma coisa e fica com o rosto tenso. — *O que* a Cassidy está fazendo com aquela lata de gás hélio? Com sua licença, Srta. Worth...

Simon vai abrindo caminho pela multidão, e eu o observo com carinho. Vou sentir falta desse lugar. Mas, mentalmente, já estou indo embora.

À minha esquerda, há um leve burburinho em torno de uma mulher de cabelos grisalhos num vestido vermelho de linho, e percebo que é a famosa Mavis Adler. Fico observando-a por um tempo, vendo as pessoas a cumprimentarem com apertos de mão e se aproximarem para ouvir cada palavra que ela diz, e me pergunto como deve ser estar no lugar dela. Finn teria experimentado um pouco dessa atenção, se tivesse revelado quem é...

Então, como se só de pensar nele eu o tivesse conjurado, ouço a sua voz, e uma flecha perfura o meu coração.

— Sasha.

Respiro antes de me virar. Ele se abaixa para me beijar, e eu o aperto junto de mim. Sinto bem o cheiro dele, querendo saborear esse "nós" para sempre.

Me permito ter cinco segundos preciosos. Cinco segundos de Finn e eu, na nossa bolha, com todas as perguntas ainda por fazer. Mas então me forço a me afastar. Está na hora de conversar.

A velha Sasha teria adiado. Teria se agarrado ao *status quo*. Evitado qualquer coisa desafiadora, difícil ou que pudesse magoar.

Mas a nova Sasha sabe o que tem que fazer.

— Como foi a terapia? — pergunto.

— Boa. — Ele faz que sim. — Foi pesado. Meio cansativo. E você? Como foi a reunião?

Tenho um monte de coisa para contar. Do trabalho, de Joanne, até do #sasharecomenda... mas, nesse momento, só preciso de uma conversa.

— Tudo certo — digo. — Finn, eu estava pensando...

— O quê?

Dou um gole no champanhe, tentando ganhar tempo, os lábios tremendo. Tudo depende disso.

— Nunca cheguei a perguntar direito — digo, mantendo um tom descontraído. — Por que exatamente você ficou com tanta raiva? Qual foi a *fonte* do seu estresse? Foi por causa do trabalho? Ou... teve outra coisa?

A porta está aberta. Escancarada. Se quiser me contar agora, ele pode.

— Foi o trabalho — diz Finn de pronto. — Excesso de trabalho. Falta de sono. Igual a você.

— Mas o que *levou* ao excesso de trabalho? — insisto. — O que *levou* à falta de sono...

Finn se torna evasivo na mesma hora e dá um gole na bebida.

— Foi... uma situação difícil — responde ele por fim. — As coisas ficaram muito difíceis.

Os olhos dele parecem atormentados, como se ele estivesse num lugar onde não posso alcançá-lo. Não se fica com essa cara quando se está sobrecarregado no trabalho. Fica-se com essa cara quando se está de coração partido. Ele está de coração partido, dá para ver. Ele não superou, a ferida não cicatrizou, ele não está nem perto de estar pronto para encontrar o amor com outra pessoa.

— Que tipo de situação difícil? — eu me forço a perguntar, e Finn começa a falar como se por um instante estivesse completamente perdido nos próprios pensamentos.

— Bom. Que nem você, eu acho. Ter que fazer o trabalho de outras pessoas, por causa de... — Ele deixa a frase no ar, e o meu coração se comprime. Ele está só repetindo o que falei.

— Você conversou com o seu chefe sobre isso? — pergunto, e Finn olha ao redor.

— Na verdade, não. Acho que devia ter falado.

— Mas esse era o principal motivo? — insisto. — Falta de pessoal no trabalho? Ou...?

A expressão no rosto dele parece de desespero.

— Foi... Não sei. As coisas ficaram difíceis.

Olho para ele em silêncio. Se os meus olhos pudessem falar, estariam dizendo: "Finn, você não pode se esconder de mim. Você está escondendo ela de mim. Você está guardando segredo sobre tudo. Você não está pronto para seguir em frente."

— Onde é que estão as bebidas? — acrescenta Finn, olhando ao redor como se precisasse muito escapar, e sinto uma onda de compaixão por ele. Porque o negócio é o seguinte. Eu nunca perguntei a ele: "Você está apaixonado por outra pessoa?" Erro meu. Quem sabe, da próxima vez que eu pedir ao universo que me dê um homem, eu seja mais cuidadosa.

Tenho duas opções. Posso contar tudo para ele. Exigir a verdade. Posso acabar com essa amizade terna que nós temos, por... Pelo quê?

Ou posso agir com dignidade.

— Bom, eu estava pensando — continuo. — A gente precisa tomar cuidado.

— Cuidado? — Finn parece confuso.

— Nós dois tivemos burnout. Nós dois passamos por momentos ruins. Nós dois precisamos reorganizar a vida. E isso tem sido tão bom. — Eu gesticulo dele para mim. — *Tão* bom. — Mantenho toda a aparência de mulher gentil e confiante que está dispensando um homem com educação. — Mas, Finn, a gente não pode ser o band-aid um do outro.

— Band-aid? — Ele parece horrorizado. — Mas não é... Eu não te vejo como...

— Eu sei. Mas acho que... — Engulo em seco. — Acho que talvez isso não seja uma boa ideia. No fim das contas.

Fico em silêncio e vejo as emoções passarem pelos olhos dele: o espanto, de quando entende, seguido de objeção, aceitação e tristeza. A cada uma dessas reações, a minha vontade é gritar: "Brincadeira!" Mas permaneço imóvel, decidida, a forte da relação.

— Certo — diz ele por fim, com a voz embargada. — Quer dizer, entendo o que você quer dizer.

— Você devia se concentrar na sua terapia.

"E no seu coração. E na sua relação destroçada com o amor da sua vida."

— Acho que sim. — Ele faz que sim. — Só achei que... Só achei que a gente estava se divertindo.

— E estava. Foi incrível. — As lágrimas estão ardendo nos meus olhos. — *Incrível*.

— Sasha, você está bem? — Ele observa o meu rosto com ansiedade, como quem está em busca de respostas. — Isso... foi... um erro?

"Foi, porque agora não vou querer mais ninguém no mundo, nunca mais."

— Claro que não. Foi... — balanço a cabeça — ... sublime.

— É assim que me sinto também. — Ele me segura pelos braços. — Sasha, eu respeito o que você está falando. De verdade. Temos questões para resolver. Mas tem que ser assim tão precipitado? A gente não pode conversar?

Olho para o rosto perplexo dele, vendo a tensão impressa em cada linha fina. Há uma infelicidade ali que nunca percebi antes. Uma infelicidade grande e particular que eu não posso amenizar.

— Se cuida, Finn — sussurro, sentindo um nó na garganta.

Ele apenas me encara desesperadamente por alguns momentos tensos, como se procurasse um jeito de evitar que isso aconteça. Depois, com um suspiro, desiste.

— Se cuida também. — Ele solta os meus braços e acaricia o meu rosto. — Vamos os dois nos cuidar, tá legal?

— Tá bom. — Faço que sim, com o rosto tenso num sorriso falso.

— Combinado. Vou manifestar isso. "O bem-estar do Finn." Vou escrever num papel e guardar no bolso, e o universo vai conceder o meu pedido.

— Vou fazer a mesma coisa. — O rosto dele se contorce no mesmo tipo de sorriso triste e esforçado que o meu. — Vou escrever "O bem-estar da Sasha" no meu.

— Então vai funcionar. — Me forço a usar um tom descontraído. — Afinal de contas, o aplicativo dos "Vinte passos" fala de manifestação e lei da atração.

— O aplicativo nunca mente — afirma Finn.

De alguma forma, estamos voltando para um lugar seguro, onde as nossas emoções estão escondidas, onde podemos brincar e fazer contato visual e o meu coração não parece tão despedaçado.

— Quer outra bebida? — oferece Finn. — Vou pegar mais uma para a gente.

Ele se afasta, como se precisasse de espaço para se recompor, e solto o ar. Pronto. Acabou. Arranquei o band-aid.

A ferida está exposta.

O meu coração está uma bagunça.

Mas vai se curar. *Eu* vou me curar. Vamos pensar nas coisas pelas quais sou grata. Preparei uma lista de compras no supermercado, tenho uma oferta de emprego e tenho a minha vida linda para tocar... Plantas para jogar fora... Um presente de aniversário para comprar para Coco...

Vejo Tessa, a filha de Terry, perambulando a alguns metros de mim, e perco a linha de raciocínio.

— Oi — digo e gesticulo ao redor. — Impressionante, né?

Fico esperando algum comentário dela, mas Tessa fica só me observando por trás dos cachos, daquele jeito suplicante que ela tem.

— Espero que você não tenha se importado — diz ela, por fim, com a voz baixa e ansiosa.

— Me *importado*? — repito, perplexa. — Me importado com o quê?

— Sei que foi meio esquisito, é só que eu *não podia* simplesmente aparecer e... — Ela olha ao redor com cautela, então baixa a voz. — O papai não deixava a gente falar disso. Nunca. Mesmo depois de anos.

— Tessa... — Eu a encaro. Estou com uma sensação muito estranha. A minha cabeça está fervilhando. Está tudo se encaixando. Tessa dá um passo à frente, com os olhos grandes ainda fixos em mim, mordendo o lábio, nervosa.

— Mas, quando vi o nome de vocês — diz ela, parecendo consumida por alguma emoção —, vi que estavam de volta em Rilston. Bom, eu não podia não fazer nada.

— Tessa... — Engulo várias vezes. — Foi você que escreveu as mensagens na praia?

— Fui eu, lógico.

— Certo. — Tento manter a calma, embora ainda esteja um pouco confusa. — Entendi. Foi você.

— É claro que fui eu. Pensei que você sabia.

Ela parece não achar que há espaço para dúvida. Mas, ao mesmo tempo, ela tem um jeito tão inseguro que fico com a impressão de que pode fugir a qualquer momento. Preciso agir com cuidado.

— Você escreveu: "Em agradecimento ao casal da praia" — observo. — Aquilo foi... para nós dois?

— Você e o Finn. — Ela faz que sim. — Os dois.

Sinto uma onda de euforia. Eu tinha razão! Não era uma fã de Mavis Adler. Eram mensagens para Finn e para mim, exatamente como a gente achou no começo, só ficou faltando resolver um detalhe.

— Mas, Tessa... *por quê?*

— *Por quê?* — Ela parece perplexa. — Bom... por causa do que vocês fizeram. Porque vocês salvaram o papai.

— A gente salvou o Terry? — Olho para ela, desnorteada. — Como assim?

— Vocês contaram o que viram para a polícia — explica ela. — Vocês dois se apresentaram e contaram a mesma história. Crianças honestas, sem motivo para mentir. Aquilo fez com que mudassem de ideia. Sasha Worth e Finn Birchall. — Ela faz uma pausa com um sorriso nostálgico. — A melhor amiga da Sandra trabalhava na polícia e falou o nome de vocês, mesmo sem poder. A Sandra sempre quis falar com vocês, para agradecer, mas no ano seguinte vocês não apareceram.

— Nós ficamos vinte anos sem vir — digo, lentamente, depois ergo o rosto ao notar Finn se aproximando. — Finn, deixa eu te apresentar a nossa fada da praia — anuncio, e observo, satisfeita, quando ele fica boquiaberto. — No fim das contas, *tinha* relação com o acidente. Parece que a gente fez a polícia mudar de ideia. Você e eu!

— A gente fez a polícia mudar de ideia? — Finn parece estupefato.

— No começo, eles acharam que o caiaque danificado era do meu pai — explica Tessa. — O Pete tentou incriminar o meu pai, essa é a verdade.

— Mas ainda não entendi como a gente pode ter ajudado — digo. — Fui até a polícia com uma história ridícula sobre um colete salva-vidas, quando nem era o colete que estava com defeito. Como eles podem ter mudado de ideia por causa disso?

— A questão não foi o colete salva-vidas — esclarece Tessa. — Foi o *fogo*. Vocês dois viram o Pete cutucando um fogo, e isso fez a polícia pensar.

— Então, o Pete fez o quê, exatamente? — pergunta Finn. — Você sabe?

— Sei — responde Tessa. — Primeiro, durante o acidente, estava todo mundo na praia, olhando para o mar, tentando ajudar. Ninguém estava pensando na Surf Shack. Então o Pete entrou e roubou o livro de registros do meu pai, documentos, até embalagens velhas, qualquer coisa que viesse à cabeça. Foi e queimou tudo. Porque ele sabia que o meu pai registrava tudo muito meticulosamente, e ele precisava que aquilo não estivesse disponível. Depois, procurou a polícia e contou uma história. Vocês lembram que o meu pai e o Pete às vezes se ajudavam, emprestavam pranchas e equipamentos um para o outro? O Pete tinha alugado o caiaque para o James Reynolds, mas jurou que era do estoque do meu pai. Disse que o meu pai tinha jurado que era seguro. Foi lá rapidinho. Tentou botar a culpa toda nele.

— Ridículo! — exclama Finn, irritado. — O equipamento do Terry estava sempre em perfeito estado.

— É, só que ele não tinha como *provar* — continua Tessa. — Porque o livro de registros tinha sumido. E o Pete sabia ser bem convincente quando queria. A fofoca já estava correndo na praia, essas coisas não demoram. — Ela respira fundo. — Enfim. Aí apareceram duas crianças falando para a polícia que tinham visto o Pete queimando coisas numa lixeira. Vocês dois.

O momento me vem à cabeça. Eu olhando pela janela da loja como quem não quer nada. Vendo Pete, com uma cara feia, cutucando o que devia ser o livro de registros de Terry nas chamas.

— Então ele *estava* queimando provas — digo, me sentindo de repente como se tivesse 13 anos de novo. — Eu *sabia*.

— O Pete foi processado? — pergunta Finn, curioso.

— Nem precisou — responde Tessa, balançando a cabeça. — Foi só a polícia começar a fazer as perguntas certas que o assistente dele, o Ryan, surtou e contou tudo. O Pete levou um puxão de orelha e recebeu uma visita da Defesa do Consumidor. Mas ele acabou perdendo clientes. Ninguém na cidade recomendava a loja dele. A fofoca correu solta. Ele teve que fechar as portas e foi embora de Rilston Bay. — Ela faz uma pausa. — Se vocês não tivessem denunciado, podia ter sido o papai. Ele podia ter perdido a Surf Shack. Por causa de duas crianças, ele teve mais vinte anos para dar aula. Por causa de vocês.

Finn permanece em silêncio, e eu também não sei bem o que dizer. Penso de novo nas mensagens na areia e me pego querendo perguntar mais.

— Como você sabia que a gente estava aqui?

— A Cassidy mandou o nome dos dois hóspedes do Rilston que queriam fazer a visita das cavernas. Sasha Worth e Finn Birchall. Eu nem acreditei!

— Mas por que você não falou com a gente?

— O papai detestava que a gente falasse do acidente — explica Tessa, com o rosto vermelho. — Era para a gente esquecer que tinha acontecido. Eu não queria tocar no assunto em público. Parecia mais fácil agradecer em silêncio. Em segredo. Achei que vocês iam entender na hora. Mas aí ouvi vocês conversando nas cavernas e percebi que não tinham relacionado uma coisa com a outra, então acrescentei a data.

— Mas você escreveu "Para o casal da praia" — digo, ainda atordoada. — Você não conhecia a gente. Por que achou que éramos um casal?
— Eu vi vocês discutindo — diz Tessa, parecendo surpresa. — Gritando um com o outro na praia. Vocês pareciam um casal. E eu pensei: "Ah, as crianças que salvaram o papai se apaixonaram." Pareceu fazer sentido. — Ela faz uma pausa de cenho franzido. — Vocês *não são* um casal?
Não consigo nem olhar para Finn. Estou com os olhos quentes e me perguntando se vou precisar arrumar uma desculpa para ir embora quando uma voz retumbante atrás de mim exclama:
— O que foi que você falou, Tessa?! As crianças que salvaram o Terry? Que crianças?
Olho para trás e vejo Mavis Adler fitando avidamente de mim para Finn e então para Tessa. Ela está com um copo de uísque na mão, os dedos cobertos de vestígios de argila e cheirando a cigarro.
— Oi, Sra. Adler — digo, depressa. — Parabéns pela exposição, é impressionante.
— Que crianças? — pergunta Mavis Adler, me ignorando.
— Eles! — Tessa aponta de mim para Finn. — Só que cresceram.
— Bom, *um* deles eu conheço — comenta Mavis, dando uma senhora piscadela para Finn.
— E essa é a Sasha — apresenta Finn, apontando sem jeito para mim.
— Foram eles que colocaram a polícia na pista certa depois do acidente de caiaque — explica Tessa. — Se não fosse por eles, o meu pai podia ter perdido tudo. Eu estava só agradecendo.
— Meu Deus! — Mavis agarra primeiro a minha mão, então a de Finn. — Eu me lembro bem daquele incidente! E, como uma velha amiga do Terry, é um prazer imenso...
— Senhoras e senhores! — A voz de Jana nos interrompe, e nós viramos a cabeça para vê-la no pequeno palco. — Bem-vindos ao lançamento de *Figuras*, a nova coleção de Mavis Adler. — Há uma salva de palmas, e Mavis Adler se move, desconfortável.

— Quanta bobeira — murmura ela. — Alguém aí tem uísque?

— Em alguns minutos, vamos abrir uma sessão de perguntas e respostas com a Mavis. Mas, agora, gostaríamos de recebê-la no palco. Mavis? — Jana a procura pelo salão, então acena vigorosamente quando a encontra. — Por favor, uma salva de palmas para uma das maiores artistas em atividade no país, Mavis Adler!

A multidão dá passagem, enquanto Mavis se dirige ao palco, sobe os três degraus e, em seguida, fica de pé com as pernas bem abertas, examinando o salão.

— Bom, obrigada pela presença — diz ela, depressa. — E espero que as minhas peças falem com vocês de alguma forma. Mas, se a minha arte é sobre alguma coisa, é sobre comunidade. A *nossa* comunidade.

— Comunidade — repete Jana, com reverência. — Esse é um dos conceitos centrais de *Figuras*, obviamente, e está presente em grande parte da sua obra. Mavis, você poderia expandir um pouco essa ideia para nós?

— Posso, claro — responde Mavis. — Mas vamos deixar *Figuras* de lado um pouco. Tem outra história aqui hoje que acho que vocês precisam ouvir. Alguém aqui é amigo do Terry Connolly?

Há um murmúrio de surpresa, e então algumas risadas quando, por todo canto, as pessoas começam a levantar as mãos.

— Quem é Terry Connolly? — pergunta a moça da Sotheby's para o rapaz da galeria da Cork Street, que começa a pesquisar no celular.

— O Terry é muito importante para muita gente aqui — diz Mavis, enfática. — Ele significa muito para essa comunidade e nós o amamos. Bom, alguns de vocês devem se lembrar de um evento que aconteceu na praia, vinte anos atrás. — Ela faz uma pausa, até que todo o salão fica em silêncio. — Houve uma tentativa de difamar o Terry, e quase deu certo, se não tivesse sido por duas crianças que contaram à polícia o que viram. Vinte anos depois, essas crianças estão aqui hoje. Finn, Sasha... — Ela aponta para nós, e, lentamente, todos os rostos começam a se virar. — Como vocês sabem, a coisa não está fácil para o Terry atualmente. Nem sei se ele seria capaz de agradecer. Então, de todos nós, dos amigos do Terry nesse salão, obrigada.

Ela une as mãos, mas a onda de aplausos já começou. Keith está batendo palmas, Simon está batendo palmas, Herbert grita, rouco, e, em pouco tempo, o salão inteiro está comemorando. Sinto mãos pegando as minhas para apertar.

— Muito bem! — sussurra uma voz no meu ouvido, e então, para a minha incredulidade, estamos sendo conduzidos até o palco.

— Que *loucura* — murmura Finn só para mim.

— Isso não é para a gente — digo. — É para o Terry.

Tessa sobe no pequeno palco conosco e, para a minha surpresa, dá um passo à frente, afasta o cabelo do rosto e examina a plateia.

— Não sou muito de falar — começa ela, meio trêmula. — Mas às vezes é necessário. Por terem falado naquela hora, Finn e Sasha deram ao meu pai mais vinte anos para dar aula de surfe em Rilston Bay que poderiam ter sido roubados dele. Para o meu pai, como alguns de vocês sabem, a vida é dar aula de surfe. Era — corrige-se ela, então respira fundo. — Por isso, o que eles deram ao meu pai foi a vida dele.

Os aplausos são ensurdecedores, e olho para Finn, comovida. Mavis ergue as mãos e, aos poucos, a plateia vai se acalmando.

— Para celebrar esse momento especial — anuncia ela com dramaticidade —, eu gostaria de mudar a programação dos eventos. Agora peço a Finn e Sasha que me deem a grande honra de revelar o meu novo trabalho, *Titã*. Nessa nova peça, retrato a vulnerabilidade e a beleza da humanidade em toda a sua crueza, todo o seu poder, toda a sua nudez.

A palavra "nudez" desperta o interesse das pessoas. Será que Keith tem razão? Talvez seja um casal pelado! *Amor jovem e nu 2*. Está aí uma coisa que atrairia turistas.

Parecendo confusa com a mudança de planos, Jana nos leva até a corda para revelar a nova obra de arte. Nós a seguramos juntos, depois olhamos para Mavis.

— É com grande prazer que apresento o meu trabalho mais ambicioso e significativo até hoje — anuncia ela ao público. — Eu vos ofereço *Titã*.

Juntos, Finn e eu puxamos a corda e, gradualmente, o tecido cobrindo a imensa estrutura cai no chão, revelando...

Ai, meu *Deus*.

É Herbert. É uma estátua gigante, de três metros e meio, de Herbert, totalmente nu, feito com uma argila branca acinzentada. Anatomicamente precisa. *Anatomicamente precisa.*

Alguém na plateia tenta conter um ganido que parece muito com a voz de Cassidy, e ouço também uns gritos assustados e algumas risadas, até que por fim as palmas começam. Herbert está de pé, absolutamente seguro de si, com um sorrisinho misterioso nos lábios, enquanto Simon parece prestes a desfalecer.

Cientes de que o nosso papel aqui acabou, Finn e eu descemos do palco e somos imediatamente cercados pelas pessoas, todas fazendo perguntas. Enquanto isso, Cassidy surge abrindo caminho até nós e está feito uma relações-públicas, lidando com as perguntas.

— Eles estão hospedados no Rilston conosco... Isso, eles frequentavam a região quando eram crianças... Você sabia que a Sasha é a nossa guru do bem-estar?

— Achei que eles eram um casal — diz Tessa para alguém, por cima do burburinho. — Então escrevi uma mensagem na areia: "Em agradecimento ao casal da praia."

— Eles *são* um casal! — Cassidy se aproxima, ao ouvir o comentário. — Eles definitivamente são um casal. — Os olhos dela brilham. — Já vi os dois mandando ver.

— Já? — pergunta Tessa, me olhando, incerta. — Achei que...

— Não são? — Cassidy nos encara com uma expressão cada vez mais arrasada. — Ah, vocês dois! Não! Não faz isso comigo, gente. *Não são?*

O clamor do salão parece desaparecer quando olho para o rosto caloroso de Finn.

— Não somos um casal — digo, baixinho. — Mas somos amigos.

— Sempre vamos ser. — Ele pega a minha mão e dá um beijo. — Sempre.

VINTE E SEIS

Depois que me despeço carinhosamente de Simon, Herbert e Nikolai e depois de Cassidy me abraçar umas vinte vezes, quem me ajuda a carregar todas as minhas coisas até a estação é Finn.

Ficamos os dois de pé na plataforma, com uma gota ou outra de chuva caindo na cabeça, sem falar muito. De vez em quando, um olha para o outro com um sorrisinho cauteloso, como quem pergunta: "Tudo certo entre a gente ainda?" E o outro responde: "Claro que sim."

— Nem toquei no kit de aquarela — digo, quando o silêncio começa a ficar insuportável demais. — Eu ia pintar Rilston Bay. Virar a próxima Mavis Adler.

— Temos sempre que deixar alguma coisa para a próxima vez — comenta Finn. — Quantos passos você conseguiu fazer, afinal?

— Ah, uns vinte e cinco no mínimo. — Ofereço um sorriso irônico para ele. — Não está na cara? Eu me transformei. Sou uma nova eu!

— Acho que sim — diz ele, sério. — Você está completamente diferente da pessoa que conheci.

Penso em quem eu era quando o conheci. Exausta, arredia, me entupindo de chocolate e vinho. Finn tem razão: sou uma pessoa diferente agora. Mais assertiva. Mais forte. Mais calma. Mais saudável.

Então, lembrando que achei que ele era um sociopata enfurecido quando o ouvi nas dunas, olho para o sujeito equilibrado, sábio e gentil diante de mim.

— Você também — digo. — Você mudou completamente.

— Ainda bem — diz Finn com um sorriso irônico. — O antigo eu estava merecendo ser demitido.

O som do trem se aproximando vem baixinho, e fico tão nervosa que me sinto quase tonta.

— Bom! — Reúno todo o meu poder de atuação para soar alegre. — O trem foi bem pontual.

— Nunca atrasa. — Ele faz que sim.

— É, o serviço é muito bom.

Estamos trocando platitudes, porque o que mais podemos fazer?

— Finn... — Olho nos olhos dele, e, por apenas um instante, ele deixa a guarda cair, e fica explícito em seu rosto também. Uma espécie de perda. E uma perplexidade de que isso esteja acontecendo.

Ele não podia me amar, estou absolutamente convencida disso. Ele não podia compartilhar a angústia, a perda nem nada do coração. Ele se fechou e continua fechado, porque o coração dele está reservado para outra pessoa.

Então me fechei também, porque se tem uma coisa que aprendi nessas últimas semanas foi a me preservar. Eu não podia me deixar me machucar. Não agora, depois de tudo o que aconteceu. Já me machuquei o suficiente com a vida; ainda estou sarando.

— Finn... obrigada. — Estendo a mão para tocar a ponta dos dedos dele, o contato mais seguro possível. — Obrigada.

— Sasha... — Os olhos dele brilham. — Obrigado a *você*. Sem você, eu nunca teria conhecido a maravilha que é o suco de noni.

— Mas você *não provou* o suco de noni! — Dou uma gargalhada chocada. — Por favor, me diz que você não provou.

— Eu pedi um copo para o Nikolai ontem. É *nojento*. É *pavoroso*. — Ele estremece. — Sasha recomenda, hein?

— Desculpa! — Não consigo parar de rir. — Eu devia ter avisado.

O trem já está parando na estação. Mais trinta segundos.

— Bom, boa sorte. Vou manifestar por você. — Tiro um papelzinho do bolso e mostro para ele. — "O bem-estar do Finn", está vendo?

— Eu também. — Ele tira um papel do bolso da calça jeans, e vejo "O bem-estar da Sasha" escrito num papel timbrado do Rilston.

As portas do trem estão abrindo. Enfiamos toda a minha tralha para dentro, então me obrigo a entrar também, deixando Finn na plataforma. Mais dez segundos.

— Tchau. — Sinto lágrimas nos olhos ao me virar para ele. — Tchau. Foi muito... Tchau.

— Tchau. — Ele faz que sim e depois inspira como se quisesse dizer mais alguma coisa. Mas as portas do trem estão se fechando e sinto um pânico. Espera. *Espera*. Eu tinha mais uma coisa para dizer.

Se bem que talvez não tivesse.

Não me sento. Fico de pé na porta, com os olhos fixos no rosto de Finn, enquanto ele me olha através da chuva. Estou tentando memorizar o seu rosto, absorver cada pixel da sua imagem, internalizá-lo. Até que o trem faz a curva, e me pego olhando para um barranco coberto de mato.

Fico um tempo sem me mexer. Então, por fim, vou até um assento livre e desabo, olhando para a frente. Me sinto meio oca. Uma espécie de vazio.

Sei que isso é bom. Vida nova. Um recomeço. Só tenho que esperar até me *sentir* bem.

Depois de um minuto ou dois, o meu celular apita, e sinto uma onda enorme de esperança ao tirar o aparelho do bolso, com os dedos atrapalhados. É o *Finn*?

Não. É a Kirsten.

Vou precisar me livrar dessas ondas de esperança. Não tem problema. Vou dar conta.

Leio a mensagem de Kirsten.

> Oi, eu estava olhando umas fotos antigas de Rilston Bay e achei isso aqui. É o Finn Birchall?!

Abro a foto, o coração batendo acelerado, e me pego olhando para Kirsten e eu com os biquínis xadrez cor-de-rosa combinando, dos quais eu já tinha me esquecido. Devo estar com uns 8 anos, portanto Kirsten deve ter uns 11. Estamos com pazinhas na mão, sentadas num buraco na areia, e eu estou fazendo uma das minhas típicas caretas engraçadas. A minha mãe está sentada de maiô do nosso lado, o que significa que deve ter sido o papai que bateu a foto. Ela está com uma expressão leve e despreocupada, sorrindo para ele. A mãe que tínhamos antes de perder o papai. Ela nunca mais voltou a ser a mesma.

E atrás de nós, a vários metros de distância, tem um menino de calção de banho vermelho. Tem o cabelo escuro e está segurando uma rede de pesca, olhando à meia distância. Mesmo aos 11 anos, tem as sobrancelhas bem características, franzidas. Ele não mostra o menor sinal de ter notado a mim ou a Kirsten, e nós não estamos dando atenção a ele.

Não posso deixar de sorrir, porque mesmo naquela época ele já era *tão* Finn. Mas sinto também um nó na garganta ao olhar para a cena, porque parecemos todos muito felizes. Nenhum de nós sabia o que estava por vir naquela época.

Fico olhando para a imagem à medida que o trem ganha velocidade. Para a felicidade das férias nas nossas caras. Na praia onde voltei a amar tão intensamente. Para aquele registro de todas as pessoas que mais prezo no mundo. Até que, enfim, guardo o celular.

Talvez eu mostre a foto para Finn um dia, numa mesa de bar ou algo assim. Talvez eu consiga me desapegar o suficiente para vê-la como uma curiosidade. Talvez eu consiga recuperar o meu coração das mãos dele.

Talvez.

VINTE E SETE

Seis meses depois

Não estou dizendo que é *fácil* administrar o departamento de marketing. É muito intenso. É complicado. Todo dia é um misto eletrizante de estratégia, diplomacia e apagar incêndios. Ah, e e-mails. Os e-mails não desapareceram magicamente.

A diferença é que agora estou no controle. Tenho agência sobre a situação. Eu não tinha percebido o estresse que era ficar sentada naquela minha antiga mesa, aflita, emburrada e preocupada, esperando me dizerem o que era possível, o que podia acontecer, o que não podia.

Agora, não fico esperando. Faço as coisas acontecerem.

Tenho um pouco mais de respeito por Asher do que antes, desde que aprendi quantas facetas há nesse cargo: quantas demandas, quantos problemas. Mas também um pouco menos de respeito, porque *onde* ele estava com a cabeça? (Pelo "diário em vídeo do Asher", que encontrei há algumas semanas, a cabeça dele estava em: "Eu sou o Asher, eu sou o máximo, olha só para mim.")

Estou o tempo todo resolvendo problemas que Asher deixou, o que é uma chatice, mas a cada problema sinto uma nova satisfação, porque estou reconstruindo o departamento do jeito que quero. E do jeito que Lev quer, espero eu. Levei muito tempo para decidir que queria esse cargo e tive algumas conversas demoradas e honestas com Lev ao longo do caminho. Ele por fim admitiu que estava com tanto medo de arrumar briga com Asher que se afastou por completo do marketing, enquanto o irmão tocava o departamento. Não é à toa que nos sentíamos abandonados. Mas agora as coisas estão diferentes. Lev demonstra interesse. Ele sempre me pergunta: "O orçamento está bom? A gente tem pessoal suficiente? Você precisa me dizer." E a gente se dá muito, muito bem. Cheguei até a ir à casa dele e jantei com ele e o namorado.

Me sinto cansada com frequência, mas é um cansaço *bom*. Não é esgotamento. Não é fadiga. Não é burnout. Às vezes, olho pela janela para o convento do outro lado da rua e... Vamos apenas dizer que fico muito aliviada de estar aqui e não lá. A irmã Agnes entendeu tudo. Eu pertenço ao mercado de trabalho, desde que o trabalho seja saudável. E estou sendo proativa para mantê-lo assim. Estou até conseguindo parar de olhar os e-mails à noite.

Tá bom, não *toda* noite. Mas na maioria das noites.

Estou indo encontrar Lev agora para mostrar uns protótipos de copos de café promocionais. E, no caminho até o andar dele, tenho um flashback do meu impasse com Ruby. O confronto com Joanne. Eu descendo a escada, batendo de cara na parede... Não consigo nem acreditar que isso tenha acontecido.

Em poucos meses, muita coisa mudou. Ruby se foi. Joanne se foi. Toda a empresa parece diferente. Tem funcionários que nunca nem *ouviram* falar do programa de felicidade. Acabamos com isso há muito tempo. O mural on-line de aspirações ainda está no portal da equipe, mas virou um lugar para as pessoas darem ideias de eventos sociais depois do trabalho. Acho que, quanto mais se rotula alguma coisa de "feliz", mais se suga a felicidade dessa coisa. Já o karaokê da semana passada foi feliz *de verdade*.

Em vez do programa de felicidade, agora temos novas regras sobre e-mails fora do expediente. Temos limites. Temos expectativas realistas dos funcionários. No outro dia, notei que o nosso novo assistente, Josh, pareceu angustiado quando pedi que ele fizesse uma coisa pequena e soube *de cara* que ele estava sobrecarregado. Na mesma hora, passei a tarefa para outra pessoa e marquei de tomar um café informal com ele, para conversar sobre a sua carga de trabalho, fazendo questão de dizer o quanto estávamos todos satisfeitos com a contribuição dele e perguntando com gentileza quais dificuldades ele estava tendo. No fim das contas, ele estava se preocupando mais do que devia e não tinha entendido direito um pedido feito às pressas para ele. Não à toa estava achando que era trabalho demais. Depois que resolvemos isso, conversamos sobre o que ele gosta de fazer nas horas vagas, e ele me contou da sua paixão por ciclismo e pareceu muito mais feliz quando saiu.

Espero estar cuidando da minha equipe. Espero *de verdade*. E, cuidando deles, estou cuidando de mim também. Tenho energia. E otimismo. O meu apartamento não é o lugar mais arrumado do mundo, mas está organizado agora, e tenho uma planta nova, que está sobrevivendo muito bem. É incrível como é muito mais fácil cuidar de uma planta quando se está cuidando de si mesma.

Quando saio do elevador no andar de Lev, a assistente nova dele, Shireen, sorri para mim e me manda entrar direto.

— Certo — diz Lev assim que entro, de sua posição habitual, que é sentado de pernas cruzadas na mesinha de centro. — Eu vi *A gangue do trem.*

O Zoose está considerando patrocinar uma série de televisão sobre uns personagens que andam juntos de transporte público, e ontem mandei o episódio piloto para Lev ver o que acha.

— E aí? — pergunto com cautela, porque sei que tem alguma coisa por trás disso.

— Não faz o menor sentido! — explode ele. — Do nada o cara fica violento. Por quê? E aquele negócio com o cavalo foi *muito idiota*. Se eu fosse o roteirista...

Vejo os olhos dele ficando vidrados de um jeito que aprendi a reconhecer. Lev tem uma imaginação muito fértil e está sempre cheio de ideias para o desenvolvimento estratégico do Zoose. Infelizmente, também está sempre cheio de ideias sobre outras coisas; por exemplo, o que deu errado com os jornais de papel, ou qual fonte o governo devia usar nos comunicados oficiais, ou códigos de programação aleatórios, que ele manda para a equipe às duas da manhã. E, agora, como reescrever uma série de televisão.

Hoje entendo por que Asher era tão aleatório: é de família. Só que ele não tinha a genialidade de Lev. Lev é o motor criativo do Zoose, e ele é *de fato* um gênio, mas precisa ser gerenciado, se você quer trabalhar com ele. Aprendi a controlá-lo e a manter o foco dele no assunto, ficando ao mesmo tempo alerta para os lampejos de genialidade que nos mantêm empregados.

— Lev, você não é roteirista — digo, paciente. — Você tem um aplicativo de viagens.

— Eu sei — responde ele, quase arrependido, e sei que, se tivesse meia chance, ele tiraria o resto do dia de folga para escrever um episódio piloto do seu agrado.

— A série melhora — comento. — E atinge o público perfeito para a gente.

— Hum. — Lev ainda parece mal-humorado. — É só que eu não gosto de *mediocridade*.

— Tenta ver a nova, de detetive, na Sky — sugiro. — A que se passa em Amsterdã. Já vi alguns episódios. É boa.

Voltei a assistir a séries. Sou capaz de gostar e até de conversar sobre o que vejo. Às vezes, só para matar a saudade, boto *Legalmente loira*, mas é mais para rir e dizer: "Obrigada por me ajudar quando precisei."

Então pouso os protótipos de copo de café na mesa de Lev e digo:

— Quando puder, dá uma olhada nisso. Mas agora tenho que ir. Você sabe que hoje eu...

— É! — diz Lev, saindo do devaneio. — Claro que sei! Dia de comemorar. — Ele olha para o relógio. — Aliás, o que você ainda está fazendo aqui? Vai pegar o seu trem! Te vejo lá.

— Você vai mesmo? — pergunto, incrédula.

— Eu falei que ia! — devolve Lev, parecendo um pouco ofendido. — Não ia perder essa! — Ele faz uma pausa e acrescenta: — O Finn vai?

Sinto um frio na barriga. Estou me sentindo assim desde que acordei de manhã e pensei: "É hoje."

Mantenho o sorriso firme na cara. Sou boa em manter sorrisos firmes.

— Vai — digo. — Vai, sim.

Não vejo Finn desde que fui embora de Rilston Bay. A gente conversou um pouco por mensagem e por e-mail, mantendo a cordialidade, mas basicamente pensando nos preparativos para hoje. Então sei que ele está bem e de volta ao trabalho. Tem até dormido oito horas por noite. Mas é tudo o que sei.

Ele não mencionou Olivia. E o problema é que eu não devia saber de Olivia. Então, isso tem sido uma certa falha na nossa comunicação. Nós dois estamos tomando o cuidado de evitar qualquer coisa relacionada a amor, sexo e namoro.

Fiz um pouco de espionagem na internet, porque também sou humana. Mas ele não usa rede social, e Olivia tornou a conta dela no Instagram privada, então não tem tido muito para ver. Só posso supor que na zona privada do Instagram de Olivia houve um reencontro feliz. Porque vi, *sim*, uma foto de Finn e Olivia no Instagram da irmã dela, de braços dados, sorrindo para a câmera em alguma festa num jardim. (Fechei a tela na mesma hora.) E Finn disse que ia "levar uma pessoa" hoje. "Levar uma pessoa" foram as exatas palavras dele.

Por isso talvez eu a conheça hoje. Tudo bem. Eu aguento. Talvez nem ache Finn mais tão atraente assim. Então, tudo certo.

Saio do escritório, paro e olho o céu. Mesmo às dez da manhã, o céu está azul e com poucas nuvens, prometendo um lindo dia de verão. Perfeito. Entro no Pret e sorrio para a moça atrás do balcão.

— Um cappuccino, por favor. Só isso.

Desde que voltei, não pedi mais o wrap de falafel com halloumi. Não aguento mais nem olhar para eles. Em vez disso, investi numa panela de cozimento lento e aprendi a gostar de picar cebolas de novo. Troco receitas com a minha mãe e com Kirsten, e a minha marmita da Tupperware é a minha mais nova melhor amiga. Quem poderia imaginar? Eu não. Ainda entro no Pret para comprar um café ou um lanche de vez em quando; às vezes até para comprar um almoço. Mas não mais para todas as refeições.

Também nunca mais vi o cara do Pret, o que é um alívio. Provavelmente para nós dois.

Enquanto a cafeteira ruge e assobia, eu me viro e dou uma olhada na rua pela vitrine da loja. Observo os ônibus, as pessoas, até os pombos, todos ocupados com o seu dia de sol. E sinto uma espécie de onda de amor por tudo isso. Tudo bem, tem barulho, fumaça, lixo voando na brisa do verão. Mas, mesmo assim, Londres não parece mais um mundo de estresse para mim. Parece um lugar de iniciativa, de conexões humanas e possibilidades.

Estou curtindo a vida, penso, enquanto tomo o meu café. Estou vivendo o momento. E isso é tudo o que se pode pedir.

VINTE E OITO

Na estação de Paddington, já vejo as primeiras pranchas de surfe. Dois rapazes de vinte e poucos anos estão levando as pranchas pela plataforma, conversando e sorrindo, muito animados. No começo, não sei bem se estão no nosso grupo, mas depois escuto um deles falando de "Terry" e sei que estão.

Não os reconheço, mas isso não é uma surpresa. Falei com muita gente nas últimas semanas, principalmente pela minha nova página no Facebook, e a conta se multiplicou.

— Oi — digo, me aproximando do cara mais alto, que para de falar, surpreso. — Eu sou a Sasha Worth.

— Você é a Sasha! — Ele abre um grande sorriso e me dá um aperto de mão caloroso. — Muito bom te conhecer! Eu me chamo Sam.

— E eu sou o Dan — apresenta-se o amigo. — A gente está tão empolgado! Que ideia genial.

— Genial — ecoa Sam. — A gente sempre fala do Terry. Quando eu soube do encontro, fiquei, tipo, cara, a gente *tem* que ir.

— Tem anos que não vou a Rilston Bay — comenta Dan. — Isso é... sensacional.

Na plataforma, tem outro rapaz com uma prancha de surfe, conversando com um grupo de cinco meninas, e, quando me aproximo, percebo que reconheço uma delas, mesmo já tendo passado mais de vinte anos. Ela tem o cabelo ruivo e curto. E lembro que usava um rabo de cavalo comprido.

— Kate — chamo, me apressando até ela. — Ai, meu Deus, Kate! A gente fazia aula com o Terry na mesma turma!

— Sasha! — Ela me puxa para um abraço. — Quando recebi o e-mail, pensei: será que é a mesma Sasha?

— A mesma Sasha! — Faço que sim, radiante.

— Que bom te ver de novo! E você tinha uma irmã, Kirsten, não é?

— Ela vai estar lá. Vai de carro, com os filhos.

— Com os *filhos*! — Kate finge espanto.

— Pois é!

O grupo está ficando grande já, e ouço alguém perguntar:

— E aí, qual é o plano, exatamente?

— Oi! — Eu me dirijo a todos, me sentindo uma professora. — Muito obrigada por terem vindo. Eu sou a Sasha e acabei de ouvir alguém perguntar qual é o plano. Bom, vou mandar um itinerário e vários pedidos de ajuda, então fiquem de olho no celular. Mas o principal é: quando a gente chegar a Rilston, todo mundo para a praia.

— Quantas pessoas vão, ao todo? — pergunta Kate.

— Bom. — Hesito, porque a verdade é que não sei ao certo. — Vamos ver.

Outros dois grupos se juntam a nós, e passamos a ocupar um vagão inteiro no trem. Então vejo mais e mais pranchas de surfe passando pela janela e começo a me perguntar quantas pessoas estão a caminho de Rilston Bay.

Em Reading, aparecem mais pranchas de surfe. As pessoas ficam de pé no corredor do trem, se cumprimentando, chamando umas às outras e bebendo cerveja.

Quando passamos por Taunton, um fiscal aflito se aproxima de mim e pergunta:

— Ouvi dizer que é a senhorita quem está no comando do pessoal do surfe. Na próxima vez que organizar um evento desse tamanho, por favor, pode nos avisar?

— Perdão — digo, sem jeito. — Para ser sincera, não sabia que ia ser tão grande.

E fica maior. A partir de Campion Sands, o trem vira uma grande festa, e, quando chegamos a Rilston Bay, uma enorme alegria invade os vagões. Cassidy está esperando por nós na plataforma, erguendo um guarda-chuva no ar — ela se ofereceu para servir de guia —, e, quando me vê no meio da multidão saindo do trem, seu rosto se ilumina.

— Ai, meu *Deus*, Sasha! — exclama ela, se aproximando para me dar um abraço. — Que loucura! Veio todo mundo! O hotel está cheio, as pousadas estão todas cheias, a praia está lotada... Os turistas que vieram por causa de *Amor jovem* estão perdidinhos.

— É impressionante — digo, vendo a multidão descer o morro em direção à praia.

— É maravilhoso. *Você* é maravilhosa. O jeito como você teve a ideia, o jeito como juntou todo mundo... É incrível. Está todo mundo falando a mesma coisa. O Simon, o Herbert, o Finn...

— O Finn? — A palavra me escapa antes que eu consiga me segurar, e me repreendo. Não era para reagir ao nome dele. Eu ia ficar de boa. Mas olha só para mim, tremendo na base.

— É, ele já chegou, está ajudando a organizar as coisas. — Cassidy faz que sim com a cabeça. — Ele... Ah, olha ele ali. — Ela aponta por cima do meu ombro.

Merda. Não estou preparada.

Estou, sim. Anda, Sasha. Levanta esse queixo.

Eu me viro e sinto um frio na barriga ao vê-lo se aproximando de nós pela plataforma da estação. Está bronzeado, com o cabelo ao vento e os óculos escuros refletindo a luz do sol.

"Talvez nem ache o Finn mais tão atraente assim." Ã-hã, claro!

— Oi, Sasha. — Ele hesita, então se abaixa e me beija de leve no rosto.

— Oi, Finn! — eu me forço a dizer.

— Isso é impressionante! — Ele estende os braços, gesticulando para a multidão.

— Pois é. Obrigada por ajudar.

— Imagina. As ondas estão boas hoje, pelo menos isso.

— Graças a *Deus*! — exclamo com sinceridade. — Porque eu não tinha um plano B.

Há um momento de silêncio, durante o qual Cassidy olha avidamente de mim para Finn, e então de volta para ele.

— Bom — diz Finn, depois de um tempo. — Tem muita coisa para organizar, e você deve estar querendo fazer check-in. Se precisar de mim, estou lá na praia.

Ele se afasta, e solto o ar em silêncio. Pronto. Foi a parte mais difícil, agora acabou.

— Bom, botei você na suíte presidencial — anuncia Cassidy, enquanto pego a minha mala.

— Na suíte presidencial!

— Na verdade, acabamos de rebatizar, foi ideia do Simon. Antes era só o quarto 42. Em outra oportunidade, você pode ficar com um dos Skyspace Beach Studios, lógico, só que tivemos um atraso no planejamento, então não vai ficando muito animada. — Ela revira os olhos. — Ainda nem derrubaram os antigos.

— Ah, nossa — digo, embora esteja muito feliz que os antigos e queridos chalés ainda não tenham sido demolidos.

— Ah, e comprei um secador de cabelo novo — acrescenta ela, me dando uma cutucada. — Só para você. Comprei na TK Maxx.

— Cassidy. — Dou um abraço impulsivo nela. — Obrigada!

— Cama superking — acrescenta, arqueando as sobrancelhas para mim. — Estou só comentando...

— Bom saber. Então... o Finn também está hospedado no Rilston? — não consigo deixar de perguntar, embora não devesse demonstrar interesse.

— Ele não te contou? — Cassidy soa atônita. — Vocês não se falam?

— Nos falamos. Mas não surgiu o assunto.

Em nenhuma das mensagens que trocamos recentemente me atrevi a perguntar a Finn onde ele ia dormir hoje. Só para o caso de ele dizer algo como: "A Olivia, a minha namorada, reservou um Airbnb para a gente. Ah, eu te falei da Olivia?"

Então simplesmente não toquei no assunto, e ele também não. Focamos apenas nos aspectos práticos.

— Bom, ele está hospedado com a gente sim — avisa Cassidy. — No mesmo andar que você. — Ela me olha, parecendo um pouco desanimada. — Tem certeza de que vocês não querem ficar no mesmo quarto?

— Tenho. Obrigada.

— Estava todo mundo achando que vocês iam voltar. — Ela balança a cabeça, condoída. — De verdade. Vocês são um ótimo casal. Mas acho que agora voltaram a ser um não casal.

— É — digo, baixinho, depois aponto para a praia. — Bom. Vamos lá.

Cassidy suspira, mas não insiste no assunto, e começamos a descer a colina juntas, como velhas amigas.

— Ah, você vai gostar dessa — comenta ela, animada. — Tem um casal lá no hotel, fãs de *Amor jovem*, eles queriam que a Mavis Adler celebrasse uma cerimônia de casamento para eles na praia. Foram a um evento e ficaram enchendo o saco dela, e, no fim, ela falou: "Desculpa, eu só faço divórcios."

Dou risada, grata por ter uma distração dos assuntos relacionados a Finn.

— Eles ficaram arrasados, pobrezinhos — continua Cassidy. — Aí eu falei: "Pede para a Gabrielle, aposto que ela topa." Bom, ela aceitou na hora! Está tirando um certificado na internet para celebrar casamento. Vai ser a nova moda agora, pode apostar, casamentos à la *Amor jovem* na praia. — Ela faz uma pausa e examina a horda de pessoas reunida na praia, de bermuda, de macacão de neoprene e de roupa de banho, segurando pranchas de surfe e se cumprimentando. — Se bem que isso aqui está parecendo maior ainda. — Ela observa, incrédula, por mais alguns minutos, depois me dá um empurrão gentil no ombro. — Sasha Worth! O que você foi inventar?

VINTE E NOVE

As próximas duas horas de organização passam como um borrão. Finn e eu ficamos totalmente absortos, trabalhando juntos, instruindo grupos de pessoas dispostas a ajudar e transformando a praia numa arena de festas. A prefeitura está sendo fantástica. Hoje de manhã, colocaram um cordão de isolamento, separando um trecho enorme da praia só para a gente. Não teriam feito isso para qualquer um... mas, até aí, o evento de hoje não é para qualquer um.

Tem um palco para o Terry, porque todo mundo vai querer vê-lo. Tem bandeirinhas por todo canto. Prepararam um sistema de som, algumas barracas para fazer sombra, muitas estações de água e uma barraca enorme de drinques administrada pela Feels of Rilston, um estabelecimento novo na cidade, que se diz ser um lugar de "boas bebidas e boas vibrações".

O chef Leslie está encarregado da comida, Cassidy está comandando toda a equipe contratada, e Simon já me disse como está mortificado e devastado por não ter sido possível usar o salão de baile do Rilston para o evento, pois está interditado devido a uma enchente recente.

— Simon — falei, olhando para a praia lotada. — Você está brincando, né? Isso *nunca* ia caber no salão de baile do Rilston.

Porque apareceu muita gente. *Muita* gente. Toda vez que olho ao redor, fico impressionada. Quando tive essa ideia, não sei o que estava esperando, mas não era isso. Não eram centenas de pessoas. Vieram ex-alunos de Terry de tudo que é idade. Desde adolescentes, que talvez tenham tido uma aula há uns poucos anos, até os de meia-idade e os idosos, que aprenderam com ele há quarenta anos. Estão todos aqui, todos ansiosos para ajudar, todos emocionados por terem sido contatados.

Demorou um pouco. Começamos com o nome de todos os alunos de que eu me lembrava, de que Finn se lembrava, de que Tessa se lembrava, de que as pessoas da cidade se lembravam. Toda vez que recebíamos um novo nome, mandávamos um convite e dizíamos: "Por favor, divulgue o evento. Se você conhece mais alguém, passe a mensagem adiante."

E eles passaram. Para todo canto. A praia é uma multidão alegre e vibrante de centenas de pessoas com uma coisa comum. Não: uma pessoa em comum.

Não chega a ser um evento surpresa. Tem dias que Tessa conta isso para Terry, tentando prepará-lo. Mas provavelmente vai ser uma surpresa mesmo assim. Para ele.

— Sasha! — Ouço a voz da minha mãe e, ao meu virar, sinto o coração quentinho. Lá está ela, com Kirsten, Chris e as crianças no carrinho duplo, de roupa de banho combinando.

— Que roupinhas mais fofas! — exclamo, depois de abraçar todo mundo. — Eles estão *lindos*!

— Não resisti. — Kirsten dá um sorriso.

— Mãe, você vai surfar? — Olho para a roupa de neoprene dela, espantada. — Você nunca surfou.

— Vou experimentar! — diz ela, animada. — A Pam está aqui, ela vai cuidar das crianças. Ela não quer surfar, mas quer nadar no mar depois. Disse que é muito bom para...

— Para a menopausa — falamos ao mesmo tempo Kirsten e eu e começamos a rir.

— Ele chegou. — Ouço a voz de Finn no fone de ouvido e estremeço. Vai começar.

— O Terry chegou — digo à minha mãe e a Kirsten. — Tenho que ir. Até mais!

— Boa sorte! — diz Kirsten. — E *parabéns*, Sasha. — Então ela pergunta, como quem não quer nada: — O Finn veio?

— Veio. — Olho nos olhos dela, então desvio o olhar. — É, veio.

Kirsten e eu conversamos muito sobre Finn, então ela acompanhou a minha montanha-russa de emoções. Depois que voltei para Londres, passei uns dois meses convencida de que tinha feito a coisa certa ao terminar tudo. Porque como eu podia ficar com um homem que estava com o coração tão partido por causa de outra? Se ele não podia nem me *contar* dela, definitivamente não tinha superado o término ainda. E Kirsten estava certa, nós dois ainda estávamos um pouco frágeis.

Então, um dia, acordei achando que tinha cometido um erro terrível. Eu tinha que escrever para ele e dizer isso! Chamar para sair, até! A gente podia ficar junto de novo em uma semana! Hesitei por alguns dias, reunindo coragem, cortando o cabelo, pintando as unhas dos pés.

Aí vi aquela foto de Finn e Olivia no Instagram, de braços dados, felizes, radiantes.

Depois disso, saí com onze caras que conheci na internet em mais ou menos uma semana. Até cheguei a ficar de caso com um cara chamado Marc. Durou até ele me contar os seus "planos para o futuro", que basicamente envolviam morar com uma garota "tipo eu". Não eu, lógico, uma garota *tipo* eu. Não tive coragem de perguntar qual é o meu tipo.

Desde então, não saí com mais ninguém. Mas tenho o trabalho, os amigos, a cozinha e a minha aula nova de ioga, além de estar vendo mais a minha família. Tenho a minha vida.

Abro caminho por entre as pessoas até o palco, onde Finn está de pé, junto com um cara alto e barbudo que não reconheço.

— Sasha. — Finn abre um sorriso caloroso que faz o meu coração ficar apertado. — Queria te apresentar o meu colega, Dave. Um surfista animal.

— Bem-vindo a Rilston Bay! — digo, sentindo uma pontada imediata e ridícula de esperança. — Que bom que você veio! Então, Finn...
— Tento soar casual. — Você disse que ia trazer alguém. Era do Dave que você estava falando?
— Não — diz ele, depois de uma pausa, e desvia o olhar. — Era... outra pessoa.
Certo. Entendi.
— Tá bom! — digo, descontraída. — Entendi! Outra pessoa. Claro. Bom, de qualquer forma, Dave, seja bem-vindo!
Finn continua evitando o meu olhar, e sinto uma pontada de tristeza, porque isso só pode significar uma coisa. Olivia. E acho que até agora eu estava imaginando... torcendo, até...
Enfim.
— Mal posso esperar. — Dave dá um tapa na prancha. — Ouvi dizer que todo mundo vai ter uma aula primeiro.
— Se o professor estiver disposto. — Dou um sorriso, e de repente vejo Tessa e Sean escoltando Terry até o palco, como dois seguranças de celebridade. — Terry! É a Sasha! Bem-vindo! Tudo bem?
Terry está de bermuda e com uma camiseta vermelha, a pele bronzeada e enrugada envolvendo o corpo magro. Está com o cabelo curto e encarando a multidão com olhos inseguros — adultos e crianças, de roupas de banho e de neoprene, todos segurando pranchas, todos se virando para o palco.
— É o Terry! — diz uma voz.
— É ele! — grita outra.
— Olha, é o Terry!
O anúncio começa a se espalhar pela multidão, e as pessoas se viram para olhar, e os surfistas começam a avançar.
— Acho melhor começar logo — diz Sean. — Ou o Terry vai ser esmagado. Ele é praticamente uma Beyoncé nesse momento. Tudo bem, Terry? — pergunta, tentando encorajá-lo.
— Quem é essa gente toda? — Terry parece confuso e um pouco avesso a tudo isso. — Eles marcaram hora?

— É a aula das quatro da tarde, parceiro — responde Sean. — Veio bastante gente. *Bastante* gente — acrescenta para mim, parecendo impressionado. — Devem ter alugado todas as pranchas da cidade, de Campion Sands e do litoral todo. — Ele faz uma pausa, avaliando a multidão. — Será que sabem surfar?

— Não sei. — Dou risada. — Mas todos eles podem aprender.

— Verdade. — Ele se volta para Terry. — Está pronto, nobre senhor? O público está te esperando. Esperando a sua aula.

Terry fica em silêncio por um instante, examinando a multidão ansiosa, com os olhos piscando em confusão. E fico tensa, preocupada com a chance de ele se sentir intimidado, de isso ter sido má ideia.

— Por que tem tanta gente? — pergunta ele, por fim, do jeito irritadiço de sempre. — Só pode doze por turma, a Sandra sabe. Doze!

— Eu sei — responde Sean num tom tranquilizador. — Mas é como se fosse uma aula extra. Pensamos em encaixar mais umas pessoas.

Terry faz que sim com a cabeça, como se estivesse começando a entender, então franze a testa de novo.

— Mas como eles vão me *ouvir*?

— Pensamos nisso — diz Finn, colocando depressa um microfone na gola de Terry. — Viu? Um, dois, três, testando — diz ele, e a sua voz explode pelos alto-falantes na praia. — É todo seu, Terry. — Ele aponta para o palco.

Depois de um momento de hesitação, Terry vai até o palco. E as pessoas começam a celebrar, um rugido colossal de admiração tomando a praia. Está todo mundo batendo palmas, gritando, batendo os pés. Os gritos então viram uma cantoria:

— Ter-ry! Ter-ry!

E Terry olha para as pessoas, parecendo perplexo, um velho magro com pernas finas e cabelos brancos e o amor de todas essas pessoas na praia.

— Bom — diz ele por fim, enquanto a cantoria vai morrendo. — *Bom*. — Ele faz uma pausa, e a multidão prende a respiração. — Para começo de conversa, tem gente demais aqui. — Há uma onda de risos, e Terry parece ainda mais confuso. — Essa gente já surfou na vida? — pergunta ele para Sean, que faz que sim com a cabeça.

— Já.

— Certo — diz Terry, parecendo mais seguro de si. — Bom, nesse caso... — Ele dá um passo à frente, olhando para os rostos, para as pranchas, para o mar, como se estivesse retornando a um mundo que havia perdido. — Nesse caso, o que tenho a dizer é o seguinte — começa ele, com a voz mais firme. — Vocês não vão gostar. Mas é bom ouvirem.

Silêncio na praia. Vejo Cassidy de biquíni rosa-shocking e short de praia, Simon está com uma roupa curta de neoprene azul, parecendo surpreendentemente musculoso, e Herbert parece um pernilongo preto... Vejo a minha mãe... Kirsten... Gabrielle, dando tchau para mim... e, ai meu Deus, Lev está ali, com uma roupa de neoprene cinza e elegante. *Quando* ele chegou? Olho para Finn, e ele dá uma piscadela para mim. Então nós dois nos voltamos para Terry, como todos os demais.

— Vocês *acham* que sabem surfar — continua Terry, por fim. — Ah, vocês estão todos doidos para sair correndo, pegar as maiores ondas, se exibir para os seus amigos... mas não é disso que se trata, né? — Ele olha ao redor para os rostos ávidos. — Não é uma questão de se exibir. É a conexão entre você e o mar. Você e o momento. O lance é *viver* o momento.

— O lance é o quê? — grita Sean, se aproximando do microfone de Terry, com os olhos brilhando para a plateia.

— O lance é *viver* o momento!

O grito estrondoso da multidão ecoa pela praia como se estivéssemos num festival de rock, e sinto um arrepio. Me viro para Terry, para ver se ele tem noção do alcance que tem, do poder que tem, do efeito que causou em tanta gente. Ele pisca, com um olhar vago para os rostos ansiosos, e espero, acima de qualquer coisa, que ele esteja registrando essa visão. Que ela seja uma fonte de ternura e força para o resto da sua vida.

— Ah, então vocês estavam ouvindo! — diz ele, afinal, e há uma enorme risada. — Pois bem. Isso é bom. Acho que consigo transformar vocês em surfistas. O lance é *viver* o momento. — Ele faz que sim com a cabeça. — Então. Não se esqueçam disso. E agora vamos começar o aquecimento.

É uma visão e tanto. Centenas de pessoas, todas alinhadas na praia, todas seguindo a sequência de aquecimento de Terry. As últimas se juntando nas pontas, turistas, transeuntes e crianças segurando pirulitos, até parecer que a praia inteira é uma grande aula, com Terry ditando as instruções do palco.

À medida que os alunos começam a praticar como subir na prancha, Terry parece irritado de novo.

— Não dá para corrigir todo mundo — diz ele para Sean. — Não vou conseguir falar com todo mundo.

— Deixa comigo, parceiro — garante Sean. — Vou falar com alguns deles.

E ele anda pela multidão, cumprimentando as pessoas e constantemente olhando de volta para Terry, com o polegar para cima.

Logo depois, fica claro que Terry está ficando cansado, e Sean volta ao palco e pega um microfone com Finn.

— Surfistas. — Ele cumprimenta a multidão. — O meu nome é Sean Knowles, sou o novo dono da Surf Shack e estou tentando seguir os passos de um gigante, Terry Connolly! — Mais uma vez os aplausos irrompem pela praia, e sorrio para Finn.

Percebo que enfim estou respirando de novo. Estou relaxando. O meu plano deu certo. Terry deu uma última e épica aula de surfe.

— Temos muitos agradecimentos a fazer — diz Sean. — E tenho certeza de que vai haver um ou outro discurso depois. Mas, nesse momento, tem uma pessoa muito importante que precisa de um agradecimento especial por ter organizado tudo isso. Sasha Worth, no palco!

Obedeço, e o rugido da praia quase me ensurdece, fazendo os meus olhos se encherem de água. Nunca vou esquecer esse momento, olhando para o horizonte azul, com um mar de gente alegre à minha frente. O amor nessa praia parece tão real quanto o sal no ar.

— É muita emoção ver todos vocês aqui — digo no microfone. — Obrigada a todos por virem. Isso é muito maior do que jamais imaginei que seria, e devemos isso ao Terry. Como o Sean disse, vai ter discurso depois, mas agora quero só agradecer a outra pessoa, que fez um trabalho enorme na organização. — Olho para ele. — Finn Birchall.

Finn faz ar de que não quer aparecer, mas então sobe no palco, sorri e agradece os aplausos ensurdecedores que o saúdam.

— Só tenho uma coisa a dizer — anuncia ele ao microfone. — Aproveitem as ondas. — A multidão urra, e Finn ri. — De volta ao Terry.

Damos lugar a Terry, que fica em silêncio por um instante, enquanto o burburinho morre numa quietude respeitosa. Ele examina a multidão, e seus olhos parecem momentaneamente desnorteados, então voltam a entrar em foco.

— Bom, o que vocês ainda estão fazendo aqui? — pergunta ele, seco, a voz rouca e familiar percorrendo a areia. — Vocês não vão pegar onda de pé na praia! Chega de papo. — Ele aponta para o mar. — Mandem ver.

TRINTA

É tanto surfista que logo o mar fica ridiculamente lotado. Mas depois de um tempo só os surfistas de verdade permanecem, e os outros ficam remando ou sentados na praia, bebendo cerveja, conversando.

Surfo um pouco, depois passo no hotel, boto uma bermuda e vou conferir a comida. Tem cheiro de carvão no ar, e já tem hambúrguer saindo das grelhas de churrasco. A areia está cheia de toalhas de piquenique, e alguém está tocando violão. Keith Hardy está fazendo uma apresentação com o Sr. Poppit para uma plateia de crianças, e ele acena para mim, feliz. Aceno também, passando direto por ele.

Pego um drinque "Rilston" na barraca de bebidas, assegurando a Nikolai de que não preciso de uma dose extra de couve, então levo para a praia e saboreio, vendo Ben cavar alegremente na areia.

— A gente tem que vir *todo ano* — digo a Kirsten.

— Ah, eu fui mais rápida — responde ela. — Já reservei uma casa para o verão do ano que vem. E a Pam quer trazer as amigas de menopausa. Tomar banho de mar, acalmar as ondas de calor. — Dou uma olhada em Kirsten e começamos a rir feito duas bobas. — E aí? — acrescenta, quando paramos. — E o Finn? Como é que está essa história?

— Trouxe a namorada.

— Hum. — Ela tira um pedaço de alga marinha que ficou enrolado nos dedos de Ben. — Bom. Surfista bonito é o que não falta aqui. — Ela confere a praia que, verdade seja dita, está cheia de homens sarados. — Tem *certeza* de que isso tudo não foi só para arrumar um namorado?

— Me pegou no flagra. — Eu sorrio, e ela faz que sim com a cabeça.

— Parabéns. Ninguém jamais imaginaria.

Ela tem razão. Está cheio de homens disponíveis aqui, todos fortes, alegres e charmosos. Mas não consigo me concentrar em nenhum deles. Converso um pouco com um ou outro cara sobre assuntos aleatórios... mas estou constantemente ciente da presença de Finn. Ele não parece estar com a namorada, mas talvez ela esteja aqui e eu só não a tenha visto ainda, ou talvez esteja no hotel, botando um biquíni maravilhoso, ou quem sabe ainda não chegou. Enfim. Não importa.

Aos poucos, a tarde vira noite, e a festa vai ficando mais descontraída. Converso com o máximo de pessoas que consigo, inclusive Gabrielle, Mavis e Lev, que a cada cinco minutos diz que tem que ir embora, então troca um aperto de mão com outra pessoa. Terry dá um último adeus no microfone, e o grito de resposta das pessoas parece envolver a cidade inteira. Seguem-se alguns discursos e algumas músicas. Agora, o sol está baixo no céu, e surgiram algumas fogueiras aqui e ali pela praia. Tem três violões tocando, e algumas pessoas estão dançando.

Por fim, as crianças começam a ficar mal-humoradas, e Kirsten coloca os filhos no carrinho duplo.

— Até amanhã, certo? — Ela me dá um beijo. — Vamos nadar no mar ao amanhecer? Couve de café da manhã? Meditar?

— Tudo isso.

— *Excelente*. — Ela sorri.

— Também estou indo — diz a minha mãe para Kirsten. — Vou te ajudar a colocar esses dois para dormir. Muito bem, Sasha. Foi um dia maravilhoso. O seu pai teria ficado muito orgulhoso. — Ela me oferece um dos seus sorrisinhos melancólicos. — Eu estava me lembrando daquele bar que ele adorava, o White Hart. Você sabe se ainda existe?

— Existe, sim — respondo. — Amanhã a gente vai lá, brindar ao papai.

— Isso — diz Kirsten, baixinho. — Boa ideia.

Elas se afastam, e fico me perguntando se Lev ainda está por aqui quando ouço uma voz dizendo:

— ... teve algum problema no trem dela. O Finn foi buscar ela na estação.

Algo congela dentro de mim. Olho ao redor para ver quem falou isso e foi o colega de Finn, Dave.

"O Finn foi buscar ela na estação."

Sinto uma batida lenta no peito. *Olivia*. O trem dela teve um problema, mas agora ela chegou. Finn foi buscá-la, e daqui a pouco ele vai estar na praia com ela. Talvez andando de braços dados, talvez dançando, talvez fiquem sentados no raso, com as pernas entrelaçadas.

E, de repente, sei que não posso ficar para ver isso. Simplesmente não vou conseguir. Ela vai ser linda demais, e eles vão estar felizes demais, e o meu coração não vai suportar.

Achei que o meu coração ia sobreviver, mas a verdade é que os corações se fazem de fortes. E agora eu sei, sem a menor sombra de dúvida, que tenho que ir embora.

— Bom! — digo, animada, para qualquer um que queira me ouvir. — Tenho que ir, o dia foi...

— Já vai? — pergunta Cassidy, que estava por perto. — A festa está só começando! Toma um suco de noni, entra no clima! — Ela gira a taça na mão, depois deita a cabeça de lado e me examina. Está bêbada, eu percebo. — Ai, Sasha. — Ela coloca a mão no meu ombro. — Sashinha linda. Sashinha querida.

— Sim? — Não posso deixar de sorrir.

— Me diz uma coisa. Conta para a tia Cassidy. — Ela se aproxima. — Por que você não está com o lindinho do Finn? Ninguém entende, *ninguém*. Eu, o Herbert, a Mavis, as meninas da loja de chá...

— Vocês falam disso? — pergunto, chocada, então lembro com quem estou falando. — Claro que falam. Olha... — Expiro, tentando manter um sorriso decidido no rosto. — Eu tenho certeza de que o Finn tem outra pessoa. Então.

— Outra pessoa? — repete Cassidy, parecendo ofendida. — Você está de brincadeira? *Outra pessoa?*

— Bom... não tem? — pergunto, meio incerta. — Ele não reservou um quarto para ele e para uma mulher chamada Olivia?

— *Olivia?* — retruca ela, como se fosse o nome mais repulsivo que já ouviu. — O-li-vi-a? Não. Nunca ouvi falar.

— Mas ele foi buscar ela na estação. Foi buscar alguém — corrijo a informação. — Ele foi buscar alguém na estação. Uma "mulher".

— Uma "mulher". — Cassidy estreita os olhos como se estivesse fazendo contas na cabeça. — Uma "mulher". Certo, a gente precisa de mais informações. Vou perguntar para o Herbert. Ele vai saber.

— Para o *Herbert*? — repito, na dúvida, mas Cassidy já está me arrastando pela areia até uma espreguiçadeira junto do mar, onde Herbert está fumando um charuto.

— Herbert! — exclama ela, agitada, quando chegamos. — Quem o Finn foi buscar na estação? E é melhor esse alguém não ser uma mulher chamada O-li-vi-a.

Herbert sopra uma nuvem de fumaça e parece pensar no assunto.

— Ele reservou um quarto para uma senhora — declara, por fim. — Quarto separado. O nome dela é Margaret Langdale.

— Margaret Langdale? — Cassidy o encara. — Quarto 16, não fumante? Foi o *Finn* que reservou? Você precisa me dizer essas coisas, Herbert! — Ela se volta para mim. — Bom, então é isso. Quarto separado. Está aí quem ele foi buscar. A amiga que vai dormir num quarto separado, Margaret Langdale.

Não consigo responder. Não consigo nem me mexer. O meu coração está pulsando com a pior emoção do mundo: esperança. É de *matar*. Tem seis meses que venho dizendo a mim mesma que Finn está com Olivia e que tenho que aceitar isso. Seis meses. Seria de imaginar que eu já teria "aceitado".

Mas esse cenário acabou de ir por terra, como se nunca tivesse sido uma possibilidade. E agora, em vez disso, estou com uma esperança ao meu redor, dizendo: "Vai ver, quem sabe..."

— Ele está aqui — diz Cassidy, no meu ouvido, me dando um susto. — Atrás de você. Acabou de chegar. Sozinho.

Meio atônita, dou meia-volta devagar. E lá está ele, vindo na minha direção, uma figura alta, de camiseta verde-azulada, uma faixa de areia numa das pernas, os olhos refletindo as chamas de uma fogueira.

Quanto mais perto ele chega, mais o quero. Eu o quero tanto que não consigo pensar em mais nada. A minha mente está cega. O meu corpo está possuído. Passei a tarde inteira evitando Finn *justamente* por medo desse encontro face a face. Instintivamente, dou dois passos para trás até chegar ao mar. Uma onda lava o meu tornozelo, e me pego avançando de novo na direção dele.

— Oi. — A minha voz falha na garganta, e tento de novo. — Oi.

— Oi. — Ele olha nos meus olhos, firme e relaxado. — A gente não chegou a conversar. Como você está?

— Muito bem. — Faço que sim. — E você?

— Muito bem, também. — Ele sorri. — O trabalho está bom. Não gritei com ninguém nos últimos tempos, então é um ponto positivo.

— Você bateu uma caneca na mesa, derramando café e estragando documentos? — Não consigo conter a provocação, apesar de ter planejado ser formal e discreta hoje.

— Não molhei nem estraguei nenhum documento. — Os olhos dele brilham. — Já não sou mais o mesmo. Agora *você*, segundo o que o Lev falou, está dando as cartas na empresa.

— Que nada. — Reviro os olhos, embora seja bem emocionante ouvir isso.

— Ele gosta de você. — Finn ergue as sobrancelhas. — Muito.

— Bom, eu gosto dele. — Faço uma pausa, vendo uma onda branca subir a praia e voltar de novo. — E... como está a terapia?

— Vai bem, obrigado. Ainda estou fazendo, a gente continua conversando sobre as coisas. — Finn franze a testa, esfregando a nuca, como se estivesse incerto a respeito de alguma coisa, então olha nos meus olhos. — Falamos muito de você.

— De *mim*? — Fico espantada.

— É. E eu queria dizer: Sasha, agora, eu entendo. — Ele olha para mim com seriedade. — Você tinha razão. Estava *certa* de dizer que não era a hora. Nós dois estávamos num momento ruim. Eu não estava pronto para... — Ele balança a cabeça. — Acho que nenhum de nós estava. Burnout é uma merda.

Na minha cabeça, o barulho das pessoas conversando, da música e das gaivotas lá no céu desaparece enquanto olho para Finn, tentando processar o que ele acabou de dizer.

— Espera — digo, afinal. — Você acha que terminei com você só porque nós dois tivemos burnout?

— É. — Finn parece confuso, me examinando com intensidade, como se tivesse perdido alguma coisa. — É lógico. Esse era o motivo. O que mais seria?

— Foi por causa da Olivia! — exclamo. — Da Olivia! O-li-vi-a!

— Da *Olivia*? — Agora é a vez dele de ficar espantado. — Mas isso tem tanto tempo! Nós terminamos antes de eu te conhecer!

— Eu sei, mas você nem me *contou* dela! Você não falou nada. Achei que você estava de coração partido! Você nem admitiu que estava superando o término de um relacionamento, falou que era tudo por causa do trabalho.

— Mas *era* tudo por causa do trabalho. — Finn me encara. — Eu estava sobrecarregado. Eu te falei isso. Por que você achou que não?

— Porque você nunca se abria sobre o assunto! — Estou colocando todos os meus sentimentos para fora. — Eu contei tudo do Zoose. E você não falou nada! Achei que você estava usando o trabalho para me despistar.

— Certo — diz Finn após uma longa pausa. — Certo. Certo. Entendi. É.

Ele fica em silêncio. É só isso que ele vai falar?

— "É" *o quê*? — pergunto. — Tem mais alguma coisa?

O silêncio se estende por mais alguns instantes agonizantes. Finn está com o cenho franzido do jeito dele de sempre, e eu estou prendendo a respiração. Estou tentando ser paciente, mas sentindo a tensão aumentar, porque, se ele não pode se abrir, mesmo agora...

— Certo. — Finn expira, e eu levo um susto. — Lá vai. O motivo pelo qual não contei mais sobre os meus problemas de trabalho é porque não podia. Foi... uma situação. — Ele fica com o rosto sério. — Uma colega minha ficou doente. Uma grande amiga. Ela não queria que ninguém soubesse enquanto estava fazendo o tratamento, então falei que ia ajudar. Eu estava cobrindo muito para ela. Trabalhando à noite. Muito. Vivendo à base de café, basicamente. E ninguém sabia. — Ele retorce o rosto diante da memória. — Assumir tudo não foi o plano ideal, como ficou claro depois.

— E ela...? — começo a pergunta, hesitante.

— Ela está bem. — Ele faz que sim. — Obrigado. O tratamento deu certo. E depois, quando voltei para o trabalho, a coisa toda veio a público. A minha amiga explicou tudo. Na verdade, ela falou que foi um alívio. Mas acho que, enquanto eu estava aqui, ainda estava tentando manter tudo em segredo. — Ele dá uma breve gargalhada. — Que burrice a minha. Para quem você ia contar?

A minha cabeça está girando. Ele estava ajudando uma amiga. Ele estava guardando segredo por ela. Ele estava mesmo sobrecarregado no trabalho. *Não foi* o fim do relacionamento. Estou vendo tudo com outros olhos.

— Finn, me desculpa — digo, meio tímida. — Deve ter sido...

— Foi difícil para todo mundo. Mas já acabou. Está tudo bem.

Ele me dá um sorriso cauteloso, e sinto como se estivesse esperando que eu retribuísse. Como se todas as perguntas que eu tinha tivessem sido respondidas. Mas não foram. E se aprendi uma coisa nos últimos seis meses foi que não se deve deixar as pequenas coisas mal resolvidas. Nem no trabalho. Nem no amor. Nem na vida.

— Então, quem você foi buscar na estação agora? — Tento soar descontraída. — Você me disse que ia trazer uma pessoa e estava com uma cara estranha, como se estivesse escondendo alguma coisa. Além do mais, vi você com a Olivia no Instagram, de braço dado com ela numa festa num jardim — acrescento, abandonando qualquer tentativa de soar descontraída.

Estou deixando tudo às claras. Todas as preocupações, todas as paranoias, admitindo todas as vezes que o espionei na internet.

— Eu encontrei com a Olivia na casa de um amigo — explica Finn, parecendo perplexo. — A gente estava tentando ser educado. Se alguém tirou uma foto, não me lembro.

— Certo — digo, me sentindo relaxar um pouco. — Entendi. E quem você acabou de buscar na estação?

Finn fica com o rosto corado.

— Na verdade... — diz ele, parecendo envergonhado. — Na verdade, foi a minha mãe. Ela se atrasou, senão estaria aqui para o surfe. Achei que você podia gostar de conhecer ela. Mas aí pensei: "Péssima ideia."

A mãe dele. A *mãe* dele?

Quase tenho vontade de rir de como eu estava errada. De como arrumei problema onde não havia. Como imaginei a história errada o tempo todo.

Talvez a história seja outra. Uma história que começa aqui. Finn está com os olhos fixos nos meus, e sinto um frio na barriga, aquela sensação deliciosa de que me lembro, um anseio.

— Você está com outra pessoa? — pergunto, pois preciso ter certeza, cem por cento de certeza, e ele faz que não com a cabeça.

— Você?

— Não.

— E eu não estou mais com burnout — diz Finn, como se também precisasse ter certeza. — Você?

— Não. Estou me sentindo bem. Saudável. Tudo certo.

Há um momento de silêncio, e sinto a tensão crescendo dentro de mim quando penso no que nós dois estamos dizendo. Para onde parece que estamos indo.

— Pensei em você esse tempo todo — diz Finn, com a voz grave. — Esse tempo *todo*.

— Eu também. — Engulo em seco com força. — Nunca parei. Todo dia. Toda noite.

Lentamente, Finn enfia a mão no bolso de trás e pega um papelzinho amassado e velho com uma única palavra escrita. "Sasha."

— Eu não queria só o seu bem-estar — diz ele, com o rosto mais franco do mundo. — Eu queria você. *Você*. Na minha vida. Comigo. Então escrevi isso e coloquei no bolso e... torci para acontecer.

Ele me entrega o papel, e olho para ele, os olhos ardendo. Então, sem dizer uma palavra, enfio a mão no meu bolso e pego o papel esfarrapado que carrego comigo há seis meses. Nele está escrito apenas "Finn". Quando entrego para ele, vejo a centelha de surpresa, uma nova esperança reluzindo em seu rosto. Estávamos os dois vivendo as mesmas emoções esse tempo todo? Manifestando um ao outro, a quilômetros de distância?

Meu Deus. E *deu* certo?

— Também torci. Mesmo quando achava que não devia, porque era impossível... continuei torcendo. Foi uma agonia.

— Esperança é uma merda — diz Finn, e faço uma estranha tentativa de rir.

— Eu achava que o burnout é que era uma merda.

— Burnout é moleza comparado com a esperança. A menos que as suas esperanças se tornem realidade. — Ele dá um passo à frente, com o rosto incerto. — O que não acontece com muita frequência.

A brisa do mar balança o cabelo dele, Finn mantém os olhos escuros fixos nos meus, e sinto uma atração magnética me puxando para ele. Estou sentindo o resto da minha vida fluir, sem importância, irrelevante. Tudo o que importa agora somos esse homem e eu e o que podemos fazer um com o outro.

— A gente precisa conversar — diz ele, depois do que parece ser uma pausa infinita. — A gente precisa ir para algum lugar privado, Sasha. E conversar direito.

Corro os olhos pela praia na mesma hora, então olho de novo. Espera... *O quê?*

Não pode ser verdade. Mas... É.

— Finn, olha. — Engulo em seco. — A gente não precisa ir a lugar nenhum. Olha só.

Finn segue o meu olhar e pisca, espantado. No tempo que passamos aqui, perto das ondas, a praia ficou vazia à nossa volta. Antes, estava cheia de gente, burburinho e barulho, mas agora não tem mais quase ninguém. A areia se estende nos dois sentidos, intocada e clara. O que aconteceu? Cadê as *pessoas*?

Enquanto olho, perplexa, vejo Cassidy conversando baixinho com um grupo restante de surfistas. Eles ouvem por um instante, depois acenam com a cabeça e se afastam. O que ela falou para eles? Enquanto isso, Herbert está se dirigindo a um grupo de pessoas numa toalha de piquenique, que olha para nós, e depois começa a recolher as coisas. E Simon está fazendo o mesmo do outro lado, conduzindo um grupo de crianças.

— A área está reservada agora. — A brisa carrega a sua voz na nossa direção. — Reservada para um evento privado. Por favor, prossigam.

Vejo que Nikolai está conversando com outro grupo, gesticulando bastante, muito sério. Quando ele termina, as pessoas se levantam e se afastam, alguns olhando para nós, outros sorrindo. Procuro Cassidy e a vejo a uma boa distância, mais adiante, na praia. Ela acena, feliz, mandando um beijo e prendendo um mourão firme na areia.

Parece mágica. Parece um feitiço de desaparecimento. Discreta e gradualmente, todo mundo foi sumindo. Estamos no auge do verão, no auge da estação, o período mais movimentado em Rilston Bay. Mas, nesse momento, somos só Finn e eu, numa praia deserta novamente. Como sempre fomos.

As ondas continuam quebrando, o sol da noite de verão reflete na água, e o homem que amo está de pé na minha frente. Às vezes é preciso aproveitar as chances que se tem. Valorizá-las.

— Quero que isso dê certo — diz ele, por fim, com o rosto sério.

— Eu também. — Engulo em seco. — De verdade.

— Certo. — Ele faz que sim com um aceno de cabeça, e seus olhos brilham daquele jeito que faz o meu coração dar cambalhotas. — Bom, então...

Finn olha para o mar, e de repente sei o que ele vai dizer. Porque o conheço. Nunca foi casual entre nós. Mesmo quando estávamos brigando; mesmo quando nos recusávamos a dividir a praia. Sempre foi íntimo. Como se já pressentíssemos o que poderíamos nos tornar.

— Bom, então — volta a falar ele. — A gente pode andar pela praia, enquanto eu conto por que me apaixonei por você?

Fico em silêncio por um instante. Respiro fundo. *Viva o momento.*

Então olho para Finn, e sei que estou com o rosto brilhando, porque sinto a luz do sol em mim.

— Pode, sim — digo. — Por favor.

Finn oferece o braço, e eu aceito, e começamos a caminhar, com os pés batendo na água, a voz grave e sincera dele já me hipnotizando. As ondas lavam a praia, as gaivotas gorjeiam no céu, e nós seguimos andando.

AGRADECIMENTOS

Um enorme obrigada à equipe de heróis que me ajudou com este livro de tantas maneiras. Frankie Gray, Whitney Frick, Araminta Whitley, Kim Witherspoon, Marina de Pass... Sou infinitamente grata. E, acima de tudo, ao meu valente parceiro e marido, Henry Wickham.

Este livro foi composto na tipografia Palatino LT Std,
em corpo 11/15,5, e impresso em
papel off-white no Sistema Cameron da
Divisão Gráfica da Distribuidora Record.